U0507218

本成果得到淮阴师范学院重点项目（编号 11HSGJBS06）及江苏省教育厅高校社科项目（编号 2012SJB740007）的支持，谨致谢忱！

淮上文丛

晁 瑞 ◎ 著

《醒世姻缘传》方言词历史演变研究

《XINGSHI YINYUAN ZHUAN》
FANGYANCI LISHI YANBIAN YANJIU

中国社会科学出版社

图书在版编目（CIP）数据

《醒世姻缘传》方言词历史演变研究 / 晁瑞著 . —北京：
中国社会科学出版社，2014.1
ISBN 978 - 7 - 5161 - 3742 - 0

Ⅰ. ①醒…　Ⅱ. ①晁…　Ⅲ. ①《醒世姻缘传》—方言研究
Ⅳ. ①I207. 419②H17

中国版本图书馆 CIP 数据核字（2013）第 294023 号

出 版 人	赵剑英
责任编辑	张　林
特约编辑	金　沛
责任校对	王雪梅
责任印制	戴　宽

出　　版	中国社会科学出版社
社　　址	北京鼓楼西大街甲 158 号（邮编 100720）
网　　址	http://www.csspw.cn
	中文域名：中国社科网　　010 - 64070619
发 行 部	010 - 84083685
门 市 部	010 - 84029450
经　　销	新华书店及其他书店

印刷装订	三河市君旺印装厂
版　　次	2014 年 1 月第 1 版
印　　次	2014 年 1 月第 1 次印刷

开　　本	710×1000　1/16
印　　张	24. 25
插　　页	2
字　　数	408 千字
定　　价	66. 00 元

凡购买中国社会科学出版社图书，如有质量问题请与本社联系调换
电话：010 - 64009791
版权所有　侵权必究

《淮上文丛》总序

　　悠悠长淮，孕育古代淮阴灿烂的文明；浩浩运河，兼收南北文化的精华。

　　当四五万年前的下草湾文化、六七千年前的青莲岗文化印制出人类在淮阴活动的足迹时，在这片热土上诞生了第一个古国——徐国。徐国的建立者是淮夷，淮夷是东夷部族的一支。中华民族以华夏（炎黄）部族、东夷部族、苗蛮部族和北狄部族为主体。

　　在传说时代，东夷诞生了伟大的英雄后羿。后羿是弓箭的发明者。按照美国民俗学家摩尔根的说法，发明弓箭是人类进入高级蒙昧社会的标志，是人类进入文明社会的必然阶段（参见摩尔根《古代社会》，商务印书馆1977年版，第9页）。后羿敢于挑战太阳，作为后羿的传人，淮夷自然有不屈不挠的英雄品质，或许是因为这样的原因，他们在血与火的洗礼中建立了熠熠发光的徐国。尚武是人类生存的第一需要，也是人类自我发展的第一个品质。这一血脉流淌千年，汩汩不息，浸入了淮阴人的灵魂。于是，在古代淮阴大地上出现了项羽、韩信等彪炳史册的大军事家。

　　尚文是人类精神活动的需要。我是谁？当人类带着生存上的困惑追问这一问题时，精神上的诉求已悄然地提到了议事日程。在发现下草湾、青莲岗文化的过程中，我们何尝感受不到先民们传达出来的审美要求呢？这是一方充满了创造力的文化大邦。走出淮阴，为民族文化添上绚丽的一笔，是一代又一代淮阴人的梦想。从这里出发，我们的先民们开创了淮阴灿烂与辉煌的文明。正是有了这一深厚的文化底蕴和传承，才在这片神奇的土地上孕育了汉代辞赋大家枚乘、枚皋父子，南朝文学家鲍照，宋代诗词家张耒，南宋画家龚开，明代小说家吴承恩，清代画家边寿民（扬州八家之一），清代女弹词家邱心如……当枚乘《七发》开一代新风时，有多少赋家为此竞折腰。由模仿《七发》创"七林"体，散体大赋成为一代文学之胜，是枚乘高举起辞赋革新的大旗。

淮河是淮阴的母亲河，像黄河、长江哺育中华民族一样，淮河也哺育了淮阴。这条奔流不息的大河托起了淮阴人永远挺立的脊梁。淮阴是"浮在水上"的土地，淮阴有四分之一的面积是水（古代的水面更大）。从空中俯视淮阴，那烟波浩淼的洪泽湖如同振翼高飞的天鹅……淮阴水网密布，五龙口汇聚了柴米河、六塘河、盐河、古黄河、运河等波光粼粼的大河，赋予淮阴比江南水乡更秀美的风光。

还是谈谈大运河吧。大运河是淮阴走向繁荣的大动脉。自隋炀帝开挖大运河以后，淮阴成了隋炀帝游幸江都的必经之地。淮阴运河古已有之，早在公元前 486 年，吴王夫差为了北上争霸，在长江与淮河之间开挖了古运河邗沟。隋炀帝以洛阳为中心向东南开挖大运河，连接邗沟通往江都。元代以后，北方运河淤积，遂废弃不用。从此，杭州到北京的运河成为中国最繁忙，同时也是最有价值的人工河流。

运河的作用太大了。当时，全国的政治中心在大都（今北京），可是，天下最富之地又在江浙。"苏湖熟，天下足。"要想用最经济的手段把江南钱财运往北京，惟一的办法就是通过"漕运"。漕者，槽也。平地开挖的大运河如同马槽状。通过水路征调沿途各地的粮食、布帛、食盐、茶叶、铸钱等入京，给大运河带来了前所未有的繁荣景象。

漕运是封建王朝的生命线，元明清三代的国家财政收入有一半以上靠漕运实现。为了保障国家财政，明清两代在淮阴设置了漕运总督府（旧址在今淮安市楚州区）和河运总督府（旧址在今淮安市清浦区）。漕运总督府与河运总督府相隔仅二十多里，同属一地，一个地方有两个总督府，在明清两代极为罕见，故淮阴又有"运河之都"的称谓。

在这条黄金水道上，淮阴扮演了重要的角色。淮阴地处京杭大运河的中部，素有"九省通衢"之称。淮阴最为重要的水陆码头是清江浦。当时，小小的清江浦约三十万户人家，以一户五口计算，人口超过百万。清江浦一时名声大震，"南船北马舍舟登陆处"遂成为清江浦的美誉。此外，古镇河下也是十分繁忙的水陆码头。漫步在河下镇青石铺成的小街上，不时地可以听到明代状元沈坤抗击倭寇的故事，吴承恩撰写《西游记》的故事……这是一方乐土，开启乾嘉学派的大师阎若璩客居在这里，为发现甲骨文作出杰出贡献的刘鹗、罗振玉寓居在这里……当我们走进刘鹗、罗振玉的故居时，完全可以感受到他们守着青灯黄卷奋笔疾书的形象。

翻过历史，走入近代。面对民族深重的危机，淮阴人又书写了新的一页。为抗击英国入侵者，关天培勇守虎门炮台；为辛亥革命的成功，南社英俊少年周实流尽了最后一滴血；还有一代伟人周恩来，为救国救民高唱着"大江歌罢掉头东，邃密群科济世穷。面壁十年图破壁，难酬蹈海亦英雄"的雄浑诗篇，走出了淮阴。历史的烟云从我们的眼前滚滚而过，我们感受着淮阴，读解着淮阴，淮阴为中华民族的文化历史书写了重重的一笔。

出于对乡贤的敬仰，我们——淮阴师范学院中国古代文学学科的同仁有志于发扬光大淮阴优秀的文化传统，决定将我们的学术成果奉献给这座历史文化名城。"淮水东南第一州，山围雉堞月当楼。"（白居易《赠楚州郭使君》）这一富有诗情画意的诗句既道出了我们对淮阴的深厚感情，也是我们将这套丛书取名为"淮上文丛"的原因。

需要交待的是，淮阴师范学院坐落在文化名城淮阴的中心，中国古代文学学科于 2004 年被批准为江苏省普通高校重点建设学科。近半个世纪以来，淮阴师范学院中国古代文学学科先后出现了于北山、周本淳等知名学者，他们的《陆游年谱》、《范成大年谱》、《杨万里年谱》，《诗话总龟》（校点）、《唐音癸签》（校点）、《震川先生集》（校点）等至今为学术界津津乐道。

薪火相传。近年来，淮阴师范学院中国古代文学学科在继承老一辈学者辨彰学术、考镜源流传统的基础上，在秦汉文史、唐宋文学、元明清文学等领域取得了一些可喜的成绩，使学科逐步形成了自己的特色。"书轨新邦，英雄旧里。"（宋苏轼《淮阴侯庙记》）踵先贤之履，续淮阴之新章，是我们淮阴师范学院中国古代文学学科人的心愿。

张 强

2006 年 7 月 10 日

目 录

绪　论

一　选题缘起

汉语方言词研究是一个重要的课题，这种传统早在两汉训诂学兴盛时代就已经建立，其重要标志是扬雄《方言》的问世。清初以来山东方言词的研究起步较早，但其迅速发展是最近几年的事情。

《醒世姻缘传》（本书简称《醒》）77 万余字，署名为"西周生"，写了一个两世姻缘的故事，是 17 世纪一部重要的世情小说，就已有的研究证明是山东方言写成。书中保存了清初山东方言的珍贵资料，对于本书认识山东方言词的历史演变，以及北方方言词与汉语通语词之间的关系，并进一步研究汉语通语的发展历史，有重要的价值。本书以中华书局 2005 年李国庆校注本为准，参校其他版本。

本课题主要的研究价值体现在以下几个方面：

（一）训诂价值

1. 可以利用现实方言活语言材料，准确解释词义

利用方言资料进行训诂，这一方法古人早已采用。郑玄注《三礼》、何休注《公羊》、郭璞注《尔雅》都引用过当时不少方言材料。《醒》里面的方言词数量大，口语性强，反映社会生活面广，许多词语至今仍然活跃在民众口头上。例如"漫"，第三十八回："路又不远，只当走南屋北屋的一样。往后的日子长着哩。你这不去，惹的大的们恼了，这才'漫墙撩胳膊——丢开手'了。"黄肃秋注：同墁，泥水匠涂墙。隋文昭认为释义不确，并说："'漫'是'瞒'的借字，是'隔'的意思。"[1] 隋氏将"漫"释作"隔"，其根据是第八回有"隔墙撩胳膊"的异文材料。事实上两者虽然同义，"漫"与"隔"却不能画等号。在山东方言中，它更准

---

① 隋文昭：《〈醒世姻缘传〉词语注释商榷》，《中国语文》1988 年第 4 期。

确的意思是"跨越,越过",如:"墙有点高,我漫不过去";"你把脚先漫过来"。书面文献的例证如《尹宝兰讲的故事》:"等到都睡觉的时候,就围宅子转一圈,漫墙进去了。"① 这个词现在方言中发展出了介词用法,如"漫哪儿来"。② 动词义"跨越",描述空间的动作,强调由此到彼;介词义"从",描述空间的位置,强调动作的经由路径。如果将"漫"释作"隔",就无法寻绎出其演变为介词的理据。"漫"、"墁"本是同源词,它们有共同的义素,黄氏将两者联系起来,本不为过,只是未能准确释义而已。隋氏认为"'漫'是'瞒'的借字",就牵强了。

2. 有助于辞书编纂

辞书编纂涉及的问题很多,诸如立目、释义、义项、例证等,这里我们主要谈三个问题:

(1)词典立目。词典立目是以文字为根据,而方言词大多注重记音。有时书写形式不同,未必不是一个词;有时书写形式相同,但未必是同一个词。一字多词应该分条立目。

例如《汉语方言大词典》:"【抗】义项②〈动〉用身体抵,托,推,顶;用肩扛。"有北方方言基础的人,很快就能察觉这一个义项涉及两个词。【抗₁】在今天菏泽方言(属于中原官话片),读作 [kaŋ⁵⁵],"用身体抵,托,推,顶"义。比如:把门抗开。它对应于《广韵·唐韵》:"抗:胡郎切,举也。"【抗₂】读作 [kaŋ⁵¹],"用肩扛"义,比如:把布袋抗起来。对应《广韵·宕韵》:"抗:以手抗举也,悬也,振也。苦浪切。"今天多写作"扛"。像这种情况,《汉语方言大词典》应当吸收《汉语大词典》的做法,将"抗"分列为【抗₁】、【抗₂】(需要说明的是前者是方言词,后者是通语词)。

(2)词典释义。活方言材料可以纠正词典误释,如:炉,《汉语大词典》释作"煮",这个解释也是有问题的。《醒》里有这个词,如:第五十八回:"咱每日吃那炉的螃蟹,乍吃这炒的,怪中吃。"方言里"炉"指"一种放在火上烘烤的烹饪方法"即"焙干"。今中原官话中仍有这个词,如:把花椒炉炉轧成面儿。③

---

① 转引自许宝华、[日]宫田一郎《汉语方言大词典》,中华书局 1999 年版,第 6925 页。

② 例句引自董绍克、张家芝《山东方言词典》,语文出版社 1997 年版,第 514 页。

③ 同上书,第 390 页。

　　再如：操兑，《汉语大词典》释作"兑取现金"，也是理解有误。虽然在下面的语境里似也讲得通，如《醒》第三十六回："晁夫人说：'你这二两可往那里操兑？'"第七十九回："我不吃这酒饭，我流水家去看他老子，别处操兑，弄点子袄来，且叫这孩子穿着再挨！"实际上，在活语言里（中原官话，如曹县、菏泽），"操兑"是一个常用词，"操劳凑处"、"操办"义，与"兑取现金"无涉。如：孩子大了，得给他操兑几间房娶媳妇。

　　（3）义项问题。"建立义项对于词语解释非常重要，一个词语只有在义项建立之后人们才可能真正掌握其意义。"① "义项概括是以客观性的概念为基本参照而形成的确定的语义板块切分。"②

　　比如：打罕，《汉语大词典》失收，《汉语方言大词典》只收了一个义项"见人不称呼或无法称呼"，失收另一个义项"生气、嫉妒"。这个义项存在于清代的山东方言，文献有证，略举两例：如《醒》第三十五回："他老了脸，坐了首位，赴了席，点了一本《四德记》，同众人散了席，袖了一锭四十两的元宝，说了一声'多谢'，拱了一拱手，佯长而去。真是'千人打罕，万人称奇'。"又如《聊斋俚曲集·翻》③ 第十一回："慧娘吩咐就在宅里待了。去了，到了家，送了慧娘的圆房来。人见他又富又贵，公然成了大家，都极打罕。"

（二）词汇史和词汇学价值

　　"中古、近代汉语词汇主要是指汉魏以降的方俗语词汇，历来它们很少有进入正统文献的机会，而大多只能在民间使用流传，遗存在各地的方言俗语中。因此进行中古、近代汉语词汇研究必须与现代汉语方言词汇研究紧密结合起来。"④ 从汉语普通话的发展历史来说，大家对单音节词到双音节词的演变已经关注很多，但是三音节词在唐代之后也取得快速发

---

　　① 李尔钢：《现代辞典学导论》，汉语大词典出版社2002年版，第87页。
　　② 李开：《现代词典学教程》，南京大学出版社1990年版，第213页。
　　③ 本书《聊斋俚曲集》篇目简称：1《墙头记》——《墙》；2《姑妇曲》——《姑》；3《慈悲曲》——《慈》；4《翻魇殃》——《翻》；5《寒森曲》——《寒》；6《蓬莱宴》——《蓬》；7《俊夜叉》——《俊》；8《穷汉词》——《穷》；9《快曲》——《快》；10《丑俊巴》——《丑》；11《禳妒咒》——《禳》；12《富贵神仙》——《富》；13《磨难曲》——《磨》；14《增补幸云曲》——《增》。
　　④ 董志翘：《21世纪中古、近代汉语词汇研究随想》，载《中古近代汉语探微》，中华书局2007年版，第3页。

展，至今对三音节词的探讨还很少。

从当前的理论来说，研究方言词可以补充汉语词汇学理论。汉语词汇学理论绝大多数是建立在普通话词汇研究基础上的。而汉语既然是汉民族使用的语言，就应该包括方言的研究。如何让汉语研究与世界语言研究接轨，是新时代汉语言研究者应该具备的学术眼光。比如我们通过比较，考察方言词与通语的差异，研究方言词是如何进入通语领域的，进入通语领域后发生过什么变化。这些问题，西欧的语言很难为我们提供蓝本，只有像汉民族这样有着广阔的生活地域、悠久的发展历史和频繁的民族接触的国家，其语言才能呈现出纷繁的复杂性。因此加强近代汉语词汇研究意义重大。普通话以北方方言为基础方言，所以首先必须要加强北方方言词汇史的研究。

（三）语法史价值

蒋绍愚、曹广顺认为近年来近代汉语语法研究取得了很大进展，主要表现在研究范围的扩大以及研究的深入程度上。他们认为"把近代汉语的语法研究和现代汉语方言的语法研究结合起来，是有广阔前景的"。[①]可以做的工作主要包括：研究近代汉语某一语法现象在现代方言中的发展；研究现代汉语方言某一语法现象的历史来源；就现代汉语方言中某一语法现象拟测近代汉语语法的演变历史等。对《醒》方言词的历史演变脉络、语法功能的变迁进行梳理有利于摸清汉语语法系统的演变和发展。

（四）官话史价值

金元以来，动荡的政治生活促使北方汉语快速发展。"官话"名称最早出现在明代，是指共同语的意思。明代初年官话基础方言无疑为南京话，朱棣迁都以后，南京话北上，与北方官话长期处于接触状态。《醒》能反映清初北方官话的部分面貌，研究其方言的历史演变有利于认识官话发展历史。

二 研究现状

（一）研究现状述评

有关这一课题已引起不少研究者的关注。1932 年胡适考察了《聊斋俚曲集》与《醒》共见的 14 个方言词，开研究之先河。自 1985 年算起，

---

① 蒋绍愚、曹广顺：《近代汉语语法史研究综述》，商务印书馆 2005 年版，第 15 页。

单篇论文大约七十篇，以此为研究内容的硕士、博士论文更是数量可观。取得的成果主要集中在词汇、语法两个方面。

1. 词汇研究

自 20 世纪 80 年代以来，涉及方言词词义考释的文章有三十多篇，这些文章有利于理解方言词意义，但考释质量良莠不齐。这方面已经出版的专著也有三部：董遵章（1985）《元明清白话著作中山东方言例释》、张清吉（1990）《醒世姻缘传新考》、徐复岭（1993）《醒世姻缘传作者和语言考论》。其中以董遵章、徐复岭考释较为允当。有两篇硕士论文对方言词的构词做了可贵探索：任双平（2005）对方言词的附加式构词问题做了探索；李艳（2007）对俗语中的歇后语、谚语、惯用语的构成和特点做了探索。笔者（2006）博士论文曾对《醒》的一些方言词如"人客"、"掇"进行简单考察，殷晓杰（2011）博士论文在此基础上，从汉语词汇史的角度，对这些方言词的历史演变做了更深入的研究。总之，近十年来对《醒》以及其他语料中的方言词汇研究，所做的工作主要在词语考释上，对词汇的发展规律很少讨论。

2. 语法研究

语法研究方面，单篇文章大约三十篇：大家讨论过明清山东方言的反复问句、动词重叠句、处置句、述补结构、人称代词、动量词、助词、副词、语气词、连词等。已经出版的专著有：冯春田（2003）《〈聊斋俚曲〉语法研究》；李焱（2006）《〈醒世姻缘传〉及明清句法结构历时演变的定量研究》；戚晓杰（2007）《明清山东方言背景白话文献特殊句式研究》；宋开玉（2008）《明清山东方言词缀研究》；翟燕（2008）《明清山东方言助词研究》；王群（2010）《明清山东方言背景白话文献副词研究》。自 1999 年之后有关的硕士、博士论文竟有二十多篇！一些研究内容甚至不止一个人做过，尚未出版的硕士、博士论文，涉及词法研究的主要有：刘晓梅（1999）；艾尔丽（2000）；路广（2003）；王爱香（2003）；贺卫国（2004）；李映忠（2005）；徐慧文（2005）；邵妍（2007）；张俊阁（2007）；魏红（2007）；张莉（2007）。涉及句法的除了我们上面提到的李焱、戚晓杰作品，未出版的还有：丁俊苗（2003）；郑东珍（2004）；李纪洲（2007）。

这些作品质量差异较大，存在的问题是忽视了语法研究的形式与意义相统一原则，因此很多数据统计也不可靠。在利用现实方言方面，除了岳立静（2006）博士论文、冯春田（2001，2002）两篇文章在研究中注意了与现代方言比较，其他谈方言词者很少跟通语对比，更缺少方言调查。

3. 语音研究

语音研究上，主要有：李无未（1989）；王衍军（2004）；张鸿魁（2005）。李无未的文章注意剥离不同性质的语料，注意将作者泥古而出现的语音现象与现实方言区分开，这一点十分可贵。

（二）存在问题

近二十年来特别是近几年，明清山东方言的研究无比火热，取得了很多可喜的成果，但还显得不够科学严谨，缺乏系统性。主要表现在：

（1）现有成果缺少严格的理论体系。尽管方言词的定义还没有明确概念，但是学者们对方言词与通语词的差异研究已经取得了很大成绩，没有与通语词汇的比较就谈不上方言词研究。目前很多研究成果所谈的方言词实际上是通语领域词汇，研究对象缺乏明确标准。

（2）现有成果缺乏语法研究的严谨性。在描写语法现象的过程中，要特别注意汉语缺少明确的形态标志，很多句子表面形式一致，实际语法意义完全不同。现有的研究成果除了冯氏著作质量可靠，其他成果在此方面则做得相对稍差。

（3）现有成果研究面狭窄。研究成果感兴趣的不是方言词意义考释，就是语法意义的揭示，很少从历史演变的角度对其发展脉络进行整理，本书旨在突破专书研究的共时局限，力求从汉语史的角度观察语言演变现象。

（4）现有成果与汉语官话历史发展研究结合不够。山东方言是北方官话的一个分支，在其发展过程中接受过北方少数民族的影响。明代朱元璋建都南京，南京话取得优势地位；朱棣迁都北京，迁入了源自南京的大量人口。南系官话虽维持其优势地位，但与北系官话接触融合之势也在加剧。清人入关以后，北京城分为内城与外城，政府要员办公均为满语，后来融合之势不可阻挡，逐渐内城、外城融为一体，北方官话正式走向民族共同语方向。① 因此汉语从明代至清初发生了南北官话接触中的特殊演变。这些问题至今还没有学者关注。

---

① 侯精一：《试论现代北京城区话的形成》，载遇笑容、曹广顺、祖生利《汉语史中的语言接触问题研究》，语文出版社 2010 年版，第 207—221 页。

三　研究目标和研究方法

（一）研究目标

本课题拟对见于《醒》中的 908 个方言词进行研究，对其历史来源与发展做探讨，并在此基础上讨论北方方言词与汉语通语词之间的关系，研究汉语通语的形成历史。主要想做的工作有：

（1）方言词汇的描写。对部分方言词本字进行考述；对方言词的构词特点进行研究，主要研究双音节的构词规律，另外对汉语三音节、四音节的重叠式状态词的构词规律也做研究。

（2）方言词历史演变规律研究。主要从历史演变的角度讨论实词问题。涉及方言词对古语词的存留；方言词的区域特征与北方少数民族语言接触痕迹；明清方言词的北播与南缩；方言词的词汇化与历史演变；方言处所词的演变等。

（3）方言词语法描写与语法史追溯。描写清初山东方言语法概貌。介绍清初山东方言副词、代词、连词、量词、介词、语气词、助词语法功能，并涉及与同期通语词的关联、差别。

（4）方言词语法化研究。主要研究方言副词、连词、介词、语气词、助词的语法化道路和条件。

（二）研究方法

考虑到历史方言词的复杂性，我们在本书中主要采取以下几种研究方法：

1. 描写法

对清初山东方言词做研究，首先要对其做全面细致的描写。本书将其中的方言词分作 16 种词类：名词、方位词、处所词、动词、形容词、状态词、数词、数量词、拟声词、副词、代词、量词、连词、介词、语气词、助词。名词按义类分作 10 类。方言中的虚词，详细描写它们出现的句法环境，找到能反映方言特点的用法。比如：语气词"可"（有时写作"呵"、"科"，详见本书第八章语气词章节），在详细描写的基础上，与今天的山东方言相对比。

2. 比较法

对方言词，特别是历史方言词，应考察当时的语言环境，仔细分辨它是一个流传区域很广的方言词还是通语词汇。鉴于问题的复杂性，笔者在研究中必定要使用比较法。

（1）共时比较法：本选题将《醒》放在与清代语料比较的基础上，通过频率统计，鉴定哪些是方言词。除了与同时代的语料对比，还注意与同时代其他山东方言相互参证，这些语料主要是民间俗曲《聊斋俚曲集》、小说《续金瓶梅》。《聊斋俚曲集》46 万余字，为山东淄川人蒲松龄的作品，是一部俗曲集子，其中有大量的山东方言词。《续金瓶梅》34 万余字，为山东诸城人丁耀亢所著，写西门庆及其他人物转世报应的故事，其中有部分山东方言成分。它们在写作时代上没有太大的差异，可以看作一个共时平面的语言。

（2）历时比较法：将清初方言词与古代方言词作对比，与现代的方言词作对比。现代山东方言主要在元代以后语言的基础上形成，很多清初方言词的来源可以追溯到元代。我们以《元刊杂剧三十种》、《五代史平话》为主要语料，由于蒙古语与汉语接触而产生了复杂演变，鉴于元代汉语的特殊性，部分内容也涉及《蒙古秘史》。明代反映北方话的语料比较典型的是 85 万字的《金瓶梅词话》，虽然夹杂少量吴语，但主体仍是山东方言，在谈到历史比较的时候也会涉及。明清时代北方官话除了一部分小说，还有"朝鲜汉语教科书"以资参照。现代方言，除了可以实地调查之外，已有的相关研究成果也比较多，可以利用这些研究成果，考察清初方言词发展趋向。

除了与北方话比较，还可以与不同地域的作品比较，比如与南方方言加以比较。明代初年的《逆臣录》、稍后的《西游记》可以做江淮官话的代表；《六十种曲》是典型的南戏；《型世言》、《三遂平妖传》有少量吴语成分；这些作品的语言都能反映南系官话的部分面貌。清代《儒林外史》为江淮官话；《儿女英雄传》为北京官话；《歧路灯》为中原官话；清初的《缀白裘》宾白部分多吴语；清末小说《海上花列传》对话部分多吴语。要说明清初山东方言词的发展，必定要与这些语料作对比。

3. 语义分析法与语音考察法相结合

方言词常常是书写无定形。有时书写形式不同，未必不是一个词；有时书写形式相同，但未必是同一个词。考察判定是不是属于同一个词要坚持语义分析及语音考察两个标准，词义引申有一定规律，只要两者有引申关系，就可以认定两词之间的联系，这是条件之一。再考察两个词语音上有没有联系，是不是有方言音变现象。如果语音上再有密切关系，那么就应该认定两者为一词。比如：

【㝩㝰】【狼犺】【狼抗】

㝩㝰，《汉语方言大词典》标注流行区域为：江淮官话、吴语、湘语、赣语、客话，释义作"形容物体庞大而空洞"。狼犺，流行区域为：北京官话、中原官话、徽语、吴语、闽语，释义作"粗重，笨拙"。狼抗，流行区域为：冀鲁官话、中原官话、江淮官话、吴语，释义作"粗重，笨拙，多指物"。三个词的解释略有不同，我们可以看一看文献的用例，比较三个词到底有没有不同：《醒》第四十一回："魏氏手里的东西，其那细软的物件，都陆续与那戴氏带了回家；其那㝩㝰的物件，日逐都与魏运运了家去。"《二刻拍案惊奇》卷三十六："沈一伸手去隔囊捏一捏，捏得囊里块块累累，其声铿锵，大喜过望，……要驮回到家开看。虑恐入城之际囊里狼犺被城门上盘诘，拿一个大锤，隔囊锤击，再加蹦踏匾了，使不闻声。"清胡文英《吴下方言考》："今吴谚谓物之大而无处置放者曰狼抗。"从文献看，可以断定，三个词之间是异形词关系，就是说，它们记录的是语言里的同一个词，当释作"物体庞大笨重"。①

《汉语方言大词典》"狼抗"下还有一个义项："性格刚愎"，通行于吴语区。这一意义可以在中古文献里看到例证：《世说新语·方正》："处仲狼抗刚愎，王平子何在？"但是这个意义与"庞大笨重"的"狼抗"，引申途径不清，很难认定为一个词。为谨慎起见，应该认为方言里有两个"狼抗"：【狼抗$_1$】指物体庞大笨重；【狼抗$_2$】指性格固执傲慢。

4. 定性、定量分析法

这种方法能把某些语言现象的性质从数量上确切地反映出来，能在特定的范围内给人们以整体的认识。特别在论证一些比较性的问题时更能显示出这种方法的科学性。我们鉴定一个词是不是方言词，主要依据电子语料的统计数据。

本书综合采用以上研究方法，辅助于电子检索手段。

四　理论框架

（一）方言词定义

蒋绍愚说："近代汉语作品方言成分的考察是一件很有意义的工作，

---

① 汪维辉：《说"狼犺"》，《古籍整理研究学刊》1994 年第 2 期。

但也是一项相当困难的工作。这困难主要在于：近代时期的方言缺乏充足的资料，因此，要考察近代汉语作品中一些语言现象是否属于当时某一方言的现象，往往只根据现代方言的状况以及其他历史资料加以推断。而在推断的过程中，如果方法不当，就会出现问题。"① 因此，研究近代汉语方言词，方法论是首先应该注意的问题。

方言是与共同语相比较而存在的，方言是共同语的继承和支裔。关于什么是方言词，至今没有一个非常明确的说法。我们经过多年观察研究，认为首先要区别"方言词"和"方音"。方言词的调查要侧重于方言词汇意义，而非语音。一个词语在不同的方言里可能意义上完全相等，但在语音上有所不同。如方言词"鰕腰"，淮安楚州读作 [xa^{42}iɔ^{42}]，而徐州读作 [çia^{313}iɔ^{313}]，意为"弯着腰"，和普通话中的"弯腰"表达形式上有差异。鰕，匣纽麻韵二等字，按照语音演变规律当读作 [çia]，读作 [xa] 属于方言音变。所以"鰕腰"这个词同时涉及方言词及方音的问题。又如"海"，"糟糕、完结"义，淮安话读作 [xai^{24}]，其实就是普通话"坏"的韵头丢失造成的，但是它的意义与普通话有很大的差别，不仅表示"完结、完蛋"义，还可以做程度副词，如"我今天倒霉海得了（我今天非常倒霉）"。因此"海"要计为方言词。再如"哈话"，淮安楚州读作 [xa^{42}xua^{55}]，而徐州读作 [çia^{313}xua^{51}]，意为"假话"，就是普通话中的"瞎话"。瞎，晓纽鎋韵入声，入声字的演变各地有差异，"哈话"这个词就仅仅涉及方音，而不能计为方言。因此方言词主要指的是意义，即同样的意义在别的语言系统里必须通过其他词语表达，若没有对应意思的词语时只能通过词组表达，甚至完全无法找出任何对应的词语。②

"方言词汇的分歧，可以就词义和词形两方面观察。"③ 汉语方言词的差异主要有以下几种表现：④（1）源流差异，即来源于汉语通语不同历史时期而形成的词汇差异。（2）造词差异，即同样的概念，不同的地域命名有差异。（3）构词差异，词根相同的情况下，词序是否相同、是否有

---

① 蒋绍愚：《近代汉语研究概要》，北京大学出版社 2005 年版，第 333—334 页。

② 晁瑞、杨柳：《〈西游记〉所见方言词语流行区域调查研究》，《淮阴师范学院学报》2012 年第 2 期。

③ 袁家骅：《汉语方言概要》（第二版），语文出版社 2001 年版，第 44 页。

④ 参看《中国大百科全书语言文字卷》，中国大百科全书出版社 1988 年版，第 144—145 页。

词缀、是否重叠的差异。（4）词义差异，即不同的方言系统，同一个词形，意义有差别。其中也包括两种情况：同一个词，义域有差异；同一个词，义位的多寡有区别。（5）价值差异，即同样一个词，在有些方言是活跃的常用词或者有强大构词能力的词，而在另外的方言也许是生僻词或者构词能力很差。（6）无对应情况，即同一个概念，在某些方言可以成词，在通语或者另外的方言里只能用词组表达。鉴于这些差异，可以这样规定方言词的定义：在共时平面上词汇理性意义、附加意义、语法意义以及义域宽窄、义位多寡与通语存在差异的词，或者共时平面上通语中无对应词的，一律称为方言词。我们强调共时平面，因为方言是历史发展的积淀，或者说曾经也是通语的一部分。没有共时平面，就无法比较方言与共同语的差异，也就根本无法谈及方言的特点。

（二）历史方言词的鉴定

如何具体操作鉴定一个词是不是方言词，在现代汉语中是比较容易的，因为语言上的共时平面是具体可观的。但是如何鉴定一个词在历史上是否为小范围方言所使用的词，就目前研究状况看，恐怕比较难。我们在研究调查文献的基础上，认为依据以下几条可供操作性标准，或许对这项研究有所裨益：

1. 词的频率标准

一个通语里常见的词，应该在各个时期文献中都有一定的使用比例，不会在某一文献中出现，以后就鲜有用例。当然，也不能完全排除另外一种可能，有一些词可能是昙花一现的通语新词。但是这类词往往应该是反映社会生活的名词，比如，"文革"出现的"黑五类"，一般不会是副词、介词等。所以，假如我们辅之以词性，词频这一条标准是比较稳妥、可行的。当然词频与统计的语料性质有不可分割的关系，就目前的研究现状，我们可以依靠语料较为丰富、题材较为全面的汉籍检索全文系统软件。①一个词的出现频率达到多少才可以视为方言词，就我们现在的研究情况看，以时代为界，每一个朝代中使用频率低于 50 次的词视为方言词比较合适。举个例子说："精"，副词，表程度极强，用在"湿、硬"等形容词的前面，有表示"不悦、不满"的附加感情色彩。在清代的文献中，

---

① 即陕西师范大学历史文化学院袁林等研制，这个电子语料库比较容易见到，检索结果读者可以复核。需要说明的是电子检索只是一种辅助手段，因为毕竟存在语料校对不精的情况。

只有 13 例。如：《醒》第八十回："高底鞋，裙子，着水弄的精湿。"第二十六回："水饭要吃那精硬的生米，两个碗扣住，逼得一点汤也没有才吃。"《儿女英雄传》第五回："一个是个高身量，生得浑身精瘦，约有三十来岁。"这个副词有方言色彩，仍见于今天的冀鲁官话，如济南方言有"精湿"、"精淡"、"精稀"等词。

副词"精"表示程度深，源于先秦形容词"精"。如《吕氏春秋·勿躬》："其臣蔽之，人时禁之，君自蔽则莫之敢禁。夫自为人官，自蔽之精者也。"高诱注："精，甚。""精"的这种用法，此后各代文献鲜有用例，应属于方言用法，通行于小部分区域。

2. 同一时代，不同词义的出现频率

有的词常见义位可能是通语领域的，它的罕见义位有可能来源于方言。比如某一个词的某一个义位只出现在个别作家笔下，跟同时代的其他作品有差别。这里固然可能是作家个人风格的影响，但是一般说来，只有运用修辞以使文章生动形象的时候——比如使用比喻、借代、拟人、夸张等——作家笔下才有可能产生一种有别于其他文献的词义。除此之外的情况，就有可能与方言有关。比如"盘缠"在清代的文献中有 292 例。只有 20 例是动词"花费、支用"义，其他都是名词"费用"义。这 20 例全部出现在小说里，《醋葫芦》两例，《儿女英雄传》三例，《歧路灯》两例，《儒林外史》四例，《隋唐演义》五例，《醒》四例。可以说，在清代通语里"盘缠"是名词义。用作动词义，仅限于部分地区，有方言色彩。

但是对于频率标准我们要有清醒的认识：有些常用词出现的频率可能高于 50 次。这就要看这些词是不是仅出现于几部有限作品中；或者虽出现在多部作品中，但山东方言作品中词义特殊。比如：没的（没得），作为语气副词，表示反诘语气，在《醒》中的使用频率是 194 次，这个频率远远超出我们认定的 50 次，《聊斋俚曲集》中也有这个词，写作"没哩"。"没的"清代常见为副词，表示否定，有"不曾"义，如《醒》第八十四回："央他凭上多限了两个月。还没的往张家湾写船去哩。"少数作品中为连接副词，表示逆接，犹"却"，如《红楼梦》第十九回："我不过是赞他好，正配生在这深堂大院里，没的我们这种浊物倒生在这里。"《醒》"没的"反诘语气副词用法不见于其他作品，因此是清代的山东方言词。再比如："您"在《醒》中的频率也超过 50 次，但是在山东方言作品中，指一般的第二人称代词，并无敬称义，这与通语有异，且仍与今天的山东方言一致，应当计为方言词。

3. 文体及叙述角度标准

不同文体吸收方言词的可能性是不同的。一般地说，小说类，为了生动刻画人物的需要，会大量吸收方言词；政论类，要传达的信息郑重严肃，会拒绝吸收方言词，即便是偶有方言词，也只是零星散见。比如要鉴定二十四史某一部史书中的方言词，就要比鉴定《搜神记》这样的小说里的方言词，要更加小心一点；或者明白一点说，"列传"为刻画人物需要吸收方言词的可能性会比较大，"志"则会小得多。从叙述角度说，人物对话，最容易使用方言词；而叙述情节，容易运用书面语，使用方言词的概率会降低。比如"常川"一词，在《醒》中仅出现一次，在整个清代文献中也不足五十例，但是《清史稿》中的五例均未出现在对话中，而且有一例出现在国际盟约中，这使我们断定这个词不能计为方言词。再比如"罢软"，《醒》中也仅出现一次，计异形词"疲软"在内，清代见到的文献中也不足二十五例，为"乏力"、"官员不称职"义，其中两例见于《清史稿》，且与《醒》"罢软"义无异。鉴于这些统计，"罢软"亦不可视为方言词。

4. 同一种古籍，不同的整理版本，差异较大的词语

整理者未必完全通晓某地方言，在整理古籍中，不同的整理版本最容易在方言词上产生分歧。目前中华书局《古本小说丛刊》、上海古籍出版社《古本小说集成》，选取了国内外现存的古本小说善本。利用这些古籍善本，我们可以对照不同的整理版本，从异文中发现方言词。比如："嘬道"一词，在山东方言中指"背地议论别人的是非"。又方言中"嘬"读为 [zuo^{51}]，因此小说中写作"左道"。上海古籍出版社本与齐鲁书社本有差异，前者为"在道"，后者不误。参考《古本小说集成》的同德堂本，"在"应该是整理者黄肃秋不明方言误校。

5. 训诂学家笔下的方言记录

历代训诂学家明确表明方言的，对我们考订方言词有参考价值。比如"跁"，"匍匐"义。清郝懿行《证俗文》卷十七："江淮之间谓小儿匍匐曰跁。""首尾"，"指男女不正当关系"。明顾起元《客座赘语·方言》："南都方言……男女之私相通者，亦曰'首尾'。"当然也要注意训诂学家的训诂资料也未必完全准确。蒋绍愚认为："20 世纪前对近代汉语口语词

的研究往往不太注意时代,把一些不同时代的口语词作为一个平面加以罗列。"① 所以此类训诂资料,还要通过文献调查,以确认其是否为方言词。

6. 各类辞书、方言志收录的方言词

例如许宝华、宫田一郎主编的《汉语方言大词典》,收集了全国各地的方言志,汇集众多研究成果,也是我们判断方言词的重要依据。

一个方言词的认定,也许只需要一个条件,比如第 1 条词频标准(常用词要特别注意观察是否仅出现于一两部作品中);有的往往综合几个方面的标准。比如词频是必须参照的,除此之外,还有文体参考系数。假如一个词不仅见于同时代小说戏曲中,而且出现在正史中(这种文体,一般继承性比较强,文言色彩也比较浓),我们说这个词应该是通语词,反过来说,看作方言词是不合适的。例如"搏节"一词,收入了《汉语方言大词典》:"【搏节】〈动〉控制掌握,使适度不过分。闽语。"但是我们再仔细考察一下文献,认为这样的处理有些欠妥。"搏节"上古已见,《礼记·曲礼上》:"是以君子恭敬、搏节、退让以明礼。"孙希旦集解:"有所抑而不敢肆谓之搏,有所制而不敢过谓之节。"上古这是个同义连文的双音节词,义为"节制"。这一义位一直延续到清代,没有任何新的发展。清代文献能见到四十二例,不仅见于小说《醒》、《儿女英雄传》、《官场现形记》、《镜花缘》,而且见于正史,如《清史稿·毛昶熙列传》:"非力加搏节,不足以广积储而备缓急。"文献的调查统计可以让我们有这样的认识:"搏节"一词产生很早,一直到清代都是语言中较为活跃的词语。这样"搏节"一词视为通语词更合适。因为按照常理,一个方言词的流行区域即使可以很广,它在文献中的使用频率也不会很高。出现在正史类文献,且不是人物对话中,更能说明它的使用范围是没有地域限制的。而方言词,最大的特点是流行区域的有限性。

这里要强调一点:所有关于方言词的考察,都应该突破字形的限制。比如"遮影"这个词,在《醒》里仅出现了一次,第二十二回:"你家里有甚秀才乡宦遮影着差使哩?"这里为"应对"义。"遮影"本字"支应"。遮,麻韵章纽;支,支韵章纽。影,梗韵影纽;应,證韵影纽。两对字都仅是同声,韵和调都不能完全对应,也就是说音韵地位不完全相等。但文献证据以及意义对应关系都完全支持我们对这个词本字的认定。

"支应"明代起有"应对、接待"义，如叶宪祖《夭桃纨扇》第一折："这几日城南桃花盛开，游人不绝，费人支应，好不耐烦。"在此基础上，又引申为"伺候、招待"义，如《醒》第四十二回："若是被他报了农民，就要管库、管仓、管支应、管下程、管铺设、管中火。"今天的山东方言，如菏泽话，也有此意义：我不想给他打那支应（我不想伺候他），别找我。《醒》"遮影着差使"即"支应着差事"。"支应"在清代文献中的用例是一千三百多次，广见于小说、文言笔记等多种体裁文献，仅《清史稿》中就有二十例，如《土谢图汗部列传》："库伦大臣等修理衙署及器具铺垫等项，已合银十万余两，支应马匹、食羊、柴炭等项尚不在内。"毫无疑问按照频率标准以及文体、叙述角度标准都不可以看作方言词。

再比如"堪堪"，"即刻、马上"义，在《醒》中仅出现一次，第六回："叫一个狐狸精缠的堪堪待死的火势，请了天坛里两个有名的法师去捉他，差一点儿没叫那狐狸精治造了个臭死。""堪堪"本字"看看"，如第十二回："审了回来，我还要往庄上看看打谷哩！"这个词唐代已经出现了，《全唐诗》共四十四例，如卷897："落絮飞花满帝城，看看春尽又伤情，岁华频度想堪惊。"副词"看看"《元刊杂剧三十种》共七例，明清小说中也很常见。据杨海明的统计，《水浒传》119例，《三国演义》29例，《儒林外史》14例。① 根据我们的词频统计，清代"看看"7700多次，就算删除动词重叠构形"看看"，剩下来的副词"看看"仍然具有很大的使用频率、比较广泛的使用范围，因此不应该认定为方言词。

（三）　准则的灵活性问题

任何准则面对复杂的语言现象，都会显得捉襟见肘。以频率统计作为判断方言词的依据尽管比较合适，但一个词假如它的出现频率很低——甚至低到1—2次的时候——我们一定也要小心判断，注意考虑语言事实的多层面性。比如：

我们在《醒》中见到很多离合词，这些词在其他文献中出现频率不高，主要分为四类：

---

① 杨海明：《动词"看"重叠的几个问题——关于动词重叠的思考》，载汪国胜、谢晓明主编《汉语重叠研究》，华中师范大学出版社2009年版，第276—291页。

1. 动宾型

碍眼 安分 持服 抽头 打夹帐 打诳语 打扇 打围 打问心 打乡谈 当事 得济 对命 发汗 放学 合伴 合气 回席 回椎 见礼 揭短 举意 刊板 磕头 拿讹头 欺心 撒酒风 上头 拾头 说话 淘气 完事 洗三 主事 作业

2. 补充型

庐墓（在墓侧造房子）

3. 联合型

撒泼 知道 磕拐 扯淡（即"扯谈"的音变） 做弄

4. 偏正型

科举

"科他一遍举"，在《醒》中仅出现一次，也不见于其他文献，能不能算作带方言属性的离合词呢?

我们知道：离合词里绝大多数是动宾结构，据施茂枝统计《现代汉语词典》（1996年版）的4908个动宾式复合词中，可离析的就有2889个，占58.86%，是《词典》中全部离合词的92.86%。[①]据笔者考察：汉语出现离合词的时期是宋代，最早的离合词是动宾式的，到明代出现了联合式、补充式、偏正式，主谓式是出现最晚的离合词。在调查的明代四部作品《水浒传》、《西游记》、《金瓶梅词话》、《型世言》中，动宾式的离合词占95.4%。[②]

动宾式的这种绝对优势地位，对其他类型离合词的形成产生了强大的类化作用。科举，名词"科"被强行当作动词，而本来是动词的"举"由于处在宾语位置上，就带有名词性质。语言里的离合词总是跟言语使用息息相关，离析形式的语言有幽默感，从现场看，可以渲染轻松的气氛；从叙事角度看，容易拉近读者与作者的距离。离合词"科他一遍举"，是作者灵活运用语言规则造出来的词语。

"庐墓"，是文献中"庐于墓"短语的缩略，"庐了三年墓"这样的离析形式，也是作者根据语言规则造出来的。

一个作家有自己创作的独立性，这样的词，完全因作者修辞而产生，

---

① 施茂枝：《述宾复合词的语法特点》，《语言教学与研究》1999年第1期。
② 力量、晁瑞：《离合词形成的历史及成因分析》，《河北学刊》2007年第5期。

就算其出现频率很低，也不能计为方言词。

再者，有的词有可能临时活用，频率也会很低。"一溜"，在《醒》中有"一道"义，如第八十八回："再其次他那舌头又不与他一溜，搅粘住了，分辨不出一句爽利话来。"数量词组"一溜"在明清小说中习见，为"一排、一串"义。《醒》中仅此一例的"一溜"，应当由数量词组引申而来，且不能排除其仅仅是言语意义，具有尚未形成固定义位的嫌疑，因此也不能计为方言词。

也有另外一种情况：一些出现频率非常高的常用词，能不能计为方言词？比如"俺"这个常用的第一人称代词，在清代的文献出现频率为5000多次。鉴于这个词从来不出现在南方类文献，比如《海上花列传》中，也就是说，这个词流行的区域仍然有所限制，那么也还是应该计为方言词。

（四）方言词的归属问题

还有两个棘手的问题需要回答：第一，如何确定我们所圈定的方言词不是当时清初的通语词？由于资料所限，这个还无法做出准确回答。第二，如何确定方言的流行区域？山东境内北方官话分成三个方言片：胶辽官话、冀鲁官话、中原官话，确定下来的方言词，到底属于哪一片，鉴于清初的方言资料太少，也不能准确判断。本书一律称作山东方言词。行文中与南方文献比较时，称其为北系官话方言词。

本书引文例句，除将原文繁体字改作对应简体，其他异体字等一律不作处理。引文为小说类文献，则第一个数字表示回数，第二个数字表示页码，中隔以斜线。现代引文出自北大CCL语料库，不作页码标注。

第 一 章

方言实词概述

第一节　清初山东方言词概貌

本书主要考察了见于《醒》中的 908 个方言词（方言词总表见附录，描写为取方便，个别词释义，置于括号内），按照其语法功能分类，其中名词按照李荣《现代汉语方言大词典》依据义类分类；动词、形容词、状态词按照音节分类。

本节仅介绍名词、动词、形容词、状态词、数词、数量词、拟声词。

一　名词

按照义类可以分为：

（一）天文、地理、时间

八秋儿；紧溜子里；几可里；猛可里；常时；后晌；年时；年下；前向；侵早；日头；日西；晌午；夜来；临了；排年什季；头上抹下。

（二）农业

叉把；坡。

（三）植物、动物

老瓜（即"老鸹"）；麻虮；头口；盐鳖户；蛐蟮；蝎虎。

（四）房舍、器具

房头；胡梯；家生；礓磜子；了吊；马子；门限；生活；素子；踏脚；仰尘；筅子；越子；灶突。

（五）称谓（含亲属称谓、詈辞）

把势；促寿；达；大八丈；当家子；二尾子；盖老；姑娘；孤老；杭杭子；杭货；姐夫；妗母；烂舌根；老公；老獾叼；利巴；觅汉；奶子；男子人；攘包；娘老子；娘母子；扭扎鬼；脓包；皮贼；婆子；亲家婆；人客；善茬；生头；生帐子货；蹄子；屠子；团脐；捱拉₁；翁婆；乡瓜

子；小厮；爷爷；硬挣子；乍生子。

（六）身体、疾病、衣服穿戴

脐抢骨；跛罗盖子；顶搭；顶脖揪；腚；额颅盖；骨拐；黑计；鸡巴；赍子；膫子；臁亮骨；罗拐；奶膀；毛尾；铺漤；腔巴骨子；人物；嗓根头子；尿泡；蹄膀；洗换；牙巴骨；牙茬骨；仰拍叉；纂子；嘴头子。

药吊子；油气。

补衬；袄子；地子；丁香；跋（即"襻"）子；上盖；身命；鞋脚；主腰子。

（七）饮食

白醭；扁食；发面；粉汤；合子；火烧；鸡子；毛耳朵；馍馍；粘粥；棋子；馓枝（即"馓子"）；嘎饭；小豆腐（儿）。

（八）红白大事、日常生活、讼事、商业、交通

暗房；毛衫；陪送（嫁妆）；粥米；骨殖。

梯己；历日；物业。

叉股子；活口；口词；口面；脚色；拿手；招子；照物儿；证见；招对。

赶脚；当街；搅裹；猛骨（金钱）；偏手；落脚货。

（九）交际

班辈；淡话；开手（顺水人情）；口面；侉话；人事；首尾；死手。

（十）其他

背地后里；背肐拉子；闭气；别脚；风信；泔水；圪拉；火势；脚色；口分；卯窍；明杖；炮仗；腔款；停（分数表示法）；瞎帐；下场头；像生；焰摩天；一宠性儿；意思；张智；独自个。

二 动词

（一）单音节动词

伴（比较）；抱（禽鸟孵卵）；暴（沾惹尘土）$_1$；逼（贴近）$_1$；逼（挡住渣滓以倾倒液体）$_2$；扁（藏）；鳔（盘绕肢体）；鳖（强逼）；别（拗断）；擦（紧挨着）；采（拉）；插（煮）；绰（顺着口气）$_1$；衬；搊（向上托扶）；诎（贬低人）；噇；绰$_2$；雌$_1$；雌$_2$；惴（硬塞于）；攒；撮；打（达到）；歹（勒住）；滴（摘取）；丁（聚集）；断（追赶）；敦

（重放）；顿（用力猛击）；跺（用力猛击）；愤（服气）；搁（被硬物压迫）；拐（放置）₁；拐（碰倒）₂；害（患病）；呵；合（结伴）；猴（蹲踞）；呼（猛力击打）；划（相处）；回（购买）；伙（共有、共事）；己（给与）₁；将（带领）；搆；浆（浆洗）；拘（补器皿）；卷（骂）；掘（咒骂）；坎（胡乱戴）；砍（打）；抗（用身体顶）；揩（卡住）；坑；蒯；括；揽（处理柿子）；累（烦劳）；棱（棍打）；撩（缝）₁；撩（捞取）₂；炉（干焙）；陆（捋下来）；络（捆绑）；罗（获得）；抿（吃；打）；拿（腌制）；纳（缝制）；奶；攮；馁（怕）；能；农（凑合）；熰；拍（掰开）；澎；破（豁出去）；欺（沾惹、损伤）；缉₁；缉₂；齐（集合）；砌（装订）₁；掐；抢（逆着）；砌（讽刺）₂；情（继承、坐享）；让（向外冒）；汝（塞）；搡；杀（束紧）；哨；拾（买）；顺；搠；搜（蚀落）；塌（汗水浸透）；挺（打）；捅；投（投酒）；揰；瞎（浪费）；下（住宿）；挦；醒（懂得）；踅（裹、包）；淤（满溢）；哕；诈（张开）；照（招架）；挣；主；庄（使高大）；锥；坠（跟踪）；着（放置）；纂（编造）₁；揸；作；坐₁；坐₂。

（二）双音节动词

挨哼；挨磨；碍手；把拦；巴拽；白话；白拉；摆划；摆制；搬挑；伴怕（壮胆）；帮扶；邦邦（说话）；帮贴；俵散；别白；别变；拨拉；拨唆；补复；采打；操兑；插补；缠帐；绰揽；扯直；成头；逞脸；抽头；偢睬；出条；雌答（斥责）；龇蹬；凑处；凑手；撮弄；撮药；搭拉；搭换；搭识；答应；打倒；打罕；打圈；打脱；打帐（打架）；担括；耽待；挡馋；倒口；倒沫；倒替；捣包；蹬揰；滴溜；抵盗；抵斗；点闸；调谎；调嘴；顶触；都抹（磨蹭）；对命；墩嘴；掇气；剁搭；堕业；恶发；发变；发放；发脚；发韶；发水；发脱；发躁；翻调；方略；咬咀；盖抹；告讼；胳肢；割蹬；割拉；合气；咕嚅；鼓捣；鼓令；挂搭；挂拉；喝掇；糊括；护短；花白（闲扯）；花哨；还省；还席；回背；回席；豁邓；豁撒；积泊；架话；架落；将帮；搅缠；搅计；搅用；接合；接纽；揭挑；就着（顺势、顺便）；拘管；决撒；磕打；克落；枯刻；拦护；琅珰；勒揹；立逼；了当；撩斗；拢帐；搂吼；乱哄；麻犯；瞒哄；没帐；灭贴；摸量；魔驼；磨牙；拿班；拿掇；拿发；攮颡；猱头；浓济；盘缠；刨黄；陪送（娘家给新娘陪嫁）；披砍；皮缠；偏拉（炫耀）；偏向；撇清；破调；扑撒；铺搭；铺拉；铺排；铺腾；齐口

（动物牙齿长齐）；起盖；起动；起发；起骤；掐把；擎架；屈持；屈处；取齐；惹发；汝唆；撒活；撒津；撒漫；上覆；上落；哨哄；收煞；刷括；说嘴；说作；斯认；梭罗；琐碎；塌跋；弹挣；掏换；掏摸；淘碌；腾挪；剔拨；踢蹬；提溜；填还；跳趷；拖拉；脱剥；脱服；脱气；洼塌；挢拉₂；偎贴；窝别；伍弄；舞弄；舞旋；希诧；洗刮；下变；下地；下意；唬答；掀腾；涎瞪；献浅；相外；详情；降发；响许；消缴；寻趁；压量；眼离；咬群；义和；圆成；匀滚；扎缚；扎括；扎煞；展爪；占护；折辨；折挫；折堕；折干；争竞；挣捱；支调；支蒙；支煞；周扎；挝挠；坠脚；着手；走草；走滚；走水；走作；嘴舌；搏当；左道；作蹬；作假；作索；作兴；作业。

（三）三音节及多音节动词

不盼的（不屑于）；搀空子；打背弓；打滴溜；打伙子；打磨磨；打中火；嚼舌根；拿讹头；踏猛子；知不道；转磨磨；妆幌子；打都磨子；挑三豁四。

三　形容词

（一）单音节形容词

暴（突起）₂；磣（难为情）；强（倔强）；焦（忧虑）；醮（穷）；侉（土气）；乔；狨；善；渗（害怕）；使（劳累）；暄；淹；酽；夜；躁；贼；真（清楚）；中（可以，好）。

（二）双音节形容词

安生；背净；悖晦；长大（身材高大）；常远；刺挠；促急；促狭；村气；低搭；的实；刁蹬；迭暴；顿碌；恶囊；仿佛；副余；割磣；谷都（噘嘴的样子）；乖滑；聒拉；汗憋；汗邪；滑快；活变；活动；活泛；活络；济楚；家怀；可体；肯心；快当；快性；宽超；宽快；括毒；邋遢；辣燥；食康；利亮；伶俐；砢磣；没捆；乜斜；明快；攮业；腻耐；扭别；跑躁；泼皮；齐整；恓惶；洽浃；勤力；轻省；清楚；馨净；穷忙；撒极；散诞；善静；上紧；韶道；实落；瘦怯；熟化；斯称；撕挠；胎孩；探业；梯己（亲密）；调贴；听说（顺从）；通路；歪憋；旺跳；旺相；偎侬；温克；兀秃（不冷不热）；伍浓；喜洽；相应；香亮；响饱；邪皮；心忙；心影；硬帮；应心；迁板；圆泛；扎实；扎手；乍大；窄狭；窄逐；执板；直势；壮实；苗实；着己；着相；仔本。

(三) 三音节及多音节形容词

二不破；葫芦提；虎辣八；精打光；涎不痴；小家局；仰拍叉；燥不搭。

雌没答样；敦蹄刷脚；阿郎杂碎；号天搭地；极头么花（极头麻化）；眯鄙塌拉；流和心性；没投仰仗；没颜落色；努筋拔力；七大八小；乔声怪气；乔腔作怪；穷酸乞脸；求面下情；瘸狼渴疾；撒拉溜侈；杀毛树恐；使性傍气；四脚拉叉；死乞白赖；死声淘气；梭天摸地；枉口拔舌；偎浓呷血；无千大万；五积六受；涎眉邓眼；血糊淋拉；淹荠燎菜；淹头搭脑；一了百当；已而不当；斩眉多梭眼；挣头科脑；妆乔布跳。

四 状态词

飞风；汤汤；星飞；饱撑撑；扁呼呼；长鬖鬖；沉邓邓；大落落；淡括括；恶磣磣；恶影影；谷都都；红馥馥；黄烘烘；黄烁烁；活泛泛；火绷绷；急巴巴；尖缩缩；冷雌雌；绿威威；忙劫劫；恼巴巴；平扑扑；齐割扎；青光当；穷拉拉；软骨农；软农农；湿汰汰；实逼逼；实拍拍；死纣纣；稀棱挣；醒邓邓；血沥沥；烟扛扛；窄鳖鳖。

嗤嗤哈哈；大大法法；丢丢秀秀；敦敦实实；二不棱登；风风势势；骨骨农农；喇喇叭叭；棱棱挣挣；漓漓拉拉；鸡力谷录；旅旅道道；眊眊稍稍；闷闷渴渴；韶韶摆摆；突突摸摸；淹淹缠缠；央央跄跄；央央插插；疑疑思思；游游衍衍。

五 数词、数量词、拟声词

头水（第一次）。许些（少许）；一大些（许多）。瓜搭（物体突然关闭的声音）。

第二节 方言词本字及词汇结构考述

文字是记录语言的符号，是辅助语言交际的。可以用此符号，也可以用彼符号，因此文字带有一定的假定性。但是汉字又是一种表意体系的文字，人们希望通过"目治"，了解语言中"词"的意义。所以一个词语被文字记录下来之后，我们总是希望"目治"的"字"与"耳治"

的"词"是完全统一的。这是一个矛盾的过程，语言永远比文字更丰富，"六书"中的"假借"无本字可寻，这个常识谁都知道；然而本有其字却不用，也是古人常有的事。特别具体到方言词，情况更复杂：有些本无其字；有些本字过于生僻；有些方言音已更。特别是方言音的历史演变层次又繁杂，就给方言词的本字考证问题带来很大的困难。

梅祖麟认为方言本字的研究，要利用方言之间的对应关系，以及古音和方言的对应关系。"这两种方法的准备工作是把方言音系分辨出音韵层次。"① 这主要是针对语言中的虚词讲的。"构词法分析的核心是分析词的构成成分的意义、作用和其间的关系。"② 我们要弄清一个方言词的构造理据，最重要的事情也是知"本字"。只有这样，我们才能清楚每一个语素对词义的贡献是什么，它们之间的结构关系是什么。

下面我们主要针对双音节词求本字，以利于理解词汇结构。

【点闸】

　　遇着查盘官点闸，驿丞雇了人替他代点。(88/1136)

"查点"义，《醒》仅此一例。

《西游记》中也有这个词。写作"点札"，共出现六次，多见于口语，如第二十一回：八戒道："哥哥莫扯架子。他怎么伏你点札！"可以断定，在明清时代"点札"是一个口语词。札，名词，为铠甲的叶片，多用皮革或金属制成。如《战国策·燕策一》："今臣闻王居处不安，食饮不甘，思念报齐，身自削甲札，曰：'有大数矣。'"看来古代行军并不是点名，而是清点铠甲。由此闸之本字当"札"，点札，动宾型。

【恶囊】

　　不知他待怎么？只自乍听了恶囊的人荒！(46/595)

---

① 梅祖麟：《方言本字研究的两种方法》，载《梅祖麟语言学论文集》，商务印书馆2000年版，第420页。

② 符淮青：《现代汉语词汇学》（增订本），北京大学出版社2004年版，第29页。

"恶心、使人不愉快"义。《醒》仅此一例。"囊"之义不甚清楚。

《聊斋俚曲集》有"恶查"一词,如《富》第四回:"好一群恶查,好一群恶查,极喜去把妇人拿。""查"的本字为"差",恶查,名词,让人恶心的人。恶囊,形容词,那么"囊"的意思也应该是"差"义,文献中有见:元代无名氏《冻苏秦》第三折:"你比我文学浅,我比你只命运囊。"所以这个词是一个联合型的合成词。

【寡拉】

> 那艾回子好寡拉主儿,叫他鳖这们件皮袄来?(67/867)

书中其他例子,如第四十九回,他说:"你好聒拉主儿!我不送布合钱给你,你可不就让我吃小豆腐儿?"李国庆释"聒拉"为"胡说",未得词义。方言中,聒拉,即为"闲说、瞎说"义,如:你赶快干活去,别在这里瞎聒拉了。"寡拉主儿"、"聒拉主儿"没什么不同,都由"闲说"义引申为"难说话的人,难对付的人"。《汉语方言大词典》释作"刻薄、吝啬",较为允当。拉,词缀,方言中可以用于动词之后,使动词带上一种随意性、不郑重的情状义,[①] 书中其他词,如夹拉、劈拉、拨拉、偏(谝)拉、铺拉、挂拉、骑拉、割拉、撒拉等,也可以用于形容词之后,使形容词带上某种情状,如粗辣(即拉)。因此"聒拉"为附加式的合成词。

【杭货】

> 张师傅,喜你好个杭货么?(43/555)

"东西、家伙"义。杭,本字当为"行"。元代已有这个词,薛昂夫《朝天曲》:"传国争符,伤身行货。"本义为"货物",张国宾《合汗衫》第三折:"你倒省气力,要混赖我的行货。"这个词是两个名词性语素构成的偏正型合成词。

---

① 宋开玉:《明清山东方言词缀研究》,齐鲁书社 2008 年版,第 324—326 页。

【浑深】

　　我们这两家姑娘可是不怕人相，也难说比那月里红鹅，浑深满临清唱的没有这们个容颜，只是不好叫大官人自己看的。（18/231）

　　副词，加强肯定语气。书中也写作"浑身"，如第八十回："叫老韩到家叫了他妈妈子来，里边守着狄奶奶。他也浑身不会土遁的。"王群认为本字当为"浑身"。① 浑身，是个名词，由名词发展为副词，甚为罕见，倒是形容词发展为副词，比比皆是。由此这个词应该是两个形容词性语素构成，"浑"为大义，浑深，为联合型合成词。

【接纽】

　　素姐从屋里接纽着个眼出来，说道："我从头里听见你象生气似的。"（96/1243）

　　"歪斜着挤"义。"接纽"本字当为"挤扭"，接，《广韵·叶韵》：即叶切，精纽；挤，《广韵·霁韵》：子计切，精纽。两者同纽，接，入声，在清代的山东方言中，韵尾 [p] 的读音当弱化。纽、扭，同音，娘纽有韵。素姐眼已经瞎了，书中称"眍䁖塌拉"。䁖，本字"秕"，两者同为帮纽旨韵字。秕，名词，中空或不饱满的谷粒。如《书·仲虺之诰》："若苗之有莠，若粟之有秕。"方言中引申为形容词，不饱满的，如：这个包咋没装啥，能秕（这个包怎么没有装东西，这么秕）。素姐的眼睛既然塌陷，那自然会"挤扭"个眼。因此，这个词是两个动词性语素构成的联合型合成词。

【利巴】

　　这样南京的杂货原是没有行款的东西，一倍两倍，若是撞见一个利巴，就是三倍也是不可知的。（63/806）

---

① 王群：《明清山东方言背景白话文献副词研究》，中国海洋大学出版社2010年版，第1页。

"外行人"义。这个词在《儿女英雄传》中也出现了两次,第六回:"女子见这般人浑头浑脑,都是些力巴。"今山东济南方言:"裁衣裳做衣裳他是力巴头。"① 北京方言也有这个词:他是个力巴。另外《北京方言词典》举同形词"劣巴"。② 利的本字为"劣",词义就比较容易理解了。劣巴,为附加式合成词。

【搂吼】

那一日,我又到了那里,周大婶子往娘家去了,他又搂吼着我顽。(72/930)

"偷看"义。本字当为"睙睺",今天的冀鲁官话,如莒县、济南等地,仍然用这个词:"你在门口睙睺什么?"③《广韵·侯韵》释"睙"为"视貌","睺"为"半盲"。睙睺,本来是联合型合成词,今方言中已不可拆分,看作叠韵式联绵词比较合适。

【罗拐】

替我收拾下皮鞭短棍,我把这狗攮的罗拐打流了他的!(70/901)

"阴囊"义。罗,动词,书中也有其他例子,第七十六回:"你知道你又得了兄弟了?一年罗一个,十年不愁就是十个!"此处有"强取"义。本字当为"掠",《广韵·药韵》:离灼切,抄掠,劫人财物。入声药韵,宕摄开口三等字,如药、略、脚、却、嚼,山东方言中各字韵母均为[uo],因此"掠=罗"。因此"罗拐"是两个动词性语素构成的联合型合成词。

【魔驼】

你们休只管魔驼,中收拾做后晌的饭,怕短工子散的早。(19/245)

---

① 李荣、钱曾怡:《济南方言词典》,江苏教育出版社 1997 年版,第 23 页。
② 陈刚:《北京方言词典》,商务印书馆 1990 年版,第 171 页。
③ 董绍克、张家芝:《山东方言词典》,语文出版社 1997 年版,第 359 页。

"磨蹭"义。魔、磨，《广韵》同音，均为莫婆切。驼，《广韵·歌韵》徒河切，定纽字；扡，俗体作"拖"，曳也，《广韵·歌韵》託何切，透纽字。全浊声母定纽平声归入送气音，因此清代"驼＝扡"。"魔驼"为两个动词性语素构成的联合型合成词。

【攘包】

> 没了我合老七，别的那几个残溜汉子老婆都是几个偎浓咂血的攘包，不消怕他的。（53/686）

"攘"的本字当为"饢"，"拼命往嘴里塞"义。《西游记》中经常以"饢X"骂人，如第十九回："那高老儿因话说起，就请我救他女儿，拿你这饢糠的夯货！"第二十一回："行者道：'你这个饢糟的呆子！你照顾我做瞎子哩！'"无论是往嘴里塞糠、糟还是饭食，都容易被用作詈语。"攘包"，义为"只知道吃饭"，以此比喻没有本事的人。这个词是动词性语素和名词性语素构成的偏正型合成词。

【炮仗】

> 昨日打涿州过来，叫我背着多买了一大些炮仗，放了一年下没放了，还剩下有好几个哩，咱拿来放了罢。（58/744）

古时在节日用火烧竹，毕剥发声，以驱除山鬼和恶神。南朝梁宗懔《荆楚岁时记》："正月一日……鸡鸣而起，先于庭前爆竹、燃草，以辟恶鬼。"火药发明后，用多层纸密卷火药，接以引线，谓之"炮仗"。文献中也写作"炮张"，如《红楼梦》第五十四回："外头炮张利害，留神天上吊下火纸来烧着。"从两个语素对词义的贡献说，中心语素是"炮"，"张"即纸张，是修饰性语素。"炮仗"为两个名词性语素构成的正偏型合成词。

【铺潦】

> 象狄大哥叫你使铁钳子拧的遍身的血铺潦，他怎么受来？（60/773）

皮肤上磨出或烫伤的血泡，称作"铺潦"。"铺"本字为"痡"，同为虞韵，敷纽字。《广韵·虞韵》释"痡，病也"。动词，如《书·泰誓下》："作威杀戮，毒痡四海。"孔安国传："痡，病也。言害所及远。"潦，本字为燎，《集韵·萧韵》怜萧切，两者同韵同纽。纵火焚也。"铺潦"为两个动词性语素构成的联合型合成词。

【汝唆】

> 临那断气，等不将他来，只见他极的眼象牛一般，情管待合他说甚么，如今有点子东西，不知汝唆在那里迷糊门了。（41/533）

"塞"义。义同单音节词"汝"，如第九十八回："素姐伶俐，爽俐把两只手望着狄希陈眼上一汝。"汝，本字为擩。据《集韵》"汝"语韵，日纽；"擩"麌韵，日纽。两者声同、调同，韵近。《集韵》释"擩，抓取也"。唆，为方言动词词缀，亦写作"嗦"、"索"。如北京话词语：抠嗦、摸嗦；① 寿光话词语：掖索、捻索。② V索，词缀"索"使动作带有卑下意味。汝唆，是附加式合成词。

【撒漫】

> 这两个盗婆算计素姐也还不十分着极，只是闻得白姑子起发那许多银钱，料定素姐是个肯撒漫的女人。（68/875）

"任意挥霍"义。"漫"本字"镘"。两字同为换韵明纽字。镘，钱的通称，《全元散曲·凭阑人·章台行》："花阵赢输随镘生，桃扇炎凉逐世情。"顾德润《点绛唇·四友争春》套曲："双生虽俊风声众，苏卿缺镘情肠痛。""撒漫"为动词性语素与名词性语素构成的动宾型合成词。

【上落】

> 狄婆子道："可不是真个怎么？我正待要上落你哩！"（58/753）

---

① 黄伯荣：《汉语方言语法类编》，青岛出版社 1996 年版，第 272 页。
② 同上书，第 257 页。

"责备、数落"义。"上下"之"上"本字当为"㨑"。义为"刺、戳"，在书中多用作晋语，第七十回："陈公公骂道：'这狗攘的好可恶！这不是欺我么！'"引申为"推㨑"，第一回："计氏赶将来踩打，或将计氏乘机推一交，㨑两步；渐渐至于两相对骂，两相对打。"进而引申为"责备"，由手部动作而引申为口部言语动作，"这一语义演变模式在人类语言中具有普遍性"。① "词语的行域义是基本的，知域义和言域义都是从这个基本义引申出来的，引申途径之一是'隐喻'。"② 落，本"陨落"义，虚化为词缀，附加在单音动词的后面，可以增加动词所表示的动作的持续性，如书中的其他词语发落、出落、奚落、救落、数落、架落。也可以表示动作的静止状态，如坐落。还可以用于单音形容词后面，起到肯定形容词性质的作用，如实落。因此"上落"属于附加式合成词。

【厮称】

　　你穿着又不厮称，还叫番子手当贼拿哩！（67/869）

"相衬"义。厮，动词或形容词词缀，常见于金元间，董解元《西厢记诸宫调》卷五："张生低告道：'姐姐言语错，休恁厮埋怨，休恁厮奚落。'"《元刊杂剧三十种》共有15个这样的词：厮定当、厮提防、厮般调、厮俄延、厮顾恋、厮勾罗、厮催逼、厮敬重、厮记恨、厮临逼、厮央及、厮胡突、厮间谍、厮成计、厮趁逐。"这种语言现象应该是为了适应唱词的三音节而产生，只有词义的音节结构与唱词的节奏对应，音节才和谐而且语义顺畅。"③ 明代这种构词方式向单音节动词扩展，在《西游记》中有10个这样的词：厮混、厮战、厮斗、厮骂、厮杀、厮拖、厮扯、厮睹、厮耍、厮打。《醒》中还有"厮认"一词，因此"厮称"是附加式合成词。

---

① 董正存：《词义演变中手部动作到口部动作的转移》，《中国语文》2009 年第 2 期。
② 沈家煊：《复句三域"行、知、言"》，《中国语文》2003 年第 3 期。
③ 晁瑞：《〈元刊杂剧三十种〉三音节词构词研究》，《淮阴师范学院学报》2010 年第 6 期。

【尿脬】

> 自从官人没了，就如那出了气的尿脬一般，还有谁理？（43/556）

"膀胱"义。"脬"本字为"脬"。两者同为肴韵滂纽字。《史记·扁鹊仓公列传》："风瘅客脬，难于大小溲，溺赤。"张守节正义："脬……膀胱也。"方言中为名词，作动词"尿"的受事宾语，如：把起孩子尿脬（把着孩子尿个尿）。还可以做量词，书中亦写作"泡"，第二十九回："一个妇人拿了一把铁掀，除了一泡孩子的屎。"《说文·尾部》："尿，人小便也。""尿脬"为两个名词性语素构成的联合型合成词。

【淘碌】

> 抛撒了家业或是淘碌坏了大官人，他撅撅屁股丢了，穷日子是你过，寡是你守。（2/19）

"销蚀"义，这里指色欲伤身。"碌"本字"漉"，两字同为屋韵来纽字。漉，《礼记·月令》："（仲春之月）毋竭川泽，毋漉陂池，毋焚山林。"陆德明释文："漉，竭也。"即"淘尽"义。"淘碌"为两个动词性语素构成的联合型合成词。

【跳跶】

> 待不多时，象奴果然来到，只说童七躲在家中，跳跶着嚷骂。（71/920）

蹦跳（含贬义）。跳跶，书中还有其他异体，跳挞、跳搭、跳达。跶，当为词缀"答"的音变异写形式，文献中还有"搭"、"打"等异写。有些用在单音节动词后面的"打（答）"不是词缀，以下语素"打"均为"击打"义，如采打、夹打、挝打、截打、殴打、拷打、吹打、喝打、捆打。词缀"答"，可以用在单音动词后面，为动词增加行为持续的附加意义，如缩搭、挂搭、墩打；可以为动词增加量小意义，如磕打、抵答、添搭、唬答、拍搭、刌搭；也可以增加不郑重义，如雌答、桶（即捅）答、跳搭。也可以用在单音形容词之后，增加形容词的情状，如低搭。[1] 因此"跳跶"为附加式合成词。

【扎括】

　　俺家里那个常时过好日子时节，有衣裳尽着教他扎括，我一嗅也不嗅。（2/20）

　　正与晁大舍收拾行装、扎括轿马。（7/90）

这个词今山东方言读作 $[ts_{a}^{213}kua^{0}]$，有两个义位：（1）打扮，（2）收拾、料理。书中还有异体词：扎刮。根据今山东方言，本字定为"刮"合适。词缀"刮"，可以用在单音节动词之后，增加动作的持续性。书中类似的词还有如：洗刮、刷刮、扫括、搜括、糊括、担括、钉括、擦刮、吃刮。当然也不是所有的单音节动词之后的"刮"都是词缀，如书中"镟刮"，"旋转剥削以打制器具"，"刮"为"削"义。双音节词"扎括"为附加式合成词。

【窄逐】

　　你狄爷的凭限窄逐，还要打家里祭过祖去，这起身也急。（84/1084）

"狭小、不宽裕"义。"逐"本字"舳"，两字同音。《集韵·屋韵》：舳，船尾。伫六切，澄纽。船尾自然是船上窄小的位置，若将这个词的结构定为形容词性和名词性语素构成的偏正型合成词，则"窄逐"当为名词，与该词的形容词身份不相符合。因此我们猜测可能在方言中有形容词狭小义的"舳"。根据构词规律将"窄逐"定为两个形容词性语素构成的联合型合成词。

【左道】

　　这只怪尻眼，从头里只管跳！是那个天杀的左道我哩！（40/515）

---

[1]　宋开玉：《明清山东方言词缀研究》，齐鲁书社 2008 年版，第 318—320 页。

"唠叨,背地里议论人"义。"左"本字"嘬"。《广韵·哿韵》:左,臧可切,精纽字。《广韵·药韵》:嘬,在爵切,从纽字。全浊声母从纽仄声字,演变为不送气音 [ts],与精纽"左"同声。入声药韵,宕摄开口三等字,今山东方言中韵母读作 [uo],因此"左≈嘬",唯声调有不同。文献中山东方言"嘬"有"背地议论人"义,《醒》第三十二回:"你吃你那饭罢,你嘬说我待怎么?"《金瓶梅词话》第七十五回:"想着起头儿一来时,该和我合了多少气,背地打伙儿嘬说我,教爹打我那两顿。"《醒》还存在这个词的逆序词,写作"说作",如第六十九回:"俺婆婆在世时,嘴头子可是不达时务,好枉口拨舌的说作人。""左道"是两个动词性语素构成的联合型合成词。

第三节　音译词辨析

"借词就是外来词,它指的是音和义都借自外语的词。"[①] 借词是汉语词汇大家庭中的重要成员,完全依靠音译方式产生的借词是单纯词,内部成分不再作分解。汉语自产生以来,就与周边的民族语言共同生存。"国内各族语言对汉语词汇的影响是很自然的。中国历史上曾经有过种族杂居的情况。"[②] 远古时期的借词,无从考证。较早的借词,从张骞通西域之后就有了,如葡萄、石榴、苜蓿、玻璃等。

金元时代是北方汉语发展史上一个重要的历史时期,金元对山东的统治长达两个半世纪,蒙古族对北方方言留下了一定的影响。为了剔除这种影响,明代一建立,就立即出台了干预性政策,据明朗瑛《七修类稿》卷二十一"酒钱元俗"条载:"胡元乱华,我国家一洗其弊,宜尽革之。"尽管如此,语言接触产生的变异现象却不是人为的因素可以割除的。清初的《醒》还是能看到些许来自异族的音译词。

考证借词,比考证假借本字困难更大。后者可以借助文献用例、韵书而得义;前者则一般很难找到文献上的契合处,音韵上也比较难对应。本

---

① 叶蜚声、徐通锵著,王洪君、李娟修订:《语言学纲要》,北京大学出版社 2010 年版,第 208 页。

② 王力:《汉语史稿》,中华书局 2004 年版,第 587 页。

节的重点是通过文献用例，利用词义演变知识，找到真正的音译词。

【撒活】

> 到了龙山，大家住下吃饭，撒活头口。（38/485）

"喂牲口"义。这个词也作"撒和"、"撒货"。元杂剧中常见，刘君锡《来生债》第一折："我清早晨起来，我又要拣麦，拣了麦又要簸麦，簸了麦又要淘麦，淘了麦又要晒麦，晒了麦又要磨面，磨了面又要打罗，打了罗又要洗麸，洗了麸又要撒和头口。"王实甫《西厢记》第一折："安排下饭，撒和了马，等哥哥回家。"

明代《西游记》也有，第七十八回："我们且进驿里去，一则问他地方，二则撒和马匹，三则天晚投宿。"又第七十三回："一则进去看看景致，二来也当撒货头口。"《牡丹亭》第五十五出："便阎罗包老难弹破，除取旨前来撒和。"后一例有"应对"之义，当由"撒和"的"款待"义引申而来。据元杨瑀《山居新语》记："都城豪民，每遇假日，必有酒食，招致省宪僚吏翘杰出群者款之，名曰撒和。"

清代这个词还有"应酬、交际"义。《儿女英雄传》第二十七回："讲到妇德最难，要把初一十五吃花斋，和尚庙里去挂袍，姑子庙里去添斗，借着出善会，热闹热闹，撒和撒和认作妇德，那就误了大事了。"

还引申为"逍遥、自在"义。《儿女英雄传》第三十八回："却说安公子自点了翰林，丢下书本儿，出了书房，只这等撒和了一向，早有他那班世谊同年，见他翩翩丰度，蔼然可亲，都愿意合他亲近。"

这个词的引申链条如下：

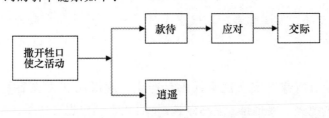

方龄贵认为来源于蒙古语"撒花"，[①]《元朝秘史》中写作"扫花"，

---

① 方龄贵：《古典戏曲外来语考释词典》，汉语大词典出版社、云南大学出版社2001年版，第33页。

旁译“人事”。阿勒阿塔布《蒙古语辞典》注释：贺礼。“人事”为元明习语“礼物、礼品”义，高文秀《遇上皇》第四折：“他做了官，送人事来与我。”即便“撒花”与“人事”同义，也无法证明怎么会有“撒活头口”这样的组合，这个意义恐怕难以由“礼品”引申出来。因此认为这个词是音译词，不足为据。“撒活”应看作动词性语素与形容词性语素构成的补充型合成词。

【扁食】

> 背了家主，烙火烧、捍油饼、蒸汤面、包扁食，大家吃那梯己，这不过叫是为嘴。(26/340)

“水饺”义。这个词在元代散曲中出现过，《全元散曲·无名氏〈朝天子·嘲妓家匾食〉》：“白生生面皮，软溶溶肚皮，抄手儿得人意。当初只说假虚皮，就里多葱脍。水面上鸳鸯，行行来对对，空团圆不到底。生时节手儿上捏你，熟时节口儿里嚼你，美甘甘肚儿内知滋味。”明代《西游记》中也有该词，第四十六回：“就似人家包匾食，一捻一个就囫囵。”

这种食品起源于南北朝时期，宋代称作“角儿”。近年在新疆唐墓中发现盛于陶碗中的饺子，《汉维学习小词典》“水饺”记作“benxir”，蒙古语记作“banxi”。[1] 方龄贵认为“水饺”为维吾尔人创制，不足为据。但“扁食”这个名称，可能来源于阿尔泰语系的一个音译词，当为单纯词。

【把势（把式）】

> 四爷，你要肯拿，这眼皮子底下就有一个卖私盐的都把势哩！(48/620)

“老手、行家”义。这个词元代产生，武汉臣《玉壶春》第二折：“若是我老把势，展旗旛，立马停骖。”明代小说中也有例子，《西游记》第三十二回：“那魔是几年之魔，怪是几年之怪？还是个把势，还是个雏

---

① 方龄贵：《古典戏曲外来语考释词典》，汉语大词典出版社、云南大学出版社 2001 年版，第 435 页。

儿?"《明珠缘》第十三回:"进忠同下楼来,到酒馆中买了酒肴,叫把势送了来。"

据张清常、刘铭恕的考证,① 这个词来源于蒙语 baqsi,在元代历史文献中译写作"八合识、八哈失、巴合失、巴合赤、巴黑石"等。而这一个蒙语词,又是汉文"博士"的译音,《秦国先墓碑》云:"八哈室者,汉云博士也。"据王国维《汉魏博士考》云:博士一官,置于六国之末,而秦因之,职在教授及课试。元代蒙古也设立博士,职在教授生徒,考校儒人著述等。② 这是"博士"可以引申为"教师、师傅"的理由。③ 严格说"把势"是一个音译词,以单纯词看待。

【稀哩麻哩】

> 又问说:"你那家子曾收用过了不曾?"丫头道:"收过久了。"童奶奶问:"没生下甚么?"丫头说:"也只稀哩麻哩的勾当,生下甚么!"(55/714)

"潦潦草草"义。这个词来源于满语"huulari malari",意思是"马马虎虎、敷衍了事"。④ 方言中也说作"胡而马约"。这个词看作音译词较为合适。

【猛骨】

> 那猛骨,你拿在那边去了?(65/835)

钱(隐语)。文献中也写作孟古儿、蒙古儿、猛哥儿等。《元朝秘史》"蒙琨、蒙昆、蒙古",皆旁译"银"。《蒙汉辞典》monggo,银,金钱,货币。⑤ "猛骨"是一个音译词,为单纯词。

---

① 分别见于《中国语文》1978 年第 3 期;《郑州大学学报》1983 年第 4 期。

② 王国维:《观堂集林》卷四,中华书局 1959 年版,第 174—217 页。

③ 方龄贵:《古典戏曲外来语考释词典》,汉语大词典出版社、云南大学出版社 2001 年版,第 350 页。

④ 胡增益:《新满汉大词典》,新疆人民出版社 1994 年版,第 431 页。

⑤ 方龄贵:《古典戏曲外来语考释词典》,汉语大词典出版社、云南大学出版社 2001 年版,第 211 页。

【虎辣八】

　　他虎辣八的，从前日只待吃烧酒合白鸡蛋哩。（45/586）

　　"突然、忽然"义。文献中也写作虎拔八、忽喇叭、忽剌八。始见于元代，无名氏《云窗梦》第三折："忽剌八梦断碧天涯，空没乱无情无绪。"《金瓶梅词话》中也有四例，如第七十三回："半路里恰逢者，刚几个千金夜。忽剌八抛去也，我怎肯恁随邪，又去把墙花乱折？"又第九十一回："莫不孟三姐也腊月里萝卜动个心，忽剌八要往前进嫁人？"明代的沈榜在《宛署杂记》中认为，这个词是急言产生，不够可靠。《华夷译语·人事门》卷十九译作"忽儿八"，《鞑靼译语·人事门》译作"忽儿把"。① "虎辣八"为单纯词。

---

　　① 王学奇、王静竹：《宋金元明清曲辞通释》，语文出版社 2002 年版，第 468 页。

第二章

方言实词构词法研究

第一节　名词的构词法研究

名词是一种语言中基本的词类，本节只研究双音节合成词的名词。

一　语素的词性

在讨论词语的构成之前，需要交代语素语法地位问题。汉语的语素有词性，这是我们论证的前提。

尹斌庸认为，汉语的语素有词性，至少从三个方面说，是有道理的：（1）语素中有相当一部分在现代汉语里是可以独立使用的，自然具备词性；（2）不能独立使用的语素，绝大部分是从古代的单音节词来的，古今汉语具有继承性，可以从古代汉语的单音节词的词性确定现代的语素词性；（3）汉语的构词方式和造句方式有很大共性，可以从词性类比出语素词性。① 他说的前两点很有道理，至于第三点，则要小心，因为汉语语素构词的原则与词语构造短语的原则尚存在不小差异，更不用说句子了。

汉语兼类词很多，特别是单音节词，更是如此。如何确定一个词中的语素是什么词性，是一个重要的问题。我们的标准是：在词义中寻找出语素的意义，根据语素意义，寻找该语素在古代作为单音节词，使用在什么样的句法环境中，根据其语法功能和组合能力，确定该语素的词性。再一个问题：汉语的动词、形容词都能产生指称用法，即朱德熙所说的"名物化"，我们在确定词性时，把这种意义排除在外。

---

① 尹斌庸：《汉语语素的定量研究》，《中国语文》1984 年第 5 期。

二 确定词汇结构的步骤

下面举例说明，我们确定词汇结构的步骤。

补衬：用作打补丁、做鞋底的碎布。补，古汉语中作为单音节词意思是"修治衣服"，是动词，这个意义也是其为词义所贡献的意义，因此确定为动词性。衬，衬布，用来作衬垫的东西。衬垫，是"衬"贡献给词义的意义，那么"衬"的词性定为动词性。

孤拐：脸上或脚上突出的部分，指颧骨或踝子骨。"孤"本字"骨"，如《醒》第九十四回："谁知不惟不能遂意，反差一点点没叫一伙管家娘子捞着挺顿骨拐。""骨"作为单音节词为"骨头"义，这也是语素对词义的贡献，定为名词性。拐，作为单音节词，为"拐弯"义，定为动词性的语素。

如果两个语素有一方，或者双方都不能反映对词义的贡献，那么这时候，要考虑这个词的词义由哪个意义引申而来。在求源的基础上，对其结构做出判定。如：意思，象征性的表示。这个意义由"情意"而来。语素"意"自然是"情意"的意思，是名词性的；思，"意念、想法"，也是名词性的。

我们在分析词汇结构的时候还碰到一种情况：表层结构与深层词义结构不一致。比如：火烧，表层结构是名词性语素与动词性语素构成的主谓结构，但是这个词的意义是：以火烧烤的食品，中心语素为"烧"，"火"是修饰性语素，应看作偏正型合成词。这类词词义所指均在两个语素义之外。

这就提醒我们汉语词汇结构的分析还要参照语素意义之间的关系而定，不能仅仅被表层形式迷惑，比如同样表层形式是"名＋形"的词语："蛋黄"和"口红"。根据两个语素对词义的贡献及其相互关系，前者词义为"鸡蛋的黄色部分"，定为"名＋形"的偏正型；后者词义为"使口红的化妆品"，"红"存在使动用法，定为"名＋动"的偏正型。

三 名词语法结构类型

合成词结构关系分类依据黄伯荣、廖序东《现代汉语》体系，增加正偏型一类，主要是为了与偏正型相区别。前者的中心语素在后，位置关系同汉语短语；后者的中心语素在前，与短语构成有异。

（一）**联合型名词**

1. 名 + 名

班辈　风信　骨殖　口面　毛尾　卵窍　门限（限，亦门槛义）
腔款　身命　首尾　尿泡　头口　翁婆　鞋脚　意思　张智　粥米

2. 动 + 动

搅裹　了吊　罗拐　铺潦　洗换　招对　证见

3. 形 + 形

生活（用品；器物）

（二）**偏正型名词**

1. 形 + 名

暗房　白醭　淡话　黑计　活口　侉话　明杖　粘粥　皮贼　偏手
（不正当的收入）　善茬　死手（窍门）　小厮

2. 名 + 名

粉汤　泔水　姑娘　杭货　后晌　胡梯　火势　鸡子　脚色　姐夫
妗母　口词　毛衫　奶膀　年时　年下　脓包　前向　人事　人物　徽枝
蹄膀　团脐　物业　蝎虎　油气　灶突

3. 动 + 名

发面　觅汉　攘包　瞎帐　照物儿

4. 名 + 动

顶搭　孤拐　火烧　家生　口分　上盖

5. 动 + 动

补衬

6. 名 + 形

丁香

7. 数 + 名

八秋儿

（三）**正偏型名词**

这类名词都是"名 + 名"结构，中心语素居前，修饰性语素在后。

叉把　炮仗　人客

（四）**补充型名词**

我们所考察的一例"房头"为"名 + 量"结构。

（五） 动宾型名词

闭气　别脚　当街　开手　历日　拿手　侵早　嘎饭　象生　仰尘

（六） 主谓型名词

我们所考察的一例"日西"为"名+名"结构。

（七） 重叠型名词

馍馍　爷爷（父亲）

（八） 附加型名词

1. 前加式

老——　老公　老瓜（鸹）

马——　麻（也写作马）虮

2. 后加式

——子　袄子　地子　合子　赘子　臁子　马子　奶子　襻子　婆子　棋子（一种面食）　素子（一种酒壶）　屠子　笺子　越子（纺织工具）　招子　纂子

——老　盖老　孤老

——巴　鸡巴　利巴

——头　日头　生头

——拉　捱拉（詈辞，用于骂不正经的女人）

四　名词构词规律

通过上面的分类研究，我们足可以看到语素复合成词远远比词产生为词组更复杂。研究名词的内部构造，可以得到一些有规律的结论：

（一） 联合型的名词，"名+名"最容易形成联合型的名词

"动+动"所形成的联合型名词，词义要增加语素义之外的意义，而这个意义恰是"类词语"所表述的内容，因为名词要"利用词语的上下位系统的关系，将被解释的词放在适当的上位概念中"。[①] 如搅裹：搅缠束裹消费（的银钱）；了吊：弯曲悬吊在门上（的东西）；洗换：洗洗换换（的时期，即经期的婉称）。[②]

---

① 符淮青：《词义的分析和描写》，语文出版社 1996 年版，第 63 页。

② 括号内为词义所增加的语素义之外的内容，本书中解说构词法理据一律采用此种方式，后文不再赘述。

（二）动宾型结构也可以形成名词，条件是：词义增加语素义之外的"上位概念"或"类概念"义

如闭气＝气被闭（的情况），当街＝对着街道（的地方）；历日＝（记录）经历日子（的本子）；侵早＝挨着早上（的时间）；嘎饭＝使饭下咽（的菜肴）；象生＝像活的一样（的人物）；仰尘＝仰于（座位上）（接）尘（的帐子）。或者动宾结构产生比喻意义，也可以生成名词。如别脚≠脚被别，比喻破绽；开手≠使手开，比喻顺水人情；拿手≠拿着手，比喻把柄。从语素到词，跟词到词组、词组到句子一样，也存在意合法，"仰尘"就是其一。

（三）偏正型的名词，典型的来源是"形＋名"以及"名＋名"结构

"名＋动"也能形成偏正型名词，但是词义要增加语素义之外的意义，也就是词语本身的上位概念或所属类别。如顶搭：头顶上搭着（的一块头发）；火烧：用火烧烤（的食物）；家生：家庭生活使用（的器物）。

（四）汉语偏正型名词多数是中心语素居前，但是也有少数中心语素在后的

这主要是造词者追求凸显某个语素意义的原因造成的，如叉把，不是带叉子的把，而是一种把儿很长的叉子，这种叉子最重要的特点是柄长，且柄端有多个向内弯曲的长齿，叉子把上的特点被凸显出来。再如炮仗，不是炮的纸张，而是厚实纸张密卷而成的炮。英国学者 Jerome L. Packard 也持这样的观点，他举了三个正偏结构的词语"树海"、"士林"、"脸蛋"，认为汉语利用变换语素顺序的方式纯粹是为了增加语义的描写性。[①]不过与绝大部分的偏正型相比，汉语正偏结构的词较少。还有另一种类型的正偏型，如"人客"，发生了语素顺序的逆转演变。

五　"人客"方言分布与历史发展

"人客"这个词今天见于南方方言，据曹志耘的调查，[②] 汉语表示"客人"义的词主要有四个：客、客人、人客、农客，我们参照《中国语

① Jerome L. Packard. *The Morphology of Chinese-A Linguistic and Cognitive Approach*, Cambridge University Press, 2000, p. 25.

② 曹志耘主编：《汉语方言地图集》，商务印书馆 2008 年版，第 41 页。

言地图集》将这四个词的主要分布区域列成下表：

方言区 词项方言区	方言区（点）
客	北京官话（部分）、东北官话、胶辽官话、冀鲁官话（绝大部分）、中原官话、江淮官话（个别）、西南官话（个别）、兰银官话（个别）、湘语（部分）、赣语（部分）、客家方言（江西境内）、吴语（南部个别）
客人	晋语、北京官话（核心区域）、冀鲁官话（个别）、兰银官话（部分）、江淮官话（部分）、西南官话（部分）、吴语（北部）、赣语（通山话）、徽语（绩溪话）、粤语（部分）、平话（部分）
人客	吴语（南部）、闽语（西部）、客家方言（广州境内）、粤语（部分）、平话（部分）
农客	吴语（南部部分）、闽语（绝大多数）

这四个词从北向南分布的空间依次是客、客人、人客、农客。据《汉语方音字汇》：农，是个训读字。这个词可能是古吴越语的底层，《庄子·让王》："舜以天下让其友石户之农"，成玄英释曰："农，人也，今江南唤人作农。""农客"、"人客"虽构词方式相同，不宜计为同一个词。剩下的三个词在汉语史上都是常用词。方言地理学假定：空间上的分布反映时间上的序列，依照常理它们产生的顺序是：客 > 客人 > 人客。然而实际情况不是这么简单，"要确定某一个词语形式所产生的绝对年代，我们还需要将方言地图和文献资料结合起来进行研究"。①

上古汉语以单音节词为主，"客"是产生最早的。许慎认为本义是"客居"，《说文·宀部》："客，寄也。"《汉语大字典》根据周代金文往往"宾客"连用，认为"宾客"是其本义。"客"也是今天北部地区分布最广、延伸最靠北的词，随着中古以后中原人南迁，在江南也有分布。

今天广见于北方官话，甚至浸染到长江南岸的"客人"并不是汉语中较早替换单音节"客"的中古新词，而是仅见于长江以南的"人客"。"人客"在现实语言分布上具有类型学的地位，这个词完全不见于北方，

---

① 岩田礼：《汉语方言"祖父""外祖父"称谓的地理分布——方言地理学在历史语言学研究上的作用》，《中国语文》1995 年第 3 期。

是一个纯粹的南方型方言词。但是汉语史上"人客"这个词的地位并不是一成不变的。

"人客"表示"宾客"义，最早见于三国时期：

（1）故将军周瑜、程普，其有人客，皆不得问。（《三国志·周瑜传》，1264）

（2）城中有婆罗门长者，财富无数，为人悭贪，不好布施。食常闭门，不喜人客。若其食时，辄敕门士，坚闭门户，勿令有人妄入门里。（西晋·法炬共法立译《法句譬喻经》，《大正藏》，4/602a）

南北朝时期中土文献"人客"仅一例：①

（3）拟人客作饼，乃作香粉以供妆摩身体。（北魏·贾思勰《齐民要术》，265）

佛经中"人客"常常指佛门食客，② 表示"宾客"义的很少：

（4）钱财用度，应当人客，皆由汝兄，汝今惟得衣食而已，非奴如何？（北魏·吉迦夜共昙曜译《杂宝藏经》，《大正藏》，4/470c）

如果就文献认为"人客"是当时的北方方言，就很难解释为什么今天自长江以北完全没有这个词。如果就今天的方言分布认为"人客"是一个南方方言词，也无法解释为什么南北朝时代这个词仅见于北朝文献。所以合理的推测是："人客"是南北朝时期的一个汉语通语词。

"客人"的"宾客"义产生于南朝文献，③ 但使用一直不是很普遍。《全唐诗》中四例"人客"都是"来宾"义，四例"客人"为"旅居在外的人"；《全宋诗》两例"人客"都是"来宾"义，"客人"一例也无。南宋"人客"中有两例，《张协状元》第二十四出："好一对人客和主

---

① 汪维辉：《〈齐民要术〉词汇语言研究》，上海教育出版社2007年版，第279页。

② 王云路、方一新：《中古汉语语词例释》，吉林教育出版社1992年版，第326页。

③ 殷晓杰：《再谈"人客"》，《中国语文》2008年第6期。

人。"从历史文献上看，"人客"一直到宋代都是汉语中表示"来宾"义的主导词。

至元代情况突变，"客人"表示"来宾"义，仅《元刊杂剧三十种》就有两例：

> （5）你与我闭上洞门，休放个客人，我待静倚蒲团自在盹。（《陈抟高卧》第二折，194）
> （6）他道认得咱，不知是谁那？（做见科了）臣道是谁家个客人，原来却是殿下。（《介子推》第三折，513）

不计义位同异，明代"人客"的出现频率仅 10 次，"客人"1260次。官话教材《老乞大谚解》、《朴通事谚解》、《训世评话》一例"人客"也没有。《老乞大谚解》"客人"50 次，全部是"旅居在外的商人"义，可能跟这部教材的内容主要讲经商有关；《训世评话》九例"客人"，两例为"来宾"义；《朴通事谚解》"客人"两例，都是"来宾"义：

> （7）早起家里有客人来，打发他去了才来。（247）
> （8）来的客人们也道我精细。古人道："家齐而后国治。"（276）

南方小说"客人"一词很多，但主要义位是"旅居在外的商人"，也有"来宾"义的，如：

> （9）金朝奉正在当中算帐，只见一个客人跟着个十六八岁孩子走进铺来，叫道："妹夫姊姊在家么？"原来是徽州程朝奉，就是金朝奉的舅子……（凌濛初《初刻拍案惊奇》卷十，390）
> （10）便大叫道："你看两个客人都要放我，怎么你做主人的偏要吃我？"（冯梦龙《醒世恒言》第二十六卷，1544）

这些统计数字说明：明代语言中表示"来宾"义的"客人"是通语词，"人客"仅是一个方言词。

明代十例"人客"，其中六例都出现在《金瓶梅词话》中，但这部书的方言一直是一个争议很大的问题。我们从今天"人客"的方言分布逆向推断：这个词是一个南方方言词。明代是南系官话具优势的时代，部分南方型词汇流入北方区域，完全可以理解。清代多部文献中均有用例，如北方小说《醒》六例、《歧路灯》一例；作者生长于南方的《红楼梦》六例、《绿野仙踪》一例；吴语作品《十尾龟》两例。殷晓杰认为"人客"在近代汉语阶段是一个通行南北的通语词，恐怕不妥。理由如下：首先，历史通语词与方言词的鉴别不能仅仅依靠文献词语分布，更重要的是依靠频率统计、依据文献对比排查。其次，也不能一律排斥逆向推断，虽然方言词的祖籍不等于今籍，除了文献参证，当今方言词的地理分布也是我们判断一个词方言特色的依据之一。再次，汉语的发展历史绵长，方言词与通语词的地位也是相比较而言的，分阶段统计是必须的，不能概而论之。

据殷晓杰考察，明清时代见于多部小说的"人客"，今天有从北向南撤退的趋势。笔者认为：明清时期无论是明代南方型方言词的北播，还是清末南方型方言词的撤退，都与官话基础方言的变迁有关系。明代南京江淮官话具优势，一批南方型方言词北上，随着北京官话取得优势地位，这些词也就很容易重新退回南方。这一点我们在后文再作阐述。

总之，汉语由"人客"到"客人"语素顺序的确定，受制于汉语双音节词内部语序规则。世界上很多合成词是"种+属"顺序构成，如英语"tree"与"pine tree"。这样的语序符合人类的认知规律，语言学家 Berlin 认为：越简单的词汇形式对应于分类中越突显的物体。这就是相似性在语言中的表现，类型学家认为"修饰语—中心语结构反映了一个分类学中的子父结构"。①

第二节　动词的构词法研究

动词也是语言中非常基础的一类。本节就《醒》方言词的双音节动词构词法问题作一探讨。

---

① Croft, William. *Typology and Universals* (Second edition). Cambridge University Press, 2003, p. 220.

一 动词语法结构类型

（一）联合型动词

1. 动＋动

挨磨 把拦 白（亦“说”义）话 摆制 搬挑 帮扶 帮贴 俵散 别白 别变 拨唆 补复 采打 操兑 插补 绰揽 瞅睬 跐蹬 凑处 撮弄 搭拉（对动物随随便便饲养） 搭换 搭识 答应（照顾） 耽待 挡戗 蹬揉 抵盗 抵斗 顶触 都抹 发变 发放 吹咀 盖抹 告讼 鼓捣 鼓令 喝掇 还省 回背 豁撒 积泊 将帮 搅缠 搅计 搅用 接合 接纽（歪斜着挤眼） 揭挑 拘管 决撒 克落 拦护 勒措 撩斗 瞒哄 摸量 魔驼 拿掇 拿发 攮颡 盘缠 陪送 披砍 破调 扑撒 铺排 铺腾 起盖 起动 起发 擎架 哨哄 收煞 说作（背地议论别人） 塌趿 弹挣 掏换 掏摸 淘碌 腾挪 剔拨 踢蹬 填还 脱剥 洼跨 偎贴 窝别 侮弄 舞弄 希诧 下变 掀腾 涎瞪 降发 消缴 寻趁 扎缚 扎煞 占护 折辨 折挫 折堕 争竞 挣揉 支调 挝挠 走滚 走作 左道 作索

2. 名＋名

方略 胳肢 嘴舌

3. 形＋形

琐碎

4. 拟声＋拟声

咕嘬（咀嚼）

5. 叹＋叹

挨哼

（二）偏正型动词

1. 动＋动

巴拽 倒替 屈持 屈处 周（“环绕”义）扎

2. 形＋动

恶发 枯刻 乱哄 皮缠 偏向 详情 圆成 匀滚

3. 名＋动

花白 花哨 麻犯 上覆 义和

4. 副 + 动

立逼　相外　响许　敢说

（三）**动宾型动词**

1. 动 + 名

碍手　缠帐　成头　逞脸　抽头　出条　凑手　促寿　撮药　打圈
打帐　倒口　倒沫　捣包　点闸　调谎　调嘴　对命　墩嘴　掇气　堕业
发脚　发水　赶脚　合气　还席　回席　架话　拢帐　没帐　磨牙　拿
班　猱头　刨黄　齐口　起骒　撒津　撒漫　说嘴　脱服　脱气　下地
下意　压量　咬群　展爪　坠脚　着手　走草　走水　作业

2. 动 + 形

打罕　发韶　发躁　护短　献浅　折干　作假

3. 动 + 动

伴怕

（四）**补充型动词**

1. 动 + 形

扯直　灭贴　撇清　取齐　撒活

2. 动 + 动

打倒　打脱　发脱　浓济　惹发　舞旋　作兴

（五）**主谓型动词**

这些动词都是"名 + 动"结构，如眼离。

（六）**重叠型动词**

邦邦（说话，贬义）

（七）**附加型动词**

1. 前加式

厮——　厮认

2. 后加式

——拉　白拉　拨拉　割拉　挂拉　铺拉　拖拉　偏拉

——答　雌答　剁搭　挂搭　磕打　跳跶　唬答

——刮（括）　担括　糊括　刷括　洗刮　扎括

——蹬　割蹬（单腿跳）　豁邓　作蹬

——落　架落　上落

——着　就着

——巴　掐把
——当　搏当　了当
——唆　汝唆

二　动词构词规律

分类研究之后，我们关于动词构词法可以得到一些规律性的结论：

（1）联合型动词，"动 + 动"最容易成为联合型动词。"名 + 名"要成为联合型动词，要摆脱名词上的指称意义，引申为动词，如"方略"，方法策略，引申为处理事情；"胳肢"，方言中也叫胳拉肢，即腋窝，引申为挠腋窝处；"嘴舌"引申为反驳、顶嘴。换句话说，这些词的语素义只能对词义起到提示作用，而不能清晰地从词义中反映出来。

（2）偏正型动词，"X + 动"都可以构成偏正型动词，也就是说，只要核心语素是动词性的，修饰性语素无论是动词性、名词性、形容词性等都可以。

（3）主谓结构关系所产生的词语，不同的词性词汇化程度不同。其中动词的词汇化程度最低。比如"眼离"，方言中指视觉一时错乱而生幻象，如你眼离了，那个不是他。语素"眼"，可以与词外的成分发生组合关系，如《醒》中这个句子：［四五个人 ［都 ［ ［眼］离了］］］。眼，可以与"离"产生主谓关系，还与句子的主语"四五个人"存在领属关系。其次词汇化程度较低的是形容词，如"心忙"、"心影"。"心忙"共出现六次，只有一例形容词性质比较明显：　［伊留雷 ［起初 ［ ［来的］心忙］］］，作动词"来"的补语；其他的例子则"心"可以与词外成分发生组合关系，如"［不 ［是 ［ ［心］忙］］］，就是身病"。"心影"出现两次，能显示较强的形容词性，可以接受程度副词"极"的修饰，另外的一例"心"是否发生词外的组合存在歧解。名词性的则比较稳定，基本不会与词外成分发生组合关系，如"日西"这个时间名词在《醒》中出现二十一次，如 ［你 ［昨日 ［日西 ［ ［骑着］骡子］］］］，语素"日"不能单独占据这个句子的一个层次，与词外的其他成分形成组合关系。即便句子中有来源于动词表示引进时间的介词"赶"，如 ［我 ［赶 ［日西 ［ ［专 ［等你］］到］］］］，语素"日"也不与词外成分存在组合关系。两个主谓关系的语素可以组成动词、形容词、名词，它们的词汇化程度存在差异，名词 > 形容词 > 动词（ > 读作"高于"）。

（4）方言动词多携带描写情态的词缀，这与通语动词差异很大。方言词都是活跃在老百姓口头的词语，丰富的动词词缀，反映了语言使用者对于语言表情达意更多的追求。各地方言词缀都具有什么样的情态意义，确实值得研究者关注。

第三节　形容词的构词法研究

本节主要讨论双音节形容词的构词法。

一　形容词语法结构类型

（一）联合型形容词

1. 形 + 形

背净　悖晦　长大（身材高大）　常远（长久）　促急　促狭　的实　顿碌　恶囊　乖滑　滑快　活动　济楚　宽超　宽快　辣燥　利亮　明快　拗别　泼皮　恓惶　洽浃　勤力（亦"勤快"义）　清楚　馨净　散诞　善静　香亮　邪皮　迁板　乍大　窄狭　窄逐　执板　壮实　苗实

2. 形 + 动

副余　轻省　瘦怯　熟化　旺跳　温克　喜洽

3. 动 + 动

迭暴　跑躁　撕挠　听说

4. 名 + 名

胎孩

（二）偏正型形容词

1. 形 + 名

村气　快性　旺相　硬帮　直势

2. 名 + 动

刺挠　汗憋　家怀

3. 形 + 动

活变　腻耐　韶道　歪憋

4. 副 + 动

相应

5. 名 + 形

汗邪　上紧

6. 形 + 形

穷忙　响饱

7. 动 + 形

括毒

8. 副 + 形

仔本

（三）动宾型形容词

1. 动 + 名

可体　肯心　攮业　探业　通路　偎侬　扎手　着相

2. 动 + 动

没捆

3. 动 + 代

着己

（四）补充型形容词

1. 动 + 形

撒极　调贴　扎实

2. 动 + 名

应心

（五）主谓型形容词

心忙　心影

（六）附加型形容词

1. 前加式

割（纥）—— 割磣

厮—— 厮称

2. 后加式

——生　安生

——搭　低搭

——蹭　刁蹭

——拉　聑拉（咨啬）

——泛　活泛　圆泛

——落（络）　活络　实落

——当　快当

二　形容词构词规律

通过分类研究，我们对于形容词构词法的主要观点是：

（1）联合型形容词，"形＋形"最容易形成联合型形容词。"名＋名"也可以形成形容词，但是要放弃指称意义，引申为指称事物所具有的性质。如"胎孩"，"舒坦"义，两个语素义基本无法反映词义，但表层的"婴儿"义可以引申为"舒坦"，因为"婴儿"具备这样的性质。

（2）偏正型形容词，核心语素为名词、动词、形容词的，都可以生成形容词。这类合成词对语法格式的依赖性不高。

（3）动宾型形容词，成词的条件是：结构产生了比喻意义。如扎手≠手被扎，比喻困难的、难以解决的；着相≠相被着，比喻事情办得过火；肯心≠肯于心，比喻满足；通路≠通于路，比喻懂得事理；偎侬≠偎于侬（脓），比喻软弱。

（4）方言多形容词词缀，这些词缀的价值是，将一个单音形容词构造成双音形容词，使音节和谐。

第四节　状态词的构词法研究

本节专门讨论汉语中非常有特点的状态词的构词法，主要涉及 ABB 格式和 AABB 格式的状态词。

一　状态词定义

状态词与形容词的最大区别是：状态词有程度意味。如果仅凭这一点，一些词如喇喇叭叭、漓漓拉拉、鸡力谷录就不能归入状态词，但它们与典型的状态词有很多共性：都是谓词，可以做谓语；可以出现在"SX 的₂V"格式中，做状语；或者"SVX 的₂"中，做补语。所以笔者认为状态词最重要的语法功能是：描摹情状。

二 ABB 状态词

(一) ABB 状态词历史

《醒》方言词中见到的状态词多数是形容词的重叠式，最多的又是 ABB 格式。为了进一步了解这些状态词，我们从 ABB 产生的历史谈起。

石锓考察了先秦至清代的 ABB 形容词，将其分为六种类型：并列式、述补式、附加式、音缀式、主谓式、重叠式。前两类是词组，后四类是词。这个分类依据的标准是 BB 的虚化程度，以及 A 与 BB 构成的语法关系。他证明说唐代 A 与 BB 出现述补关系，BB 语义指向 ABB 词内成分 A 时词汇化。① 石锓注意到的是语言内部的原因，除此之外还有语言外部的原因。首先我们要特别注意唐代是汉民族韵律诗发达的时代。汉语的诗歌，以五言为例，韵律节奏一般是 2＋2＋1 型，如"离离原上草"；或者是 2＋1＋2 型，如"松下问童子"。这种节奏上的配对就造成了语言线性层面上相邻的双音节与单音节配对，这就为词组的词汇化提供了契机。语用修辞也是原因之一，中国的韵文非常讲究对偶，有些词语就是因对偶而产生。比如"滴滴"，描写液体滴落的情态。贾思勰《齐民要术·养羊》："取好淳酪，生布袋盛；悬之，当有水出，滴滴然下。"形容词"滴滴"置于名词之前，形成修饰和被修饰关系，这是符合汉语造句法则的，如："花承滴滴露，风垂袅袅衣"。但更多时候为了照顾对句而置于名词之后，如"白蕉卜花露滴滴，红芯刍草香濛濛"，这里"露滴滴"不可以理解为主谓结构，只能是偏正短语，因为对句的"香濛濛"是偏正结构。这就为 A 扩展为形容词提供了契机，"滴滴"在类似"红滴滴"这样的偏正式形容词中意义虚化，成为一个词缀。可以说修辞上的需要也促使汉语此类词汇现象迅速增加。

ABB 词汇化之后，伴随着 BB 的虚化，语义重心转移至 A。该结构进一步向双音节词扩展，核心成分为 AB 始于宋代。如"冷清清"，蒋捷《梅花引》词："风拍小帘灯晕舞，对闲影，冷清清，忆旧游。""清清"与"冷清清"词义无涉，"冷清清"不可能是 A＋BB 形成，它来源于双音节词"冷清"。根据 BB 或者 AB 是否成词可以将 ABB 式状态词分为1＋2 型、2＋1 型、1＋1＋1 型。

---

① 石锓：《汉语形容词重叠形式的历史发展》，商务印书馆 2010 年版，第 185 页。

（二）ABB 状态词结构类型

1. 1 + 2 型

根据 BB 虚化的程度，将其分为附加式和非附加式。BB 虚化甚至完全成为音缀，不能为词义提供重要贡献的，一律看作附加式。非附加式中，按照 A 与 BB 的语义关系，相同或相近的为并列式，不同的为补充式，另外还有主谓式。

A. 附加式

扁呼呼　沉邓邓　醒邓邓　大落落　恼巴巴　穷拉拉　淡括括　火绷绷　平扑扑　软农农　实拍拍　死拍拍

B. 非附加式

（1）并列式

长鬐鬐　红馥馥　火绷绷　急巴巴　冷雌雌　忙劫劫　实秘秘（又写作实逼逼）

（2）补充式

饱撑撑　黄烘烘　黄烁烁　绿威威　湿汰汰

（3）主谓式

血沥沥　烟扛扛

2. 2 + 1 型

谷都都　活泛泛　窄螫螫

3. 1 + 1 + 1 型

恶磣磣　恶影影　尖缩缩　死纣纣

在所有的 ABB 状态词中，1 + 2 型是数量最大的，也是优势结构，2 + 1 型或 1 + 1 + 1 型都很少。可以进入 ABB 结构的双音节词，"按照 AB 之间的语法语义关系，可以分为合成词式、分音词式、联绵词式"。我们发现所有进入 ABB 结构的词语，将一律被结构重新分析为 1 + 2 型，就算是联绵词亦是如此，如"滴溜溜"这个词用菏泽方言读作［di¹³］［liou⁰］［liou³¹²⁻⁴²］，第一个音节保持原调，第二节音节轻音化，最后一个音节则变为清晰的降调。第二个音节总是不承担重音，解释了不同来源的 ABB 三音节词被重新分析为 1 + 2 型结构的根本原因。这就是 ABB 结构语法化程度增强的一种表现。①

---

① 晁瑞：《ABB 状态词构式的结构整合和意义发展》，《合肥师范学院学报》2012 年第 2 期。

三　AABB 状态词

状态词的另外一个重要形式是 AABB 格式，这种格式的词语也是先从句法重叠发展为词语重叠的。经过石毓考察 AABB 式状态词形成于唐代，最早从形容词性的联绵词开始，向着双音形容词扩展，根据 AB 是否成词，可以分为重叠式重叠和重叠式叠加。①

（一）重叠式重叠

嗤嗤哈哈　大大法法　敦敦实实　骨骨农农　喇喇叭叭　棱棱挣挣
漓漓拉拉　突突摸摸　淹淹缠缠　央央插插　游游衍衍

（二）重叠式叠加

丢丢秀秀　风风势势　火火烛烛　旅旅道道　眊眊稍稍　闷闷渴渴
韶韶摆摆　央央跄跄　疑疑思思

四　构词法中的重叠

重叠是汉语中一种非常重要的语法手段，它增加了词语的描写性。无论 ABB 还是 AABB 的主要功能都是描写样态。

这种构式义从其萌芽时期就开始了。先秦形容词性的 BB 有两种类型：一是重叠式构形；二是叠音式联绵词。比如《周南·桃夭》"桃之夭夭，灼灼其华"。先秦"夭、灼"都是形容词，都可以单用。"夭，草木茂盛貌"，如《书·禹贡》："厥草惟夭，厥木惟乔。""灼"也是单音节形容词，如《书·吕刑》："灼于四方，罔不惟德之勤。"孔传："灼然彰著四方。"这两个词是构形重叠，强调事物性质在量上的不断复现。毛传："夭夭，其少壮也。灼灼，华之盛也。"古代训诂学家释义常常不区分词和词组，毛亨的训释只能看出这两个叠音字重要的语用意义是描绘，不能说明西汉时代"夭夭"、"灼灼"已经成词。我们依靠文献检索，可以断定起码晋代"夭夭"已经词汇化。其一，形容词"夭"不单用；其二，"夭夭"出现在非引用《诗经》的语句中，如《全晋文》卷五十一："布夭夭之纤枝，发灼灼之殊荣。"这是描写舜花茂密繁盛的句子，形容词"夭"不单用，"夭夭"自然就成为叠音式联绵词。单音形容词"灼""鲜明貌"，直到清代还用，"灼灼"一直都是形容词的构形重叠。这个例

---

① 石毓：《汉语形容词重叠形式的历史发展》，商务印书馆 2010 年版，第 127—183 页。

子恰恰说明，无论形容词重叠构形还是叠音式联绵词，其语用功能都是描绘。

正是这一语法意义的制约，ABB 构式总是具有唤起人们形象感的作用。如忙劫劫，劫劫，叠音式联绵词，匆忙急切貌。韩愈《贞曜先生墓志铭》："人皆劫劫，我独有余。"忙劫劫，亦形容忙忙碌碌的样态，《醒》第二回："禹明吾问说：'你趁早那里回来？这等忙劫劫的。'"

有些 BB 虽然已经音缀化，仍可以表示形象，只不过是非常模糊的形象而已。比如形容词"巴巴"，有"急切"之义，元代出现的"望巴巴"、"眼巴巴"、"急巴巴"都是"巴巴"的本义，明代"焦巴巴"、清代"干巴巴"，则引申为"焦躁、干燥"义。但在"狠巴巴"、"恼巴巴"、"窄巴巴"、"紧巴巴"、"皱巴巴"、"苦巴巴"等词里，就完全虚化成一个形容词词尾了。比如"恼巴巴"到底表达一种什么样的情态，谁也说不出来，只能表示一种很模糊的情状。

AABB 也是描摹样态的，它们多见于定语这样的语法位置。如"大大法法"，形容身材高大魁梧，《醒》第六十七回："那赵杏川大大法法的个身材。"再如"丢丢秀秀"，描摹身材苗条娇美貌，《醒》第四十八回："丢丢秀秀的个美人，谁知那手就合木头一般。"

通过研究状态词，笔者发现：重叠这样一种语法手段，不仅存在于汉语的句法中，而且存在于汉语的词法中，印证了历史语言学常说的一句话"今天的词法就是昨天的句法"。

五　构词法小结

现代汉语"语素组成合成词，词组成短语……都有主谓、动宾、补充、偏正、联合五种基本语法结构关系"。[①] 这种说法由来已久，但最近几年来随着研究的深入，大家已经认识到语素组成合成词跟词组成短语的规则不一致，比如短语为"人播音"，词为"播音员"；短语为"教师指导论文"，词为"论文指导教师"。[②] 可以发现汉语的短语与句子的成分顺序一致，与词的顺序却恰恰相反。那么什么样的语义和语法关系，能组合

---

① 黄伯荣、廖序东：《现代汉语》（增订五版），高等教育出版社 2011 年版，第 7 页。

② 这类词内部由多个词语组成，但又不同于自由词组：第一，组合规则不是句法的；第二，不允许内部自由替换。

成词，以及组合成什么词类的词，就很值得研究。还有一个值得关注的问题：相同语法关系的短语和词，汉语依据什么区分为不同的语法单位？比如同样是"形 + 名"构成的偏正型"大姐"，词组的时候，与"二姐"、"三姐"等相对，读本音，菏泽方言读作〔da^{312}〕〔tɕiə^{55}〕；词的时候，表示"已婚的女子"，读作〔da^{31}〕〔tɕiə^{22}〕。这样相同字形的两个单位组合在一起，就可以分辨词与词组。这些问题还需要全面考察汉语词汇内部组合规律，才能做出更科学可靠的结论。本章考察山东方言词内部语法、语义关系，希望对这个问题的研究起到抛砖引玉的效果。当然，方言词与通语词构词规律比较而言，方言词表情词缀更丰富。

第三章

方言实词历史演变研究

第一节　承古的方言词

《醒》中的方言词，有些从产生之初就是方言词，它们一直没有进入通语领域，只在有限的区域流传。而且这些方言词，自西汉扬雄时期就是北方方言词，更能证明清初山东方言悠久的发展历史。下面我们就部分词条说明这个问题。

【抱】

> 每年园里也养三四个猪，冬里做了腌腊。自己腌的鸭蛋，抱的鸡雏。(52/675)

"禽鸟孵卵"义。这是一个上古就有的北方方言词，《方言》卷八："北燕、朝鲜、洌水之间谓伏鸡曰抱。"章炳麟《新方言·释动物》云："今淮南谓鸡伏卵曰'抱'。江南运河而东至于浙江，谓鸡伏卵曰'孚'，音如捕。""孵"见于《玉篇》，《广韵·虞韵》："芳无切，卵化。"从扬雄的观点看，"孵"应当是个通语词。其实抱、孵，仅是语音历史层次的差异，它们本来是同一个词。

下面我们列出《广韵》"包"声符字与"孚"声符字的代表字读音，观察一下词"抱"与"孵"的关系。

表 3—1　　　　《广韵》"包"声符例字读音表①

代表例字	音韵地位	中古拟音	上古拟音	现代音
包	帮纽肴韵开口二等	pau	peu	pau

---

① 拟音采自李珍华、周长楫《汉字古今音表》（修订本），中华书局 1999 年版。

代表例字	音韵地位	中古拟音	上古拟音	现代音
泡	滂纽肴韵开口二等	p'au	p'eu	p'au
庖	並纽肴韵开口二等	bau	beu	p'au
雹	並纽觉韵开口二等	bɔk	beuk	pau
枹	奉纽虞韵合口三等	bǐu	bǐu	fu
抱	並纽晧韵开口一等	bau	bu	pau

表 3—2　　　　　　　　　《广韵》"孚"声符例字读音表

代表例字	音韵地位	中古拟音	上古拟音	现代音
孚	敷纽尤韵开口三等	p'ǐəu	p'ǐu	fu
浮	奉纽尤韵开口三等	bǐəu	bǐu	fu
脬	滂纽肴韵开口二等	p'au	p'eu	p'au
莩	並纽小韵开口三等	bǐɛu	bǐu	p'iau

我们可以得到几个相关的结论：（1）无论是"包"声符字，还是"孚"声符字，其上古读音主元音都是［u］；（2）"抱"上古读音拟作［bu］，但是古无轻唇音；读作［fu］，应当是轻唇音从重唇音分化出以后的事情。所以音同"包"是"孵化"义的上古层次；音同"孚"是中古读音。这样我们就可以得到以下的判断：通语里"抱"的读音发生演变，因此另造了形声字"孵"；方言口语中仍然保留较早读音"抱"。也就是说："抱"、"孵"本来是一个词，随着读音及字形的分化，它们变成了两个词。

【腜】

　　若骑着匹马或骑了头骡子，把那个厌脸腜的高高的，又不带个眼罩，撞着你竟走！（26/336）

"厚着（脸皮）"义。《方言》卷十三："腜，厚也。"钱绎笺疏："前卷六云'鍑，重也。东齐之间曰鍑。'……《广雅》：'鍑，重也。'曹宪音'腜'。……是'重'与'厚'义同也。"从钱绎的解释看，"腜"应该自古就是东齐（今胶东一带）的方言词。

【哨】

> 这事瞒不过嫂子，这实吃了晁无晏那贼天杀的亏，今日鼓弄，明日挑唆，把俺那老斫头的挑唆转了，叫他象哨狗的一般望着狂咬！（21/279）

"（用语声）指使狗"。《方言》卷七："秦晋之西壁，自冀陇而西，使犬曰哨。"又卷十三："傄，宵，使也。"

【庄】

> 可见人家丈夫若庄起身来，在那规矩法度内行动，任你什么恶妻悍妾也难说没些严惮。（8/99）

"使高大"义。中原官话里，"庄"有"使堆高"义，如：你把地上的散沙庄起来（原来沙堆是散的，发话人要求堆成一堆）。也有"使充实"义，如：我庄上锅，再跟你说话（原来锅里是空的，说话人想把未加工的食物放进去）。引申为"使有光彩"义，如：咱闺女考上清华了，真给咱庄脸！还可以是形容词，"光荣、自豪"义，如：老王又得了第一，他咋就能庄来（他怎么这么光荣）。江淮官话"壮"为"粗"义，《西游记》第九十五回："见那短棍儿一头壮，一头细，却似春碓臼的杵头模样。"

这个词的起源应当很早，《方言》卷一："秦晋之间，凡人之大谓之奘，或谓之庄。"

【捋】

> 晁凤从里边出来说道："叫你流水快走，要再上门胡说，叫人把毛捋了，打你个臭死哩！"（46/599）

"拔取、摘取"义。这个词上古就流行于山东，《方言》卷一："捋、撁、㩆、㨄，取也。卫鲁扬徐荆衡之郊谓曰捋。"钱绎笺疏："今俗谓以手摘物曰捋。"

【呼】

> 家人道："他要好，叫他穿着替咱做活；他要可恶不老实，呼顿板子给他，剥了衣裳，还叫他去做那徒夫。"（88/1140）

"猛击"义。《方言》卷十："南楚凡相椎搏曰拯或曰搊。"《玉篇·手部》："搊，苦忽切，椎击也。"《广韵·没韵》："苦骨切，击也。"

【滴】

> 刘芳名道："小的诈他一个钱，滴了眼珠子，死绝一家人口！"（82/1060）

"摘取"义。这个词的本字当为"撠"，《说文·手部》："撠，撮取也。"段玉裁注："古文摭为撠。"这就是今天"摘取"的摘，古无舌上音，今天的"知彻澄"古读"端透定"。今中原官话"把蒜薹从蒜苗中拔取出来"仍叫做"撠蒜菜"，这是保留了上古音。属江淮官话的南通如皋话，也有这个词，如：我撠了一朵花。把他头上的帽子撠掉吧。

【顿】

> 智姐极了，把张茂实的一条白绸单裤尽力往下一顿，从腰扯将下来。（66/851）

"用力猛拉"义。这个词本字当为"扽"。《荀子·劝学》："若挈裘领，诎五指而顿之，顺者不可胜数也。"王念孙《读书杂志·荀子第一》"顿之"条："顿者，引也。言挈裘领者，诎五指而引之，则全裘之毛皆顺也。《广雅》曰：'扽，引也。'曹宪音顿。古无扽字，借顿为之。"[1] 又《广雅疏证·释诂一》"扽"条，王念孙云："今江淮间犹谓引绳曰顿矣。"[2] 我们遍检先秦文献，也只有王念孙注意到的《荀子》中的一例"顿"作"牵拉"之义。另外他举到的《盐铁论》中也有一例。荀子是

---

[1] 王念孙：《读书杂志》，江苏古籍出版社 2000 年版，第 634 页。

[2] 王念孙：《广雅疏证》，江苏古籍出版社 2000 年版，第 41 页。

赵人，曾经游学于齐；桓宽是河南人，应该说这个词是北方方言词。
【耩】

　　　水消了下去，地里上了淤泥，耩得麦子，这年成却不还是好的？
（31/396）

　　"用耧耒耕种"义。《广雅·释地》："耩，耕也。"王念孙疏证："耕与耩一声之转。今北方犹谓耕而下种曰'耩'矣。"① 这个词有北方方言色彩，首例见于北魏贾思勰《齐民要术·胡麻》："漫种者，先以耧耩，然后散子。"此后一直未见用例，仅元代有三例，全部集中在北方文献中，高文秀《遇上皇》第一折："者耒为经纪，做货郎，使牛做豆将田耩。"又："每日价风吹日炙将田耩，和那沙三赵四受风霜。"《全元散曲·高安道〈哨遍·嗓淡行院〉》："可怜虮虱沿肩甲，犹道珍珠络臂耩。"

　　这一节我们通过一些承古的方言词，揭示了山东方言较为古老的历史层次。

第二节　"父亲"义称谓词的来源和演变

　　称谓就是称呼或名号，称谓词相对于汉语其他词汇而言较为稳定，这是因为称谓词所指称的对象，特别是亲属关系是稳定的。如："父"的称谓产生早至甲骨文时代。《说文解字·又部》："父，巨也。家长率教者，从又举杖。"郭沫若认为"父乃斧之初字。石器时代，男子持石斧以事操作，故挈乳为父母之父"。② 但是称谓词也不是一成不变的，在《称谓录》中有父自称"乃公、乃翁、阿爹、阿八、哥哥"，子称父"大人、先生、夫子、公、耶、家公、家父"等种种情况。③ 这些词之间存在文白、方言等方面的差异。

一　《醒》"父亲"义的词

　　《醒》"父亲"义的称谓词主要有"爷"、"爹"、"达"、"父"等几

---

① 王念孙:《广雅疏证》，江苏古籍出版社 2000 年版，第 297 页。

② 郭沫若:《释岁》，载《郭沫若全集》（卷一），科学出版社 1982 年版，第 140 页。

③ 梁章钜:《称谓录》，黑龙江人民出版社 1990 年版，第 11—15 页。

个，能反映山东方言的特色。这些称谓词，有的用于面称，有的用于叙称，有的两者皆可。下面分别论述：

（一）"爷"

表示"父亲"称谓这一义，全书例子不多，仅仅十六例。

1. 可以用于面称，两例，如：

（1）计氏问道："昨高四婆子说我昨日嚷的时节，爷和哥还在对门合禹明吾说话来？"（9/111）

2. 可以用于叙称，两例：

（2）他没等听见，已是耳朵里冒出脚来，叫了他爷合他哥来，要休了他家去。一个女人家屈枉他别的好受，这养汉是什么事？不叫人着极！（10/129）

（3）这儿大不由爷的种子，亏不尽得了这媳妇子的济。这要不是他，谁是管得他的？（52/672）

3. 可以重叠，一例：

（4）单即靠了武城县那个长搭背疮的胡大爷，不惟你这命没人偿你的，还几乎弄一顿板子，放在你爷爷哥哥的臀上。（30/385）

4. 它一般出现在表示"父母亲"合称的"爷娘"一词中，共十一例：

（5）况且一个爷娘的坟墓，怎好不别而行？（83/1076）

（6）在家投爷娘，出家投主人。他病得这等重了，赶他往那里去？（27/353）

（7）孩儿们守着，爷娘心里喜欢；孩儿守不住，卖得去了，虽是分倒给你的，爷娘心里喜欢么？（71/917）

（二）"爹"

1. 表示"父亲"称谓，"爹"是最常见的词。共一百八十九例，可以用于面称：

　　（8）教他写休书！我就走！留恋一留恋，不算好老婆！爹和哥，你且家去，明日早些来，咱说话。（8/106）

　　（9）老晁道："这事怎说？只怕江院有题本；即不题本，把宋其礼、曹一佳问了军，招达兵部，咱守着近近的，这风声也就不好了。"晁大舍道："爹，你放心，一点帐也没有！凭我摆划就是了！"（7/92）

2. 可以用于叙称：

　　（10）那刘夫人在门内说道："脱不了这丫头没有爹。你若医得好他，我与他替你做一件紫花梭布道袍、一顶罗帽、一双鞋袜，你有老伴没有？"（8/99）

3. 可以重叠：

　　（11）你的爹爹与你挣了这样家事，你不肯安分快活，却要胡做。（3/30）

（三）达
用于叙称：

　　（12）狄希陈说："你达替俺那奴才餂腚！你妈替俺那奴才老婆餂屄！"（48/624）

　　山东方言里"达"可以用于面称，可能是该小说语料有限的问题，未能显示这一事实。

（四）父

1. "父"，仅用于叙称。可以用单音节词"父"，也可以用双音节词

"父亲"，以双音节"父亲"为常见：

> （13）陈实道："这妇人的父原是个教官，两个兄弟多是有名的好秀才。"（89/1146）
>
> （14）郎中道："这位姐姐既要认我为父，怎好收得这礼？"刘夫人道："不多的帐，发市好开箱。"（8/99）
>
> （15）狄希陈与他争论，说："房子虽卖，这银子是我父亲所埋，亲自交付与我，你如何将银掘去？"（77/990）
>
> （16）问说："计都是谁？"回说："是小的父亲。"（12/164）

2. 书面语色彩的用"家父"：

> （17）狄希陈道："在下原籍大明国南赡部洲山东等处承宣布政使司济南府绣江县人，家住离城四十里明水镇。家父姓狄，名宗羽，号宾梁。先母相氏，就是现任工部主事相于廷的姑娘。"（81/1050）

这是狄希陈在打官司时，向写状纸人口述的话，"家父"带有较强的书面语色彩。

二 "父亲"义的词今地区分布与历史发展
（一）"爷"、"爹"、"大"主要分布区域

称谓是民众口头交际中最常用的词语，一般来说称谓词也是词汇系统中最稳定的部分，它的区域性特征往往非常明显。在《醒》中出现的"爷"、"爹"、"达"、"父"这几个称谓词，"爷"和"达"是两个方言词，迄今为止这两个方言词仍在使用。"爷"的分布范围主要见于冀鲁官话济南以东的地区，从北向南依次是桓台、寿光、青州、新泰，另外周边中原官话片的曲阜、平邑、枣庄、临沂，还有胶辽官话片的高密。"大（达）"主要分布在山东方言的中原官话片，如曹县、济宁、曲阜、临沂、枣庄、平邑，冀鲁官话片的南端，如莒县，胶辽官话的中片，如莱阳、高密。① 如果把这两个词的方言点跟全国的分布点比较一下，就可以更好地

① 董绍克、张家芝：《山东方言词典》，语文出版社 1997 年版，第 169 页。

帮助我们观察这两个词的来源以及在空间地域的发展变化。下面我们依据
《现代汉语方言大词典》，主要考察"爷"、"爹"、"大"三种称谓的主要
分布区域。

表 3—3　　　　　现代汉语"爷"表"父亲"义分布区域

西南官话	吴语			湘语		赣语		客话		闽语
武汉	苏州	金华	温州	长沙	娄底	南昌	黎川	梅县	于都	福州
爷	爷	爷爷	亲爷	爷老子	爷老子	爷	爷	爷儿	爷老	依爷
		亲爷		爷老倌	爷老倌	亲爷	渠屋爷			
		爷		家爷	家爷	爷老子				

表 3—4　　　　　现代汉语"爹"① 表"父亲"义分布区域

东北官话	冀鲁官话	胶辽官话	中原官话			兰银官话		吴语		
哈尔滨	济南	牟平	洛阳	万荣	西宁	银川	乌鲁木齐	丹阳	苏州	杭州
爹	爹	爹	爹	爹	爹	爹	爹	爹爹	爹	爹
							爹爹			
							老爹			

江淮官话		西南官话			赣语	闽语			湘语	
南京	扬州	贵阳	柳州	武汉	萍乡	福州	海口	建瓯	娄底	长沙
爹	爹爹	老爹	老爹	爹	爹爹	爹	阿爹	爹	爹爹	爹爹
		爹	爹老							
			爹							

表 3—5　　　　　现代汉语"大"表"父亲"义分布区域

兰银官话	中原官话			冀鲁官话	晋语	吴语
乌鲁木齐	徐州	西宁	西安	济南	忻州	温州
阿达	答答	阿达	达	大	大	阿大
达		达达		大大	大大	
达当子					呀大	

---

① 广东东莞话"爹哋"一词，是英文 daddy 的音译词，不计在内。

(二)"爹"与"爷"

从分布区域看,如表3—4所示,"爹"的流行区域很广,几乎遍布全国。这个词未见于《说文》,但是张揖《广雅·释亲》有载:"翁、公、妾、爸、爹、奢,父也。"王念孙疏证引《广韵》说:"爹,北人呼父也。"[①] 这个词在《广韵》中还有另外一个读音,云:"羌人呼父也。"向熹认为:"'爹'最初可能是羌语的词,汉末传入汉语北方方言。"[②]

如表3—3所示,"爷"只见于南方,中古写作"爺",见于《玉篇》,卷三云:"爺,俗为父爷也。"可见中古"爷"是个俗语词。字形作"爺"或"耶"。梁章钜云:"古人称父为耶,只用耶字,不用爷字,《木兰诗》:'阿爷无大儿,卷卷有爷名。'本当作耶字,俗本改作爷字。"[③]

"爹",最早见于东汉戴良《失父零丁》,[④] 文献中亦不多见。

(18) 今月七日失阿爹,念此酷毒可痛伤,当以重币,缯用相赏。(《中古汉语读本》,379)

(19) 是冬,诏征以本号还朝。民为之歌曰:"始兴王,民之爹。赴人急,如水火。何时复来哺乳我?"(《梁书·始兴忠武王憺传》,354)

"爷"用于称谓父亲,中古已见,除了上面提到的《木兰诗》,再举两例:

(20) 绚字长素,早惠。年五六岁,读《论语》至"周监于二代",外祖何尚之戏之曰:"可改耶耶乎文哉"。绚应声答曰:"尊者之名,安可戏!宁可道草翁之风必舅?"(《南史·王彧传》,636)[⑤]

(21) 景曰:"何谓为七庙?"伟曰:"天子祭七世祖考,故置七庙。"并请七世之讳,敕太常具祭祀之礼。景曰:"前世吾不复忆,

---

① 王念孙:《广雅疏证》,江苏古籍出版社2000年版,第199页。
② 向熹:《简明汉语史》(上),商务印书馆2010年版,第469页。
③ 梁章钜:《称谓录》,黑龙江人民出版社1990年版,第13页。
④ 此蒙方一新先生惠示,特此致谢。
⑤ 《论语·八佾》有"周监于二代,郁郁乎文哉"的句子。王绚父彧,"彧"与"郁"同音,外祖父何尚之跟他开玩笑,是不是为了避父亲的讳,而改读。

惟阿爷名标。"众闻咸窃笑之。……于是追尊其祖周为大丞相，父标为元皇帝。(《梁书·侯景传》，860)

六朝以后，《全唐诗》里有十九例"爷"都是"父亲"义，没有一例"爹"；《近代汉语语法资料汇编》(唐代卷)有也没有用例。这说明流行于北方的"爹"，通语里极少看到；中古的新词"爷"，发展比较迅速。

《近代汉语语法资料汇编》(宋代卷)中有二十九例"爹"表示"父亲"义，包括十例叠音词"爹爹"。其中北方戏曲《刘知远诸宫调》中有两例，其他不好确定地域范围。而元代未见"爹"这个词，"爷"表示"父亲"义五例。通过《近代汉语语法资料汇编》宋元语料的比较，大致可以说明，一直到元代，"爹"这个词可能仍然仅活跃于北方。

明代的《老乞大谚解》、《朴通事谚解》各三例"爷娘"都是指的"父母"。《金瓶梅词话》中"爷"表示"父亲"义，一般也是和"娘"表示"母亲"义对举而存在，共四例，只有一例单用的"爷"表示"父亲"义：

(22)（西门庆为了给官哥祈福，跪拜神灵不停）李瓶儿道："只是做爷的吃了劳碌了。你且揸一揸身上，吃夜饭去。"(53/699)

口语中表示"父亲"义，《金瓶梅词话》里一般使用"父亲"或者"爹"：

(23)我往东京俺父亲那里去计较了回来，把他家女儿休了，只要我家寄放的箱子。(86/1290)

(24)经济道："我爹死在东京，我母亲也死了。"(93/1387)

这些调查说明：从唐一直到明代"爷"都应该是一个通语词。但是在北方方言区，这个词的使用呈衰退趋势，一般"爹"这个词更常用。比如清初的《聊斋俚曲集》中"爷娘"和"爹娘"的使用比例是35：94。到今天为止，山东话中仅鲁中和鲁南地区的老派方言里还保留着表"父亲"义的"爷"。比如淄博淄川话"铁梅她爷夜来家去了（铁梅的父亲昨天回家了)"。今天越来越多的年轻人称父为"爸","爷"这个词越来越多被通语词"爸"所取代,衰退形势更加严重。

而表"父亲"义的"爷"在受北京话影响稍小的南方方言中,保存比较完整。比如父母合称的"爷娘"一词,至今还存在于赣语南昌话、北部吴语上海话和丹阳话、南部吴语金华话里。

(三)"大"

"大",如表3—5所示,主要见于北方,其分布区域延伸到兰银官话、晋语等中国西北地区。据有的学者考证,这个词来源于少数民族语言。清赵翼《陔余丛考》卷三十七云:"《隋书·回纥传》:'以父为多'。《唐书》:'回纥阿啜可汗,亦呼其大相颉干迦斯曰:儿愚幼,惟仰食于阿多,国政不敢与也。'"① "多"属于果摄歌韵端纽开口一等字,中古拟音为[ta]。回纥是维吾尔族的古称,维吾尔语属于阿尔泰语系,今他们称呼"父亲"语音仍近似于此。例如维吾尔语为[ata]或[dada];柯尔克孜语为[ata];乌孜别克语为[ʌtæ];塔塔尔语为[ata];撒拉语为[ada]。② 这个词流行的区域最远到达江西,③ 它进入汉语的历史应该是较早的。明代有多种笔记谈到这个词,如陈士元《俚言解》卷二:"河北呼父为大。"④ 李实《蜀语》:"呼父曰大大。"⑤ 沈榜《宛署杂记·民风二》:"父曰爹……又曰大。"⑥ 说明起码明代的河北方言、四川方言、北京话里都有这个词。

"爹"从"多"得声,《广韵》中的一音为"徒可切",中古拟音也是[ta]。朱庆之认为"爹"、"大"记录的是同一个词,"由于该词后来在不同的方言里语音发生了分化,因此《广韵》有了两种读音"。⑦ 那么"爹"这个来源于少数民族语言的词,是不是受了汉语本身固有的词"爷"的影响而发生音变,还有待于挖掘更多的语言材料加以证明。但是

---

① 赵翼:《陔余丛考》,河北人民出版社1990年版,第671页。
② 胡士云:《说"爷"和"爹"》,《语言研究》1994年第1期。
③ 许宝华、[日]宫田一郎:《汉语方言大词典》,中华书局1999年版,第234页。
④ 陈士元:《俚言解》,载[日]长泽规矩也编《明清俗语集成》(第一册),上海古籍出版社1989年版,第10页。
⑤ 李实著,黄仁寿、刘家和等校注:《蜀语校注》,巴蜀书社1990年版,第124页。
⑥ 沈榜:《宛署杂记》,北京古籍出版社1980年版,第193页。
⑦ 朱庆之:《汉语外来词二例》,《语言教学与研究》1994年第1期。

我们的考察已经足以说明："爹"是一个完全汉化的外来词，这使它跟"大"这个真正的外来词决然分裂。

"叫达轻，叫爹重，还是叫爷为正经。"① 这一句俗谚说明：从语用角度看，在一个纯粹的北方人心目中，来源于少数民族的"大（达）"，只能用于一般化的场合；来源于少数民族语言但已经完全汉化的"爹"，用于比较正规庄重的场合；通语词"爷"是一个适用面广泛的词。这也就是《醒》的"大"用于骂詈语境的原因。明代的《金瓶梅词话》也可以为我们提供旁证，其中的"达"及"达达"也仅用于私密场合的戏谑语境，如：

(25) 西门庆酪子里骂道："怪小淫妇，只顾问怎的，你又教达达摆布你，你达今日懒待动旦。"(79/1202)

三　小结

通过对《醒》表示"父亲"义称谓词的考察，可以证明："爷"是唐代以来的通语词，现在正逐渐从北方衰退；"大"是语言接触的结果，跟我国北方历史上长期与少数民族杂居有关；"爹"和"大"本来是一个词，但是"爹"经过汉化成为北方的方言俗语词，今天已经遍布中国绝大多数方言区，成为一个新生的通语词；"父"现在基本不单用，一般说"父亲"，仅用于背称，有书面语色彩。这些调查显示：汉语的历史悠久，方言词的产生也非常复杂，有些是来源于不同历史层次的通语词汇，有些可能是民族融合语言接触的结果，再加上外来词在流传过程中由于汉化而发生新的演变，使得词汇的面貌更加复杂多样。董志翘认为："进行中古、近代汉语词汇研究必须与现代汉语方言词汇研究紧密结合起来。"② 研究方言词的产生和演变，不仅能帮助我们更加清晰地认识汉语词汇发展历程，而且能为描写和研究汉语方言提供帮助。

---

① 许宝华、[日] 宫田一郎：《汉语方言大词典》，中华书局 1999 年版，第 2126 页。

② 董志翘：《21 世纪中古、近代汉语词汇研究随想》，载《中古近代汉语探微》，中华书局 2007 年版，第 3 页。

第三节 "拿持"义动词的来源和演变

一 《醒》"拿持"义动词

《醒》表示"拿持"义的词有四个：拿、端、掇、搬，这四个词的同义关系比较复杂。我们先从词典释义开始，认识这几个词之间的异同。

《现代汉语词典》（第五版）"拿"义项 1 为："用手或其他方式抓住、搬动（东西）。""搬"义项 1 为："移动物体的位置（多指笨重的或较大的）。""掇"义项 2 为："〈方〉用双手拿；搬（椅子、凳子等）。""端"义项 2 为："平举着拿。"四个词中只有"掇"明确是个方言词，其他都是通语领域的常用词。我们整理这些词的意义，可以得到几个较为核心的义素：词义的核心是动作"拿取"，记作［＋拿取］；拿取是否仅凭借个体双手，记作［±手持］；拿取的客体有的动作要区分大小，记作［±大物体］；拿取之后有的动作将使客体发生位移，记作［±位移］；有的动作还强调位移的方向是否水平，记作［±水平］。我们用义素分析法，重新描写词义：

拿——［＋拿取］［＋手持］［±大物体］［±位移］［±水平］

搬——［＋拿取］［±手持］［＋大物体］［＋位移］［±水平］

端——［＋拿取］［＋手持］［－大物体］［＋位移］［＋水平］

"掇"是个方言词，我们通过《醒》中的具体用例，归纳描写它的词义，如：

（1）杨太医将椅子向床前掇了一掇。（2/23）

（2）喜得那人掇凳如马走的一般。（8/95）

（3）是我锁了门，掇了梯子，藏他在上面的。（20/265）

（4）那日自己掇皮箱、搬银子。（17/224）

（5）晁大舍把个火炉掇在前面。（19/251）

（6）他两扇磨一齐掇着径走。（89/1153）

（7）未曾看病先要吃酒，掇了个酒杯，再也不肯进去诊脉。（4/49）

（8）后边两个小童，一个掇了两个盆子，一个提了个锡罐。（23/303）

（9）两个妇人掇过毡包盒子，取出红衣簪饰。（41/537）

（10）端茶掇饭，都是狄周媳妇伏事。（48/629）

（11）床上掇了一个枕头，把那尊烧酒倒了一茶钟。（45/587）

（12）二人将门掇下，弄开了闩关。（80/1027）

（13）还在那里掇气，身上也有四个朱字。（54/704）

从语言实例看，"掇"，拿的不仅可以是椅子、凳子，大到皮箱、炉子、磨盘，小到盒子、饭食、酒杯，都可以用"掇"。例（1）—（6），与"搬"同义；例（7）—（10），与"端"同义；例（11），等于"拿"，在《醒》中还有双音节合成词"拿掇"；例（12）与"搬"同义，但跟例（13）比较，就能知道"掇"还多了一个义素，"使……转动"。这也就推理出"掇门"包含着"使门发生转动"的意思，因为古代门轴一般上端套金属箍，下端套石头凹槽，固定于门框上，以便灵活转动。两侧门框居中有金属门鼻，可以扣锁。若沿倾斜方向搬动，则可以使门轴脱离凹槽，产生一个夹角，一般可勉强容人进入房屋。因此"掇门"，绝不是《汉语大词典》所解释的"挖、撬"，而应该是"搬开"。那么，我们可以这样描写"掇"的意义：

掇——［＋拿取］［＋手持］［±大物体］［＋位移］［±水平］［＋转动］

这四个词的地位在历史上不是一成不变的，动词"拿"是一个通语词，与其他几个词的关系相对稳定，只是发生了词性上的变化；"端"、"掇"、"搬"之间经历了复杂的竞争过程。其中"端"来源于江淮官话，是一个"长江型词"。所谓"长江型词"是日本学者岩田礼提出的一个概念，专指产生于江淮官话，明代以后向北或者向西南而流的词语；[①]"掇"是一个南方方言词，"搬"是一个通语词。本节在考察文献的基础上，意在对四个词的历史来源和演变情况进行研究，并对该类词的扩散原因予以探讨。

二　"拿"词性的变迁

"拿"这个词由动词向着介词的方向发展，这使它与另外三个"拿持"义的词产生了重要的分化。动词"拿"适用的范围很广，一切可以

---

①　参见汪维辉、［日］秋谷裕幸《汉语"站立"义词的现状和历史》，《中国语文》2010年第 4 期。

手持之物，皆可以用"拿"。

动词"拿"处于"拿 + N + VP"结构中，且 N 为 VP 的工具，是其向语法化迈出的第一步。如《醒》第四十八回："他拿鞭子打我。"施事者"他"做出了"拿"这个动作，支配一个客体"鞭子"，发生了一个结果"打"。这个句子中有两个动词，语言识解者更容易把注意力放在后一个动词上，可以理解为：他是凭借鞭子打我的。在这样的句法环境中，"拿"的意义发生歧解，开始语法化的历程。

"拿"处于"拿 + N + VP"结构中，N 为 VP 的工具，且 N 为不容易持取的，是其语法化的第二步。如《醒》第四十回："我叫人拿头口来接你。""牲口"比较大，不容易手持，"拿"仍然保留其动词意味，只是距离工具格介词更进了一步。

"拿"处于"拿 + N + VP"结构中，N 为 VP 的工具，且 N 为抽象物，使其彻底语法化为介词。如《醒》第五十二回："你要拿瞎话支吾。""假话"是无法持取的事物，本句的"拿"只能理解为工具格介词。

介词"拿"在明代已经产生了。如《金瓶梅词话》第十二回："拿这有天没日头的事压枉奴。"又第三十五回："那平安儿在门首拿眼儿睃着他。"

同是近义词，都是"拿取"义，为什么其他几个词不能发展为介词，主要的原因是"拿"能使用在连动结构的第一个动词位置，这为它发生语法化提供了契机，而"端"、"搬"、"掇"都没有这样的句法环境。

三 "端"、"掇"、"搬"的历史来源与文献分布

"端"，初文作"耑"，《说文》卷七云："物初生之题也。"所以引申有"开端"、"正直"义。中古有个词为"端简"，它的本义应该是"使笏板端正"，如郑谷《寄左省韦起居序》诗："端简炉香里，濡毫洞案边。"由此而引申为"人端庄持重"，如《宋史·曹彬传》："彬执礼益恭，公府燕集，端简终日，未尝旁观。"既然要"使笏板端正"，那么人就应该是平举笏板，这个本来与"举"、"拿"义无涉的"端"，就因此携带了"举"之义。又着眼于位移，而引申为"搬移"。"端"的这个意义出现很晚，我们在明人整理的南戏中才看到：

（14）（末上打丑科）狗才，成甚么规矩，一张又是两张，两张又是一张，叫我老人家，端到东，端到西，费许多气力。走出去！不用你了。（施惠《幽闺记》第二十二出，《六十种曲》，3 册/59）

此处搬移的是床，是较大的物体，可见"端"最初的意义与现在并不相同。

明代"端"九例，"三言二拍"中有一例，《警世通言》卷二十四："端起盘，往外就走。"然查阅刻本，此处漫漶不清，不能轻易断定就是"端"字。① 除此之外的八例全部出现在《西游记》中。"掇"的分布主要见于南方型文献。"搬"在"三言二拍"、《型世言》、《三遂平妖传》、《金瓶梅词话》、《水浒传》中均有用例。据此我们推断："端"是一个江淮官话的方言词，"掇"是一个南方方言词，"搬"是一个通语词。下面从文献的角度证明我们的判断。

"端"在江淮官话《西游记》中能携带的宾语类型很多，可以大到凳子，小到镜架、盆子、碗，如：

（15）那少年又拿一张有窟窿无漆水的旧桌，端两条破头折脚的凳子，放在天井中，请三众凉处坐下。（20/242）

（16）后有几个小女怪，捧着减妆，端着镜架，提着手巾，托着香盒，跟随左右。（34/412）

（17）虎力大仙爱强，就抬一口大缸，放在殿上；鹿力大仙端一砂盆安在供桌之上。（45/547）

（18）那小的们，又端了碗，盛一碗递与八戒。（47/576）

（19）连忙的端了两三盆汤饭。（81/984）

可见明代江淮官话中的"端"，义域要广于现代。明代朝鲜官话教材《老乞大谚解》和《朴通事谚解》均未见"端"。

除了《西游记》能说明"端"是个江淮方言词，还有清代中叶扬州话写的《清风闸》，这部著作中"端"共十例，如：

① 冯梦龙：《警世通言》（影印本），上海古籍出版社 1993 年版，第 921 页。

(20) 不料五爷眼尖，看见了一盘大鲫鱼，端了出来，搭搭酒。(11/50)

(21) 叫人打药，五爷亲自煎好端了把奶奶吃，次日就好了。(23/104)

"搬"《说文》未收，《玉篇·舟部》："般，运也。"唐代才见到"搬移"之"搬"。《敦煌变文集·双恩记》："太子遂喜，选日开库般物。"《庐山远公话》："是你寺中有甚钱帛衣物，速须般运出来！"元代出现"拿持饭食"义位，如关汉卿《陈母教子》第三折："着你过去烧火剥葱，扫田刮地，抬桌搬汤。"

"搬"虽然用于大的物体，但明代常见用于"拿持饭食"，南北文献中均有用例。

如《型世言》：

(22) 那董文待他极其奉承，日间遇着在家，搬汤送水，做茶煮饭。(5/66)

(23) 自此王喜日夕在大慈房中搬茶运水，大慈也与他讲些经典，竟不思家了。(9/138)

又如《醒世恒言》：

(24) 贵哥引他到了自家房内，便向厨柜里搬些点心果子请他吃，问他讨首饰看。(第二十三卷，1316)

《水浒传》：

(25) 酒保一面铺下酒盏，菜蔬果品案酒都搬来摆了一桌。(8/115)

(26) 一面劝了五七杯酒，搬出饭来，二人吃了，收拾碗碟。(2/26)

(27) 今日斋食已是贤妹做施主，如何不吃箸面了去？师哥，快搬来！(45/604)

《金瓶梅词话》：

（28）西门庆听了，分付把桌上饮馔多搬下去，将攒盒摆上。
（42/530）
（29）五七个火家，搬酒搬肉不住的走。（56/735）

从文献用例看，"搬"这一义位出现频率很高，仅《水浒传》中就二十九例，应该说"搬"是一个常用的通语词。

"掇"《说文·手部》："拾取也。"而后引申为"采摘"义，宋代才见"搬移"义，如李君行词："三岛十洲，移掇者谁，玉城稚仙。"《全宋词》"搬移"义的"掇"有四例，使用这个词的四位作家分别是张镃、李君行、姜夔、赵福元。李君行、赵福元籍贯不详，其余两人均生活在南方。

《元刊杂剧三十种》未见到"掇"这个词，明代始多。见于诸多文献中，如"三言二拍"、《三遂平妖传》、《型世言》、《水浒传》、《金瓶梅词话》。前三种是吴语作品，后两者不好确定，这使它的方言属性显得扑朔迷离。清代前期戏曲选集《缀白裘》里很多对白是地道的苏州话，"掇"常见，我们选取典型的几例，如：

（30）阿爹弗要呆看，掇一张梯拉我。（第九集·卷四·寻亲记，189）
（31）掇一个橙子拉俚坐坐。（第八集·卷一·荆钗记，28）
（32）少停，掇盘个星人来。（第三集·卷一·荆钗记，17）
（33）银筝个个丫头面汤，水脚汤，水是介掇出掇进，阿是水？（第七集·卷二·绣襦记，107）
（34）掇一鬶烧酒得出来吓。（第十一集·卷二·闹店，217）

除了《缀白裘》，清初吴语小说《十二楼》中也有，后期的《何典》、《九尾龟》等吴方言小说都有"掇"这个词。明代嘉靖闽语戏文《荔镜记》未见这个词，清代粤语文言小说《俗语倾谈》也未见这个词，但是在今天的客家方言，如梅县话；赣语，如南昌话；闽语，如福州话中，"掇"常见。① 大致可以断定：明清时期"掇"就是一个南方方言词。

四 "端"对"搬"的部分替换与重新分工以及"掇"的南缩

"端"为"长江型词"，明代借助江淮官话的优势地位迅速北播，与通语中的"搬"产生竞争。最终两者义域重新调整，明确分工。

《醒》里"拿持饭食"有十一例用"搬"，三十六例用"端"，另外还有四例用"掇"。应该说"端"已经处于优势地位。甚至在同一句话里，出现了同义词"搬"和"端"。

(35) 两盘火烧，搬到厨房矮炕桌上与众人吃；又盛了一垫浅豆腐，一垫浅黄芽菜，一碟子四个火烧，端到上房与狄员外、狄希陈吃。(55/714)

这里前半句使用明代旧词"搬"，后半句使用"端"，有可能是作者为避免重复有意选用同义词，也有可能实际语言中两者都在使用。

清代前期"端"，与明代差异不大，可以用于"拿持"较大的物体：

(36) 呼呼的自己跑进狄员外房里，端皮箱、抬大拒，探着身子往床里边寻钥匙。(76/977)

(37) 那婆娘心里有些着忙，端开门，只见钥匙丢在门内。(82/1058)

(38) 叫人端了一把椅子，朝北坐下。(81/1040)

也可以是体积较小的具体事物：

(39) 晁夫人把那张稿来自己收了，叫丫头后边端出一个竹丝拜匣。(22/291)

(40) 端着个铜盆，豁朗的一声撩在地下。(81/1046)

---

① 北京大学中国语言文学系语言学教研室（编）：《汉语方音字汇》（第二版重排本），语文出版社 2003 年版，第 347 页。

（41）妆做仆妇做饭的，端着个马桶往茅厕里跑的……那一个是喜欢你的，肯与你遮盖？（20/266）

（42）你端个小机儿来让客坐下。（71/913）

（43）"李哥，你把天平取过来我使使。"李旺端过天平。（66/845）

（44）端了三个盒子，提了两尊酒，送到计氏后边。（3/38）

这样的状况一直维持到清代后期，至《儿女英雄传》情况有所变化。这部著作里"端"共五十二例，其中"拿持饭食"义有四十二例，"拿持小物体"义有九例，"拿持大物体"义只有两例，宾语均为"石头"，如第十五回："我就一憋头的学着拉硬弓，骑快马，端石头，练大刀。"如果这里不是强调武艺高强，能够平移石头的话，一定不会用"端"，因为这部著作中其他的四例"石头"，都是用"搬"。"搬"一共三十五例，"拿持饭食"义只有两例，其他均为"搬移"义。与清代前期及明代相比有一点不同："搬移大而重的物体或坐具，使其发生位移"用"搬"，"搬移小的物体，使其发生水平位移"用"端"。至此"搬"与"端"明确分工。"端"强调发生"水平"位移，"搬"没有这个义素。这个义素的获得是在竞争过程中逐步确立起来的，是二者明确分工的标志。也就是说现代汉语的常用词"端"和"搬"在清代后期正式产生。

"掇"这个南方型的方言词，明清时代有北播的趋势，仅《醒》中就有二十例。这说明当时"掇"还是语言中比较常见的词语。

清代前期带有江淮官话全椒方言特点的小说《儒林外史》"拿持饭食"义两例"搬"，两例"掇"，三例"端"，下面的例子值得关注：

（45）管家才掇了四碗上去，还有两碗不曾端，他捧着看戏。（10/129）

这一句里，使用了同义词"掇"和"端"，也可能是作者为了避免重复有意为之，也可能在实际语言中，来源不同的词语同时使用。全椒距离南京很近，方言中有南方特色，亦是情理之中。

但是语言是讲究经济原则的，同义词之间的竞争是不可避免的。"掇"这个南方型方言词，在文献中的用例越来越少。

《红楼梦》中，"掇"只有两例：

（46）墨雨遂掇起一根门闩，扫红、锄药手中都是马鞭子，蜂拥而上。（9/302）

（47）黛玉因不大吃酒，又不吃螃蟹，自命人掇了一个绣墩，倚栏坐着。（38/992）

到《儿女英雄传》，"掇"一例也没有了。再看看清末南方系的小说《海上花列传》，仅就"拿持饭食"义说，"掇"四例、"端"十例、"搬"二十四例。这些数据证明：清末虽然吴语里有"掇"，但书面表达中还是以明代旧词"搬"为主，也间有清代通语词"端"。今据李荣主编《现代汉语方言大词典》所收 42 个方言点，长江以北仅牟平、徐州两个点还有"掇"这个词，"掇"使用的区域基本已退至长江以南。

五　长江型词与南方型词明清时代扩散的原因

"词汇的发展和传播经常受到社会生活各种因素的推动和影响。"① 也就是说语言外部的原因为词汇的传播提供了条件。"长江型词"沿着长江西传和北播，应该与中国经济有关。

明代中国出现了资本主义的萌芽，随着商业经济的繁荣，交通也随之发达。"长江是南方的一条重要水道，湖广的粮食、苏松的纺织品、淮扬的官私盐等都需要通过长江水系转运。"② 玉米和番薯是明代中叶后传入我国的粮食作物，而这两种作物的主要生产基地就是四川，四川因之获得了重要的经济发展机遇。"长江型词"向北向西扩散，都是由经济命脉长江而起。

"语言的分化往往是从移民开始的。"③ 要探索明清时代的江淮官话，移民史是不可忽略的。由于元末战乱，华北中原地带以至江淮之间人口锐减，明代洪武年间开始了全国有计划、有组织的大移民活动。在今天的江淮官话区域，移民中的一支来自苏浙、江西，分布在淮河以南。明永乐十九年（1421 年）朱棣将京城移至北京，从南京迁入了 3800 富户和大批工

---

① 袁家骅：《汉语方言概要》（第二版），语文出版社 2001 年版，第 316 页。

② 齐涛：《中国古代经济史》，山东大学出版社 2001 年版，第 734—735 页。

③ 周振鹤、游汝杰：《方言与中国文化》（第二版），上海人民出版社 2006 年版，第 12 页。

匠。① 这两次移民潮基本都是从南向北流动的，这就为"长江型词"和"南方型词"的北播提供了契机。此后长江流域的人口相对稳定，直到太平天国运动。此场战争之后清政府设立招垦局，大量安徽、湖北、苏北的移民涌入苏南，安徽一带也是依靠省内皖北至皖南的移民补充人口。② 虽然这一次移民是由北至南流动，却并没有给"长江型词"带来新的传播机会。其一，此时北京官话已经取得优势地位，"长江型词"失去了南系官话的支撑和依托；其二，江浙一带历史上一直是经济文化发达地区，吴语属于优势方言，这自然阻碍了苏北、皖北江淮官话的南传。"长江型词"的扩散，说明了历史语言演变的时间性和条件性。"长江型词"的形成有时间性和条件性，时间是明代，条件是明代移民潮及南系官话权威地位的支持。

经济流通是语言发展的外部因素，移民潮是语言发展的内部因素，语言变异才是语言发展的根本性原因。"长江型词"和"南方型词"的演变与通语的历史发展有关。

李新魁认为北京音直到清代中叶以后才上升为标准音。③ 张卫东认为北京话取代南京话成为标准音，是更晚的事情。④ 平田昌司认为"至迟在乾隆年间，直隶音……成为标准音"，但同时承认"只是清代的宫廷语音，还不是整个汉人的共同语音"。⑤ 他依靠历史学的方法认为南京话的地位更正统，由于缺乏语言事实，遭到蒋绍愚的质疑。⑥ 自 1932 年胡适研究《醒》以来，虽然对其作者颇有争议，但其方言背景为山东方言是学术界的共识。我们在其中不仅发现了"长江型词"，还有南方型词，如"掇"以及前文论及的"人客"。依据我们的研究谨慎推断：起码直到清代初年，知识分子心目中还是以"南京话"为权威官话。

汉民族共同语的最终形成，应该建立在南北系官话融合基础之上，这其中必有竞争，也存在变异。"长江型词"进入通语，是南北系官话融合的结果；"南方型词"北播之后又向南退缩，是双方竞争的结果。这种南

---

① 曹树基：《中国移民史》（第 5、6 卷），福建人民出版社 1997 年版，第 80—331 页。
② 同上书，第 428 页。
③ 李新魁：《李新魁语言学论集》，中华书局 1994 年版，第 146 页。
④ 张卫东：《北京音何时成为汉语官话标准音》，《深圳大学学报》1998 年第 4 期。
⑤ ［日］平田昌司：《清代鸿胪寺正音考》，《中国语文》2000 年第 6 期。
⑥ 蒋绍愚：《近代汉语研究概要》，北京大学出版社 2005 年版，第 110 页。

北官话此消彼长、彼此融合的情况，我们在后文详细考察元明清三代语法史的基础上，还会再详细论述。

六 小结

《醒》中四个与"拿持"义有关的词语：拿、搬、端、掇，常用词"拿"与其他几个词的关系较稳定，仅是由动词语法化为介词，其他三个词则经历了复杂的替换竞争过程。我们在广泛调查明清文献的基础上发现："搬"是个通语词，"端"是个长江型词，"掇"是个南方型词。它们在明清时代的传播，与中国经济发展、明清移民史，以及当时江淮官话的优势地位有关。相对于现代汉语的形成来说，"长江型词"很容易进入通语，"南方型词"则容易在经济往来退潮时，在通语的基础方言发生变化时，从北方退缩、消失。

第四节 方言词与通语词的相因生义

方言与通语是两个不同的语言系统，但是双方又紧密相连。通语词会影响方言词的发展，特别是两个系统中的同义词，会产生渗透式影响。

一 相因生义定义

蒋绍愚谈到词义发展的几种方式，将词义因聚合类推而相互传染的现象称作"相因生义"。他说："甲词有 a、b 两个义位，乙词原来只有一个乙 a 义位，但因为乙 a 和甲 a 同义，逐渐地乙词也产生一个和甲 b 同义的乙 b 义位。或者，甲词有 a、b 两个义位，乙词原来只有一个乙 a 义位，但因为乙 a 和甲 a 反义，逐渐地乙词也产生一个和甲 b 反义的乙 b 义位。"[1] 李宗江认为将这种词义发展方式与引申或虚化严格区分，需要增加一个条件，即甲 a、甲 b，乙 a、乙 b，最起码有一词的一对义位间没有引申关系。[2] "相因生义"的语言现象也被一些学者称为"词义渗透"，这一理论是在同一语言系统的前提下提出的，但是我们在不同的语言系统内（比如方言系统与通语系统）也发现了这一现象，说明这一条理论有

---

① 蒋绍愚：《古汉语词汇纲要》，商务印书馆 2005 年版，第 82 页。

② 李宗江：《汉语常用词演变研究》，汉语大词典出版社 1999 年版，第 17—19 页。

更广的适用范围。下面我们以方言词"中"缘何可以作动结式的第二成分，说明通语词会对方言词产生渗透式影响。

二　《醒》"中"用法及各用法的语言性质

在《醒》里，"中"有几种用法：

A. "中"为形容词，"行，可以"义，作谓词。《醒》中作补语。如：

　　（1）望着狄周道："管家，烦你把这丫头送到我家去，已是打的不中了。"（48/623）

B. "中"为形容词，"可以，好"义，作动结式的第二成分，是动相补语。如：

　　（2）将药煎中，打发晁大舍吃将下去。（2/25）
　　（3）问说："做中了饭没？做中了拿来吃。"① （40/519）

C. "中"为副词，"利于、便于"义，作谓词的修饰成分。如：

　　（4）狄希陈笑道："一个人吃小炒鸡，说极中吃。旁里一个小厮插口说道：'鸡里炒上几十个栗子黄儿，还更中吃哩。'"（83/1072）
　　（5）相栋宇说："咱每日吃那炉的螃蟹，乍吃这炒的，怪中吃。我叫家里也这们炒，只是不好。"（58/744）
　　（6）如今也不知怎么，他只开口，我只嫌说的不中听。（80/1026）
　　（7）就是丫头有甚么不中使，也只是转卖倒曹，也没个打杀的理。（81/1040）

D. "中"为助动词，修饰整个述语部分，"应该"义，表示事情未然，但已迫在眼前。如：

---

　　① 李国庆本及上海古籍出版社本均为"做了中饭没"，此时情节为：天色已晚，应吃晚饭。齐鲁书社本为"做中饭了没做"。据徐复岭第270页所论更动。感谢程志兵老师讨论。

（8）叫小厮们外边流水端果子咸案，中上座了。（21/280）

（9）晁大舍又走到厨屋门口，说道："你们休只管魔驼，中收拾做后晌的饭，怕短工子散的早。"（19/245）

E. "中"为助动词，修饰谓词，表示许可，"能够"义。如：

（10）你既自己说人不中敬，咱往后就别要相敬，咱看谁行的将去！（96/1243）

（11）那院里陈嫂子比你矮、陈哥比你弱么？要是中合他照，陈嫂子肯抄着手、陈哥肯关着门？（89/1151）

E 类用法，在清代北方话的俗曲、小说中广见，略举几例：
《聊斋俚曲集》：

（12）俺果然亵渎你几回，抛撒你几遭，你看着俺不中抬举的东西，就合俺绝了来往。（《穷》，1119）

《续金瓶梅》：

（13）止有一个蛮小厮叫进宝，是严州府买来的，十分痴蠢，全不中用，只好看门挑水。（50/388）

《歧路灯》：

（14）滑氏道："我不管你声名不声名，我却知道那声名不中吃。想要银子不能！"（40/376）

汉语史上此类用法，唐代以来就是通语用法，如：

（15）何物中长食，胡麻慢火熬。（《全唐诗》卷 229 王建诗，3398）

（16）可中与个皮裈著，擎得天王左脚无。（《全唐诗》卷 870 蒋贻恭诗，9871）

（17）美人停玉指，离瑟不中闻。（《全唐诗》卷 297 王建诗，3366）

（18）龟之气兮不能云雨，龟之枡兮不中梁柱。（《全唐诗》卷 336 韩愈诗，3760）

特别是最后一个例句，"能"与"中"对文，可以更清楚地观察"中"表示认识情态"能够"义的语义特点。这种用法一直延续到现代北方方言中，如："这东西中用"、"那个中吃"。考虑到历史上这种用法的普遍性，还是将其看作通语性质的较为合适。

三　"中"文献分布

A、B、C、D 四种用法带有北方方言性质，下面我们从文献的角度说明。

A 类用法，元代北方话产生，如《元刊杂剧三十种》，略举几例：

（19）他兴心忒不中，我主意更难容。（《博望烧屯》第四折，747）

（20）常言道丑妇家中宝，休贪他人才精精细细，伶伶俐俐，能言快语，不中。（《张千替杀妻》第四折，776）

明代北方作品也不是都有此用法，如《金瓶梅词话》中就没有，《朴通事谚解》中有两例，说明这种用法是较为偏北区域的：

（21）不得仁义的人，结做弟兄时不中。（226）
（22）舍人你自看，这马都不中。（255）

清代《歧路灯》中有一例：

（23）惠观民笑道："等饭中了，我到家多会了。"（40/367）

B 类用法仅见于《醒》、《聊斋俚曲集》，如：

（24）煎中了，送进去吃了，还恐怕不效。（《富》，4/1296）

C 类用法明代仅见于《金瓶梅词话》，共七例，略举几例：

（25）"把你当块肉儿，原来是个中看不中吃，腊枪头，死王八！"（19/219）

（26）石道士分付徒弟："这个酒不中吃，另打开昨日徐知府老爹送的那一坛透瓶香荷花酒来，与你吴老爹用。"（84/1271）

（27）"我有一件织金云绢衣服哩，大红衫儿、蓝裙，留下一件也不中用，俺两个都做了拜钱罢。"（35/430）

这里例（26）"中吃"不是最低限度的"能够吃"义，而是"好吃"义；例（27）的"中用"也不是"能够用"，而是"好用"义。词义含有说话者的主观性。

清代的《聊斋俚曲集》，共十五例，略举几例：

（28）方娘子貌如仙，他恼了把柳眉弯，叫人越看越中看。（《磨》，11/1416）

（29）笔要中使，墨要稠研，字要端正，纸要完全，写的精致，方才值钱。（《蓬》，4/1089）

《续金瓶梅》中共三例，如：

（30）众喇嘛一齐和佛，随着乱转，满屋里转的风车相似，好不中看，这叫是"胡旋舞"。（39/301）

《歧路灯》中共十三例，如：

（31）范姑子道："我是二两银子，定的蓬壶馆上色海味席。谁知道盛公子还嫌不中吃，我就没敢说是馆里定来的。"（16/168）

D类用法清代文献除了《醒》中的两例,《歧路灯》中还有一例:

（32）像你这材料,只中跟我去,替我招架戏,我一月送你八两银,够你哩身分了。(50/462)

四　"中"义位引申关系

"中",许慎《说文·丨部》曰:内也。这是个指事字,以字形表示本义,指空间位置的"中间"。又可以隐喻投射到时间领域,表示时段的"中间",如《左传·庄公七年》:"夜中,星陨如雨。"也可以隐喻投射到抽象的品质上,形容词"中正"义,《荀子·天论》:"故道之所善,中则可从,畸则不可为。"由"中正"引申为形容词"适宜",张仲景《伤寒论·太阳病上》:"此为坏病,桂枝不中兴也。"《盐铁论》卷六:"古者,谷物菜果,不时不食,鸟兽鱼鳖,不中杀不食。""中"从中古开始一直可以构成"中V"结构,很容易引申为表示认识情态的助动词,这就是"能够"义位(即前文的E类用法)的形成。

"中"演变为表示认识情态的副词,在说话者希望动词的情态向着更高限度变化的语境中,就会演变为"便于、利于"义,如下面的例句:

（33）这是不中意的,准他轮班当直;拣那中支使的,还留他常川答应。(8/101)

青梅在与刘夫人讨论做姑子的好处,她认为凡是年轻有力的和尚都是她的新郎,她挑拣能够支使的,在她心目中这只是最低的标准,实际上她希望比这个限度更高,她的心理期待是"便于指使的"。这种主观性最终摆脱语境的限制,以新生义位形式固定下来,这就是词义演变过程中的"主观化","中"就形成新的义位,"便于、利于",即前文说的C义位。

说话者基于自己的认识,认为某事能够做,这属于"知域"范畴。站在受话者的角度,希望受话者去执行某事,以言行事,则演变为道义情态助词,即前文说的D义位。

"中"形容词"适宜"义,出现在答语中,则可以表示赞许义。广见于今天中原官话，如菏泽话：

> （34）——今天这个事交给你中不中？
> ——中，中，你就放心吧。

第一句的"中"是形容词，"适宜"义，第二句答话的"中"，则是"赞许"义。

用图例表示"中"词义引申的脉络为：

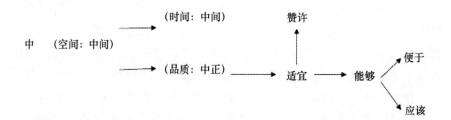

五 同义词"好"

同义的通语词"好"，与"中"存在同步引申的现象：

A. "好"为形容词，"完好、结束"义，作谓词。如：

> （35）《食经》作白醪酒法……盖。满五日，乃好。酒甘如乳。（贾思勰《齐民要术》卷七，394）

B. "好"为形容词，"可以"义，作动结式的第二成分，是动相补语。

> （36）妆好方长叹，欢余却浅颦。（《全唐诗》卷683韩偓诗，7843）
> （37）如今老爷去了，我和你众人们出银三分，教木匠做靴匣。漆好了，钉在仪门上，也见我和你一点心。（柯丹邱《荆钗记》第三十七出；《六十种曲》，2册/113）
> （38）拾了刘穷骨头，把蒲包包好了，与妹子看，叫他嫁人。（刘唐卿《白兔记》第十三出；《六十种曲》，11册/41）

C. "好"为助动词，修饰谓词，表示许可，"能够"义。

（39）十五年任为弓材……二十年，好作犊车材。（贾思勰《齐民要术》卷七，231）

（40）看你那个锈钉耙，只好锄田与筑菜！（《西游记》，22/268）

D. "好"为副词，"利于、便于"义，作谓词的修饰成分。

（41）楫小宜回径，船轻好入丛。（《先秦汉魏晋南北朝诗》梁诗刘缓诗，1847）

（42）白日放歌须纵酒，青春作伴好还乡。（《全唐诗》卷227杜甫诗，2460）

形容词"好"本义"女子貌美"，扬雄《方言》卷二："自关而西，秦晋之间，凡美色或谓之好。"引申为泛指"美的"，《说文·女部》：好，美也。中古又引申为形容词性的"完好"义。在"完好"义的基础上，用于答语中，即表示"赞许"义。如关汉卿《裴度还带》楔子："（野鹤云）长老，小子相人多矣，未尝有这等一桩事。小生借长老的方丈，小生沽酒与裴中立相贺，有何不可？（长老云）先生，好、好、好！堪可贫僧备斋。"由"完好、结束"义发展为动结式的第二个成分，只是在形容词"好"的前面增加动词而已。

用图例表示"好"词义引申的脉络为：

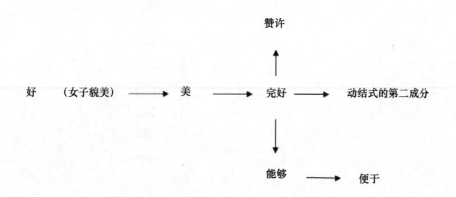

　　由图例可以看到"好"与"中"存在多个平行引申序列，两个词都表示赞许义，但是"赞许"义的形容词与动结式之间不存在引申关系。"中"作为形容词"适宜"义，修饰动词，位置在动词之前，不具备直接形成动结式第二成分的条件。因此可以说，方言词"中"之所以可以作动结式的第二成分，是受了同义的通语词"好"的影响。

第四章

方言词演变中的词汇化与语法化研究

第一节　"敢说"的词汇化

《醒》中有一个方言词"敢说"，如第三十九回："只说你自家一个人，顾了这头顾不的那头，好叫他替手垫脚的与你做个走卒，敢说是监你不成？"《金瓶梅词话》中也有这个词，多部有关此小说的专书词典都没有收录。

李申所著《金瓶梅方言俗语汇释》没有专门收录这个词，却有所涉及。他将"敢说"拆为两个词，认为"敢"是"副词，无实在意义"。[①]意识到"敢"修饰限制"说"，他的观点无疑是正确的。冯春田也发现了这个词，他指出"敢"是语气副词，表揣测，只出现在"敢说"、"敢说是"一语中。[②] 两家都否定了"敢说"是词，但是冯春田认为"敢""说"两个语素关系紧密。我们考察这个词形成的历史，并结合方言实际语言中，"说"存在语音弱化的现象，认为："敢说"是词，不是词组。"敢说"当是"可能这样说"、"莫非这样说"之义。这个词的形成应该与俗文学的发展有密切的联系，多见于戏曲、小说类文献中，至今它还存在于民众口头上，活跃于方言里。

一　"敢说"是词

明清时期的小说中有两个"敢说"。【敢说₁】，"敢于说"义，是一个一直活跃于当今普通话中的词组。【敢说₂】，这个词适用的语境是说话人揣摩听话人或有关的第三者对事情的反应，是一个有一定词汇化基础的双音节词，活跃于当代北方方言中。下面例句的分析，能让我们更清晰地观

---

① 李申：《金瓶梅方言俗语汇释》，北京师范学院出版社 1992 年版，第 613 页。

② 冯春田：《〈聊斋俚曲〉语法研究》，河南大学出版社 2003 年版，第 180 页。

察它们的区别：

> （1）便是公侯人家，钦赐的禁地，我学生也曾打进去，救出人
> 来，没人敢说我放肆！（《侠义风月传》，5/51）
> （2）（潘金莲责骂玳安等，说道）贼囚根子每，别要说嘴，打伙
> 儿替你爹做牵头，勾引上了道儿，你们䙆狗尾儿。说的是也不是？敢
> 说我知道？嗔道贼淫妇买礼来，与我也罢了，又送酥糕与他大娘……
> （《金瓶梅词话》，78/1180）

划线部分的两句在表层结构上基本一致，都有"敢说＋代词＋形容
词（动词）"。例（1）划线部分意思为"有胆子说出认为我放肆的话"，
结构关系应分析为"［敢［说［我放肆]]]"。例（2）的语境为，玳安给
西门庆与贲四老婆偷情创造机会，过后玳安又与她有染；贲四老婆怕遭到
西门庆老婆的羞辱，就给爱吃酥糕的吴月娘送了一盒，也送了潘金莲。潘
金莲人精明，嘴又尖刻，觉察了此事，这一番骂是针对此事而来。"敢说
我知道"应理解为"你们可能说我怎么知道"，所以划线部分的结构层次
关系应分析为"［敢说［我知道]]"。可以看出【敢说$_1$】与【敢说$_2$】在
结构层次上的差别是非常明显的。我们也可以从另一个侧面观察它们的差
别，第一个"敢说"有否定式"不敢说"，第二个"敢说"没有"不敢
说"这样的否定式：

> （3）管家站在一旁等回信，也不敢说甚么。（《官场现形记》，
> 9/124）

第二个"敢说"没有否定式"不敢说"，主要原因是【敢说$_2$】语义
重点在于表揣测；如果不对某事揣测，那就不存在【敢说$_2$】可以出现的
语境。文献中能看到的例子，如文中提到的例（2）、（6）、（7）、（8）、
（9）、（10）、（11）、（12）、（13）、（14）、（15），都是"敢说××"，没
有"不敢说××"。
在实际语言中，两者的区别也非常明显，比较下面的句子：

> （4）敢说，你再敢说一句！

（5）（爱打听闲事的人看到邻居家的意外情况，立即向别人说）老王出事了，敢说我咋知道，你看看不了，救护车都停到他家门口了。

山东菏泽话，例（4）【敢说₁】"敢于说"义，读作［kan⁴⁴fuə²⁴］。例（5）【敢说₂】"可能这样说"义，读作［kan⁴⁴fə·］。后一句话里，可以听到"说"的双元音已经弱化，声调已经消失。

语音弱化是短语词汇化程度加深的重要标志，这就是我们认为"敢说"是词的理由。

二　"敢说"形成的历史考察

"敢"，《说文》："进取也。"在上古最初的意思当是动词"勇于拿取"之义，由于文献不足，我们见到的其最早的动词义是引申义"侵犯、冒犯"。如：《国语·吴语》："吴王夫差既胜齐人于艾陵，乃使行人奚斯释言于齐，曰：'寡人帅不腆吴国之役，遵汶之上，不敢左右，唯好之故。'""敢"带有宾语，为动词无疑。动词发展为助动词，往往因为它修饰另一个动词，退居句子的次要地位。如《左传·哀公元年》："在军，熟食者分而后敢食。其所尝者，卒乘与焉。"第一个句子的主要动词是"食"，"敢"起修饰限制作用，"有勇气做某事"义，说它是助动词主要依据它限制动词这样的语法功能。这样的助动词可以分为两类：第一类，表示肯定义，就是我们上面提到的例子；第二类，表示否定义，即"岂敢、不敢"。

《左传·昭公二年》："寡君命下臣来继旧好，好合使成，臣之禄也。敢辱大馆？"杜预注："敢，不敢。"造成这种现象的原因应该归之于句式，在陈述句里，"敢"是肯定义；在反诘问句里，"敢"是否定义。这里"敢"作为助动词依附于动词，意义上还与"进取"的本义联系十分紧密，虚化的程度还不深。

"敢"作助动词，还有一个意思，表示允许，"可以"义。元高文秀《双献功》楔子："（正末云）哥哥，你兄弟有一句话，可是敢说么？（孙孔国云）兄弟有甚话说？"这个意义离开"进取"的本义有些远了，虚化的程度比前者深。

演变为"大概、可能"这样表示估量、揣度的词义，距离本义更加遥远，虚化程度加深了，对动词的依附性也加深了，它成了副词。按照语义侧重点，这样的副词可以分为两类：第一类，情态副词，如《金瓶梅词话》第七十七回："平安儿道：'爹敢进后边去了。'""敢"限制动词的情态，"大概、或许"义；第二类，语气副词，如元孟汉卿《魔合罗》第一折［一半儿］白："敢是我这身体不洁净，触犯神灵？""敢"帮助表达推测语气，"莫非，恐怕"义。造成这种分别的原因也在句式上，陈述句里，"敢"是情态副词；疑问句里，"敢"是语气副词。

明清小说里"敢说"的两个义位"可能这样说"、"莫非这样说"与副词"敢"的两个义位有直接渊源关系。"敢说"的词汇化大致经历了以下几个阶段：

第一个阶段，短语"敢说道"的阶段。副词"敢"修饰同义连缀的动词"说道"。

就我们检索到的文献，最早的与现代方言"敢说"同义的是"敢说道"，出现在南宋南戏中。无名氏《张协状元》第四十一出："伊前日到京，我不成留住你，<u>敢说道我浑家来至，我荣贵伊恁贫</u>。我不道你痴心，别寻个计结来闭门。"这是张协状元路遇结发之妻的唱词，"敢"的意思应当是"大概、也许"义，它修饰限制双音节词"说道"，词组"敢说道"意义为"可能这样说"。它隐含了话语主语"别人"。

宋元时期是俗文学大发展的时期，话本小说迅速发展，讲述人也很注意与听众交流。我们经常在明清小说中读到"看官听说"这样的字句，这应该是话本小说的遗留。戏剧也在宋元进入快速发展阶段。"敢说"所管辖的后续成分，在话语交际中，带有很强的插入语性质，意在与听话人交流。交际过程中双方受"省力"和"明晰"原则支配，省力原则作用的结果是词语的固化或"成语化"，成语化又导致词语形式的缩小。当"敢说道"缩略为"敢说"，就向词汇化迈出了第一步。

第二阶段，"说"仍与后面的成分关联，副词"敢"修饰动词"说"，如：

（6）魏名说："咱不赌罢。人不说是咱闹玩，<u>敢说是成宿的赌博哩</u>。"（《翻》，2/939）

这里的语境是魏名诱导仇公子赌博，但是又担心人家说破。故意推说

"不赌"，是想推卸怂恿仇公子赌博的责任。"成宿的赌博"是转述揣测第三者的话语，隐含了主语"别人"。"敢说"与话语内容"成宿的赌博"之间有系词"是"连接，与其前面小句"不说"相对照，可以知道副词"敢"还是修饰动词"说"的，这时的"说"语音尚不弱化。

第三阶段，"敢说"与话语内容直接相连，"说"语音弱化，"敢说"与后面成分的关系疏远，如：

（7）狄希陈道："姥姥，你叫我不拘使多少银子，我也依；你指与我，叫我不拘寻谁的分上，我也依；我可不能求俺这个兄弟。我实怕他合大妗子笑话。敢说：'你为家里的不贤惠，专替你招灾惹祸的，你躲到京里来另寻贤德的过好日子；如今贤惠的越发逼的丫头吊杀了。'我受不的他这笑话。"（《醒》，81/1048）

从现代标点上看，"敢说"已经与后面的话语部分联系不紧密。"敢说"后面是说话者揣测转述第三者的语言，隐含了话语主语"狄希陈的表弟夫妇二人"。"敢说"后面的后续成分带有插入语性质，词的重音落在"敢"上，这样"敢说"表揣测的意义就凸显出来了。

在我们搜索到的元、明、清三代文献中，元代八十多条例子，只有上面举到的《张协状元》中的"敢说道"，义同现代方言中的"敢说"；明代三百多条，也只有《金瓶梅词话》中有七例；清代一千二百多例"敢说"，也只有《醒》中出现四例方言意义上的"敢说"，《聊斋俚曲集》中出现七例。这些调查结果能证明这个词的地域色彩。但是文献记录无法显示它的第二个音节为轻声的事实，只有现代口头活语言才可以证明它有成词的趋向。这是李申和冯春田误以为它是词组的原因。

三　语境中"敢说"语义考察

前文我们说过，"敢说"适用的语境是说话人揣摩听话人或有关的第三者对事情的反应，所以它的语义要根据具体的语境确定。下面我们就见到的文献，考察一下"敢说"的语义分类。

（一）"敢说"隐含的主语是说话人

（8）（孟玉楼向潘金莲谈论吴月娘与西门庆失和之事时说）他说

他是风老婆不下气，倒教俺每做分上，怕俺每久后沾言沾语说他，<u>敢说你两口子话差，也亏俺每说和</u>。（《金瓶梅词话》，21/248）

吴月娘与西门庆失和，潘金莲、孟玉楼等人说和不成，孟玉楼说这番话是猜测吴月娘作为大老婆不肯央求小妾做中间说和人，授她们以话柄，让妾得势。划线部分是孟玉楼揣测吴月娘心理的话，"敢说"，"可能这样说"义，隐含话语主语"孟玉楼等人"。

（二）"敢说"隐含的主语是听话人

（9）（丈夫汪为露将死之际，魏氏让儿子小献宝拿银子准备后事，又有意让自己的哥哥魏运跟随，小献宝不悦）魏氏见他不是好话，随即改口，说道："我没的是怕你拐了银子不成？只说你自家一个人，顾了这头顾不的那头，好叫他替手垫脚的与你做个走卒，<u>敢说是监你不成</u>？你要拐银子走，就是十个魏运也不敢拦你。"（《醒》，39/509）

"敢说"，"莫非这样说"义，隐含的是听话人小献宝。

（三）"敢说"隐含的主语是与谈话内容有关的第三者

（10）（潘金莲向西门庆学说来旺日间如何揭自己的短）说我当初怎的用药摆杀汉子，你娶了我来。亏他寻人情救出我性命来。在外边对人揭条。早是奴没生下儿长下女，若生下儿长下女，教贼奴才揭条着好听。<u>敢说：你家娘，当初在家不得地时，也亏我寻人情，救了他性命</u>。（《金瓶梅词话》，25/302）

西门庆与来旺媳妇有隐情，潘金莲做了内应，来旺得知后，对潘金莲极为不满。划线部分是潘金莲猜测来旺可能会对未来自己的孩子说的话，"敢说"，"可能这样说"义，隐含的主语是与谈话内容有关的第三者"来旺"。

（11）（陈经济想要寻找张胜的破绽，以报复他）巨耐这厮几次在我身上欺心，<u>敢说我是他寻得来，知我根本出身，量视我紧不得</u>

他。（《金瓶梅词话》，99/1466）

"敢说"后面的内容，是陈经济揣测张胜可能会对自己说的话，并又从说话人（陈经济本人）的角度转述出来的。"敢说"隐含了话语主语"张胜"。

　　（12）狄婆子说："您都混帐！叫人看看<u>敢说这是谁家没家教的种子，带着姐儿游船罢了，连老鸨子合烧火的丫头都带出来了</u>！叫他两个看家，苦着他甚么来？"（《醒》，40/524）

狄婆子决定留狄希陈和孙兰姬在家，而不是带领他们出去游玩，是因为担心别人说闲话。因孙兰姬是妓女，她担心别人把自己看成"老鸨子"。这一段训斥的话是狄婆子对跟随的仆人说的，"敢说"隐含的主语是"别人"。

　　（13）我说如何，我说如何？里头又有仇大哥。<u>敢说帮他来赌钱</u>，这倒成了我的错。（《翻》，2/939）

这里的语境同我们上面说到的例（6），魏名担心别人说破自己怂恿仇公子赌博的事实，"敢说"后面的"帮他来赌钱"是揣测"别人"可能会讲的话，隐含了主语"别人"。

"敢说"的语义内容是说话者根据交际可能发生的情况，臆测有关的人将会说的话，带有很强的插入语性质，它的主语是不出现的。在我们能找到的例子中，只有两个例外：

　　（14）童奶奶道："咱做生意，只怕老公计较。<u>他敢说：'我收了本钱，不合他做买卖，你看他赌气还开银铺！</u>'通象咱堵他嘴的一般。咱还合他说声才好。"（《醒》，71/915）

"敢说"后面的内容，是童奶奶揣测陈公可能会因为听说两人又重开银铺而不高兴。但是这个句子即使没有主语，它表达的意思读者也能看得出来，因为"敢说"后面是转述陈公的话语。

（15）你敢说你嫁了通判儿子，好汉子，不采我了。你当初在西门庆家做第三个小老婆，没曾和我两个有首尾？（《金瓶梅词话》，91/1363）

西门庆死后，孟玉楼重新改嫁他人，"敢说"后面的内容是陈经济在见到旧情人时揣测孟玉楼说的话。

语言交际是一个复杂的过程，不仅仅涉及说话人、听话人，还关涉谈话中的第三者。以上的例子可以给我们一点印象：由于说话时的具体语境很复杂，"敢说"的具体语义流动性很强，很难一下子判断清楚"敢说"所涉及的主语到底是谁。

意义不明晰，要形成书面语言，自然会引起文意晦涩，这应该是阻碍它被吸收为普通话词语的重要原因。

四 小结

在语境具体的情况下，说话者与听话者双方都知道谁"敢说"，也就是"敢说"的主语是零形式。现代普通话中，也有与"敢说"词汇化类似的例子。如"听说"，原是"听 X 说"，"X 说"是"听"的宾语，当"X"由于在语境中明确而以零形式出现时，"听说"就发生了词汇化。

为什么"听说"可以进入普通话，而像"敢说"这样一个已经发展了几百年的词语却不能被吸收进来？本书第三部分对此有所阐述，下面我们再就这个问题作一些补充说明。"听说"这个词在发展的初级阶段，比如我们举到的"看官听说"这样的例子，零形式的"X"指讲述者，意即"看官听我说"。当它词汇化以后，"听"隐含的宾语永远都指说话人与听话人之外的第三者，如（甲跟乙谈论丙）听说他结婚了，隐含的宾语既不是甲也不是乙，而是丙或者之外的人。但是"敢说"正如前文所说，却复杂得多，受语境的限制性很强。按照 Traugott 等人的观点，语法化程度由低到高分为三个层级：交际阶段、语篇阶段、概念阶段，这一观点也同样适用于词汇化。虽然发展了几百年，"敢说"这个词还只是停留在"语篇阶段"，它还无法形成一个抽象的概念贮存在词典及人们的头脑里。

第二节　"嗔道"的词汇化与语法化及相关词语的词汇化

明清小说中，"嗔道"这个语气副词，表示醒悟语气，仅见于两部文献，《金瓶梅词话》以及《醒》。

一　词组"嗔道"

"嗔"，本"发怒、生气"义，刘义庆《世说新语·德行》："丞相见长豫辄喜，见敬豫辄嗔。"唐代引申为"埋怨"，李贺《野歌》："男儿屈穷心不穷，枯荣不等嗔天公。"这个言说义动词可以直接跟受事宾语，指责备的人，《朝野金载》卷五："呼驿长嗔之曰：'饭何为两种者？'"也可以跟直接引语，指责备的话，《敦煌变文集·伍子胥变文》："拍陛大嗔：'老臣监监，凶咒我国。'"

"道"，为言说义动词，后面跟直接引语，见于中古。① 如《世说新语·文学》："孙兴公道：'曹辅佐才如白地明光锦，裁为负版裤，非无文采，酷无裁制。'"由于"道"常用于另一个言说义的后面，唐代形成"V道"的连动式，如"说道"②、"言道。"③宋代出现非言语义动词组合的"V道"，如"喝道"、"应道"、"答道"。宋元"书写"义动词及"思维"义动词出现在"V道"中，如"写道"、"料道"，属于"思维"义的动词距离"言语"义已远，"道"正式发展为一个为标句词。④

宋代"嗔道"连用，为"责备说"义，如《景德传灯录》卷十八："被人把住诘问著没去处，便嗔道和尚不为我答话。""嗔道"后面是直接引语，明代很多小说中的"嗔道"都是这种性质的，冯梦龙《醒世恒言》卷三十七："那老者嗔道：'郎君为甚的爽约？我在辰时到此，渐渐的日影挫西，还不见来，好守得不耐烦！'"这些"嗔道"都是词组，"道"为标句词。这个词组适用的语境是：发话者责备受话者没有做发话者预期

---

① 汪维辉：《汉语"说类词"的历时演变与共时分布》，《中国语文》2003 年第 4 期。

② 同上。

③ 刘丹青：《汉语里的一个内容宾语标句词——从"说道"的"道"说起》，《庆祝〈中国语文〉创刊 50 周年学术论文集》，商务印书馆 2004 年版，第 110—119 页。

④ 同上。

的事情。

二 "嗔道"的词汇化与语法化

"嗔道"是在这样一个语境中词汇化的：虽然"道"仍为标句词，但直接引语中有发话者对于未满足自己预期事情的自主领悟话语，如：

> （1）况且许多东西丢在他家，寻思半晌，暗中跌脚，怪嗔道："一替两替请着他不来，原来他家中为事哩！"（《金瓶梅词话》，17/201）

李瓶儿本来在家等待嫁给西门庆，却不巧西门庆女婿一家在东京出了事情，西门庆怕受牵连为躲避风声而足不出户。李瓶儿对前来通信的蒋竹山说了怨言。动词"嗔"是否能补出主语"李瓶儿"并不重要，关键是其管辖的语域只能是"一替两替请着他不来"。标句词"道"管辖的语域，除了李瓶儿的怨言，还有她的领悟"他家中为事"。"嗔道"两个并列成分的管辖语域不一致，导致了两者关系的重新调整。发话者自主领悟的话语是对未实现预期事情原因的推理，这种结果与原因的逻辑关系是词组"嗔道"发展为副词的语义基础。

"嗔道"词汇化的第二步，"道"失去标句词作用，"嗔道"领起一个结果事件，如：

> （2）晁住媳妇道："嗔道你不去助忙！原来守着他姨夫哩！"（《醒》，19/243）

小鸦儿夫人唐氏与晁大舍偷情，晁住媳妇借口找唐氏到厨房帮忙，为晁大舍牵线搭桥，没想到碰上小鸦儿在家，此番话由此而来。"道"管辖的语域不再是话语末尾，而仅仅是其中的一部分，如本句只能道："你不去助忙"，所以"道"失去标句词功能。"你不去助忙"也不再强调是一句怨言，而是强调这个结果事出有因——"在家守着他姨夫"。"嗔道"的语义转移到了领悟事件原因上。词汇化之后的"嗔道"语音发声变化，"道"读轻声。

"嗔道"词汇化之后向着语法化的方向继续前进，成为一个表情态的副词，表示发话者对于命题的主观判断，有领悟语气。

其语法化的第一步，"嗔道"领起一个结果事件，且不再是怨言，与"埋怨"义脱节，由结果到原因的溯因推理得到凸显，如：

（3）嗔道昨日大白日里，我和孟三姐在花园里做生活，只见他家那大丫头在墙那边探头舒脑的，原来是那淫妇使的勾使鬼来勾你来了。（《金瓶梅词话》，13/152）

潘金莲敏感精明，通过侍女上墙使暗号，以及西门庆淫器包不翼而飞，觉察到西门庆夜晚私会隔壁花子虚的女人李瓶儿。此番话是潘金莲的推理：因为李瓶儿使侍女勾西门庆，所以潘金莲白天与孟玉楼一起在花园做活的时候，看到了丫头在墙边"探头舒脑"。

（4）小娇春道："嗔道叫我说，怎么来，极的他这们等的，你只是不放。原来是用的计么？"（《醒》，66/849）

张茂实受了狄希陈的戏弄，错打了妻子。为了报复狄希陈，张茂实故意叫了妓女，请狄希陈吃酒，以便通过素姐报仇。果然狄希陈在饮酒期间薛素姐赶到，狄希陈宁愿砍伤自己被张茂实拉住的胳膊，以求脱身。此番话是妓女小娇春的推理：因为张茂实要使计，所以不论狄希陈怎么着急，张茂实拉住他就是不放。

这些句子中，动词"嗔"不再管辖结果句，"嗔道"完全语法化为一个副词，表示领悟语气。语法化之后的"嗔道"可以彻底摆脱对副词"原来"的依赖，如：

（5）嗔道把忘八舅子也招惹将来，却一早一晚教他好往回传捎话儿。（《金瓶梅词话》，61/820）

潘金莲觉察到了西门庆与其手下伙计韩道国的老婆王六儿有染，又给她的弟弟王经差使，这番话是潘金莲的推理：原因是叫王经帮两人传话，所以招他来，给他差使。

（6）嗔道贼淫妇买礼来，与我也罢了，又送蒸酥与他大娘，另

外又送一大盒瓜子儿与我，小买住我的嘴头子，他是会养汉儿。（《金瓶梅词话》，78/1180）

西门庆手下伙计贲四的老婆与其有染，贲四老婆怕遭到他家妻子的羞辱，给吴月娘和潘金莲都送了礼。偏偏潘金莲敏感，知道了此事。这番话又是她的推理：原因是贲四老婆想收买潘金莲，所以给潘金莲送了礼。

这些句子，都不再有副词"原来"，但是其因果之间的关系还是依照原来的顺序，果在前，因后补。

如果要强调原因，或者原因是说话者一开始所不知道的，也可以因在前，果在后，如：

(7) 晁老道："还要他扮戏哩，用着风流伶俐！嗔道媳妇这们个主子都照不住他，被他降伏了！"（《醒》，7/85）

(8) 今日贼小淫妇儿不改，又和他缠，每月三十两银子教他包着，嗔道一向只哄着我。不想有个底脚里人儿又告我说，教我昨日差干事的拿了这干人到衙门里去，都夹打了。（《金瓶梅词话》，69/975）

(9) 潘姥姥道："可伤！他大如我，我还不晓的他老人家没了，嗔道今日怎的不见他。"（《金瓶梅词话》，78/1184）

(10) 前日打搅哥。不知哥心中不好，嗔道花大舅那里不去。（《金瓶梅词话》，79/1207）

例(7)是强调原因，珍哥儿风流伶俐，结果把泼辣的正头妻计氏降伏住了。例(8)也是强调原因，妓院的李桂儿本来是西门庆包养，却私下里与王三官往来，西门庆气不过，就利用职权办理了王三官及同伙，"嗔道"说的是西门庆明白了李桂儿隐瞒他的原因。例(9)是强调潘姥姥并不知道杨姑娘已经死了，这就是未能见到杨姑娘的原因。例(10)是应伯爵强调自己不清楚西门庆身体不舒服，此即他不能去花大舅家的原因。

如果已经谈论过的事件是原因，"嗔道"后续的句子则可以省略，如：

（11）（春梅）问道："你吃了饭了？"西门庆道："我在后边上房里吃了。"春梅说："嗔道不进房里来。"（《金瓶梅词话》，29/353）

这里春梅不必说："嗔道不进房里来，原来已经吃过了。"因为上文西门庆已经交代"后边上房里吃了"。

如果上文不仅谈论过原因，还有结果，那么，竟可以"嗔道"一词足句，如：

（12）晁夫人说："这驿丞可也硬帮，常时没听的驿丞敢打人。"晁邦邦说："有名的，人叫他夏骚子。他恃着他的姑夫是杨阁老，如今县上还怕他哩！"晁夫人说："嗔道！你可没要紧的惹他做甚么？"（《醒》，32/416）

晁夫人听晁邦邦说了夏驿丞的姑夫是杨阁老，领悟到他敢于打人的原因。"嗔道"单词足句，表示领悟语气。

我们看到词组"嗔道"的词汇化与"道"的标句词语法功能的消失有关系，也与"嗔道"语境中的领悟话语有重要关系。语法化的一个典型特征是主观化。沈家煊认为："主观性（subiectivity）是指语言的这样一种特性，即在话语中多多少少总是含有说话人'自我'的表现成分。也就是说，说话人在说出一段话的同时表明自己对这段话的立场、态度和情感，从而在话语中留下自我的印记"；"主观化（subjectivisation）则是指语言为表现这种主观性而采用相应的结构或经历相应的演变过程"。① "嗔道"的语法化体现了"主观化"：动词"嗔道"是发话者自主的动作"发表怨言"，副词"嗔道"表示发话者对于事件的领悟，表示对一个命题的主观判断态度。它的发展途径为：言说责备义 > 引述标记 > 情态标记。

三　"说道"的词汇化

跟"嗔道"同类的词，不一定有同类的发展轨迹，我们在《醒》里面还发现了另外一个词汇化的"说道"。

---

① 沈家煊：《语言的"主观性"和"主观化"》，《外语教学与研究》2001 年第 4 期。

"说道"，用于引述标记，最早见于唐诗，如白居易《等鄞州白雪楼》："朝来渡口逢京使，说道烟尘近洛阳。"①

这个同义并列的词组，无论是用于直接引语还是间接引语，"道"都是标句词。在《醒》里却是词，也就是说已经词汇化了。

其词汇化的标志：

其一，"说道"后面既没有直接引语也没有间接引语作宾语，如：

（13）晁大舍道："就央大舅领着人往南关魏家看付好的罢。"正说道，偏那些木匠已都知道，来了，跟到板店。（9/116）

（14）狄周沉吟了一会，方才说道："韩芦的女儿，他已是赎回家去。这死的另是一个，不是韩芦女儿。"狄周一边说道，一边也就进家去了。（80/1029）

其二，"说道"可以像一个动词，加注体标记，如：

（15）狄员外明知是薛如卞要使那神道设教，劝化那姐姐回心，与白姑子先说道了主意，做成圈套。（64/826）

其三，"说道"可以像一个动词，携带受事宾语，如：

（16）也不必说道那鸟衔环、狗结草、马垂缰、龟献宝的故事，只说君子体天地的好生，此心自应不忍。（1/2）

这个方言词词汇化的语音标志是，"道"读轻声。这是与"嗔道"完全一致的。两者不能沿着同样的道路前进，主要是由它们不同的语义基础决定的。"说道"词组从一个引述标记，词汇化为一个动词，为"议论"义，这是在"说道"用于间接引语中发生的：

（17）那计氏两三日前听得有人说道，与珍哥做戎衣，买鞯带，要同去庄上打围，又与一伙狐群狗党的朋友同去。（2/17）

---

① 汪维辉：《汉语"说类词"的历时演变与共时分布》，《中国语文》2003 年第 4 期。

（18）晁书又只道是个寻常人家，又因梁生常在他面前说道有一个母舅在京，二位到那里，他一定要相款的，所以也就要同去望他。（5/61）

（19）光着头，那俗家男子多有说道与尼姑相处不大利市，还要从那光头上跨一跨过。（8/101）

这些句子里"道"可以看作间接引语的标记，但这些间接引语很长，以至于"道"对整个宾语的管控较松。这一点在发话者转述第三者语言时更明显，如：

（20）童定宇开言道："……见了便就念骂，说道你如何炎凉，如何势利，'鹁鸽拣着旺处飞'，奚落个不了！"（4/43）

童定宇向晁大舍夸耀自己的医术水平高，所到之处皆受人欢迎，"说道"后面的"如何炎凉，如何势利"是童定宇转述乡亲对他的评述。这里的"道"不能再被看作标句词，因为即便"说道"补出主语"大家"，它也不能对后面的宾语形成管控。"说道"就在这种情况下词汇化为一个"议论"义的动词。

无论"嗔道"还是"说道"方言词的词汇化，都跟"道"失去标句词作用有关，这个功能词失去它的能产性，被固定在词汇项中，因此引发词汇化。不同的是"嗔道"还进一步语法化为语气副词。

第三节　语气副词"放着"的语法化

冯春田认为"放着"类句子在《醒》、《聊斋俚曲集》、《儿女英雄传》中皆有，带有方言性质。[①] 本文的目的是在此基础上说明"放着"的词性及各不同句型之间的衍生关系。

吕叔湘认为"放＋着＋NP＋不＋VP"这种结构，表示应该做的事没

---

① 冯春田：《〈醒世姻缘传〉含"放着"句式的分析》，《语言教学与研究》2001 年第 6 期。

有做，反而做了不该做的事。① 很明显，"放着"并不被看作一个词。我们通过考察明清小说，认为它是一个语气副词，表示说话者对存在事实的评注。

一 语气副词"放着"

在《醒》中"放着"有以下用法：

A. 在说话者看来"放着"的是有利条件，是利用的或应该做的事情，表示反对置有利条件于不顾或做不该做的事情，有责备语气。共十七例，如：

（1）放着我如此顶天立地的长男，那里用你嫁出的女儿养活！（92/1185）

（2）放着这戌时极好，可不生下来，投性等十六日子时罢。（21/273）

（3）送菜给你，外头没放着小方门么？为什么放人进来？（43/558）

例（1）是说话者对自己"顶天立地的长男"的身份很看重，认为别人置这个有利条件于不顾，是不明智的。例（2）说话者认为生孩子在戌时最好，但事实是孩子不能赶在这个时辰降生，有遗憾之义。例（3）说话者认为家里开着小方门，是给下人方便的，但事实是下人从大门进来了。如果句子扩展一下，就可以产生"放着 + NP + 不 VP"的句子，如：

（4）你放着南关里萧北川专门妇女科不去请他，以致误事。（4/48）

（5）拿三四十个钱，放着极好有名色的猫儿不买，却拿着二三百两银子买他？（6/74）

（6）许由放着本处这样首阳、中条的大山不隐，也跟了那大舜跑到东昌去隐？（24/318）

（7）你愁甚么！放着饭不吃？（38/486）

例（4）是说话者对没有请萧北川这样好的妇科医生，以致误事，表

---

① 吕叔湘：《现代汉语八百词》（增订本），商务印书馆1999年版，第203页。

示遗憾。例（5）是说话者对花三四十个钱不买有名的猫，却买了染色的猫，表示责备。例（6）是说话者认为许由放弃自己本地的首阳山，到东昌去隐居，这个推论很不合理。例（7）是说话者认为该做的事情是吃饭，对发愁这样不适宜的情况进行责备。

B. "放着"用于反问句，以反诘语气表示不存在此事情，或用不着做某事。

（8）贼瞎眼的狗头！我那里放着不巧？（88/1134）

（9）说不上二千地，半个月就到了，九月天往南首里走，那里放着就吵着要棉衣裳？（85/1099）

（10）两口子合气是人间的常事，那里放着就要跳河？（87/1120）

（11）这能有多大点子东西，我就送不起这套衣裳与大嫂穿么？那里放着我收这银子？（66/845）

例（8）是说话者否认自己有偷窃行为（不巧）。例（9）说话者认为到四川去，九月去的话，不需要带棉衣。例（10）说话者认为不能跳河。例（11）说话者认为衣裳可以送大嫂，做衣服的钱不能要。

这种用法是 A 用法的延伸，共十一例，以疑问代词"哪里"引导，如上面的四例。也可以是语气副词"可"引导的反问句，如：

（12）住着花落天官的房子，穿的吃的是那样的享用，可放着那些不该守？（36/469）

C. "放着"的是现存事实，无法抵赖，不可以绕过不管，共十一例，如：

（13）见放着相家的小随童是个活口，你还强辩不认？（77/995）

（14）家里放着老爷老奶奶的祖坟，爷做官，没的不到家祭祭祖？（86/1107）

（15）上边见放着老爷老奶奶，谁敢休？（9/112）

（16）人家放着这们大的闺女，照着他扯出贵子来溺尿！（40/520）

（17）家里放着姐夫，你可锁门哩！（45/585）

例（13）说话者认为小随童是个证人，狄希陈在京城中新买了房子，重娶了老婆，对此存在的事实，说话者认为狄希陈不能抵赖。例（14）狄希陈在去四川上任之前，一定要回家乡祭祖，因为家乡有父母的祖坟，说话者认为这一行程是绕不过去的。例（15）下人认为晁大舍不会绕过自己的父母，轻易做出休妻的决定。例（16）孙兰姬的娘认为自己家里有这么大姑娘，男孩子不能朝着人家撒尿。例（17）薛三省娘子认为姐夫狄希陈还在家，素姐不能置这个事实不顾而锁门。

D. "放着"的是现成条件或有利条件，可以利用，共十二例，如：

（18）你毁坏我这许多礼物都是小事，你开口只骂我的娘，我的娘又没蒸你，你又没见他的面，你只管骂他怎的！你家里没放着娘么？（87/1118）

（19）他家见放着三个儿子，都叫了他来，与这小主人比一比，看是果否一般不是。（46/601）

（20）城里放着房，乡里放着地，待干吃你的哩？（57/732）

（21）放着相大爷一个名进士，磕头碰脑，满路都是同年，这有甚么难处！（83/1075）

例（18）狄希陈认为寄姐这样开口闭口骂自己的娘很可恶，寄姐自己也有父母，这是现成的，完全也可以用来作辱骂的对象。例（19）晁凤认为魏三家里有现成的三个儿子，可以拿来与晁梁比，以便认清魏三想把晁梁赖去，做自己子嗣的阴谋。例（20）晁夫人认为虽说小琏哥已是孤儿，若晁无逸肯收养的话，他自己有房有地，这些都是有利条件，不会白吃他的。例（21）骆校尉认为狄希陈有相宇庭这门亲戚，不愁关系门路，应该利用这样的有利条件。

二 "放着"的语法化

四种用法中，D类用法的语法化程度最低。可以从"放着"的原始义"放置"来看。

（22）家里放着现成的铜，我打给你，误不了你。（78/1003）

（23）家里放着现成棉花布匹，我又不得闲，他又眼花没本事做。（92/1187）

（24）他家里见放着一个吊死的老婆，监里见坐着一个绞罪老婆，这样人也定不是好东西了。（18/239）

例（22）指现成的铜放在家里，可以马上拿来用。例（23）指现成的棉花和布匹放在家里，可以拿去做衣服。而这样的语境可以推导出：条件是现成的，可以利用。这就是我们上文说的"放着"的 D 用法。例（24）指吊死的老婆放在家里，可以证明男人不好。这个语境也可以推导出：老婆上吊死了，这是事实，赖不掉。这就是我们上文说的 C 用法。也就是说，当"放着"后面的受事成分是具体事物占据空间，则"放置"义凸显，如"铜、棉花、布匹、吊死的老婆"；受事成分较为抽象时，如例（20）的房子、地，例（14）的坟，例（19）的儿子，则句子的"有利条件"或"既存事实"义就凸显出来。这是通过动词"放着"的宾语类型不断扩展实现的，有的句子就处在两解的边缘，如：

（25）阿呀！前头放着酒，你又拿银子买！（《金瓶梅词话》，34/420）

"酒"是被放置的对象，但同时这个句子也带有说话者的主观态度：说话者认为家里有酒，可以利用，不必花钱去买。

A 类用法是 D 类用法的进一步语法化结果。如果一件事在说话者看来，是应该做的而放置未做，那么"放着"所表达的责备语气就得到凸显。这种用法在《醒》中的格式还仅仅是"放着 + NP + 不 + VP"，在《聊斋俚曲集》中"放着"的宾语已经扩展到 AP、VP 结构，如：

（26）放着安稳不安稳，看咱弄的不好了。（《禳》，26/1241）

（27）放着自在不自在，又寻蜓蛐磋耳朵，只怕又弄出什么祸。（《禳》，26/1241）

（28）放着籴米不籴米，痴心只望去赢人，如今剩了一条裈。（《俊》，1111）

例（26）、（27）"放着"的宾语是形容词"安稳"、"自在"，例（28）为动宾结构"籴米"，这些形容词和动宾结构都无法作"放着"的宾语，"放着"就完全语法化为一个语气副词，对存在的应该做的事情没有做，表示指责。

三 "放着"的文献分布与方言性质

为了考察一下语气副词"放着"的方言性质，我们将北方系《金瓶梅词话》（暂不考虑其方言的复杂性）、《红楼梦》、《儿女英雄传》、《歧路灯》，与南方系《三遂平妖传》、《型世言》、《十二楼》、《海上花列传》作了比较，结果只有《金瓶梅词话》、《儿女英雄传》两部小说"放着"的用法与《醒》完全相同。

（一）《金瓶梅词话》的"放着"

A类，这些句子全部都是"放着＋NP＋不＋VP"格式，共三例。

（29）你成日放着正事儿不理，在外边眠花卧柳，不着家。（14/161）

（30）你又见入武学，放着那名儿不干，家中丢着花枝般媳妇儿……不去理论。（69/975）

（31）我放着河水不洗船，好做恶人？（74/1069）

例（29）说话者对不理正事儿不满。例（30）说话者对不争取功名的做法不满。例（31）是一句俗谚，言外之意对不做顺水人情的事不满。

B类，这些用法未见以疑问代词"哪里"引导的反问句，主要是疑问代词"哪块"、"哪些"引导，共三例：

（32）教丫头取我的纱帽来，我这纱帽那块儿放着破？（43/541）

（33）你看，老娘这脚，那些儿放着歪？你怎骂我是歪剌骨？（43/541）

（34）你笑话我老，我那些儿放着老？我半边俏，把你这四个小淫妇儿，还不勾摆布。（58/769）

C类，仅三例：

（35）你家中见放着他亲姑娘，大官人如何推不认的？（11/122）

（36）他随问怎的，只是奶子，见放着他汉子，是个活人妻。（72/1031）

（37）我家现放着十五岁未出幼儿子，上学攻书，要这样妇人来家做甚！（87/1306）

例（35）是说眼前唱歌的是李桂姐，是李娇儿的妹妹，而李娇儿是西门庆家里的二房太太，这是存在的事实。例（36）潘金莲认为西门庆虽跟来旺媳妇有染，但她是活人来旺的媳妇，这是不能否认的事实。例（37）张二官认为不能要潘金莲这样无耻的女人，因为自己家有十五岁的儿子，很快要成年，很容易被勾引上道，这是不能否认的事实。

D类，如：

（38）玳安道："你老人家放着驴子怎不备上骑？"文嫂儿道："我那讨个驴子来？那驴子是隔壁豆腐铺里驴子。"（68/957）

（39）薛嫂道："好奶奶，放着路儿不会寻。咱家小奶奶，你这里写个帖儿，等我对他说声，教老爷差人分付巡检司，莫说一副头面，就十副头面也讨去了。"（95/1417）

例（38）玳安认为文嫂家中有驴子，可以利用。例（39）薛嫂认为有现成的关系门路可以利用。

（二）《儿女英雄传》的"放着"

清代的《儿女英雄传》四种用法也都有：

A类，共两例，如：

（40）说书的，这强盗这枝箭放着人不射，他为何要射在半空里？（11/172）

说话者对强盗不朝着人放箭，感到不可理解。

B类，仅一例：

（41）难道我放着现佛不朝，还去面壁不成？（29/550）

说话者认为没有必要不朝拜现成的佛。

C 类，仅一例：

（42）现放着媒妁双双，大礼全备，这怎么叫作"无媒妁之言"？（26/474）

说话者认为有媒人，有聘礼，这是赖不掉的事实。

D 类，共六例，如：

（43）放着你这样一个汉仗，这样一分膂力，去考武不好？（15/249）

（44）请问这里现放着姐姐这么个模样的妹妹，还怕照着画不出妹妹这么个模样儿的姐姐来么？（29/552）

（三）其他

除此之外，《红楼梦》、《歧路灯》都只有 A 类用法。南方系的《三遂平妖传》、《十二楼》、《海上花列传》没有一例语气副词"放着"，《型世言》中只有一例，还是出现在俗谚中，所以这可能是通语影响的结果，如：

（45）陈公子道："放着钟不打，待铸？"（27/372）

《初刻拍案惊奇》中有 A 类和 D 类用法，但是这部书是凌濛初整理的话本小说，其中有北方话的作品。所以我们通过调查认为：语气副词"放着"是典型的北方方言词，其形成的"放着＋NP＋不＋VP"构式，已经进入今天的通语领域。

第四节　否定词"不"的词缀化与语法化等级

汉语的否定词"不"主要是用来构成分析形式（analytic form）的否定结构，表示相反的概念，如：高兴—不高兴；走—不走；或者真值相反的命题，如：我接受他的建议—我不接受他的建议。① 因此汉语中一个否定结构总是短语形式。

一 中缀 "不"

我们在《醒》中发现几个词：二不棱登、二不破、涎不痴、燥不搭。一般的处理方式是将 "不" 看作中缀。一个词缀有如下性质：第一，词缀是定位的黏着语素；第二，词缀是高度虚化的构词成分。② "不" 符合中缀要求，第一，"不" 在词中，总是第二个音节，读轻声；第二，"不" 不表示否定意义，比如上面的词，意义分别为 "棱登"（粗鲁）、破、涎痴（呆滞）、燥（发急）。这部书中的另一个方言词 "知不道"，"不" 也是第二个音节，轻声，"知" 和 "不道" 之间不能有很强的停顿，说明它们不可能是述补结构。"知不道" 等于 "不知道"，"不" 表示否定意义。这说明同样是语素，"不" 的语法化等级不同。

二 中缀 "不" 的语法化等级

在《山东方言词典》中还找到其他的词语（括号内为方言词释义），大致可以分作以下几组：

A

巴不得 挡不住 碍不住（说不定）

B

甜不索 暄不嗤 酸不溜丢 灰不溜丢 白不呲儿 闷不腾（不善言辞） 面不叽（软弱） 锉不丢 膘不愣腾（傻）

C

草不鸡（无赖） 时不常（时常） 滑不溜（滑溜） 果不然（果然）

A 组句法上的否定词 "不"，降级为词内语素。判断标准是 "不" 不能够与词外的句子成分组合，如 "巴不得他来"，"不得" 不可以先与 "他来" 组合，层次只能是［［巴不得］他来］。"挡不住黑了有电影（说不准今晚有电影）"，"不住" 不能先与 "黑了" 组合，层次只能是［挡不住［黑了［有电影］］］。"不得"、"不住" 都是从句法结构发生重新分

---

① 袁毓林：《动词内隐性否定的语义层次和溢出条件》，《中国语文》2012 年第 2 期。

② 蒋宗许：《汉语词缀研究》，巴蜀书社 2009 年版，第 58—62 页。

析而来。较早的"V不得"如"恨不得",最初的句法关系是:"恨"是谓词,描述的是前面的主语(S);"不得"是助动词,描述对象是后面的VP。结构层次为:[恨[不得[VP]]],因不得VP而恨(遗憾)。当VP为非现实性谓词,致使助动词"不得"功能悬空,前附于动词"恨",发生重新分析而词汇化,成为新的动词,表示"急切希望实现"义。①"V不住"如"挡不住"最初的句法关系,也是"挡"是谓词,描述后面管控的名词宾语;"不住"是结果补语,补充说明动词"挡",结构层次为[[挡[不住]]NP]。当后面的NP扩展为VP后,V与VP不能形成连动关系,则V的功能悬空,吸引后面的"不住"前附于动词,两者之间的边界消失,"V不住"词汇化。比如词汇化之前"挡住他"、"挡不住他"都成立,它们可以表达真值相反的命题;词汇化之后"挡不住他能来"成立,"挡住他能来"不成立。

这种关系的词语,现代汉语通语中多是成对的,如:看见—看不见;听见—听不见;记得—记不得;认得—认不得;了得—了不得;舍得—舍不得等。② 方言中的"知不道"也是这类词的类推产生的。

这一类词,"不"已经语素化,但仍表示否定意义,因此"不"仍承担重音。

B组最明显的特点是"不"轻声,不承担重音,但还不能说"不"完全虚化,"不"所表示的否定意义,落在词的附加意义(感情色彩)上。就词根语素说,"甜"、"喧"都是褒义词,在人们的主观评价中都倾向于"好"的一面,但"甜不索"不是"甜得叫人高兴",而是"甜得叫人不满意";"喧不嗤"也不是"喧得使人愉快",而是"喧得不够合适"。"酸"、"灰"、"白"这些色彩词都是中性词,"酸不溜丢"却表示"酸得令人不悦"。"闷"(不说话)、"面"(软弱)、"锉"(矮)、"膘"(傻),都包含了主观评价的贬义色彩,带上"不"使词语的附加色彩更明显而已。

"不"在这一组词中的语法化程度较高,表现为:第一,"不"不与词内的任何词根联系。比如"喧不嗤","不"不能否定"喧"。而在A组中,"不"否定词根,如"不"否定"巴(盼望)"。第二,"不"由重

---

① 李广瑜:《跨层结构"恨不得"的词汇化及其他》,《古汉语研究》2010年第1期。

② 力量:《浅说"离合词"》,载《汉语集稿》,东南大学出版社1998年版,第8—21页。

在客观描述词义演变为表达说话者的主观态度。①

C 组重要的特点是：第一，"不"轻声；第二，"不"没有任何否定意义，完全虚化，成为一个音节。比如"草不鸡"，与"草鸡"的词义完全相同，"不"连主观上的否定评价意义也没有了。"不"的作用只是将一个双音节的词（往往是形容词或副词）扩展为一个三音节的词。这一类"不"的语法化程度最高。

考虑到词缀总是有一个演化的历程，我们将 A 组意义比较实在的"不"看作中缀，也是合乎情理的。

三　附论后缀"里"

这里再附带说一下，处所词后缀"里"，"里"本来是空间名词，可以与其他名词构成处所词组，如"院子里"，在不能单用的单音节名词后词汇化，如"屋里"（第五章详细论证）。进一步虚化，降级为词内成分，专用于处所词后缀，如《醒》的"遥地里"、"背地后里"，还引申为时间词后缀，如"紧溜子里"（关键时刻）、"几可里"（平常）、猛可里（突然之间）。进一步语法化为功能标记，如《醒》中的"一搭里"、"一总里"，这些词只能作状语，词缀"里"能标识词的状语身份。《醒》"一汤的"之"的"也有同类性质。也就是说汉语的词缀也具有语法功能。因此符淮青将词缀"子"分作"标志性语素"（能黏合形容词性或动词性词根，构成名词，如胖子、推子）和"构词性语素"（只能黏合词根构成名词，如桌子）。②

我们认为不需要将同一个词缀分作不同的类别，但是需要清楚同一个词缀具有不同梯级的语法化程度。

---

① 董秀芳：《汉语词缀的性质与汉语词法特点》，《汉语学习》2005 年第 6 期。

② 符淮青：《现代汉语词汇》（增订本），北京大学出版社 2004 年版，第 35 页。

第五章

方言处所词演变研究

第一节　现代汉语方位词、处所词的分类系统

一　方位词分类

方位词作为一个词类，赵元任、郭锐等主张方位词是名词的次类。朱德熙认为是独立于名词之外的词类。文炼认为方位词是名词下的附类，附着于名词，有虚词的性质。基于这种认识，文炼否认将"外边"、"里面"等看作方位词，因为这些词与名词之间的依附关系不强，可以在名词及它们中间插入"的"。① 文炼仅看到了方位词的后附性，忽略了方位词的实义性，也忽略了汉语方位词不同的语法化等级。笔者赞成方位词是名词次类的观点。

吕叔湘《中国文法要略》共列举 12 个单音方位词，14 个双音合成方位词。② 丁声树第一次以列举的方式大体确定了汉语方位词的范围，共列举了 48 个方位词，其中单音节的 14 个，双音节的 34 个。③ 方经民基本依据语素组合关系，列举五组 69 个方位词。④ 邹韶华从语义功能的角度为方位词下了定义：能普遍地附在其他词（或比词大的单位）的后边表示方向和位置意义的词叫方位词。⑤ 这个从语义功能出发的定义，很容易将方位词的范围扩大化。郭锐在赵元任、朱德熙研究的基础上，从形式上区分方位词，即能单独或附着在体词后面作"在/到"的宾语，且其后不能再跟"上"或"里"。⑥ 这个仅从形式出发的定义，又很容易将最常见的

---

①　文炼：《关于分类的依据和标准》，《中国语文》1995 年第 4 期。

②　吕叔湘：《中国文法要略》，商务印书馆 1956 年版，第 198 页。

③　丁声树：《现代汉语语法讲话》，商务印书馆 1961 年版，第 73 页。

④　方经民：《现代汉语方位成分的分化和语法化》，《世界汉语教学》2004 年第 4 期。

⑤　邹韶华：《语用频率效应研究》，商务印书馆 2001 年版，第 83 页。

⑥　郭锐：《现代汉语词类研究》，商务印书馆 2002 年版，第 206 页。

方位词，如"东/南/西/北"排除掉。我们结合各家的研究，对方位词从语义和形式两方面限定：从语义上说，本身有参照点，单用或附着在其他名词（包括名词短语）之后表示一个空间位置；从形式上说，单用或附着在其他名词后，能作"在/到"的宾语，且不再跟"上"、"里"。这个定义可以将有位置意义的词，如"枝头"、"顶端"、"屋顶"、"炕沿"、"山脚"、"墙根"等排除在外，因为它们还可以跟方位词"上"或"下"；将"东西向、南北向、周边"排除在外，因为它们一般作定语，不作"在/到"的宾语；也可以将能附着在名词之后的，如"南北"（大江南北）、"内外"（长城内外）不表示具体方向、位置意义的词排除在外。

我们共列举现代汉语常用的方位词179个，其中单音节词15个，合成词按照语素组合特点分类，共分为九组。

1. 基本方位词，可以单用

按照参照物的不同分为四类：以太阳为参照物的：东/南/西/北；以人为参照物的：前/后，左/右，上/下；以三维空间为参照的：里（中$_1$、内）/外；以整体中心为参照物的：中$_2$。

2. 由基本方位词组合而成的合成方位词

东南、东北、西南、西北；左上、左下、右上、右下。

3. 句法虚词降级为词内语素的合成方位词，主要是双音节"以、之"的方位词

之+前（后，上/下，内/中/里/外，间，东/南/西/北）。

以+上（下，内/里/外，东/南/西/北，远/近）。

4. 本身不能单用，附着在名词后，表示方位的

间、旁、边。

5. 方位词与名词性语素组成的合成方位词

部类：前（后，上/下，内/外，头/尾，东/南/西/北/中，东南/东北/西南/西北）部。

端类：前（后，上/下，东/南/西/北/，东南/东北/西南/西北，左/右，左上/左下/右上/右下）端。

侧类：内（外，东/南/西/北/，左/右）侧。

处类：原（他，远/近，高/低）处。

6. 方位词与准词缀组成的合成方位词

边类：前（后，上/下，左/右，里/外，东/南/西/北，东南/东北/

西南/西北）边。

面类：前（后，上/下，左/右，里/外，东/南/西/北，东南/东北/西南/西北，背/反/正/侧/对）面。

头类：前（后，上/下，里/外，东/南/西/北）头。

边，《玉篇·辵部》：畔也。即"边缘"义，引申为方位词"旁边"义，在合成方位词中进一步虚化为泛指方向的方位性语素。面，《说文·面部》：颜前也。即"脸面"义，引申为方位词"前面"义，《仪礼·士相见礼》："上大夫相见以羔，饰之以布，四维之结于面。"古代上大夫相见的时候，以羊羔为礼，取群而不党公正之义，用布装饰一下，两根绳子系住前蹄，两根系住后蹄，四根绳子从背上穿到胸前而后打结。在合成方位词中进一步虚化为泛指方向的方位性语素。头，《说文·页部》：首也。引申为"顶端"义，晋代刘琨《扶风歌》："系马长松下，废鞍高岳头。"在合成方位词中进一步虚化为泛指方向的方位性语素。这些语素有虚化倾向，都读轻声。但它们还存在一定的实义，即表示方向，因此不是标准的词缀。

7. 数词与名词性语素合成的方位词

一边、两边、四边、四周、两面、四面、一侧、两侧、一带、一头、两头、一旁、两旁（后两例是数词与方位词合成的）。

8. 其他合成方位词

面前、跟前、头里、底下、顶上、背后、中间、当中、中央、内中、旁边、附近、周围、沿岸、沿线、上游、下游。

9. 约数方位词

前后、左右、上下。

第一组基本方位词，组合面很广，可以生成合成方位词，如"东南"；可以与其他名词性语素构成三音节方位词，如"东南部"；可以多个方位词组成方位短语，如"前后左右"；也可以与其他名词组成方位短语，如：

方类：前（后，上/下，东/南/西/北，东南/东北/西南/西北，左上/左下/右上/右下）方。

角类：东南（东北/西南/西北，左上/左下/右上/右下）角。

片类：东（南/西/北/中，东南/东北/西南/西北/中央）片。

方、角、片，作为方向、区域义，都可以单用，如：天下好景色在这一方；桌子角缺了一块；调查结果分片报上来。

二　处所词

（一）处所题元

汉语的方位词与处所词之间有联系，吕叔湘将两者合称为"方所"，他认为实指性的方所词包括地名、部分普通名词，以及专门表示方位的词。朱德熙也没有将两者彻底分开，他列举了14个单纯方位词，38个合成方位词。处所词的小类中包括双音方位词6个，其中"背后、当中"既是方位词又是处所词。[①] 储泽祥就将专名、普通名词、方位词一起研究，共列举200个方所标，其中方位标81个，命名标119个。[②] 这个研究非常细致，为我们研究处所词提供了帮助，缺点是将词汇问题与语法问题糅合在一起，不利于认识方位的语法化。刘丹青认为汉语方位词的研究存在语义角色（处所题元）与词汇性的方所成分概念上的混淆。[③] 这话一语中的。

要筛选出现代汉语常见的处所词，我们需要知道哪些语言成分可以作处所题元。第一种情况，地名、机构名，如中国、上海、北京大学等，这些词都是专名。第二种情况，有处所性质的通名，如学校、食堂、公司等，作处所题元，可以后附方位词，也可以不加。郭锐认为这两种情况应按照优先同型策略处理，都视为名词。[④] 第三种情况，通名与方位词合成的处所题元，如桌子上、抽屉里。很多学者注意到处所词对于方位词的依赖，如"放桌子"与"放桌子上"意思完全不同，后者有了方位词"上"，就指称桌子上方的空间位置，与名词"桌子"指称实物家具完全不同，"上"在句法中要强制出现。"搁抽屉里"，没有"里"则不成话。方位词的后附性使其产生对前面名词的依赖，从而附缀化，导致了汉语处所标记的产生。"上"、"里"应看作处所标记[⑤]，类同后附于名词之

① 朱德熙：《语法讲义》，商务印书馆1982年版，第42—43页。

② 储泽祥：《现代汉语方所系统研究》（第二版），华中师范大学出版社2003年版，第20页。

③ 刘丹青：《方所题元的若干类型学参项》，载徐杰《汉语研究的类型学视角》，北京语言大学出版社2005年版，第229—249页。

④ 郭锐：《现代汉语词类研究》，商务印书馆2002年版，第208页。

⑤ 刘丹青：《语序类型学与介词理论》，商务印书馆2003年版，第158页。

后的"处"。

（二）处所词与方位短语的区别

既然上述三种情况都不是处所词，那么处所词的范围应该是：除去这三种情况，还能作处所题元，语义上能表示一个绝对的空间位置，形式上能作"在/到"的宾语，且不能后附方位词的，才是处所词。

地名是天然的处所题元。从上古的地名看，处所词与方位词有密切的联系：羑里，因羑水经城北而得名；阙里，因两石阙于城中而得名；稷下，因稷门而得名；洛下，因洛水而得名；汶上，因汶水而得名；白下，因白石山而得名。这些地名都是由名词性语素＋方位词性语素构成。古代地名的得名之由提醒我们：应该参照方位词标准为处所词分类。

我们首先将处所词分作方位词居前与方位词居后两类。前者不存在词与短语划界的问题，如"外界"、"上座"等都是词；后者存在处所词与方位短语的划界问题。上文说过，通名与方位词可以合成处所题元，那么下面的语言片段"地里"、"心里"、"街上"、"桌上"、"房中"都看作词组吗？很显然这样处理也不行。因为"地"、"心"、"街"都可以独立成词，而"桌"却是一个黏着语素，只能与其他语素组成词，如"石桌"、"方桌"，也可以与词缀派生为"桌子"这样的合成词。"房"也是一个黏着语素，上古"房中"是方位短语，《礼记·明堂位》："君卷冕立于阼，夫人副袆立于房中。"南北朝时期产生双音节词"房屋"，唐朝产生双音节词"房子"，清代产生双音节词"房间"。在现代只有量词"房"可以单用，其余义位则必须依附于其他语素构成合成词。因此"桌上"、"房中"看作处所词较为合适。如前文所说"桌子上"却不适宜看作处所词，而是将"上"看作处所标记为宜。这么说，方位短语中的"上"、"里"什么时候被被看作处所标记，什么时候被看作词内语素，主要取决于音节数，是受语言韵律的支配。这类处所词到底有多少，不好统计。"心"也可以单用成词，将"心里"看作词组也不合适，因为在口语中"里"轻声弱化，有明显的词汇化倾向。再者"里"的意义泛化，不表示准确的方向，"心里"可以由"心上"、"心中"、"心头"等替换。这样我们建立了处所词区分于方位短语的标准：（1）方位词前面的语素不能单独成词；（2）方位性语素发生意义上的泛化，不表示具体的方位。除了与方位短语区别，处所词还涉及与一般性名词、方位词、描摹性副词的区别。

（三）处所词与名词的区别

如"滨海"在句子中不能再跟方位词，但后面要黏着名词（"地区"或"地带"）作定语，然后作"在／到"的宾语，那么"滨海"是处所词还是一般名词呢？虽然处所词和名词都可以作定语，但是处所词总是说明中心语所代表的事物所处的位置、处所，如"上座的嘉宾"，处所词"上座"是"嘉宾"所在的位置；"房中的谈话"，处所词"房中"是"谈话事件"所发生的处所。而名词作定语总是修饰中心语所代表的事物，"滨海地区"中心语"地区"表达的是一个上位概念，因此名词"滨海"是修饰"地区"的具体范围。这样我们从语义功能上区分了处所词与名词。

（四）处所词与方位词的区别

第一，方位词表示的空间位置有参照物，处所词表示的空间位置一般是绝对空间。如"南边"的确定要依据参照物太阳，"野外"则不需要。第二，方位词对名词的依赖性强，虽然可以单用，它显著的特点仍是后附于名词；处所词不依赖于名词，即便前面有名词也只是起修饰作用，而不是起参照物作用。如处所词"民间"在句法中并不依赖于某个名词，而方位词"上游"一定要以某条河流（专有名词）的流向为参照，以便表达空间位置。第三，处所词和方位词后面都不能再带方位词，比如"当地"、"野外"、"内地"等处所词都不可以再跟方位词组合。但是这一点限定对处所词不是那么严格，"背地"可以再增添"里"构成新的处所词"背地里"，"隔壁"可以增添"间"形成新的处所词"隔壁间"。

（五）处所词与描摹性副词的区别

划分词类，语法功能是重要的标准，意义不是划分的依据。比如"当面"、"背后"意义相反，但是前者要看作描摹性副词，因为它一般不移位，对谓语有极强的黏着性，可以组成的语言片段如"当面批评"、"当面拒绝"、"当面致歉"等；后者要看作处所词，[①] 经常作"在"的宾语，可以组成语言片段"在背后唆使"、"在背后支持"；可以作主语，如"肇事者背后存在种种疑问"；还可以作定语，如"感谢他背后的支持"。因此"背后"具有名词的性质，应看作处所词。

（六）处所词分类

我们根据上文所谈标准，将现代汉语常见的处所词分类如下：

---

① 背后，另一个意义"后面"，是方位词。

1. 方位词居前

上类：上座　上房　上席　上首

外类：外地　外界　外乡　外阜　外省　外域

远类：远方

内类：内地　内心

边类：边关

前类：前台　前沿

2. 方位词居后

边类：耳边　身边

外类：海外　野外　郊外　关外　国外　境外　塞外

下类：乡下　门下　麾下

间类：世间　凡间　人间　民间　田间　乡间

中类：胸中　房中　空中

3. 处所类名词语素居后

地类：两地　原地　背地　腹地　本地　当地　边地　异地

处类：深处　远处　近处　明处　暗处

滨类：海滨　湖滨

畔类：湖畔　河畔　桥畔　枕畔

际类：天际　脑际

界类：边界

涯类：天涯

乡类：异乡

4. 普通名词语素居后且被隐喻为处所义

口类：出口　入口　门口　入海口　关口　胡同口　港口

第二节　处所词"地下"

上一节我们就现代汉语的方位词和处所词作了辨析，这一节我们的任务是考察《醒》方言处所词"地下"的语法功能和构词特点。

"地下"四十七例（剔除跟方位词"上"相对而使用的"地下"三例），是《醒》中有方言性质的处所词。可以有四种句法分布和句法功能：出现在句首作主语或话题、动词前作状语、动词后作补语、名词性中心词前作定语。在讨论"地下"四种句法分布的语法功能之前，我们先回顾一下汉语处所词居于动词前后所表示的语法意义差异研究现状。

一　处所词位于动词前后的语法功能差异

王还认为动词前的处所"表示某个动作在什么地点发生或某种状态存在于什么地点"。在动词后的"表示动作的施事或受事因动作的结果达到什么地方"。[①] 戴浩一持相近观点，并且进一步解释说，这是"时间顺序"原则在语言中的反映。如"在马背上跳"、"跳在马背上"，前者处所先于"跳"的动作而存在，后者"跳"的动作先于处所。[②] 范继淹细化了分析程序，提出要区分及物动词和不及物动词句，其结论是：处所在动词前指动作发生的处所或状态呈现的处所，动词后则表示动作或状态呈现的处所。[③] 俞咏梅将句子分为施动句和状态句。[④] 张国宪从认知的角度认为：处所在动词前，经历的是次第扫描，对应客观世界中的动作事件；处所在动词后，经历的是总括扫描，对应客观世界中的状态事件。将"在 + 处所"构式，依据动作动词和状态动词，分作动作构式和状态构式两类。[⑤] 这两个构式的特殊性在于：需要依靠"V + 在 + NP_L"、"在 + NP_L + V"两个语法格式组成一个整体，通过比较凸显其语法意义的差异。

笔者认为张国宪的分类可取，但是要对动作构式增加两个限定条件：第一，动词必须具有"使主体或客体发生位移"的语义特征，如"跑"，使主体发生位移，"在操场上跑"，"跑在操场上"；"扔"，使客体发生位移，"在路上扔"，"扔在路上"。"咳嗽"，也是动作动词，不具有这样的语义特征，因此"在床上咳嗽"成立，"咳嗽在床上"则不行。第二，动词必须是光杆形式。即便是位移动词，若携带宾语，进入构式也将受到限制，如"在操场上投标枪"成立，"投标枪在操场上"则不成立。因为这

---

①　王还：《说"在"》，《中国语文》1957 年第 2 期；《再说说"在"》，《语言教学与研究》1980 年第 3 期。

②　戴浩一：《时间顺序和汉语的语序》，黄河译，《国外语言学》1988 年第 1 期。

③　范继淹：《论介词短语"在 + 处所"》，《语言研究》1982 年第 1 期。

④　俞咏梅：《论"在 + 处所"语义功能和语序制约原则》，《中国语文》1999 年第 1 期。

⑤　张国宪：《"在 + 处所"构式的动词标量取值及其意义浮现》，《中国语文》2009 年第 4 期；张国宪、卢建：《"在 + 处所"状态构式的事件表述和语篇功能》，《中国语文》2010 年第 6 期。

样的短语，往往依照完形心理（Grestalt）意味着施事者是省略的，沈家煊解释说，动作参与者（施事者及受事者）组成的动词短语表示的"事件"，与动作有别。① 有了这两条限制，我们才能说在汉语里，处所词在动词前后形成两种构式：动作构式和状态构式。

动作构式，依据语言的临摹性原则，动词在处所前，表示的语法意义是"动作发生的处所"；动词在处所后，表示的语法意义是"动作所到达的处所"，如"在床上跳"、"跳在床上"。状态构式，所有的状态动词，都可以自由进入处所词在后的格式，表示"状态所呈现的处所"；若进入前一个格式，必须借助于动态助词"着"或"了"（持续动词加"着"，瞬间动词加"了"），如"在床前跪着"、"在手术台上死了"。还有一种方法是借助于与时态有关的传信语气词"的"，如"生在北京"、"在北京生的"。这说明处所在前的话，动词必须黏附于时态，以便表达一种状态。无论动词在处所前面还是后面，仅表示一种语法意义，即"状态所呈现的处所"。这种构式没有动作性，仅仅描写一种状态。

那么判断动作构式和状态构式这两种不同功能的语法格式，中心任务就落在动词上。事实上，情况还不是那么简单。一旦进入语境，状态构式的范围还将扩大。我们以位移动词"走"为例：

(1) 高加林出了车站，走在马路上，脚步似乎坚实而又自在。（路遥《人生》）

这个句子位移动词"走"与前面的动词"出"是承接关系，表示先后发生的不同的动作，"走"处在前景中，有动作性。事实上这并不是"走 + 在 + NP$_L$"最常见的功能。

进入状态构式的形式特征是："V + 在 + NP$_L$" = "在 + NP$_L$ + V + 体标记"。我们还以"走在马路上"为例，检验这一短语与"在马路上走着"的异同。就我们检索的北大 CCL 语料显示，"走在马路上"共二十例（论文题目不计在内），只有上面的一例表示动作到达的处所。其余十九例均属于状态构式，表示"状态呈现的处所"。其中十七例用于叙事事件中的背景描述，指称"走在马路上"这样的时间，如：

① 沈家煊：《"在"字句和"给"字句》，《中国语文》1999 年第 2 期。

（2）走在马路上，我指指点点可以说出不少老建筑。(《读书》189 卷文章)

这里叙事的主线是"说出老建筑"，其他都是背景描述。

"在 + 马路上 + 走 + 着"一共两例，都是用于背景描述，整个短语也没有动作性，如：

（3）那些罢工工人纠察队才威武，整整齐齐地，答、答、答、答地在马路上走着，除了木棍子之外，还有真枪呢！(欧阳山《三家巷》)

这里叙述的主线是"纠察队威武有枪"，其他是背景描述。通过文献考察我们认为"走 + 在 + NP$_L$"与"在 + NP$_L$ + 走 + 着"是状态构式的成员。

综合上文所述，我们判断一个带处所成分的动词短语是动作构式中的成员还是状态构式中的成员，不仅根据词汇性的动词，还根据语境中动词所浮现出来的语法意义。明白了动作构式与状态构式的区别，我们也就能在此基础上对四种句法位置的处所词"地下"的语义功能作一番描述了。

二　"地下"语法功能

（一）动作构式中的"地下"

动作构式中的"地下"，可以位于动词前，也可以位于动词后。

A. 位于动词前作状语，可以省略介词"在"，表示动作行为发生的处所，七例。

（4）那计氏就大开了门，地下洒了盐汁。(1/9)

（5）只听得狄希陈"嗳哟"一声，往前一倒，口里言语不出，只在地下滚跌。(100/1291)

例（4）处所词"地下"前省略了介词"在"，表示动作"洒"发生的处所。例（5）"地下"表示动作"滚跌"发生的处所。

还有三例,处所词在介词"往"后面,表示动作朝向的处所,如:

(6) 唬得晁夫人往地下一撩,面都变了颜色。(17/224)
(7) 恐怕污了他的尊嘴,拿布往地下一绰。(26/341)

B. 位于动词后作补语,表示运动的终点,十六例,如:

(8) 那人临去,还趴在地下与那猫磕了两个头。(6/76)
(9) 那丫头把门一开,大叫了一声,倒在地下。(9/114)
(10) 向月台震天的一声响,丢在地下。(12/161)
(11) 端着个铜盆,豁朗的一声撩在地下。(81/1046)

例(8)动作"趴"是一个动作动词,这个动作将导致人体从上到下的位移。例(9)动作"倒"会使人体发生位移。例(10)动作"丢"会使握在手中的客体发生位移。例(11)动作"撩"(扔义)会使客体发生位移。

(二) 状态构式中的"地下"

状态构式中的"地下"可以作主语或话题,或在动词后作补语。

C. 主语或话题,表示存在的处所,三例。

(12) 地下焰烘烘一个火炉,顿着一壶沸滚的茶。(14/180)
(13) 就如地下有了一个死鸡死鸭,无数的鸮鹰在上面旋绕的一般。(26/334)

例(12)的主语是"火炉",处所词"地下"是一个话题,表示主语"火炉"存在的位置。例(13)整个句子是"如 X 一般"的比况结构,其中 X 是一个主谓句,"地下"是这个主谓句的主语,表示宾语"死鸡死鸭"存在的处所。

D. 动词后作补语,处所词表示状态呈现的处所,十三例。

(14) 解下骡上的缰绳,捆缚了手脚,叫他睡在地下。(53/691)
(15) 那粮米成仓的囤着,银子钱散在地下有个数儿?(96/1243)

例（14）"睡"是个状态动词，不能使主体或客体发生位移。例（15）"散"，"散乱"义，是性质形容词。这些句子里带处所词的介词结构都可以移位到动词的前边，且语法意义不变，如：

（14′）叫他在地下睡。

（15′）银子钱在地下散着有个数儿？

（三）其他

E. 作定语，表示中心语所代表的事物所在的处所，五例，如：

（16）拾起地下一床单被把两个尸首盖了。（20/255）

（17）进入陈师娘住房门内，地下的灰尘满寸。（92/1189）

例（16）处所词表示中心词"单被"所在的处所。例（17）"灰尘"所在的处所是"地下"。

三　"地下"与"地上"语法功能比较

"地下"与"地上"汉语普通话是有区别的，试看下面的句子：

（18）a. 地上有烟头。

　　　b. 地下有烟头。

（19）a. 地上有个马扎。

　　　b. 地下有个马扎。

例（19）b 不成立，这是因为在汉语普通话中"地下"比"地上"暗含的空间范围窄得多。徐丹认为用"地上"表示"地面上"的意义时，"地"是参照物；用"地下"表示"地面上"的意义时，说话者是参照物。①

但这种区别在《醒》中并不存在。"地上"三十五例，也有四种句法

---

① 徐丹：《从认知角度看汉语的两对空间词》，《中国语文》2008 年第 6 期。

分布和句法功能：出现在句首作主语或话题、动词前作状语、动词后作补语、名词性中心词前作定语。

（一）动作构式中的"地上"

在动作构式中，处所词"地上"在动词前面作状语或者动词后面作补语。

A. 作状语，表示动作行为发生的处所，八例，如：

（20）打中那马的鼻梁，疼的那马在地上乱滚。（13/177）
（21）他把那脚在地上踩两踩又不动。（40/519）

例（20）处所词"地上"是"滚"这个动作发生的处所。（21）"地上"是"踩"这个动作发生的处所。

B. 作补语，表示动作运动到达的终点，九例，如：

（22）从骡子上一个头晕，倒载葱跌在地上，昏迷不省人事。（39/505）
（23）把桌子一掀，连碗掀在地上。（66/849）
（24）小鸦儿把两个人头放在县前地上，等候大尹升堂。（20/257）

例（22）"跌"这个动作可以使主体产生从上到下的位移。（23）"掀"这个动作可以使在某处的客体发生位移。（24）"放"这个动作可以使手中的客体发生位移。

还有一例处所词"地上"表示动作的起点，使用的介词是"从"：

（25）从地上撮了一捻的土，吐了一些唾沫。（29/376）

（二）状态构式中的"地上"

在状态构式中，处所词"地上"可以作主语或话题，在动词前面作状语或者动词后面作补语。

C. 作主语或话题，表示事物存在或状态呈现的处所，四例，如：

（26）刀上血糊淋拉的，地上躺着两半截人。（28/360）

（27）雨雪及时，地上滋润。（90/1158）

例（26）"躺"是个状态动词，"地上"是受事宾语"人"所存在的处所。例（27）"滋润"是个形容词，处所词"地上"表示状态所呈现的处所。

D. 作状语，表示状态呈现的处所，一例：

（28）定看见汪为露不在那当面地上躺卧，定是从房里走将出来。（42/542）

E. 作补语，表示状态呈现的处所，十一例，如：

（29）驴子乏了，卧在地上，任你怎样也打他不起。（31/397）
（30）见他挺在地上流沫，搀扶不起。（57/739）

"卧"、"挺"都是状态动词，处所词表示状态呈现的处所。这些句子里带处所词的介词结构都可以移位到动词的前边，且语法意义不变，如：

（29′）驴子乏了，在地上卧着。
（30′）在地上挺着流沫。

（三）其他
F. 可以作定语，表示事物存在的处所，一例：

（31）拿簸箕掬了些灰，走到上房去垫那地上的血。（20/254）

经过这样的比较，我们发现：通语性质的"地上"与方言性质的"地下"并没有语法分布、语义功能上的差异。它们的差异仅体现在构词法上。

四　"地下"之"下"意义的泛化
我们把"地上"看作一个处所词，尽管单音节的"地"为"土地"

义，可以单独成词，如"地有一道裂缝"；但"上"轻声化，前附于"地"。"地下"也看作处所词，因为"地"的"地面"义，只能用双音节表达，此时"地"是个黏着语素，必须与前附性的方位词"下"组为合成词。

方言性质的"地下"，语素"下"并不是实义的"下面"义，而是具有泛向性的语义特点。这种意义在先秦就产生了。

甲骨文就有方位词"上"，如王立于上，这里作介词"于"的宾语。"下"表示具体方位未见用例。① 《左传》中"下"作为方位词，句法分布呈现多样化：②

A. 作主语，表示事物存在的处所，如：

（32）公曰："所难子者，上有天，下有先君。"（哀公十四年）

B. 作宾语，表示动作发生的处所，如：

（33）君夫人在堂，三揖在下，君命只辱。（哀公二年）

C. 作介词"于"的宾语，表示动作发生的处所；或作介词"自"的宾语，表示动作发生的起点，如：

（34）郤至将登，金奏作于下，惊而走出。（成公十二年）
（35）子都自下射之，颠。（隐公十一年）

"下"的泛方向性起源于后附于另一个具体名词的语法位置上。《左传》中"N＋下"的组合，除了常见的"天下"，还有"车下"、"城下"、"台下"、"堤下"、"堂下"、"宇下"（房檐之下）、"桑下"（桑树之下），这些组合中"下"都是确切的"下面"义。除了这些实指的处所，"N＋下"常常用来隐喻其他的处所。如溜下（房檐滴水之下）指"家中"，这里的"下"还是实义性质的。"牖下"转喻"家中"，"死于

---

① 甘露：《甲骨文方位词研究》，《殷都学刊》1999 年第 4 期。
② 例（33）—（36）选自梁桦《左传方位词研究》，暨南大学硕士学位论文，2006 年。

牖下（哀公二年）"，字面上指死于窗户之下，实际未必如此，也许死在床上、桌子边都难说，"下"的"下方"义就很模糊了。再如"幕下"，字面义"帷幕之下"，被转喻为"军队之中"，如：

（36）王恶其闻也，自刭七人于幕下。（哀公十三年）

（37）具五献之笾豆于幕下，赵孟辞。（昭公元年）

例（36）吴王怕兵败的消息被其他诸侯国听到，使七员大将在军中自杀。例（37）子皮、穆叔拜见子产，于是他们备了很重的"五献"之礼，送到军中，子产拒绝了他们的访问。经过转喻，"下"的方向意义被销蚀。

我们不能知道上古语音的情况，但是从语言理论上讲，意义空灵的"下"会产生前附性。清初山东方言的"地下"之"下"，并不是实词性名词"下面"之义，而是方向已经发生泛化的名词，在菏泽方言中读作［ti³¹²çia⁰］，"下"已经附缀化。

第三节　处所词"背地后里"

一　处所标记"上"、"里"差异

汉语处所标记"上"、"里"，还有部分语义滞留。两者有分工："上"被看作一个二维空间的处所标记，"里"则是三维空间的处所标记。下面两句话，可以观察这两个处所标记的区别：

（1）飞机上有很好的服务。

（2）飞机里一片安静。

例（1）往往在叙述事件中作为背景句出现。在说话人看来，飞机的空间处所距离自己远，是二维的。例（2）说话人将自己置身于飞机空间内，谈论这个处所，用"里"。当然说话人也不一定需要置身于所有的三维空间，有些容器图式，如"抽屉"、"杯子"，还有些心灵意义上的容器图式，如"书"等，作为主体的"人"都无法进入。

二 三音节处所词

(一)《醒》三音节处所词

《醒》中有一个方言性质的处所词"背地后里",与这个三维空间的处所标记有关。就这个词的构造说,"里"是处所后缀,"背地后"应该看作"2+1"型的三音节词。可以独立使用,如:

(3) 悄悄拿到狄家,背地后交与狄周媳妇,叫他不要与人看见。(63/810)

从语义组合关系说,"背地后" = "背地" + "背后"(背,同音删除),是并列结构的合成词。本节的任务是追溯汉语处所词三音节化产生的时代和过程。

(二)三音节处所词的历史

1. 唐代说不可信

储泽祥认为汉语处所词的三音节化产生于唐代,证据只一例:①

(4) 拟拜韩衾虎为将,恐为阻着贺若弼;拟二人总拜为将,殿前上自如此,领兵在外,必争人我。(《敦煌变文·韩擒虎话本》)

储泽祥认为:"殿前"后附方位词"上"形成新的处所词"殿前上"。我们就 10 个常见的单音节方位词"上、下、左、右、前、后、里、外、中、内",遍检黄征、张涌泉校注《敦煌变文集》,② 未发现同类情况。这唯一的一例是误读而致。"上"是"尚"的通假字,"尚自"为词,"尚且"义,这一句是说,殿前还这样争执,领兵在外两人更是互不相让。"自"是一个副词或连词词缀,源于中古,盛于唐代。③ "尚自"唐代多见,如《全唐诗》李贤诗"三摘尚自可,摘绝抱蔓归";寒山诗"我尚自不识,是伊争得知"等。这个词《敦煌变文集》常见,如《降魔

---

① 储泽祥:《汉语空间短语研究》,北京大学出版社 2010 年版,第 181 页。
② 感谢师姐陈明娥博士提供电子版。
③ 刘瑞明:《〈世说新语〉中的词尾"自"和"复"》,《中国语文》1989 年第 3 期。

变文》："帝王尚自降他，况复凡流下庶？"又如《维摩诘经讲经文（三）》："玄宗尚自如此，我等宁不伤身。"《维摩诘经讲经文（五）》："自家见了，尚自魂迷；他人睹之，定当乱意。"写本作"上自"也多处可见：

（5）贫道为作保人，上自六载为奴不了。（《庐山远公话》，268）

（6）皇后上自贮颜，寡人饮了，也莫端正？（《韩擒虎话本》，299）

（7）百忆垂刑由不悟，参差上自却沉沦。（《金刚般若波罗蜜经讲经文》，637）

"尚"写本作"上"也多处可见：

（8）比日上能称汉将，缘何今日自来降！（《李陵变文》，131）

（9）八百余年，坟今上在。（《王昭君变文》，159）

（10）弥勒上犹言浅智，光严争敢不辞推。（《维摩诘经讲经文（四）》，864）

（11）更深上未眠，颠坠身羸劣。（《父母恩重经讲经文（一）》，973）

因此我们认为处所词的三音节化产生于唐代不可信，但储泽祥观察到汉语处所词历史上有三音节化的趋势，很有见地。

2. 三音节处所词产生于金元时代

调查文献我们断定金元时代才出现三音节处所词，如：

（12）变作通天板障，李洪义撞到头直上。（《刘知远诸宫调》第十一，120）

（13）有一日打在你头直上，天开眼无轻放。（《元刊杂剧三十种·看钱奴》第三折，180）

（14）揪住我短头发，漾在阶直下。（《元刊杂剧三十种·薛仁贵》第四折，407）

（15）一灵儿相伴着野云飞，则听得脑背后何人高叫起。（《元刊

杂剧三十种·鲠直张千》第四折，776）

这些词在元代之前，只使用双音形式的词组，如：头直上＝头上，阶直下＝阶下，前者方位语素被扩充为"直上"，后者方位语素扩充为"直下"，从而形成"1＋2"型的合成词。双音节词"脑后"产生于唐代，本指"头的后面"，宋代引申为"身后"，如洪咨夔《念奴娇》词："脑后功名，脚跟富贵，梦断春旗仗。""背后"产生于中古，亦"身后"义。两者同义连属，删除同音"后"，即形成三音节词"脑背后"。

除了在前代已产生的双音节处所词的基础上形成三音节词，元代还产生了新的三音节处所词，如《元刊杂剧三十种》里有"跟前下"：

（16）你休言语！我跟前下说词那！（《气英布》第一折，290）

"跟前"是元代新产生的方位词，相当于"面前"，如：

（17）龟大夫在旁边，鳖相公守跟前。（《李太白》第四折，462）
（18）你速离我眼底，休到我跟前。（《霍光鬼谏》第二折，573）

例（17）"跟前"与方位词"旁边"对举。例（18）与处所词"眼底"对举，都强调具体的空间。"跟前"还进一步语法化为新的准处所标记。

如果说话人不强调那么具体，"跟前"就有了虚化的条件，如：

（19）待刚来我跟前显耀他帝王的权柄。（《严子陵》第三折，631）

这里的"我跟前"理解为"我这里"是可以的。意义更为空灵的例子，如：

（20）直宣的我入宫来，笑刘文叔；我跟前是何相待？（《严子

陵》第四折，637）

（21）我跟前欲待私情暗约，那婆娘笑里暗藏刀。（《张千替杀妻》第三折，770）

例（20）、例（21）都不能理解为"面前"义，只能是很虚的"这里"、"这方"义。由于尚未扩展到一切名词之后，暂只能是个准处所标记。

3. 元代方位成分羡余现象

上面"跟前"例子说明：元代是方位词比较发达的时代。我们在《元刊杂剧三十种》还发现了方位成分羡余的现象。

其一，专有地名+方位词，如：

（22）正是俺荆州里的二哥哥。（《西蜀梦》第三折，13）

（23）若到荆州内，半米儿不宜迟，发送的关云长向北归。（《西蜀梦》第一折，3）

（24）止不过玉帛玄纁奉品，不似你晋国里招贤废人。（《介子推》第四折，524）

（25）为家私消乏上，三口儿去曹州曹南镇上探亲来。（《冤家债主》第二折，169）

汉语自古地名就是典型的处所题元，方经民将汉语空间表达的区域范畴分作两类：地点域和方位域，地点域"直接以地名指称某一地点或由物体名、机构名指称该物体或机构所占据的地方，是一个'零'维的点区域"。① "零"维的意思，就是不需要带方位成分，照样表达动作、事件所涉及的空间区域。上面的例（22）、例（23）的"荆州"，例（24）的"晋国"，例（25）的"曹南镇"都是专名，这些例句中专有名词的地名带方位词，方位成分都是句法上的羡余成分。

其二，处所词+方位词。处所词语义上是一个绝对的空间区域，不需要带方位成分，如"当地"，"当地的群众"合法，"当地内的群众"则不合法。而《元刊杂剧三十种》却有这样的例子：

---

① 方经民：《地点域/方位域对立和汉语句法分析》，《语言科学》2004 年第 6 期。

（26）则为我交契情，我费打听，到处里曾问遍庶民百姓。（《严子陵》第七折，631）

（27）我便浑身上都是口，待交我怎分辩？（《拜月亭》第四折，53）

例（26）的"到处"、例（27）的"浑身"是两个有全称性质的处所词，后面的方位成分"里"、"上"都是句法上的羡余成分。

这说明元代是汉语方位后缀强化使用的时代，强化的结果导致句法上方位成分的羡余现象。元代之所以出现这样的语言现象，与蒙古语的影响有关。

4. 蒙古语的"与—位格"

蒙古语属于阿尔泰语系，是典型的屈折语，静词（名词、代词、形容词、数词、形动词等）具有格标记：如主格，表示句子主语；宾格，表示动作的支配对象；领格，表示领属或限定；与—位格，表示的语法意义比较多，可以是动作所涉及的对象、行为、时间或依据等；工具格，表示动作行为借以实现的工具、手段、方式、处所、原因等；离格，表示动作行为的起点、分离、原因、比较等；共同格，表示动作行为的伴随对象。[①] 蒙古语这种 OV 型语言，依靠格标记即不同的后置成分附着在词干上，表达不同的语法意义。汉语是 VO 型语言，多前置性成分。蒙古语静词变格所表达的语法意义，直译为汉语，主要通过虚词和词序来实现。如与—位格、工具格、离格、共同格，主要以汉语的介词对译。蒙古语的格标记在词干后，汉语的介词要在名词前，这样就造成直译体的语言语序怪异的现象，如：[②]

（28）原文： 忽儿巴兀剌 豁亦 纳察 捏客周。（《蒙古秘史》卷一）
旁译：三个 后 自 追赶着。

---

① 参见祖生利《元代白话碑文中方位词的格标记作用》，《语言研究》2001 年第 4 期。又参见兰思铁《阿尔泰语言学导论》，民族出版社 1981 年版，第 9—51 页，"静词的变化"部分。

② 例句选自李崇兴、祖生利、丁勇《元代汉语语法研究》，上海教育出版社 2009 年版，第 150 页。

意思是：三个人从后面追赶着。"纳察"是蒙古语离格标记的音译，直译为介词"自"，却在方位词之后。直译人员为了避免这种不合理语序，就尽量利用汉语自身的后置词充当格标记，直译体往往"把蒙古语的众多变格加以省并、简化，用汉语的'里'、'内'、'根底'、'根前'、'行'、'上'、'上头'、'处'等几个方位词来对译"。① 汉语的方位词除了标记处所，还具有其他功能才促使直译人员选用它们以对译蒙古语的格标记。

5. 汉语处所标记的产生历史

汉语处所标记的产生是一个历史过程。先秦时期一个名词实体是否指称处所，完全取决于语义，方位成分并不具有句法的强制性，李崇兴举例说：②

　　（29）射其左，越于车下。（《左传·成公二年》）
　　（30）公惧，队于车。（《左传·成公二年》）

例（30）虽不带有方位成分"下"，仍表示处所意义，它的处所题元角色的获得是介词"于"指派的。例（29）多了方位成分"下"，"车"只是表处所性更清晰些，其处所题元角色仍是通过介词"于"指派的。

从六朝起介词"于"后面的名词成分逐步依赖方位词以表达处所，由于搭配范围的扩大，意义虚化，汉语处所标记开始语法化历程，至迟到唐代已经完全成形。③ 主要的标志是初唐方位词"上"标注处所，发生轻声化音变，据颜师古《匡谬正俗》卷八"享"条云："或问曰：俗呼某人处为'某享（火刚反）'，其义何也？答曰：此是'乡'声之转耳。'乡'者，居也，'州乡'之'乡'取此义，故子产有云：'毁于西乡。'又'向对'之'向'……"从颜师古的注音看，"某人处"口语中读作"某[xaŋ]"，他之所以将文字写作"享"不过是想证明本字为"乡"或"向"罢了。《敦煌变文集》有写本作"行"，如：

---

① 李崇兴、祖生利、丁勇：《元代汉语语法研究》，上海教育出版社 2009 年版，第 151 页。
② 李崇兴：《处所词发展历史的初步考察》，载蒋绍愚、胡顺安《近代汉语研究》（一），商务印书馆 1992 年版，第 246 页。
③ 刘丹青：《语序类型学与介词理论》，商务印书馆 2003 年版，第 131 页。

（31）皇官行有诸伎女，免得交人别猜疑。（《太子成道变文（一），484》）

处所标记除了标注处所，在我们所调查的《敦煌变文集》中还进一步发展出其他语法功能：

A. 表示与名词实体涉及的方面有关，如：

（32）过失推向将军上，汉家兵法任交虏。（《李陵变文》，133）①

（33）何如向佛法里用心求。（《金刚般若波罗蜜经讲经文》，639）

例（32）"将军上"指将军方面。例（33）"佛法里"指佛法方面。

B. 表示与名词实体涉及的范围有关，如：

（34）大众里不觉闹，独自坐不惬惬。（《降魔变文》，561）

例（34）"大众里"指大众范围之中。

C. 动词或形容词之后，表示与动词或状态有关的时间，相当于"在……时候"、"在……中"，如：

（35）钲鼙闹里纷纷击，戛戛声齐电不容。（《张淮深变文》，192）

（36）行时每遣香明起，定里长裁觉树荣。（《双恩记》，928）

（37）朕缘争位遭伤中，遍体油疮是箭痕。（《捉季布传文》，97）

（38）象乃动步入迟中，蹴踏东西并岸上。（《降魔变文》，565）

例（35）"闹里"指喧闹的时候。例（36）"定里"指安静的时候。例（37）"遭伤中"指遭受创伤的过程中。例（38）"迟中"指进入迟疑

---

① 此例选自江蓝生《后置词"行"考辨》，《语文研究》1998 年第 1 期。

的状态中。

D. 附着在动词性结构之后，助词，表示停顿语气，如：

（39）幸有光严童子里，不交伊去唱将来。（《维摩诘经讲经文（四）》，858）

（40）佛向经中说着里，依文便请唱将来。（《父母恩重经讲经文（一）》，974）

例（39）"里"在动宾结构之后。例（40）在主谓结构之后，仅表示停顿语气。这种用法宋代更多，如：

（41）城郭参差里，烟树有无中。（管鉴《水调歌头》，《全宋词》，1564）

这句话是说，城郭高高低低参差不齐，绿树远远近近若有若无，没有方位词"里"和"中"一样足句。也就是说方位词可以黏附于一个句子，且并不是句子意义表达所必需的成分，方位词有虚化凑足音节的作用。

金代，在表示停顿语气的基础上，方位词进一步发展为话题标记，如"后"：①

（42）得后是自家采，不得后是自家命。（《董解元西厢记》卷一，19）

金代还有一个特点，来源于方位词的附缀"上"，还可以附着在连词之后，如：

（43）不幸身死，因此上未就亲。（《董解元西厢记》卷八，165）

_____

① 参见吴福祥《汉语方所词语"后"的语义演变》，《中国语文》2007 年第 6 期。

也就是说，从唐代处所标记成熟，① 到金元阿尔泰语系影响汉语之前，汉语已经形成来源于方位词的附缀，它们主要是"上"（附缀化形式写作"行"）、"里"、"后"，可以广附着于动词、动词性结构、形容词、连词，甚至句子之后。可以说直译体中广泛使用方位词对译蒙古语的格标记，是因为双方有一些大致相同的语法功能，因此会产生语言上的"句法借用"。但毕竟双方属于不同的语言系统，汉语源自方位词的附缀产生了非汉语的用法，这就是"句法影响"。"句法影响"通常表现为内部演变和外部演变的交互作用。②

6. 蒙古语对汉语处所标记"里"的句法影响

以《蒙古秘史》第一卷的"里"对这个问题进一步说明，③ 以便理解元代方位词功能扩展的实际情况。

A. 动作到达的处所。

（44）原文：　　　朵奔篾儿干　帖迭　亦而坚都儿　古鲁额速。
　　　　旁译：　　　　　　　　那的　百姓　里　　到呵
　　　　现代译文：　朵奔篾儿干到那群百姓里头看了。

都儿，蒙古语与一位格标记的音译，表示动作到达的处所。汉语"里"与此同，但要借助于另一个动词"到"，如《敦煌变文集·难陀出家缘起》："迳速已到清云里，似降祥云是不同。"

B. 动作实现的处所。

（45）原文：　　　超坚　失^舌剌　古温　格^舌仑　额^舌鲁格　朵
　　　　　　　脱^廾合因　格格额儿　斡^舌罗周　客额里　米讷　必里周。
　　　　旁译：　　　明　黄　　人　房的　　　天窗　门额
　　　　　　　的　　明里　　入着　肚皮　我的　摩着。

---

① 在处所标记形成之前，汉语的方位词还可以作领格标记，此与附缀用法无关，兹不赘述。读者可参见江蓝生《处所词的领格用法与结构助词"底"的由来》，《中国语文》1999 年第 2 期。

② 吴福祥：《语法化理论、历史句法学与汉语历史语法研究》，载刘丹青主编《语言学前沿与汉语研究》，上海教育出版社 2005 年版，第 229—252 页。

③ 原文和旁译据额尔登泰、乌云达赉《蒙古秘史》校勘本，内蒙古人民出版社 1980 年版，现代译文为笔者据明代总译部分所加。

现代译文：　黄白色人从天窗门额明处来，将我的肚皮摩挲。

额儿，蒙古语的工具格标记的音译，表示动作得以实现的处所。汉语"里"与此同，但也要同时借助于介词"从"、"自"等，如《大目乾连冥间救母变文》："行至一长者家门前，见一黑狗身，从宅里出来。"

C. 动作的出发点。

（46）原文：　塔　塔奔　可兀_惕　米讷，^中合黑察　客额里　额扯
脱^舌列罢。
旁译：　您　五　子每 我的，　　独　　肚皮　里
生了。
现代译文：　你们五个孩子都是从我肚子里生的。

额扯，蒙古语的离格标记的音译，表示动作的出发点。汉语"里"与此同，同时需要介词配对。例子同上。

D. 事物存在的处所。

（47）原文：　斡勤　古温讷　札牙安　脱^舌列_克先　额乞阑　图儿
斡脱_勤古兀孩。
旁译：　女　人的　　命　生了　　门　里
老了的　无
现代译文：　女孩子的命，生下来不能老在家里。

图儿，蒙古语的与—位格标记的音译，表示事物存在的处所。汉语"里"与此同，同时需要介词"在"与之配对。如《孟姜女变文》："玉貌散在黄沙里。"

E. 动作涉及的时间。

（48）原文：　^中合不儿　孛鲁罢。那^中豁_惕　亦^舌列恢　察_黑图儿。
旁译：　春　做了。鸭每　来的　时里。
现代译文：　春天到了，是鸭子来的时候。

图儿,蒙古语的与—位格标记的音译,表示动作涉及的时间。前文我们说过汉语"里"也可以表示动作或状态涉及的时间,此再举一例,《祖堂集》卷三:"亦知如在梦,睡里实是闹。"

F. 动作涉及的对象。

(49)原文: 塔塔^舌仑 阔湍巴^舌剌^中合 札里不花 ^中豁牙儿 图儿 哈儿班 ^中忽儿班塔 ^中合_傍^中忽_勒都周。

旁译: 的 名 名 两个 里 十 三遍 厮杀着。

现代译文: 他们与塔塔的阔湍巴剌合以及札里不花两个人厮杀了十三次。

图儿,蒙古语的与—位格标记的音译,表示动作涉及的对象。汉语"里"没有相应的用法,只能以介词"同"、"跟"表达。

G. 动作的依据、凭借。

(50)原文: 朵奔篾儿干 帖^舌列 兀格 图儿 辍额不^中忽 因 斡^舌劣额列 ^中忽牙 亦讷 ^中忽^中忽_勒周 斡_克周。

旁译: 那 言语 里 三岁鹿 的 一双 腿 他的 折着 与着。

现代译文: 朵奔篾儿干凭借着那人的那句话,把三岁鹿的一双腿折下来给他。

图儿,蒙古语的与—位格标记的音译,表示动作的依据、凭借。汉语"里"没有相应的用法,只能以介词"凭借"、"根据"表达。

H. 动作凭借的工具。

(51)原文: ^中合不_勒^中合罕 讷 ^中豁亦纳 ^中合不_勒^中合罕 讷 兀格别儿 朵罗安 可兀的颜 孛额帖列。

旁译: 皇帝 的 后 皇帝 的 言语里 七个 子自的行 既。

现代译文: 合不皇帝的七个儿子,都不曾以言语托付。

别儿，蒙古语的工具格标记的音译，表示动作凭借的工具。汉语"里"没有相应的用法，只能以介词"以"、"用"表达。

元代白话碑文中，也有一些方位成分羡余现象，如"你每这众先生每，依着这李提点的言语里，依理行踏者"。^① 依照汉语则只需要介词"依着"。可以说我们在《元刊杂剧三十种》里所看到的句法上羡余的方位成分，是蒙古语的影响而致。这种影响有一个逐步扩散的过程：首先是句法上的方位成分强迫性使用，致使汉语中本来不需要方位词的地方，使用了方位词。接着方位词的使用向汉语纵深处发展，产生三音节的处所词。这个过程是我们从上述两种语言现象消失的时间上推测的。

7. 三音节处所词的消失

蒙古人从他们最初的军事征服到统治结束不过 150 多年的历史。蒙古语在汉语中留下的印记，消失有快有慢。由于明代大力提倡回归正统汉语，专有名词后面的方位词迅速销声匿迹，我们检索了《金瓶梅词话》专有名词后只有一例"里"：

（52）缆断舟沉，身丧长江里。（66/912）

这唯一的一例是在唱词中，如果不是为了跟上文的"疥癣痎疮，遍体脓腥气"相押韵，则可能不会出现方位词"里"。

而三音节处所词的消失是很晚的事情，明代的《西游记》还有三音节处所词：

（53）他飞在那个妖精头直上，飘飘荡荡，听他说话。（89/1070）
（54）沙僧道："莫是翻了船，我们往下溜头找寻去。"（43/524）
（55）那佛祖轻轻用力撑开，只见上溜头决下一个死尸。（98/1169）

"下溜头"即"下游"义，"上溜头"即"上游"义。清初的《醒》中三音节处所词就很罕见了，稍后的《红楼梦》里才完全消失。

元明清时代的朝鲜教科书也可以反映汉语方位成分强制使用到逐步

---

① 祖生利：《元代白话碑文中方位词的格标记作用》，《语言研究》2001 年第 4 期。

消失的过程。李泰洙发现《老乞大》四种版本中，成书于元代的《原本老乞大》和明代的《老乞大谚解》都保留着丰富的方位词，以使用后置词系统为主，而清代的《老乞大新释》、《重刊老乞大》则使用前置词为主，不合汉语语法的都删除了，[①] 如：

(56) 恁高丽田地里将甚么行货来？（《原本老乞大》，29）

(57) 你高丽地面里将甚么货物来？（《老乞大谚解》，79）

(58) 却买些甚么货物，回到朝鲜去卖呢？（《老乞大新释》，111）

(59) 却买些甚么货物回到朝鲜去卖？（《重刊老乞大》，162）

这一条正是反映了元代汉语专有名词后附方位词的现象，这种不合汉语语法规则的现象在清代修订本中完全消失。

通过我们的研究发现：汉语金元时代产生三音节处所词，清代中期消失。这与元代蒙古语对汉语接触影响以及这种影响逐步消失直接相关。

---

① 李泰洙：《〈老乞大〉四种版本语言研究》，语文出版社 2003 年版，第 56 页。

第 六 章

方言虚词研究

第一节 副词概观

一 副词定义与分类

副词指"在句法结构中，一般只能充当谓词性结构中的修饰成分而从不充当被修饰成分的词。以其能在句法结构中充当结构成分，它与其他虚词，如介词、连词、语气词等区分开来，因为介词、连词、语气词等是不能在句法结构中充当结构成分的；以其在句法结构从来不充当被修饰成分，它与其他实词，如名词、动词、形容词等区分开来"。① 关于副词是虚词还是实词，历来争论很大，因为从意义出发的话，有些副词是意义较为实在的，有些则较为空灵。王力首倡半实半虚说："它们不算纯虚，因为它们还能表示程度、范围、时间等；然而它们还不算纯实，因为它们不能单独地表示一种实物，一种实情，或一种实事。"② 张谊生也主张将副词分作虚、实两半，他认为："那些以表示词汇意义为主的描摹性副词可以归入概念词……那些以表示功能意义为主的限制性副词和表示情态意义为主的评注性副词则应当归入功能词。"③

关于副词的内部分类，张谊生认为："应该以句法功能为主要标准，以相关的意义为辅助标准，以共现顺序为参考标准。"④

张谊生依据意义的虚实，副词与动词的黏着程度，将副词分作描摹性副词、评注性副词、限制性副词三类，对限制性副词按照语义分作关联副

---

① 杨荣祥：《近代汉语副词研究》，商务印书馆 2005 年版，第 11 页。
② 王力：《中国现代语法》，1943 年作，收入《王力文集》第二卷，山东教育出版社 1985 年版，第 36 页。
③ 张谊生：《现代汉语副词研究》，学林出版社 2000 年版，第 8 页。
④ 同上书，第 18 页。

词、否定副词、时间副词、重复副词、频率副词、程度副词、协同副词、范围副词，这样等于将副词分作 10 类。

杨荣祥将副词内部分为 11 小类：总括副词、类同副词、限定副词、统计副词、程度副词、时间副词、频率副词、累加副词、情状方式副词、语气副词、否定副词。与张谊生体系有差异的地方是关联副词是否应该独立，下属于"情状方式副词"的"协同副词"是否应该独立。笔者认为："关联副词"在语篇中有连接作用，但是又与连词不同，大多来源于其他类型的副词，只能在动词或形容词短语前，不能连接多样性成分，在副词中还是应该有其地位。协同副词，是一个封闭的小类，与一般的"情状方式副词"处于开放状态有不小的区别。这样看来，笔者认为张谊生体系更利于副词研究的继续和发展。对评注性副词内部，张谊生体系依照功能作了区分：断言、释因、推测、总结，而且认为这些都属于传信范畴。事实上，如"莫非"类的疑问语气副词，"也许"类的推测语气副词，也不表示传信功能。① 因此我们对评注性副词的描写将采用杨荣祥体系。

二 副词与其他词类的区别

（一）时间副词与时间名词的区别

只能充当状语和句首修饰语，不能充当主宾语（包括介词宾语），并且不受其他词语修饰的，是时间副词；凡是经常充当状语和句首修饰语，但同时又可以充当定语或主语、宾语及介词宾语的，是时间名词。

1. 时间名词可以作介词"在、到、从"等的宾语，如：

（1）卖到临了，原数半斤，只有六两。（《醒》，54/698）
（2）要好与你老人家科，俺从八秋儿来合你说了。（《醒》，72/929）

临了、八秋儿，都是时间名词。

2. 时间名词具有指称性，时间副词不具有指称性。

指称性，可以从三个方面理解：

一是作宾语，如：

---

① 张谊生先生云：此书正在修订中，将由商务印书馆出版，学界将看到张先生更为严谨的副词体系。

（3）这是紧溜子里，都着实读书，不许再出去闲走。（《醒》，38/488）

（4）我说叫他出去罢，咱如今同不得常时。（《醒》，43/559）

紧溜子里、常时，作宾语，是时间名词。

二是可以使用疑问代词"何时"称代，并独立回答该问题，如：

（5）小的是武城县人，原起先年曾当乡约。（《醒》，47/612）

（6）何时当过乡约？——＊原起。

（7）后晌来家，到姑娘屋里挨摸会子。（《醒》，58/746）

（8）何时来家？——后晌。

例（6）显示"原起"不具有指称性，是时间副词。例（8）可知"后晌"具有指称性，是时间名词。

三是可以作话题，试比较"猛可"与"猛可里"：

（9）猛可的将狄希陈一手扯，一边说道：……（《醒》，37/480）

（10）只见素姐一大瓢泔水，猛可的走来，照着相于廷劈头劈脸一泼。（《醒》，58/750）

（11）得了个空子，猛可的一跳，金命水命，就跳在湖中，踏猛子赴水逃走。（《醒》，66/850）

（12）猛可里将狗放了开去，跑不上几步，砰的一声，把个狗震的四脚拉叉，倒在地下。（《醒》，58/745）

例（9）—（11），"猛可"都是状语，带有状语位置副词的显赫标志——助词"地（的）"。例（12）"猛可里"，是一个话题，后面对其发生的事件进行陈述。"猛可"为时间副词，"猛可里"为时间名词。

（二）副词与连词的区别

连词不能充当句法结构中的任何成分，只能在句法结构或句子之间起连接作用，表示结构成分之间的关系或分句与分句之间的关系，而副词一定在句子承担句法位置，充当谓词性结构中的修饰成分，两者的区别一般比较清晰。但是由于有些副词在上下文语篇中具有连接作用，这时候与连词的区别就有必要了。

紧仔，语气副词，又写作"紧自"、"紧则"、"紧着"，表示说话者的打算和预期，如：

> （13）这相旺争嘴学舌，相主事紧仔算计，待要打他，只为他从家里才来，没好就打。（《醒》，78/1012）
>
> （14）我紧仔待做寡妇没法儿哩！我就回家去。写了休书，快着叫人送与我来，我家里洗了手等着！（《醒》，73/944）

"紧仔"在一定语境下，强调后项事件与前项事件的关联，如：

> （15）紧着西门庆要梳笼这女子，又被应伯爵、谢希大两个在根前一力撺掇，就上了道儿。（《金瓶梅词话》，11/124）
>
> （16）紧自前边人散的迟，到后边，大娘又只顾不放俺每，留着吃饭，来家有三更天了。（《金瓶梅词话》，77/1150）

例（15）是一个多重复句，第二层两个小句之间存在递进关系，本来西门庆就有意梳笼李桂姐，应伯爵、谢希大又帮忙，事情就发生了。例（16）也存在递进关系的复句，本来在前边散得时候就晚，到了后边大娘又留吃饭，回家的时间就更晚了。

正是在这样递进关系的复句语境中，"紧仔"具有了连接功能，表示前项事件还不足以引发不良后果，由于后项事件，事情就进一步向不良方向发展。

> （17）武松紧着心中不自在，那婆子不知好歹，又僝落他。（《金瓶梅词话》，87/1310）
>
> （18）你悄悄的罢，紧仔爹不得命哩！看爹听见生气。（《醒》，76/978）
>
> （19）紧则你爷甚么，又搭上你大叔长长团团的……（《醒》，22/283）

如例（19）说：本来你爹对客人就不欢迎，又加上你大叔说些不好的话，两个客人就更不得好处了。

例（15）—（19）是连接性副词，与连词重大的区别是，其一，它还不是前项与后项固定搭配使用的，"紧仔"的后面可以没有递进关系的"又"；其二，无论这个连接性副词，在主语之前还是之后，其主要的功能仍是语气副词，表示对事件的评注，只是在一定的条件下，具有连接功能。纯正的连词，没有语气上的评注功能。

（三）涉及时间义的描摹性副词与限定性副词

有时间义的副词，可以是对动词进行描摹，也可以对动作的时间进行限定。它们的区别是什么呢？这主要看跟谓语的紧密程度，描摹性的不能离开谓语发生位移，限定性的可以较为自由。如同样是"马上"义的"紧着"、"看看"，"紧着"必须紧紧贴着谓语动词（例子见后文），"看看"可以位于主语的前面：

（20）等了二日不来，看看的知道有些豁脱。（《醒》，67/861）

（21）拈弓搭箭望着我撺了来。叫我放开腿就跑。看看被他撺上，叫我爬倒地，手脚齐走。（《醒》，85/1102）

（22）大暑天气，看看的那尸首发变起来。（《醒》，57/739）

例（21）、（22）副词"看看"可以位于主语前。因此"看看"为限定性时间副词；后文"紧着"为描摹性副词。

再如"流水"与"日逐"：

（23）只见那个学生在他先生家里探出头来一张，往里流水的缩了进去。（《醒》，31/398）

（24）不流水起来往学里去，你看我掀了被子。（《醒》，33/431）

（25）流水买地，我替你分种地去。（《醒》，34/443）

（26）其那宸康的物件日逐都与魏运运了家去。（《醒》，41/533）

（27）这猴精日逐将那锁项的铁链磨来磨去，渐次将断。（《醒》，76/983）

（28）人见外甥日逐在铺里坐着，狄周时常往来，就说的别了。（《醒》，77/994）

例（23）—（25）副词"流水"必须跟着谓语动词。例（26）—（28）副词"日逐"与谓语动词之间隔着介词结构。"流水"为描摹性副词；"日逐"为限定性时间副词。

再者，时间义的描摹性副词多是由词义较为具体的名词、形容词、动词等隐喻或转喻而来的，比如"流水"，"马上"义，由名词隐喻而来；"紧着"，"马上"义，由形容词转喻而来；"三不知"，"突然"义，由动词词组转喻而来。词义只有在具体的语境中，才凸显其时间义，不像时间副词那样本身词义明晰。

（四）副词的词汇化问题

我们在第四章的前三节中专门说了语气副词的词汇化与语法化问题，这里再简单谈谈由词组词汇化的副词。

刚只、刚子：

（29）这几句话刚只说了，素姐解手回来。（《醒》，76/979）

（30）我刚只来后，家里支使着一群大磐头丫头。（《醒》，66/853）

（31）我家有来，刚子赶狄爷到半月前边，叫我打发了。（《醒》，55/707）

（32）你待几日，我也气得过；刚子昨日上了学，今日就妆病。（《醒》，33/431）

例（29）、（30）"刚只"作状语，是时间副词"刚"与范围副词"只"连用形成的副词组。随着限定关系的弱化，语音也弱化，成为新的双音节词。"刚子"是纯粹的时间副词，不含有范围限定义。

紧着：

（33）一家要急着取亲，一家要紧着嫁女。（《醒》，56/727）

（34）狄希陈紧着备完了祭品，坟上搭了席布大棚。（《醒》，85/1101）

（35）咱们紧着收拾银子给他，千万别要事了人的好心。（《醒》，22/294）

（36）叫我紧着出去，爷合大叔已是吃过饭了。（《醒》，55/713）

（37）狄员外紧着制办妆奁散碎物件。（《醒》，58/742）

　　例（33）"紧着"，是形容词"紧"与体标记"着"的联合成分，它们在句子中作谓语。而例（34）—（37），"紧着"是一个副词，体标记"着"已经失去它的能产性，成为一个词内成分，"紧着"是描摹性副词。

三　《醒》方言副词分类
（一）描摹性副词
　　描摹性副词有比较实在的词汇意义，依附于谓语，一般不能移位，主要有以下三类：
　　A. 表示方式。主要表示与相关行为有关的人体、五官和思维活动的方式。如：海；尖尖；拔地（也作"跋地"）；处心；一盼心；劈头子；齐口$_2$；好意；梯己$_b$（私下）；偷伴；煞实$_a$（下力气）；煞老实；下老实$_a$；瞎头子$_a$；直蹶子；坐窝子。
　　B. 表示状态。主要表示与相关行为有关的时、地、数、序以及呈现的状态。如：馄饨（囫囵、胡乱地）；乔（一个劲地）；善便；善善的；流水；紧着；作急；一家货；三不知；一汤的。
　　C. 表示比况。这些词本当属于"方式"或"状态"类。但它们有其特点，即这些词是以比喻或夸张的方式来比况并突出相关行为的形象。如：连住子（即"连珠子"）。
（二）评注性副词
　　A. 表确认、强调语气。如：白（百）；白当；嗔道；怪道；高低；翻调；浑深（也作"浑身"）；紧仔（也作"紧则"）；可可的；情（尽管，表示没有任何例外）；情管；丁仔；放着。
　　B. 表不定、推测语气。如：敢仔（敢子）、怕不的。
　　C. 表疑问、反诘语气。如：没的。
　　D. 表祈使、决断语气。如：是百的；投性（头信）。
（三）限定性副词
　　A. 协同副词。如：一搭里（一搭）；一堆；一溜雷；一溜子；打伙子。
　　B. 范围副词。如：遥地里（即"沿地里"）；一总里；总里。
　　C. 程度副词。如：大；怪；精（表程度极强）；老实实；蛮；稀；

煞实ᵦ；沾；下老实ᵦ。

D. 时间副词。如：常远；待中；刚子；将（刚刚；恰好）；将待；旋；猛哥丁；猛可；日逐；原起；起为头。

E. 频率副词。如：行动。

F. 关联副词。如：便索。

第二节　代词

《醒》中的方言代词仅有三个：俺，第一人称代词；您（恁），第二人称代词；咱，包括式复数人称代词。后者成为今天通语词汇，本节仅论述前两者。

一　第二人称代词"您"

（一）方言中"您"和"你"的区别

冯春田认为您、恁，都是第二人称"你"的变体，是两个词，"恁"仅作定语。[①] 实际的方言无法分辨两者的区别，但与"你"界限分明。以菏泽话为例，前两者都读作 [nən]，而"你"只能读作 [ni]。

"你"可以作主语、宾语、兼语、定语，皆为单数，与普通话无异，分别举例：

（1）你上哪何去了？（你去哪里了？主语）

（2）老李找你。（宾语）

（3）我托你办件事呗。（兼语）

（4）你来书是红皮来。（你的书是红皮的，定语）

您（恁）可以作主语，且一定是复数，如：

（5）您上哪何了？（你们去哪里了？）

（6）您几个上哪何去了？（你们几个去哪里了？）

---

① 冯春田：《〈聊斋俚曲集〉语法研究》，河南大学出版社 2003 年版，第 33 页。

您（恁）可以作定语，可以是单数，也可以是复数，如：

（7）您娘上哪何去了？（你的妈妈去哪里了？）

（8）都坐好，您老师来了。（你们的老师来了。）

你，是单数的第二人称代词；您，是复数的第二人称代词，但是作定语可以表示单数，也可以表示复数。我们通过清初文献，详细介绍方言中"您"的用法并探讨通语敬称"您"的来源。

（二）《醒》"您"的用法

《醒》中主要的词形是"您"，主要有以下几种用法：

A. 作主语，为单数，共十一例，如：

（9）这贼淫妇，快着提溜脚子卖了！我眼里着不得沙子的人，您要我的汉子！（59/763）

（10）若说路上寒冷，这狄大娘您自己主意，我便不好强你。（88/1131）

（11）晁夫人道："狗！没的我做得不是来？您只顾抱怨我！"晁书娘子方才不做声了。（32/418）

例（9）"汉子"（丈夫）不可能多人共有，所以主语"您"只能理解为"你"。例（10）有反身代词"自己"，与前面的"狄大娘"是同位关系，那么"您"是单数的。例（11）从语境来看，晁夫人是在跟晁书娘子说话，"您"也只能理解为单数。

B. 作主语，为复数，共三十八例，如：

（12）他就认回去了，您也是他的养身父母，孩子也忘不了你。（49/642）

（13）好姐姐！我与你们无仇无恨，您积福放我去罢！（89/1155）

（14）您在这门口打仗，打下祸来，这是来补报奶奶的好处哩？（32/414）

（15）你耐心苦过，只怕他姐夫一时间回过心来，您还过好日子。（3/36）

例（12）判断句的宾语"父母"是复数，主语"您"也应该是复数。例（13）"您"与前面的复数代词"你们"相映照，"您"当为复数解。例（14）"打仗"这种事情至少是交手的双方，"您"也当理解为复数。例（15）从语境看，计氏的父亲劝说计氏耐心点儿，等待晁大舍回心转意，与他一起过好日子，"您"当为复数。

这一类用法，很多是"您"与后面紧接着的复数名词，一起构成同位语，作主语，如：

（16）姓刘的娘儿两个，您爷儿们弄神弄鬼发付在谁家哩？（85/1098）

（17）您两个是折了腿出不来呀、是长了嗓黄言语不的？（94/1217）

（18）您各人自家燕儿垒窝的一般，慢慢的收拾罢。（22/287）

例（16）"爷儿们"、例（17）数量词组"两个"、例（18）"各人"，都含有复数意义。

C. 作宾语，主要是介词宾语，为复数，共六例，如：

（19）别要掏瞎话，且说正经事。这得立个字儿给您才好。可叫谁写？（22/287）

（20）你这一伙子没有一个往大处看的人，鬼扯腿儿分不匀，把我这场好事，倒叫您争差违碍不好。（22/287）

（21）把那算上的利钱，就是那准折的东西都不问您要。（22/293）

（22）寄姐道："我叫丫头跟着您去罢，小成哥哭着待吃奶哩。"叫过小涉棋、小河汉两个跟了出去。（96/1238）

例（19）为介词"给"的宾语。例（20）为被动介词"叫"的宾语。例（21）为介词"问"的宾语。例（22）为介词"跟着"的宾语。从具体语境中可知，这些"您"皆为复数用法。

D. 作兼语，复数，共三例，如：

（23）珍哥道："他嗔您叫他珍姨，你又叫他珍姨！淫妇不跪着，你替他跪着！"（11/140）

（24）我不希罕您递呈，夹着臭腚快走！（74/952）

（25）狗！要不打他雌牙裂嘴的，他也还不肯叫人请您回来哩！（96/1236）

E. 作定语，单数，共七例（含一例宾语的修饰语），如：

（26）你既心里舍不了您娘，就不该又寻我！（3/39）

（27）您大爷这病，成了八九分病了！（2/24）

这样的"您"，后面还可以有结构助词"的"，如：

（28）卖科坟上的树你不依，我如今待卖您的老婆哩，您也拦不住我！（22/285）

（29）素姐道："罢，你是甚么大的们，污了您的眼就叫我瞎眼？"（77/997）

F. 作定语，复数，共两例，如：

（30）活打杀了小蹄子淫妇，我替他偿命，累不杀您旁人的腿事！（79/1021）

（31）您大嫂罢么，是举人家的小姐；小巧姐，你也是小姐么？（74/951）

例（31）是龙氏对薛家两兄弟说的话，很显然根据语境判断其为复数。

"您"强调复数时，使用"您们"，在《醒》中共五例，如：

（32）俺两个县里还认的人，您们也还用的着俺。俺倒是好意取和的道理，为甚的不听呢？（22/291）

（33）晃夫人道："您们都是卖地给俺的么？"（22/292）

（34）是不是我管不的，恁们自己讲去。（57/733）

这个词在《续金瓶梅》中多写作"恁"：

（35）伯爵又去寻了温葵轩来道："恁学校体面，不枉了出公呈一场。我们空受他恩，只好吊泪罢了。"（11/84）（主语，单数）

（36）今夜无事，恁姊妹们叙叙。（32/236）（主语，复数）

（37）你们带的东西，各人带着罢，少不得大家同过日子。看过世你爷恩养恁一场，只撒了这点骨血，也只在恁各人的心上罢了。（2/12）（宾语，复数）

（38）只见后堂传出票来，立等见去。只怕是叫恁领赃。（9/67）（兼语，复数）

（39）只这包袱里有旧衣旧裳，拿出几件来穿罢，恁弟媳妇还没有绵袄哩！（8/55）（定语，单数）

（三）"您"语用意义

除了我们上面提到的，"您"还有一些语用上的意义，值得我们注意。

第一，"您"与"俺"配对使用，有人称数上的对应关系，如：

（40）慧娘说："俺的屋呢？"大姐说："您那有，有也待张的口屋哩。"（《翻》，7/971）

（41）说差人："您坐下，俺去去就来。"（《寒》，3/1034）

例（40）慧娘问的是跟丈夫的新房在什么地方，所以"俺"是"我们"，大姐的答语里"您"是"你们"。例（41）差人不是一个，要带的也是商礼和商臣，"您"为"你们"，"俺"为"我们"。

方言中"俺"和"您"配对使用时，"俺"在语用中强调"我或我这一方"，"您"在语用中强调"你或你那一方"。如：

（42）慧娘说道也不错，俺是兄弟您是哥，若不然怎么叫做一堆过？（《翻》，10/996）

（43）他大爷若做了秀才，俺还管着您了。（《墙》，4/856）

例（42）慧娘跟嫂子姜娘子说的话，这是站在丈夫的立场上说的，"俺"为"我这一方"，"您"为"你那一方"。例（43）也是大怪老婆站在丈夫的立场上说话，认为自己丈夫如果做了监生，会管制住兄弟。这种语境第一人称都不能换成通语的"我"。

第二，方言里"你"和"俺"配对使用，"你"为单数，"俺"为复数，如：

（44）我那两个儿子便说："你如今老了，封粮纳漕都得操心，耕种锄刨也费事，不如把地分给俺，你情八石粮食罢。"① （《墙》，1/2445）

（45）和我说："你不如情吃罢，俺吃甚么，你也吃甚么。"（《墙》，1/830）

例（44）、（45）是两个儿子父亲说的话，"俺"为"我们"，"你"为单数，这个位置也可以用"您"，但单数意义就不再凸显。

第三，您+称呼语，表示尊敬，如：

（46）您二婶子，你还好么？（《墙》，4/858）

（47）您大娘你休要放在心上……（《姑》，3/881）

（48）您大妗子，那阵风刮了你来了？（《慈》，3/903）

这里的"您二婶子"、"您大娘"、"您大妗子"，都是说话者站在孩子的立场上对对方的称呼，是汉语中尊称的一种。

王力认为："'您'字大约是'你老人家'的缩短；由'你老人家'缩短为'你老'，再由'你老'缩短为'您'。"② 吕叔湘也支持这一观

---

① 该例句取自学林出版社 1998 年版。

② 王力：《中国语法理论》，1944 年作，收入《王力文集》第一卷，山东教育出版社 1984 年版，第 276 页。

点。① 笔者赞成缩略说，但是认为"你老"到"您"之间的语音演变比较难解释。我们考察了《醒》前二十回"你 + 称呼语"，不计重复一共十五例：你爹娘、你媳妇、你孙子、你爷儿们、你父子们、你父子、你外公、你母亲、你大婶、你珍姨、你妹子、你奶奶、你老婆、你老人家、你老。它们在句子中一律未见称呼语用法，只出现在主语、宾语以及介词宾语位置。只有最后两例有敬称意义，但这来源于它们的词汇意义。因此我们主张"您"由方言系的"您 + 称呼语"演变而来，即"您 + 称呼语"缩略为"您"。"您"最终摆脱具体语境（插入性称呼语）的束缚，而语法化为一个新的代词，专职表尊称。至于太田辰夫发现清后期的部分文献表尊称的代词写作"你能"，当读作 [nəŋ]。② 这与北方话的"您（恁）"仅是前鼻音与后鼻音的差异。

（四）"您"的来源

徐渭《南词叙录》中认为："你每二字合呼为恁"，最早是复数的第二人称代词。

据吕叔湘考察"您"最早见于金人诸宫调，如：③

（49）若您弟兄送他，我却官中共您理会。（《刘知远诸宫调》第一，56）

因为也用于单数，其复数意义不再显赫，到元代被再次强调，如：④

（50）看者，看者，咱征斗，您每您每休来救。（《气英布》第三折，《元刊杂剧三十种》，303）

起码，在清初这个词的语法功能已经非常复杂。

---

① 吕叔湘著，江蓝生补：《近代汉语指代词》，学林出版社 1985 年版，第 89 页。
② ［日］太田辰夫：《中国语历史文法》（修订本），蒋绍愚、徐昌华译，北京大学出版社 2005 年版，第 105 页。
③ 例（49）取自吕叔湘著，江蓝生补《近代汉语指代词》，学林出版社 1985 年版，第 81 页。
④ 例（50）取自［日］太田辰夫《中国语历史文法》（修订本），蒋绍愚、徐昌华译，北京大学出版社 2005 年版，第 107 页。

二　第一人称代词"俺"

据吕叔湘考察，"俺"最早见于宋人词，用于复数，因此当为"我们"的合音，[①] 如：

（51）好恨这风儿，催俺分离。（石孝友《浪淘沙》，《全宋词》，2041）

从《醒》看，"俺"仍是一个无标记的复数人称代词：

（52）晁思才说："这可说甚么来！两三次通瞒着俺，不叫俺知道，被外头人笑话的当不起，说：'好一家子，别人倒还送个孝儿，一家子连半尺的孝布也没见一点子！'俺气不过这话，俺才自己来了！"（20/260）

晁思才一家子来给晁夫人的儿子吊孝，不是他一个来，这里"俺"是复数，"我这一家子"义。

但是实际情况不是这么简单，《醒》中，"俺"主要有以下几种用法：

A. 主语，单数，如：

（53）俺每日烧好香为你公平来也，谁知你老人家也合世人般。（3/36）

B. 主语，复数，如：

（54）众人说着："俺那里晓得。怪道人说鄙嫂子知今道古！"（2/19）

---

① 例（51）取自吕叔湘著，江蓝生补《近代汉语指代词》，学林出版社 1985 年版，第 78 页。

C. 宾语，单数，如：

（55）叫你拖累杀俺了！（12/157）

（56）脱不了都是门生，偏只披砍俺。（40/513）

例（55）是高四嫂被迫跟着晁大舍打官司发出的怨言，例（56）是小冬哥对两位哥哥发出的怨言，都要理解为第一人称的单数。

D. 宾语（含介词宾语），复数，如：

（57）通是活了俺一家子哩！（4/53）

（58）奶奶就不分些与俺众人们么？（22/283）

E. 兼语，复数，如：

（59）接着："嫂子叫了俺来是说这个么……"（22/286）

F. 定语，单数，如：

（60）俺公公知道，倒是极喜欢的。（2/18）

"南方系官话里没有产生俺、您等合音字……在通行这些合音字的北方系官话里头……大多数方言保持以 – n 收声的俺、您。"① 这样可以看到北方方言中代词系统的最大特点是：最初都来源于复数，但后来的使用中完全失去标记，单复数难以区分，只能依靠语境分辨。今天的方言"您"已经舍弃主语、宾语的单数用法，这是语言系统精简的需要。

下面我们以表的形式，比较方言词和通语词第一人称与第二人称语法功能与语用上的差异：

---

① 吕叔湘著，江蓝生补：《近代汉语指代词》，学林出版社 1985 年版，第 85 页。

	语法功能							语用功能
	主语单数	主语复数	宾语单数	宾语复数	兼语复数	定语单数	定语复数	
俺	+	+	+	+	+	+		+
您	+	+		+	+	+	+	+
我	+		+			+		
你	+		+			+		

　　方言词"俺"在一定语境中可以表示"我这一方"这样的语用意义，"您"具有尊称这样的语用意义。这是通语人称代词所不具备的。

第三节　连词

一　连词定义

　　"把两个词或者比词大的单位连接起来的词叫做连词。连词只有连接作用，它仅仅把词、词组或者句子连接在一起，同它所连接的成分没有修饰关系或者补充关系。"① 后来的研究者又陆续进行了新的补充，邢福义认为连词的特点主要是：第一，"只有连结作用，不能成为句子成分或句子成分中实质性结构部分"。所谓连结，"即把两个或几个语法单位连接起来，使它们组结成一个更大的语法单位。"第二，具有双向性。即"起连结作用的连词，在句法结构中总要关涉两个或几个语法单位"。②

　　说到连词，还有一个要明确的是复句概念。"复句的构成单位，从构成的基础看，是小句；从构成的结果看，是分句。一个复句一旦成立，它的构成单位……是既相对独立又相互依存的一个一个分句。"③ 一个复句，起码有两个相对独立又相互依存的小句，分别记作 p、q。④

　　《醒》中有四个方言连词。假设连词：不着、打哩；让步连词：就使、饶。其中假设连词用于因果句，让步连词用于转折句。本节主要探讨假设连词"不着"和让步连词"饶"的语法化过程。

---

① 张志公编著：《汉语知识》（1959 年），人民教育出版社 1980 年版，第 126 页。
② 邢福义：《汉语语法学》，东北师范大学出版社 1998 年版，第 222 页。
③ 邢福义：《汉语复句研究》，商务印书馆 2001 年版，第 5 页。
④ 同上书，第 480 页。

二 假设连词"不着"

"着"是个使役动词,广见于明清文献,如:

(1) 似俺每这等依老实,苦口良言,着他理你理儿!(《金瓶梅词话》,20/234)

(2) 闪得我如今有家难奔,有国难投!着我上天无路,入地无门!(《水浒传》,34/450)

(3) 我老孙修仙了道,与天齐寿,超升三界之外,跳出五行之中,为何着人拘我?(《西游记》,3/35)

(4) 不知那个多嘴的禀知了老爷,故此特着我每到来相请。(《二刻拍案惊奇》卷四,94)

(5) 晁老着人来说道:"就是小学生上学,先生也该放学了。"(《醒》,6/73)

(6) 快着人请计老爷合计大舅!(《醒》,9/114)

(7) 说:"郁廷言纳币有方,不费时日,现有成效可观。又与金人相习多年,知道他的情性。不如加了品级,把岁币一事着他总理。"(《十二楼·鹤归楼》,3/244)

(8) 你拾上些,着小瓦瓴给他送去罢。(《聊斋俚曲集·墙》,1/834)

(9) 说道:"这虞育德年纪老了,着他去做一个闲官罢!"(《儒林外史》,36/405)

(10) 你父母因你不见了,着人四下里寻找,你却在这里顽耍!(《儿女英雄传》,22/387)

从其文献分布大约可以看出使役动词"着"是通行范围很广的词语。

使役动词"着"在未然虚拟的语境中,带上假设的语境意义,《聊斋俚曲集》里的例子比较明显,如:

(11) 若着他亲娘见了,就疼煞了。(《慈》,1/895)

(12) 若着亲娘见一遭,必然叫一声心肝,还带一声娇娇。(《慈》,1/895)

（13）若着那恶虎偿命，我情愿割耳奉还。（《寒》，2/1027）

（14）若着他写帖上帐，那小厮也倒聪明。（《增》，20/1642）

这里的"着"仍然有使役动词"使、让"的意义，因为前面还有假设连词"若"。但因其用于未然语境，表示虚拟状况，看作"如果"义也完全可以，如例（11）释作"如果让他亲娘见了，就疼死了"或"如果他亲娘见了，就疼死了"，几乎没有区别。那么这样的语境中，"着"沾染假设义。

我们在《金瓶梅词话》中看到假设义的"着"语法化程度高于上面这种用法，如：

（15）杨姑娘道："还是姐姐看的出来，要着老身，就信了。"（40/506）

（16）你怎十五六岁，也知道些人事儿，还这等懵懂？要着俺里边，才使不的！（44/556）

（17）你也忒不长俊。要着是我，怎教他把我房里丫头对众挭恁一顿挭子！（44/556）

（18）要着我，你两个当面锣、对面鼓的对不是！（51/649）

（19）潘金莲道："要着我，把学舌的奴才打的烂糟糟的。"（76/1134）

这些例子里"着"都是假设连词。第一，"着"用在复句中，表示一种假设条件。第二，"着"不能理解为使役动词，只能跟前面的连词"要"一起看作一个连词组（书中还有同义的"若着"一例）。

上面的例子都表达正向假设，表示"如果有什么条件，就会产生什么样的结果"。如果反向假设，则为"不p，不q"，如：

（20）天不着风儿晴不的，人不着谎儿成不的！（《金瓶梅词话》，72/1020）

这个句子里，"不着"是连词，表达的推理是：如果不是风儿，天不会晴；如果不说谎，人不会办事。

在《醒》里，"不着"的语法化程度很高，"着"不能再被单独拆出来，看作使役动词或假设连词，主要有以下几种情况：

第一，不着 p，p 是后项不 q 实现的条件，这是一种反逼推理，如：

（21）外来的分上多有不效，不着亲切的座师、相厚的同年、当道的势要，都有拿不准的。（50/645）

（22）北京城不着这们傻孩子，叫那光棍饿杀罢！（6/79）

（23）你刚才不着我再三哀恳，你必定是死，你以后再不可打我。（58/751）

（24）且皇姑寺是宫里太后娘娘的香火院，不着皇亲国戚大老爷家的宅眷，寻常人是轻易进不去的。（78/1001）

例（21）如果不是亲切的座师等关系，廪生这样的职位就是拿不准的。所以廪生职位顺利实现的条件是有关系支持。例（22）如果北京城里没有傻孩子，那光棍就会饿死。所以光棍生存的条件是有傻孩子。例（23）如果不是我哀恳，你肯定要死了。现在你能活着，是因为我哀恳了。例（24）如果不是皇亲国戚，那么肯定进不了皇姑寺。现在要进入皇姑寺的条件是跟着皇亲国戚的家眷。

这种情况，后项不 q 也能够以反问形式表达，如：

（25）不着你这二钱银子，俺们屄雌寡淡的，怎么回去？（22/296）

反问形式是一种强化式，此例可以解读为：如果没有你这二钱银子，我们回不去。所以我们回去的条件是这二钱银子。

第二，不着 p，后项不 q 蒙后省略，直接以因不 q 而可能产生的结果接续，如：

（26）这缺要不着他的力量，咱拿四五千两银子还没处寻主儿哩。（15/195）

（27）若不着这一封挡饿的书去，可不就象阴了信的炮仗一般罢了？（15/195）

例（26）包含的推理是：如果不是他帮了我们，我们找不着华亭县令这样的肥缺，（而华亭这样的肥缺）即便拿四五千两银子也没有办法弄。例（27）的推理是：如果不是这一封很中要害的书信，胡生他们不会有危险，（就算胡生他们暂时有点儿不好）也会像信子不好的炮仗一样化险为夷。

第三，不着 p，p 是后项不 q 致使原因，如：

（28）俺婆婆要不着老邹，那眼也还到不得这们等的。（49/639）

此例的推理是：如果不是老邹，我婆婆的眼睛不会瞎。因此老邹是造成我婆婆眼睛瞎的原因。

这三种情况都是典型的连词用法。上文我们也谈过，"着"由动词在虚拟未然语境中语法化为连词，"着"表示一种正向的假设，"不着"表示一种反向的假设。那么假设连词"不着"是假设连词"着"反向推演而产生的。

还有另一条来源，即从"不 + 着"这样的动词词组演变为连词。"不着"在《金瓶梅词话》中，语法化的程度还较低，"着"仍然可以看作一个使役动词，如：

（29）你爹身上衣服，不着你怎个人儿拾束，谁应的上他那心？（72/1018）

（30）西门庆道："不瞒你说，相我晚夕身上常时发酸起来，腰背疼痛，不着这般按捏，通了不得！"（67/918）

例（29）是潘金莲嘲笑丫鬟如意的话，"着"还有使役动词的意味，意思为"你爹的衣服不让你这么个人浆洗的话，别人浆洗恐怕称不了他的心"。例（30）可以看作"着"的宾语省略，"不使人这么按捏的话，就不行"。删除这些例子中的"不"，句子仍然可以成立，不过表达的命题恰恰反向而已。这说明此类语境中"不"和"着"还没有词汇化。

《醒》中，也有两例这样的句子，如：

（31）不着临了那一个臭屁救了残生，还不知怎生狼

狈。(95/1228)

　　(32) 你不来家，不着我破死拉活把拦着这点子家事，邪神野鬼都要分一股子哩！(76/978)

　　这类可以两解的句子，"着"后面跟的都是兼语句，我们可以形式化为：不着 + NP + VP。NP 是后面 VP 的施事者，又是"着"的受事者，只要省略后面的 VP，"不着"的连词地位就凸显出来，我们不妨拿《醒》中的两例改作：

　　(31′) 不着临了那一个臭屁，还不知怎生狼狈。
　　(32′) 你不来家，不着我，这点子家事邪神野鬼都要分一股子哩！

　　例 (31′)、(32′)，"不着"的连词性质非常明显。

三　让步连词"饶"
(一)《醒》"饶"用法

　　饶，本义是个动词，有忍让、饶恕义。这样的动词，属于行域。投射于语言，成为连词，表示事件之间的让步关系。

　　《醒》中让步连词"让"，可以表示实让、虚让、忍让，可以位于从句主语前，也可以位于其后。

　　A. 表示实让，也就是对事实的让步。这种让步句承认 p 事实的存在，却不承认 p 对 q 的影响。它故意借 p 事件来从相反的方向托出 q 事件，使 q 事件引人注意，如：

　　(33) 饶你不做活也罢了，还在言三语四的声颊。(26/341)
　　(34) 狄希陈饶是这等开交，还怀了一肚皮怨气，借了哭汪为露的名头，叫唤了个不住。(44/565)
　　(35) 饶我这般难为了他，他也绝没有丝毫怨我之意。(59/760)
　　(36) 饶你这般管教，他真是没有一刻的闲空工夫，没有一些快乐的肠肚。他还要忙里偷闲、苦中作乐、使促掐、弄低心，无所不至。(62/796)

（37）你饶得了便宜，你还拿发着人！（87/1125）

（38）后来他往京里廷试，没盘缠，我饶这们穷了，还把先母的一顶珠冠换了三十八两银子，我一分也没留下，全封送与他去。（9/118）

B. 表示虚让，是带有虚拟口气的让步，也是故意从相反的方向借 p 事件来托出 q 事件，强调 q 事件不受 p 事件的影响，如：

（39）饶我那笞拿着汉子象吸石铁一般，要似这们个象生，我也打他几下子。（64/825）

（40）昨日要是第二个人，看见您家这们大门户，饶使你家一大些银子，还耽阁了"忠则尽"哩！（2/26）

（41）天生天合的一对，五百年撞着的冤家，饶你走到焰摩天，他也脚下腾云须赶上。（61/784）

例（39）、（40）是理性假言虚让，尽管不完全排除有夸张的因素，但可以成为事实。例（41）是完全动了感情的夸张，不能成为事实。

C. 忍让，是心理意志上的让步，表示在别无选择的情况下，对不乐意而为之的事情不得不有所忍让，以便实现某种决心，如：

（42）若不讨与小的，小的饶不得儿子罢了！难道还夹小的不成？（47/612）

（二）明清其他文献中"饶"的分布

在《聊斋俚曲集》中未发现连词"饶"，同时代的《续金瓶梅》中有一例，表示虚让，如：

（43）如服事穷酸，饶你多给他戏资，到底不肯用心，还要嘲笑你。（3/19）

《红楼梦》中有八例，全部出现在前八十回中，都是表示实让，略举几例，如：

（44）况且我是正出，他是庶出，饶这样看待，还有人背后谈论，还禁得辖治了他。（20/541）

（45）二则姨妈老人家嘴碎，饶这么样，我还听见常说你们不知过日子，只会遭踏东西，不知惜福呢。（62/1674）

（46）饶这么着，老太太还怕他劳碌着了。（32/836）

（47）饶这么严，他们还偷空儿闹个乱子来叫大人操心。（45/1172）

《儿女英雄传》中有三例，也是表示实让，如：

（48）饶是那等拦他，他还是把一肚子话可桶儿的都倒出来！（25/457）

（49）老弟，你只看饶是愚兄这么个老坯儿，还吃海马周三那一合儿！（32/620）

（50）只疼得他咬着牙不敢则声，饶是那等不敢则声，也由不得"嗳哟"出来。（31/596）

明代的《金瓶梅词话》也有这个连词"饶"，可以表示实让、虚让，可以位于从句主语前，也可以在从句主语后。

第一，表示实让，共十二例，略举几例，如：

（51）饶吴月娘恁般贤淑的妇人，居于正室，西门庆听金莲衽席睥睨之间言，卒致于反目，其他可不慎哉！（18/212）

（52）饶他死了，你还这等念他。（67/932）

（53）饶是迎春在旁搊扶着，还把额角上磕伤了皮。（61/827）

（54）俺爹饶使了这些钱，还使不着俺爹的哩。（64/877）

第二，表示虚让，共七例，如：

（55）饶奴终夕恁提心吊胆，陪着一千个小心，还投不着你的机会，只拿钝刀子锯处我，教奴怎生吃受！（12/138）

（56）命中一生替人顶缸受气，小人驳杂，饶吃了还不道你是。（46/587）

（57）你饶与人为了美，多不得人心。（46/587）

（58）正是：饶你奸似鬼，也吃洗脚水。（13/154）

（59）饶君千般贴恋，万种牢笼，还锁不住他心猿意马，不是活时偷食抹嘴……（80/1230）

这个连词"饶"在明代南方系文献，如《三遂平妖传》、《二刻拍案惊奇》、《型世言》均无一例，清代的《十二楼》、《海上花列传》等也没有。因此我们说，在明清时期连词"饶"是一个北方方言词。

（三）"饶"产生的历史

连词"饶"产生于唐代，《全唐诗》中有八例，多表示虚让，如：

（60）为报金堤千万树，饶伊未敢苦争春。（《全唐诗》卷456白居易诗，5178）

（61）三声欲断疑肠断，饶是少年今白头。（《全唐诗》卷525杜牧诗，6009）

（62）饶你得仙人，恰似守尸鬼。（《全唐诗》卷806寒山诗，9094）

（63）直饶人买去，也向柳边栽。（《全唐诗》卷849修睦诗，9618）

《敦煌变文》中也有，如：①

（64）饶君多有驻颜方，限来也［被无常取］。（《无常经讲经文》，1172）

到元代这个词已经少见于文献，我们在《元刊杂剧三十种》里仅捡得一例，表示虚让，如：

---

① 例句选自席嘉《近代汉语连词》，中国社会科学出版社2010年版，第238页。

（65）饶你百事聪，所事奸，那个曾人马得平安。（《竹叶舟》第四折，722）

也就是说，有可能元代以后这个连词"饶"就成了方言词，在通语里不常用。

第四节　量词

一　量词定义

在汉语各大词类中，量词是最晚定名的一个。20 世纪 50 年代《"暂拟汉语教学语法系统"简述》为量词定名。朱德熙第一次用语法组合功能的标准为量词下了定义："量词是能够放在数词后边的黏着词"。①

《醒》中有五个方言量词：个体量词，搭（计量田地等）；集合量词：合（计成套之物）；枕（计成套衣服）；拿（计成把事物）；拖罗（计成堆不整齐的事物）。

本节主要证明两个问题：第一，量词"搭"是一个南方系方言词，"块"是一个通行区域很广的量词，因此《醒》残留南系官话色彩；第二，量词"个"与数词"一"组成的数量短语，存在不同的语法化梯级，甚至可以发展为语气副词。

二　"搭"与"块"

（一）量词"搭"

搭，《醒》中用来计量土地，如：

（1）家中有搭半亩大的空园，秀才自己轮钯挝镢、种菜灌园。（98/1265）

"搭"的后面也可以有词缀"子"，如：

（2）他门前路西墙根底下，扫除了一搭子净地。（51/656）

---

① 朱德熙：《语法讲义》，商务印书馆 1997 年版，第 48 页。

也可以用以计量成片的事物，如：

（3）珍哥的脸就如三月的花园，一搭青，一搭紫，一搭绿，一搭红，要别了起身。（11/138）

搭，语源不是很清楚，最早出现在唐代，用于计量成片的事物，如：

（4）摧环破璧眼看尽，当天一搭如煤炱。（《全唐诗》卷387卢仝诗，4364）

（5）佛殿前一搭草，明晨粥后划却。（《祖堂集》卷四，210）

卢仝，为范阳（今河北涿县）人，未满20岁便隐居嵩山少室山，接触南方方言的机会不大。《祖堂集》的一例为丹霞和尚语，此人籍贯不详，所以很难说唐代的"搭"是何处的方言词。

宋代这个量词很少见，《郑思肖集》的四例都是指成片的头发，如：

（6）首先削顶，三搭辫发，领鞑贼深入，说州县叛。（郑思肖《杂文》，155）

郑思肖是福建人，曾在苏州为官。元代"搭"不见于典型的北方文献《元刊杂剧三十种》、《原本老乞大》。经过明人整理的《全元戏曲》中共六例，其中五例都是用于计量田地，如：

（7）祗从人，与我扫一搭干净田地，请先生去了衣服者。（高文秀《谇范叔》，《全元戏曲》，1册/657）

（8）俺这里惟有一搭闲田地。（关汉卿《绯衣梦》，《全元戏曲》，1册/172）

（9）刘娘娘不索把三尺青锋赐，寇夫人他自拣一搭金阶死。（无名氏《抱妆盒》，《全元戏曲》，6册/552）

还有一例，用于计量小路，如：

（10）过一搭荒村小径，转几曲远浦浮槎。（无名氏《盆儿鬼》，《全元戏曲》，6 册/476）

这个词在南戏中也同时存在，如：

（11）亲家，我有一搭地。（柯丹邱《荆钗记》第二十八出，《六十种曲》，1 册/88）

从元代的文献看，其地域性质也应该是南方方言词。明代的文献，量词"搭"频频出现在南方系小说、俗曲文献中，其地域性就非常明朗了，如：

（12）拿柄锄儿锄开墙角头一搭地，就把鸡窠做了小孩子的棺木，深深的埋了。（《三遂平妖传》，7/179）

（13）不如原往河西务去求恩人一搭空地，埋了骨殖。（《醒世恒言》第十卷，563）

（14）内使剃一搭头，官民之家儿童剃留一搭头者，阉割，全家发边远充军。（《客座赘语》卷十，386）

（15）一条骨子儿生成的硬，短鬅松一搭毛儿黑。（《挂枝儿·咏部八》，《明清民歌时调集》，191）

（16）叫得小阿奴奴小肚子底下膝馒头上的手掌大介一搭，痛弗痛，痒勿痒。（《山歌》卷七，《明清民歌时调集》，375）

（17）还不上一寸，便露出一搭雪白的东西来。（《醒世恒言》第十八卷，998）

（18）看那人头时，渐渐缩小，须臾化为一搭清水，李勉方才放心。（《醒世恒言》第三十卷，1873）

（19）吓得个空照脸儿就如七八样的颜色染的，一搭儿红，一搭儿青。（《醒世恒言》第十五卷，758）

例（12）、（13）计量田地，例（14）、（15）计量成片的毛发，例

（16）—（19）计量成片的东西。

明代有江淮官话性质的《逆臣录》、《西游记》，以及北方方言性质的教材《朴通事谚解》、《老乞大谚解》均不见量词"搭"。《西游记》、《朴通事谚解》用量词"片"。我们根据文献认为：量词"搭"用于计量成片的田地、毛发等，是一个南方方言词。

（二）量词"块"

"块"，本义是"土块"，《国语·晋语四》："（重耳）过五鹿，乞食于野人，野人与块以与之。"在汉代可以用于计量成团的泥土，如：

> （20）今为一人言施一人，犹为一块土下雨也，土亦不生之矣。（《说苑》卷六，123）

南北朝时期例子逐渐增多，用于计量土块，这是其本源的用法，如：

> （21）岂得徒劳，无一块壤，而足下来欲收地邪？（《三国志·吴书》裴松之注，1272）
> （22）简文夜梦吞一块土，意甚不悦。（《陈书·殷不害传》，424）

但此时"块"已经扩展到计量其他成疙瘩状的物体，如：

> （23）北土通呼物一块，改为一颗，蒜颗是俗间常语耳。（《颜氏家训》卷六，427）
> （24）见其散发被黄布帕，席松叶，枕一块白石而卧。（《南史·朱百年传》，1871）
> （25）于慢火中煨，令香，熟水两盏，用饼子一块，如弹丸大。（《肘后备急方》卷四，76）①

例（23）颜之推在《颜氏家训》中认为量词"块"是一个北方方言

---

① 《肘后备急方》有异质语言成分，东晋葛洪撰，经梁陶弘景增补，两者内容混在一起，无法确定语料所反映的具体时段，金代杨用道增补，以附方标注，可辨识。

词。那么这个词经过南北朝时代，进入通语，直到清代，都是一个通行很广的量词。

在《醒》中，量词"块"由于最初语源的限制，主要用于计量三维空间的物体，如：

一块金子、一块银子、一块石、一块石子、一块肉、一块沙糖、一块草房、一块煤炭、一块石灰。

向二维空间扩展，主要用于成片的东西，如：

一块布、一块白绢、一块黑痣、一块纸、一块朱砂斑记、一块地、一块疮、一块皮。

以上"块"都是个体量词，还可以作"部分量词"。《醒》中的例子如：一块凤仙花（凤仙花叶片上的一部分）、一块瓮边（瓮边的一部分）、一块药（研制好的药的一部分）。

《醒》中既有量词"搭"，也有"块"；《聊斋俚曲集》和《续金瓶梅》中计量土地只有量词"块"，不见"搭"。这说明《醒》中还残留有南方系官话成分。

三 数量词组"一个"的语法化
（一）方言语气副词"一个"

在方言中，"一个"可以是语气副词，冀鲁官话秦皇岛话，[①] 如：

（26）他一个不想去，你就别让他去了。

（27）他一个连校长都不怕，还怕你个普通老师吗？

（28）他一个是你舅，骂你两句就骂你两句吧。

其中语气副词"一个"，义为"本来"，强调一个充足的条件。这种语气副词来源于何处，在什么条件下语法化，是我们讨论的话题，我们主要依据《醒》的共时语料来拟测语气副词"一个"的语法化途径。

（二）《醒》"一个"用法

"一个"在现代汉语里是数量词组，用于计数，主要是计人、计物、计时间等，比如：一个人、一个村子、一个月。

---

① 此方言材料由董正存博士提供，谨致谢忱。

量词"个"源于上古，翟灏《通俗编》卷三十二云："个属古字，经典皆用之；箇起六国时，個则用于汉末……唐人习用箇字……"① "一个"在《醒》中主要有以下用法：

A. 数量短语，用于计数，这是从量词"个"产生以来就有的用法。可以用于计人：

（29）一个家人夹了毡条，两个家人拿了拜匣，又有三四个散手跟的。（3/31）

（30）李成名下了马，将门用石子敲了一歇，只见一个秃丫头走出来开门。（4/49）

可以用于计物：

（31）苏锦衣的一个羊脂玉盆，盆内一株苍古小桃树。（5/64）
（32）丫头将一个玻璃猫捧到。（6/78）

可以用于计时：

（33）若是官准了，却在那"五百"二字上面浓浓的使朱笔标一个日子。（10/125）

（34）不动民间颗粒，施了一个月米，煮了五个月粥。（31/403）

"一个"用于计数，实义性很强，它还可以扩展到计量抽象名词：

（35）谁知那心慌胆怯了的人，另是一个张智。（52/669）
（36）狄希陈倒也喜欢，只说到那八十两束修的去处，打了一个迟局。（84/1090）

"一个"的前后因为是动宾关系，所以"一个"仍然保持其数量词组的面貌。

---

① 翟灏：《通俗编》（续修四库全书本），上海古籍出版社 2002 年版，第 598 页。

B. 数量短语，"一个"表示"仅此一个"、"独一无二"（uniqueness），这个意义仍然与计数有关，还有实指作用，如：

(37) 如今把一个丈夫囚禁在房，致得那公公在愁城里边过活，我是没有面目去的！(63/811)

(38) 一个老子病的待死，连话也管着不叫说一声，要这命做甚么！(76/979)

(39) 好孝顺儿！一个老娘母子，你挣倒了罢？(49/633)

(40) 一个大年下，连个馍馍皮子也不曾见一个。(10/131)（大年下，方言"春节"）

这里的"一个"修饰的都是本身或者相对来说是独一无二的名词，仅是强调"仅仅一个"，本来没有必要计数。张伯江认为处在定语位置的"一个"应句子定语描写/评价名词个体而生，用以标明主观评价语义。① 我们测试一下这种句子中的"一个"是否存在语用上的意义。测试的方法是删除"一个"，考察对句子有多大影响：

(37′) 如今把丈夫囚禁在房，致得那公公在愁城里边过活，我是没有面目去的！

(38′) 老子病的待死，连话也管着不叫说一声，要这命做甚么！

(39′) 好孝顺儿！老娘母子，你挣倒了罢？

(40′) 大年下，连个馍馍皮子也不曾见一个。

把"一个"删除的话，处在话题位置的名词，如例（39′），与后续成分无法组成句子，此"一个"是强制性出现的成分；其余例子都可以成立，则"一个"为非强制性成分。但与删除前比较，则名词的唯一性不再凸显。例（37）说话者认为丈夫仅此一个，不应当囚禁。例（38）说话者认为老子仅此一个，病倒在床让人十分着急。例（39）说话者认为娘母子仅此一个，不能挣倒。例（40）说话者认为春节一年仅此一个，需要过好。在删除"一个"之后，能成立的三句，语用上说话者的主观

---

① 张伯江：《汉语限定成分的语用属性》，《中国语文》2010 年第 3 期。

评价"应该珍视 NP"就不再突出。

C. 数量短语,有类指意义,也称通指(generic)意义。

计数的前提是,有诸多个事物,同类或者不同类。"一个"可以"划界限"、"分式样",对事物"种"的意义进行认定,有"诸多之一"义。这时候它仍然与计数有关,但是已经虚指。

(41) 你一个汉子家不堵挡,没的叫他拿出老婆去罢?(80/1035)

(42) 一个做官的人叫老婆出去遥地里胡撞,谁家有这们事来?(97/1254)

(43) 一个幕宾先生,你叫他来看看!你当是在乡里雇觅汉哩?(84/1090)

(44) 一个紧邻,要有时,极该借的;一时手里无钱,你千万的休怪。(80/1030)

(45) 你这禽兽畜生!一个师长是你戏弄的!(62/799)

(46) 一个出家的女僧有甚么官司口舌,却师徒都上城去?(65/833)

(47) 常言"大海不禁漏卮",一个中等之产,怎能供他的挥洒?(94/1215)

这类"一个"不是重在计数,而是对陈述的主语给予分类,比如例(41)陈述的主语是狄希陈,"一个"的具体意义为"狄希陈是汉子之一"。例(46)更明显,师徒最起码是两个,却以"一个"修饰,它的作用是对师徒的身份进行确认,她们是"出家的女僧"。例(47)"一个"修饰的是抽象名词,对"中等之产"是"一种财产状况"进行分类。我们用同样的方法对这种句子"一个"的语用意义做一个测试:

(41′) 你汉子家不堵挡,没的叫他拿出老婆去罢?(80/1035)

(42′) 做官的人叫老婆出去遥地里胡撞,谁家有这们事来?(97/1254)

(43′) *幕宾先生,你叫他来看看!你当是在乡里雇觅汉哩?(84/1090)

(44′) *紧邻,要有时极该借的;一时手里无钱,你千万的休

怪。（80/1030）

　　（45′）你这禽兽畜生！师长是你戏弄的？（62/799）

　　（46′）出家的女僧有甚么官司口舌，却师徒都上城去？（65/833）

　　（47′）常言"大海不禁漏卮"，中等之产怎能供他的挥洒？（94/1215）

　　测试的结果是处在话题位置上的"一个"也不能删除，句子是否成立对其有依赖性，因为述题需要为这一类人做出评述。而比较删除前与删除后的句子，就可以明显得知，删除后名词的类义不再明显，说话者认为足够的条件 NP 不再突出，如例（41）说话者认为：汉子家完全可以抵挡官差，不让老婆出面打官司；例（45）说话者认为：师长完全不能戏弄；例（47）说话者认为：中等之产完全可以生活。

　　D. 助词，"一个"不为计数，而为引导一个结果，如：

　　（48）他就说人抢他的主顾，领了儿子，截打一个臭死。（51/656）

　　（49）我捞着他不打一个够也不算！（40/515）

　　（50）把魏氏作贱一个不住才罢，许神许愿的方才歇手。（42/544）

　　（51）老夫人关了房门，痛哭了一个不歇，住了声，却又不见动静。（15/201）

　　（52）人家觅做短工，恨不得吃那主人家一个尽饱，吃得那饭从口里满出才住。（31/405）

　　（53）家鬼弄那家神，钩他一个罄净！（26/334）

　　如上面的形容词"够"、"饱"、"罄净"，动词"死"、"住"（停止义）、"歇"（停止义）"都是谓词，是补语。这种结构中"一个"的计量意义确实比较弱。还可以形成"一 V 一个 A"这类的紧缩复句，如：

　　（54）把个陈师娘一气一个昏。（92/1186）

　　（55）你倒神猜，一猜一个着。（8/105）

　　（56）这不是童奶奶么？好意思儿，一寻一个着！（75/963）

　　（57）有甚难为处，一央一个肯，那怕你住上一年。（13/173）

　　这种紧缩复句，可以表示动作一旦发出后就会达到的程度或结果。这种用法的"一个"，吕叔湘的观点是："要是撇开语源，采取现实主义的看法，也就不妨认为一种联接词。"①

（三）"一个"的语法化等级

张谊生认为量词"个"是在"V 个 VP"结构中，当 V 与 VP 之间形成述补关系后，语法化为助词。② 数量短语"一个"也是如此，助词"一个"来源于动宾关系的"V 一个 NP"，这种结构中，"一个"的计量意义还存在，如：

(58) 他开了一个恩，叫他每名纳银五十两。(31/400)

再扩展为动宾关系的"V 一个 VP"，"一个"的计量意义就显示不出来了，如：

(59) 群魔历试他，凭他怎的，只是一个不理，这才成了佛祖。(32/412)

当"V 一个 VP"为述补关系时，"一个"就成为助词。

那么方言中的语气副词又是怎么来的？与计量意义的"一个"有何关系？

张伯江、李珍明考察了判断句中的"一个 NP"，认为"一个"具有主观意义，并附带说"NP 一个"、"把个 NP"等所带有的"主观评价"意义，都是格式所带有的。③ 笔者赞同此看法，当"一个 NP"具有通指意义时，句子产生主观性意义，表示"条件充足"。那么当"一个 NP"结构扩展为"一个 VP"，使"一个"占据动词前状语的位置，"一个"就完成了数量短语向语气副词的转变。

现在再比较一下助词"一个"与语气副词"一个"的语法化程度，我们使用的方法还是测试法。助词"一个"可以删除"一"，如：

---

① 吕叔湘：《個字的应用范围，附论单位词前一字的脱落》，《汉语语法论文集》（增订本），商务印书馆 1984 年版，第 154 页。

② 张谊生：《从量词到助词——量词"个"语法化过程的个案分析》，《当代语言学》2003 年第 3 期。

③ 张伯江、李珍明：《"是 NP"和"是（一）个 NP"》，《世界汉语教学》2002 年第 3 期。

（60）只是临了教你老人家足了心，喜欢个够。（12/157）

语气副词"一个"不能删除"一"，具有更高的语法化程度。

从具有计数功能的实义性质的短语，到与计数无关的助词、语气副词，"一个"逐渐虚化。伴随着这个虚化过程，它也由短语而词汇化、语法化。根据"一个"语义演变的轨迹，我们可以梳理清楚其语法化由低到高的等级：计数，表示"数目" > 计数，表示"仅此一个" > 分类，表示"诸多之一" > 助词，引进补语 > 语气副词，表示充足条件。

第七章

方言介词研究

第一节　介词"问"的语法化

一　介词定义与分类

　　郭锐认为：介词就是位于句子的谓词性成分之前或者之后的非实词。《马氏文通》首次研究介词，称作"介字"。章士钊第一次使用"介词"这个术语，并且首次区分前置词和后置词。汉语的介词相对其介引的名词而言，一般都在前面，因此默认状态下都是前置词。刘丹青认识到汉语不仅有前置词还有后置词，如我们前文说的处所标记"上、里"，都是附着于名词之后的成分。在这样的理论视角下，他认为汉语里还有框式介词，如"在桌子上"。我们依照传统观点，将介词视为前置词。

　　汉语介词研究大多按照介词引进的语义功能分类描写，但是到底分作几类，各家差异很大。如马贝加《近代汉语介词》将介词分作四类：表示处所的介词；表示对象的介词；表示方式和原因的介词；表示范围的介词。杨伯峻、何乐士《古汉语语法及其发展》按照介词介引的功能将介词分为七类：引进与动作行为相关的时间；引进动作行为相关的对象；引进与动作行为有关的处所；引进动作行为的工具、方式、条件、依据；引进动作行为的原因或目的；引进训告的内容；引进动作行为处置的对象。向熹《简明汉语史》将介词结构所表示的语义分为九类：时间介词；处所介词；表示工具、手段或方法的介词；表示行为依据凭借的介词；表示原因、结果或目的的介词；引进动作行为所及的对象的介词；引进比较对象的介词；表示关系的介词；在被动句中引进动作行为施事者的介词。哪些语义功能应该区分，哪些归作同类，还没有统一的说法。为了与不同方言或语言对比，我们对介词语义功能的界定，尽量从分不从合，尽可能描写每一个介词的详细用法。

　　汉语单音介词都是从动词发展来的（除了"方"由时间副词发展而

来）；双音介词只有两个语素都同时是动词时，才来源于动词。① 语法化研究就是要对这个过程进行描述和解释。语法化一般只追踪单个介词的演变，刚刚兴起的语义地图理论可以将功能类似的词放在一起研究，在更大范围上——在不同方言之间、不同语言之间——思考语义演变的规律性问题。这样的思路具有语言类型学的意义。本章节的研究将在必要的时候，涉及多方言之间的比较。

首先我们需要对介词的赋元特点有一个了解：形式语法赋元理论认为，动词为名词赋元，称作直接题元。介词为名词赋元，称作间接题元。例如：

（1）我排电影票呢。
（2）我为了几张电影票排队呢。

例（1）动词"排"直接为名词"电影票"赋予目的格，"电影票"算作直接题元。例（2）介词"为了"为"电影票"赋元，也是动词"排队"的目的格，是间接题元。

我们在格语法框架下，以确定的间接题元为依据，描写介词的语义功能。本节的任务是追踪方言介词"问"的产生过程以及被通语"向"替代的原因。

二 方言介词"问"

（一）方言及《醒》中的介词"问"

在现代冀鲁官话、中原官话活跃着一个方言介词——"问"，例如：

（3）问他要钱。
（4）问老师找支铅笔来。

《醒》中介词"问"共一百三十三例，其中与动词"要"同现七十六例，与"借"同现二十四例，占全部用例的75%，如：

---

① 马贝加：《近代汉语介词》，中华书局 2002 年版，第 10 页。

（5）还问他班里要了我的金勒子、雉鸡翎、蟒挂肩子来。（1/11）

（6）每人待问你借二十两银子哩。（96/1239）

可见介词"问"对某类动词有依赖性。

（二）介词"问"的语法化

1. 语法化预测

按照一般规律，介词几乎都是动词虚化而来。动词一般在"主语—谓语—宾语"的句法格式中充当谓语，在句子里占据核心位置。它虚化的重要语境是，动词出现在连动结构中。主要动词仍然会占据句子的核心位置；次要动词则意义渐渐空灵，以至完全虚化。介词语法化历程大致都会经历以下几个步骤：第一阶段，普通动词；第二阶段，经常或只出现于次要动词的位置；第三阶段，介词。下面要证明的问题是：介词"问"的演变完全符合语法化理论的预测。

2. 介词"问"引进题元特点

汉语"问"，在上古是一个二价动词，要求两个题元与之组配：施事（a），受事（b），还可以依靠介词"于"引进动作的有生方向（c），如：

（7）孟懿子问孝。（《论语·为政》）

（8）季康子患盗，问于孔子。（《论语·颜渊》）

（9）孟孙问孝于我。（《论语·为政》）

例（7）"问"联系施事、受事，即出现了a、b两项。例（8）"问"联系施事"季康子"，动作有生方向"孔子"，即出现了a、c两项。例（9）"问"同时联系施事、受事、动作有生方向，即a、b、c三项都出现了。

在现代汉语中，有生方向不需要依赖介词，如我问他一件事，这种双及物结构式也是a、b、c三项同时出现，它们之间的语义关系不因为是否有介词而改变。这种句子上古也有：

（10）上问上林尉诸禽兽簿。（《史记·张释之列传》，2752）[①]

---

① 例句取自向熹《简明汉语史》（下），商务印书馆2010年版，第227页。

这与例（9）的区别是，c 项是直接题元，不再作间接题元。这个句子与典型的双宾句"我送他一本书"结构上一致，"我"施事，"一本书"受事，"他"与事。英语也有此类结构，如 I give him a book。"给予"义是双宾句的语义核心。话语空间的动作"问"，通过隐喻和转喻与物质空间的动作"给予"联系起来，在类推作用下形成双及物式。[①] 为了与世界语言的双宾语结构比较，我们主张把"问"涉及的 c 项称作"与事"。

3. 介词"问"产生的句法条件

陈安平认为在《敦煌变文集》中出现的"a 问 c 曰 b"式——比如：后娘问瞀叟曰："是你怨家修仓，须得两个笠子……"——是动词"问"发生虚化的语法环境。他认为所举例句中，"曰"是主要动词，"问"失去了"询问"的意思，已经是一个介词。[②]

笔者认为这种说法是有困难的：其一，很显然，例句中的"问"和"曰"是连动关系，"问"无法看作介词。其二，格式"a 问 c 曰 b"，动词"曰"后面的成分是复杂的小句，跟我们看到的"问"介词用法的句子结构有很大差距。据一般规律，动词"问"与介词"问"语法表层结构应当一致。也就是说，介词"问"应该出现在"问 + N（Pro）+ V + (NP)"这样的格式中。我们检索了《全唐诗》，"问"用于句子另一个动词前的，主要有以下几种格式：

A. 问 + NP + Pro[③] + V

（11）问凤那远飞，贤君坐相望。（卷 37 王绩诗，477）

这类"问"引导的是一个主谓结构的疑问句，例（11）"问"的宾语不是"凤"，而是"凤那远飞"这样一件事。

B. 问 + NP +（VP）+（Prep）+ Pro[④] + V

---

① 张伯江：《现代汉语的双及物结构式》，《中国语文》1999 年第 3 期。

② 陈安平：《"问"的语法化历程》，《海南大学学报》（人文社会科学版）2002 年第 1 期。

③ 此处仅为疑问代词，即 interrogative pronoun。

④ 同上。

（12）问君西游何时还，畏途巉岩不可攀。（卷 162 李白诗，1680）

（13）儿童相见不相识，笑问客从何处来。（卷 112 贺知章诗，1147）

这类"问"引导的也是一个主谓结构的疑问句，但与 A 类不同的是，"问"后面的名词是宾语，且为主谓句的主语。如例（12）语义动核为：问君，君西游何时还；例（13）：问客，客从何处来。

C. 问 + N（Pro）+ V（VP）+（NP）

兼语式

（14）拔得无心蒲，问郎看好无。（卷 510 张祜诗，5795）

（15）欲别牵郎衣，问郎游何处。（卷 26 聂夷中诗，353）

（16）问我投何地，西南尽百蛮。（卷 97 沈佺期诗，1050）

这类"问"的特点是："问"后面的名词是宾语，且该名词是后面动词的施事者，如例（16）语义动核为：问我，我投何地。

连动式

（17）忆昔君在时，问我学无生。（卷 125 王维诗，1256）

这类"问"的特点是："问"后面的名词是宾语，而该名词后面的动词却另有施事者，如例（17）语义动核为：（他）问我；他学无生（即佛教）。

从表层结构上讲，格式 C 会发展出"问"的介词用法。从语义上讲，只有连动式句型，动词"问"为句子的非核心动词时，才可能发展成介词。C 类的兼语式，动词"问"与第二动词不是陈述同一个对象，"问"的动作性很强。

从语义内容上说，同样是 B 类连动式句型，如：

（18）我问他量米做饭。

（19）我问他量多少米做饭。

只有例（18）类，询问一件概括的事情，有就某事"咨询"义，动词"问"的动作性在句子里呈弱势，可以发展为介词用法。而例（19）类，询问一件很具体的事情，希望直接得到对方明确的答复，"问"的动词性功能非常凸显，"问"就不可能虚化为介词。

"问"作为动词"询问"义，有两个语义特征：表示言说动作（希望得到反馈信息）；表方向，从提问者到应答者的有生方向。"问"一旦将意义凸显至"方向"，就会生成介词用法，上面的例（17）可以看作动词或介词两解。《全唐诗》里，有纯正的介词两例：

（20）稽首问仙要，黄精堪饵花。（卷 132 李颀诗，1346）

（21）问人寻野笋，留客馈家蔬。（卷 148 刘长卿诗，1505）

（三）介词"问"的发展

介词"问"产生于唐五代，兴盛于宋元时代，[①] 在元杂剧、平话及南戏中有多例：

（22）他问我要休书。（《任风子》第三折，《元刊杂剧三十种》，227）

（23）恨不得去问人强要。（《老生儿》第二折，《元刊杂剧三十种》，249）

（24）尚让吟罢此诗，同黄巢问老人借宿。（《五代史平话》，《宋元平话集》，33）

（25）朱三问刘崇觅钱二百文。（《五代史平话》，《宋元平话集》，37）

（26）有人问我求佳作。（高明《琵琶记》第九出，《全元戏曲》，10 册/163）

（27）因此奴家将钱一贯，问隔壁王婆家买黄狗一只。（徐畖《杀狗记》第三十五出，《全元戏曲》，10 册/116）

---

① 张赪：《汉语介词词组词序的历史演变》，北京语言文化大学出版社 2002 年版，第 166—188 页。

这说明,一直到元代,介词"问"是活跃于通语领域的常用词。经历明代,这种状况仍没有多少变化。我们以江淮官话为主的《西游记》以及北方官话为主的《水浒传》为调查对象,可以看到多个例证:

(28) 他说教我们留马匹、行李,你倒问他要什么衣服、盘缠?(《西游记》,14/170)

(29) 我去南海寻他,与他讲三讲,教他亲来问妖精讨袈裟还我。(《西游记》,17/211)

(30) 菩萨现相,问妖取了佛衣,行者早已从鼻孔中出去。(《西游记》,17/214)

(31) 你的令甥拿着朴刀赶来,问我取银子。(《水浒传》,14/181)

(32) 人问他求钱物,亦不推托。(《水浒传》,18/226)

作为与介词"问"有同等功能的"向",在明代这两部小说中都没有出现。到清代发生了一些值得注意的变化:介词"向"开始出现,随着时间的推移,呈巨大上升趋势。

《醒》以介词"向"引进动作有生方向的共二十一例,有证据证明介词"向"在群众口语里已经产生,例如:

(33) 三个合成一伙去哄骗那靳时韶合任直两个,说道:"我们向人家借取银子,人家都不信。"(22/294)

(34) 程谟向刘恭说道:"……我向人赊升米吃,你老婆破了;我等了半日,再向人赊斤面吃,你这贼老忘八羔子又破了我的!"(51/657)

这些是对话体,小说作者为了刻画人物的需要,会尽力让文字口语性强一些,可以认定"向"在群众口语中已经产生。

不仅如此,它还被吸收进书面语:

(35) 伍圣道、邵强仁俱不合向晁源索银二百两,分受入己,卖放不令氏出官。(13/169)

这是官府的案件判词，属于法律文书，说明在书面语中也开始使用介词"向"。

介词"问"一百三十三例，绝大多数出现在对话体中，这说明，介词"问"还活跃在群众口头。根据这些材料，我们还很难说，介词"问"已经从通语里退却，彻底成为一个方言词。

《红楼梦》引进动作有生方向用介词"向"的九例，用"问"的只有一例，而且不是在对话体中：

（36）湘云因说两腮作痒，恐又犯了杏癍癣，因问宝钗要些蔷薇硝擦。（59/1569）

这说明，大致在 18 世纪介词"向"已经取得绝对优势。

《儿女英雄传》成书于 19 世纪，介词"问"没有一例。可以认定：介词"问"退出通语领域，只存在于部分方言中。

（四）介词"向"取代"问"的原因

"向"本为名词，《说文·宀部》："北出牖也。"由"向北的窗户"引申为动词"面对、向着"，古书中也可以写作"鄉"、"嚮"，如：

（37）（河伯）望洋向若而叹曰……（《庄子·秋水》）
（38）秦伯素服郊次，鄉师而哭。（《左传·僖公三十三年》）
（39）（门人）入揖于子贡，相嚮而哭。（《孟子·滕文公上》）

下文将不再区分三种字形，一律写作"向"。它虚化为介词，"方向"义仍然寄存其中。进入句式"向 + N（Pro）+ V +（NP）"的动词首先是表"发音"的，诸如哭、泣、叹、啼、笑、鸣，[①] 这类动词蕴含着从发声者到接收者的方向性意义。略举几例：

（40）三将至，秦伯素服郊次，向三人哭曰。（《史记·秦本纪》，192）

（41）上有特栖鸟，怀春向我鸣。（《先秦汉魏晋南北朝诗》魏诗

---

① 马贝加：《近代汉语介词》，中华书局 2002 年版，第 177 页。

王粲诗，364）

其次是表"言说类"动词，诸如说、道、诉等，这类动词有从说话者到受话者这样的方向性意义。略举几例：

（42）或曰："何不向公言之？"（《三国志·钟会传》裴松之注，784）

（43）胤为太子隐曰："杨竺向臣道之。"（《三国志·陆胤传》裴松之注，1409）

（44）向天子辞曰："臣等死，陛下自爱。"（《后汉书·孝灵帝本纪》李贤注，359）

再如"拜"这类人体姿态的动词，动作概念的默认值（default value）是受礼的对象，那么相对于施礼者而言也是有方向的，如：

（45）其夜有黄衣童子向宝再拜曰："我西王母使者……"（《后汉书·杨震传》李贤注，1759）

"立"、"眠"这类身体姿态动词，动作概念的默认值是处所，而"处所"到"方向"的联想是人类语言的共性，因此这类动词也可以进入该句式，如：

（46）西门豹簪笔磬折，向河立待良久。（《史记·滑稽列传》，3212）

（47）每候牛马向西南眠者三年矣，是知有大国所在。（《晋书·东夷列传》，2535）

"流"、"传"这类位移意义的动词，也总是含有一方到另一方的方向性意义，它们在中古以后进入该句式：

（48）复有大流星如斗，出羽林，向北流，正当北方。（《北史·袁充传》，2556）

（49）白云幽卧处，不向世人传。（《全唐诗》卷 147 刘长卿诗，
1490）

表示"索取"、"寻求"义的动词，也存在要求者到应求者的方向性，
南北朝时期进入该句式，① 唐代以后用例增多，如：

（50）其兄病，有乌衣人令杀之，向其请乞，终不下手。（《搜神
记》卷十五，184）

（51）长安寄食半年余，重向人边乞荐书。（《全唐诗》卷 301 王
建诗，3432）

（52）与君便是鸳鸯侣，休向人间觅往还。（《全唐诗》卷 578 温
庭筠诗，6723）

这样，介词"向"的义域就包容了介词"问"的义域。

中古以后，本身不含"方向性"的动词，也进入该句式，如：

（53）毡帐望风举，穹庐向日开。（《北史·突厥传》，3299）

（54）此时机杼息，独向红妆羞。（《先秦汉魏南北朝诗》陈诗江
总诗，2587）

（55）空流陇头水，呜咽向人悲。（《全唐诗》卷 745 陈陶诗，
8465）

（56）鬓鬓䯻轻松，凝了一双秋水。告你，告你，休向人间整
理。（《全唐诗》卷 890 白居易词，10057）

例（53）"开"是状态动词，例（54）"羞"、例（55）"悲"是心
理动词，例（56）"整理"动作动词，都与方向性无关，依靠介词"向"
的介引而使名词与动词之间具有了方向性意义。

至现代汉语中"向"甚至隐喻到意义比较抽象的动作上，如：

（57）向人民负责。

---

① 马贝加：《近代汉语介词》，中华书局 2002 年版，第 245 页。

(58) 向雷锋学习。

例 (57) "负责"这个动作概念涉及"责任"的承担方和受益方,介词"向"引进的就是受益者,因此可以用"为"、"替"等引进受益者的介词替换。介词"向"表示"方向"义隐喻到社会行为中。例 (58) "学习"这个动作概念涉及学习者、施教方、学习目标、学习内容,在汉语中"学习者"和"学习内容"投射为主语和宾语,如"他学习英语"。施教方,可以由介词"跟"引进,如"跟老师学习";学习目标,由介词"向"引进。介词"向"表示"方向"义隐喻到学习的行为中。

动词"问"有"要求得到信息"的语义,作为一个介词,要"去事件化"(de-eventualization),即"询问"义销蚀,但是还有语义滞留,它的"要求得到"义仍然寄存在虚化的介词"问"中,这就对可以进入句式"问 + N(Pro) + V +(NP)"的动词形成限制。它必须有"得到"义或者至少不与此向冲突。从介词"问"产生的唐五代开始一直到其衰落的清代,能进入句式"问 + N(Pro) + V +(NP)"的动词主要有讨、要、取、寻、觅、求、索、赁、租、换、勒索、揭借等。可以看出它的发展很受局限,最终被有强大组合力的介词"向"替换,衰退为方言词。

第二节 "给予"义的山东方言词"己"

汉语"给予"义的动词是"与格"介词的直接来源,也是多种语法功能词的源头,《醒》存在清初山东方言"给予"义的"己"。本节的主要任务是比较"己"与通语词"给"的用法,结合历史演变与方言实例,以说明"己"与"给"的关系。

一 "给"字的语法位置与词性

A. 动词"给",形式上带宾语,可以加体标记"了",如:我给(了)他一本书。

B. 动词,与"传递"义动词合并,[①] 可以加体标记"了",如:我送

---

① 沈阳、何元建、顾阳:《生成语法与汉语语法研究》,黑龙江教育出版社 2001 年版,第 210 页。

给（了）他一本书。

C. 介词，位于动词前或动词后，引进双宾语的间接宾语，这就是典型的与格，如：我给他送（了）一本书，我送（了）一本书给他。不过动词前位置的"给"，还可以引进受益者，如：我给他梳头。如果受益者和接受者重合，如：我给他织了一件毛衣，这种情况下，我们优先考虑与格介词。也可以是关涉对象，如：给奶奶磕头，一般把这种用法与引进受益者（beneficiary）同等看待。

D. 动词，表示使役，如淮安方言：老师不给走。这种用法有些学者认为是介词，因为"给"后面不能加体标记。但我们从语义演变的角度，认为看作动词更为合适。

二　《醒》"己"与"给"①

《醒》前 58 回四十三例用到方言词"己"，通语词"给"二百零七例；全书"给"字五百一十三例。

（一）"己"

方言词"己"的主要用法包括：

A. 动词，"给予"义，直接宾语是物，间接宾语是人，也可以双宾语俱全；双宾语俱全时，也可以将直接宾语话题化。

（1）本等要三百两，让爷十两，只己二百九十两罢。（6/75）
（2）只是缠着问我要。我又不己他。（7/81）
（3）你不成千家己他银子，他就有好处到你来！（14/187）
（4）他把文约诓到手里，银子又没己他。（9/119）

例（1）跟的是直接宾语；例（2）跟间接宾语；例（3）跟双宾语；例（4）直接宾语话题化。

---

① 路广：《〈醒世姻缘传〉的"给"与"己"》，《语言研究》2006 年第 3 期。该文以《古本小说集成》中的同德堂刻本为底本，李国庆认为现存最早的刻本应该是大连图书馆藏辛丑序十行本。而且该文把位于动词之前和之后的"给 + NP"都计为介词。这一做法忽视了"给"的不同语法功能，对考察"给"的语法化过程不利。我们主张按"给"（"己"）的语法化梯级分类统计，为了便于比较，我们主要取前 58 回的"给"字句，为了更全面论述"给"的用法，也顾及全书。因此本书统计数字与路文有差异。

B. 动词，"给予"义，双宾语俱全，且跟连动结构。

（5）你己我那丫头稀米汤喝。（11/141）

其深层语义动核为：a. 你己我那丫头稀米汤。b. 我那丫头喝稀米汤。a 句的间接宾语是 b 句的施事主语。这类句子直接宾语也可以话题化，如：

（6）水也没己他口喝！（9/119）

C. 动词，宾语隐喻为抽象物，这类动词没有动作性，仅表示受事者遭遇的境况。

（7）咱头信狠他一下子，己他个翻不的身！（15/194）

D. 动词，用在"V_1己"结构中，句子形式为 $S + V_1$己 $+ NP$，当 V_1 具有［+物质转移①］的语义特征，动词"己"有辅助第一动词强调"物质转移到 NP"的作用，"给予"的实意特点比较明显。这样的例子共十一例，第一动词为"捎"、"送"、"让"、"传"、"卖"、"退"、"分"、"丢"等。

（8）剩下的，哥也替我收着。明日赶晌午送己我，我好收拾往家去。（9/111）

其深层的语义动核为：a. 哥送剩下的东西。b. 剩下的东西给我。a与 b 之间是连动关系，"送"与"给"是同一个过程。② 这类句子直接宾语也可以话题化，如：

---

① 这里说的"物质"也包括精神、经验等抽象物，所以"教"、"传"（传授经验或知识）也包含在 V_1 之中。

② 沈家煊：《"在"字句和"给"字句》，《中国语文》1999 年第 2 期。

（9）你一个钱不分己我，这是本等。（34/439）

E. 介词，用在"V₁己"结构中，句子形式与上面毫无二致，但 V₁ 不具有［＋物质转移］的语义特征，动词"己"语义虚化，成为一个介词，表示动作施为的方向，帮助引进 V₁ 所涉及的对象，这样的例子共三例，第一动词为"断"、"打"、"写"。

（10）我把高字倒写己你！（13/174）

其深层的语义动核为：a. 我倒着写高字。b. 高字写给你。a 与 b 之间不是连动关系，a 的受事在 b 中还是受事。"你"是动作"写"的涉及对象。这就是"己"虚化为介词的语法环境。

F. 与格介词，引进动作所涉及的接受者（recipient），位于动词后。

（11）你分几吊钱己我，我替你老人家念佛。（34/439）

G. 介词，引进动作涉及的受益者（beneficiary），位于动词前。

（12）快己他做道袍子、做唐巾，送他往南门上白衣庵里与大师傅做徒弟去！（8/102）

可以看到方言词"己"只能作动词和介词，在"己"用为次要动词的过程中，随着 V₁ 扩展为不具有［＋物质转移］语义特征的动词时，动词"己"虚化为介词。

（二）"给"

1. 《醒》"给"字用法

通语词"给"的用法比较丰富，前六种都是和"己"一致的，分别举例如下：

A. 动词，直接宾语是物如例（13），间接宾语是人如例（14），也可以双宾语俱全如例（15）；双宾语俱全时，也可以将直接宾语话题化如例（16）。

（13）还是等银子到了再给文书不迟。（22/293）

（14）嫂子肯就干给了俺罢？（22/286）

（15）晁奶奶可不就轻易的一家给他五六十亩地呀？（46/595）

（16）这牛我也是不给你们的。（22/291）

B. 动词，双宾语俱全，且跟连动结构如例（17），直接宾语可以话题化如例（18）。

（17）可是谁给咱顿饭吃。（28/357）

（18）连钟凉水也没给他们吃。（22/283）

C. 动词，宾语隐喻为抽象物，这类动词没有动作性，仅表示受事者遭遇的境况，如：

（19）他倒给人个翻戴网子。（58/753）

D. 动词，用在"V₁给"结构中，V₁具有［＋物质转移］的语义特征，第一动词为"分"、"舍（施舍）"、"交"、"让"、"粜"、"换"、"交付"、"托付"、"递"、"留"、"送"、"教"、"卖"、"传授"、"惴（硬塞）"。

（20）你没的卖给我哩？（49/642）

直接宾语可以话题化，如：

（21）这家财还得一半子分给咱。（47/613）

E. 介词，用在"V₁给"结构中，V₁不具有［＋物质转移］的语义特征，如动词"割"、"学"、"推（推脱）"、"挺（打）"、"打"、"拿"、"烧"、"打发"、"配"、"寻"、"做"，帮助引进V₁所涉及的对象。

（22）又是妹夫，学给你丈人。（33/431）

F. 与格介词，引进动作所涉及的接受者（recipient），位于动词后。

（23）就分这们些给你？（34/440）

G. 介词，引进动作涉及的受益者（beneficiary），位于动词前。

（24）你二位给他招架招架，这就安稳了。（34/446）

除此之外，还有方言词"己"没有的用法：
H. 介词，引进伴随对象（comitative），在前58回中只有一例：

（25）你大妗子的兄弟叫你大舅大酒大肉的只给他一条腿，不合你妗子一条腿。（44/570）

I. 动词，表示"使役"（causative），全书有六例：

（26）卖两顷给他嫖！（52/672）
（27）好贼欺心大胆砍头的！从几时敢给人看来！（60/773）
（28）打的有伤痕，你好给你表弟看。（60/774）
（29）原帐在柜里不是？刚才我给狄大哥看来。（65/843）
（30）我把这皮袄给俺那驴穿、给俺那狗披着！（67/870）
（31）你只把那银子给我拿了去。（67/864）

现在要证明后两种形式的"给"是否与前六种直接相关，也就是说是否为同一个词。先来看第一个问题："给"的使役义来源问题。
2．"给"，"使役"义的来源
蒋绍愚认为"给"的使役义与"给予"义的句子有关，① 但对"给予"义到"使役"义的具体演变过程没有给出相关论证。

————————

① 蒋绍愚：《"给字句""教字句"表被动的来源》，《语言学论丛》第26辑，商务印书馆2002年版，第159—177页。

石毓智认为直接宾语省略可以导致产生使役义。① 这种观点值得商榷，我们还用他文中的一个例子"方才麝月姐姐拿了两盘子点心给我们吃了"为例。直接宾语若为已知信息，才可以省略，条件是出现在对话中。甲：方才麝月姐姐拿了两盘子点心给我们吃了。乙：麝月姐姐拿了给你们吃了吗？丙：给我们吃了。乙和丙都知道谈论的是"两盘子点心"。这些"给"一定不会被理解为"让"。石毓智的省略说不可信，但是他观察到的句子结构却真的与"使役"义有关。

"使役"义应该从下面的"给予"义句子中来——（甲）+ V_1 + N + 给 + 乙 + V_2。在《醒》中还有这么几句：

（32）（魏三）写个裹帖给我做了凭据。（46/599）

（33）（媳妇）捞了半碗破肚的面皮给陈师娘吃。（92/1186）

（34）（人家）是舍饭给他吃、舍衣裳给他穿哩？（95/1226）

我们以例（33）为例，其深层语义动核是：a. 媳妇捞了半碗破肚的面皮。b. 半碗破肚的面皮给陈师娘。c. 陈师娘吃（面皮）。即甲通过动作 V_1 将 N 给乙，致使乙可以对 N 施事动作 V_2。从认知心理上说：如果我们凸显"给"的"给予"义，那么"给+乙"属前，与 V_1 的关系近，层次为 [[[[捞了] 半碗破肚的面皮] 给陈师娘] 吃]；如果凸显"给"的"使役"义，那么"给+乙"属后，与 V_2 关系近，层次为 [[捞了] 半碗破肚的面皮] [[给陈师娘] 吃]。那么什么时候必须理解为"使役"义呢，就是例（26）类，N 不是直接"给乙"的，即两顷地不是给他的，是（狄希陈母亲）卖两顷地给别人，卖地的收益给他，以致他可以凭此去嫖，这个"给他"只能与 V_2 关系近。可以找到中间的过渡阶段，说明"给予"义到"使役"义的演变机制是转喻。

3. "给"，"伴随"义的来源

现在再来看"给"的伴随义介词来源。"给"字的迅速繁荣伴随着旧词"与"的衰落。这一点洪波文章已经谈得很多了。这里所要补充的是

---

① 石毓智：《兼表被动和处置的"给"的语法化》，《世界汉语教学》2004 年第 3 期。该文没有谈"给"的使役用法，但他举的《红楼梦》中被动句全部可以有使役、被动两解。

刊行于清代初年的《老乞大新释》,① 其中"与"三十一例,"给"三十二例(仅计算"给予"动词、使役动词、与格标记、动作接受者标记、受益格标记),我们可以从下面的例句中看到"与"、"给"所显示出来的新旧替换关系:

> (35)——有椀给一个,就盛出一椀饭来,带与那个火伴吃。
>   ——且随你们吃着。家里还有饭,吃完了再给他带去。
> (121)
>
> (36)——不嫌烦劳么,你就给我做些粥来吃如何?
>   ——我教孩子们做些粥来与你们吃罢。(124)

例(35)是两个人的对话,上半句受益标记用"与",下半句用"给"。例(36)上半句的受益标记是"给",下半句是"与"。如果没有旧词"与"的类推,"给"也可以从"给予"义动词到"使役"动词到接受格标记以及受益格标记。但"给"产生的伴随介词用法则是"与"类推造成的"感染错合"(Contamination),这种情况在明代就有了:

> (37)刘氏赦免所犯,给夫完聚。(《明珠记》第四十三出,《六十种曲》,3 册/141)

句子意思是"跟丈夫团聚","给"很显然是引进一个共同实施者(co-agent),而由此发展为伴随标记(comitative)则在情理之中。"给予"义不存在向伴随介词演变的条件,这是借助于"与"实现的:"与"由"参与"义演变为伴随介词,可以引进共同施事者。

因此,前 58 回出现的一例"给"的伴随介词用法,是同义词"与"类化的结果,洪波所论为是。②

那么现在可以证明《醒》中"给"和"己"的语法功能基本一致,下面再看一看方言中的情况。

---

① 本语料电子版由汪维辉先生提供,深致谢忱!
② 洪波:《"给"字的语法化》,《南开语言学刊》2004 年第 2 期。

三 今方言词"己"

今天的山东冀鲁官话,"己"仍然是一个"给予"义的动词,如淄博淄川话:

（38）他己我一个馍馍。
（39）我送己你个馍馍。
（40）我送个本己他。
（41）明早上己你搬家。

例（38）、（39）是"给予"义动词；例（40）是与格介词；例（41）是受益格介词。

淄川方言没有表示使役和被动的"己",该语法功能使用"叫"。但是江苏北部的赣榆话（属中原官话郑曹片）有此用法：

（42）我己他一本书。
（43）我送己他一本书。
（44）我送一本书己他。
（45）我己他剃头。
（46）我打己他一顿。
（47）老师不己走。
（48）麦种己老鼠吃了。

例（46）是接受者标记；例（47）是使役动词；例（48）是被动标记。

赣榆话没有有表示处置义的"己",但是有"给"：

（49）给他累坏了。
（50）给花盆搬到太阳底下。

说明赣榆话"己"的使役动词和被动标记都是自身演化的结果,而处置义的"给"是北方官话影响的结果。

四 "己"与"给"的关系

给，《广韵》：居立切，入声。南方官话"给予"义的"给"字，从明代文献通假字上判断已经舒声化：

> （51）休说屏风，三十两银子还揽给不起这两架铜锣铜鼓来。（《金瓶梅词话》，45/564）
>
> （52）若征收些出来，斛斗等秤上也勾咱每上下揽给。（《金瓶梅词话》，78/1173）

方言词"揽给"有"开支、花销"义，在《金瓶梅词话》和《醒》中也写作"揽计"：

> （53）三五日教他下去查算帐目一遭，转得些利钱来也勾他揽计。（《金瓶梅词话》，98/1450）
>
> （54）你那几日也约着揽计了多少银子？（《醒》，78/1010）

我们通过考察文献认为：《醒》前58回写作"己"的词，本字就是"给"。两者是同一个词。现在冀鲁官话的淄川话：只有"己"没有"给"；使役动词和被动标记用"叫"；中原官话的赣榆方言则"己"、"给"并行。这说明经过几百年的发展，它们两个已经彻底分道扬镳了。"己"只能计为一个方言词。可见清代初期汉语官话方言中还有南系官话成分，但南北官话自明代已处于接触合流之中。汉语通语里"给予"义为起点而引发的多功能词，南方官话贡献了一个"给"的字形和语法语义结构，北方官话贡献了一个读音。这是造成"给"字不合音变规律的最直接原因。①

第三节 空间介词"打"、"漫"、"齐"

在《醒》中表示空间的介词主要是"打"、"漫"、"齐"。介词"打"

---

① 这个问题比较复杂，限于篇幅和本书撰写体例，笔者另文讨论。

的主要功能是引进动作的经由地点和源点。"漫"的功能也是引进经由地点。"齐"的功能是引进动作源点。

一 "打"的语义特点、来源

（一）《醒》"打"用法

A. "打"引进经由地点的共十二例，所跟动词一般是"经过"、"走过"、"进去"等位移动词，这类动词表示位移主体在出发点和目标点之间的位置，因此要求描述行进路线。略举三例：

（1）从周家庄上回来，正打围场经过。（1/13）
（2）人合马都要打上头走哩。（85/1100）
（3）或者是打窗户棂子或是门槛子底下进去的。（63/810）

还有一种隐喻方式类的"经由"，即动作表示看视类的，视线也是有路径的，在同时代的《聊斋俚曲集》中有：

（4）我掩杀这门儿，打这门缝里瞧着他罢。（《禳》，15/1204）

B. 还可以引进动作的源点，这样的位移动词一般是"出"、"来"，位移动词表示主体处在动作始发点，依靠介词引进地点名词表示这个语义，全书共三例，如：

（5）昨日打涿州过来。（58/744）
（6）大晌午，什么和尚道士敢打这里大拉拉的出去？（8/104）

C. 还可以引进名词，表示从源点到目标点所历经的总长度，全书共两例，如：

（7）交过四月，打到人腰的麦苗，一虎口长的麦穗。（90/1158）

（二）介词"打"的来源

介词"打"肯定来源于动词，这一点学术界有共识。但是到底来源于哪个动词义,有争论:杨树达认为是"道"的音变。太田辰夫赞同此说,但持谨慎态度。他说:"'道'的下限和'打'的上限距离未免大了点儿。"① 白维国认为是"冲撞"义动词来的。② 我们从语法化的语义相宜观点出发,认为是在动词"闲走、游历"的基础上产生的。唐代动词"打"已经泛化,表示除了"击打"之外的动作,如"游历"义,在《敦煌变文集》和《全唐诗》中各检得一例:

(8) 远公常随白庄,逢州打州,逢县打县,朝游川野,暮宿山林,兀发眉齐,身卦短褐,一随他后。(《庐山远公话》,《敦煌变文集》,257)

(9) 酒肠虽满少欢情,身在云州望帝城。巡次合当谁改令,先须为我打还京。(《全唐诗》卷494施肩吾诗,5596)

在唐代可能"打"的这个义位有西北方言色彩,但宋代使用地域已经扩大,《全宋词》中共四例:

(10) 打彻梁州春自远,不饮何时欢乐。(范成大《念奴娇》,《全宋词》,1616)

(11) 蓬头赤脚,街头巷尾打无为。(葛长庚《水调歌头》,《全宋词》,2568)

(12) 晚打西江渡。便抬头、严城鼓角,乱烟深处。(吴潜《贺新郎》,《全宋词》,2730)

(13) 隔打直行尖曲路,教人费尽机关。(蔡伸《临江仙》,《全宋词》,1025)

最后一例,引申为更泛化的"走"义。这就为它演变为空间位移介词提供了重要的语义基础,在宋代"打"已经成为介词,表示动作经由

---

① [日]太田辰夫:《中国语历史文法》(修订本),蒋绍愚、徐昌华译,北京大学出版社2003年版,第234页。

② 白维国:《介词"打"的来源》,载《近代汉语研究》(二),商务印书馆1999年版,第330—339页。

的地点,《全宋词》中有一例:

　　(14) 新柳树,旧沙洲。去年溪打那边流。(辛弃疾《鹧鸪天》,
《全宋词》,1924)

　　元代所见也是少数几例表经由的"打",可能自"打"产生之时就有方言性质。

(三)《金瓶梅词话》的"打"

　　明代介词"打"的义位涉及引进动作始发点、引进经由地点、引进动作滞留点三类,《金瓶梅词话》中三种用法俱全:

　　A. 引进动作源点,表示动作始发之处,[①] 全书七例,如:

　　(15) 打清河县起身。(99/1468)
　　(16) 昨日舍伙计打辽东来。(77/1151)
　　(17) 玳安旋打后边楼房里讨了手帕、银子出来。(51/661)

　　B. 引进动作经由点,全书四十六例,如:

　　(18) 打窗子里跳进去。(26/318)
　　(19) 谢子纯早辰看灯,打你门首过去来。(16/181)
　　(20) 奴有一包金银细软,打墙上系过去。(92/1373)
　　(21) 也少不得打这条路儿来。(38/472)
　　(22) 奴才扮做门子,打门里出来。(92/1373)

　　C. 引进动作滞留点,全书两例:

　　(23) 就打王婆腰里带个住。(5/55)

---

　　① 马贝加:《近代汉语介词》,中华书局 2002 年版,第 30 页。她认为宋代已有引进动作始发点的介词"打",所举两例均值得商榷:"步下新船试水初,打头揽载适逢予","打头"可解作"迎头",此处引申为"第一次、初始"义,与介词"打"无涉。"周遭打岸绕金城,一眼圩田翠不分","打"当为"经由"义,河岸,空间上是一条长线,不是一个地点,不可能表示动作的始发点。

（24）这个是你的物件儿，如何打小厮身底下捏出来。（12/133）

文献显示"经由"义是"打"最凸显的语义。

二　与"打"相类似的方言词"漫"

《醒》中还有一个类似"打"的介词"漫"，表示经由的地点：

（25）惹的大的们恼了，这才"漫墙撩胳膊——丢开手"了。（38/495）

在今徐州方言也有介词"漫"：①

（26）水是漫上头下来的。
（27）小孩儿漫窗户爬进去了。

例（26）表示动作的"起始点"；例（27）表示动作的"经由"地点。

明代的《西游记》中也有这个方言词：

（28）行者听说，又飞过那厅堂，径来后面。但见层门，关得甚紧，行者漫门缝儿钻将进去，原来是个大空园子，那壁厢定风桩上绳缠索绑着唐僧哩。（21/256）
（29）众贼得了手，走出寇家，顺城脚做了软梯，漫城墙一一系出，冒着雨连夜奔西而去。（97/1153）
（30）二人停身观看，乃是一家庄院，影影的有灯火光明。他两个也不管有路无路，漫草而行，直至那家门首。（21/253）

例（28）、（29）为"经由"义；例（30）为"沿着、顺着"义。

介词"漫"来源于动词"漫"。"漫"，本义《玉篇·水部》云：水漫漫平远貌。由形容词引申为动词"水满外溢"，如《世说新语·文学》：

---

① 举例取自李荣主编《现代汉语方言大词典》，江苏教育出版社2002年版，第5268页。

"譬如写水着地，正自纵横流漫，略无正方圆者。"由"满溢"而引申为
"经由"义。

三　"齐"的语义特点、来源

《醒》中"齐"是一个既可以表示时间也可以表示位移空间的介词。

A. 引进动作发生的起始时间，全书两例：

（31）齐如今拜到你黑，从黑拜到你天明，拜的你头晕恶心的，
我只是不住。（96/1244）

（32）我齐明日不许己你们饭吃。（15/195）

B. 引进动作发生的始发地点，全书仅一例：

（33）你齐这里住下船，写休书给我，差人送的我家去就罢了。
（87/1119）

齐，《说文》云：禾麦吐穗上平也。段玉裁注：禾麦随地之高下为高
下，似不齐而实齐，参差其上者，盖明其不齐而齐也。引申为凡齐等之
义。引申为动词"并列"义，这样的动词不可能发展为引进动作时间和
空间处所的介词，因为两者之间看不到任何"语义滞留"的内容。那么
这个"齐"的本字，当为"起"。《醒》里还有一个词"起头（起为头）"
（初始义），书中也写作"齐"，如：

（34）起头叫着也还胡乱答应，再叫几声，就合叫死人的一般
了。（4/49）

（35）我齐头里不是为这个忖着，我怕他么？（32/414）

"起头"、"齐头里"本是一个词的不同变体。"起"，《广韵》墟里
切；止摄之韵三等开口上声字。"齐"，《广韵》徂奚切；蟹摄齐韵四等开
口平声字。中古这两个字的音韵地位相差很大，不仅韵摄不同，而且声纽
也完全不同，齐，从纽字；起，溪纽字。到《中原音韵》两者都属于
"齐微"韵，都是溪纽字，都是开口音，两者只有声调的区别。

"起"表示"开始、开端"义较早，西汉就有，如《史记·李斯列传》：明法度，定律令，皆以始皇起。"起"表示时间的起始点，唐代始见,[①] 略举两例：

(36) 应收受之田，每年起十月一日，里正预校勘造簿，县令总集应退应受之人，对共给授。(《唐律疏议》卷十三，249)

(37) 起今后从有此类，不须举奏。(《旧唐书·文宗纪》，548)

宋元均未见介词"起"用例，明代表示动作的"起始点"，已经写作"齐"，也只在少数作品中有零星用例，如：

(38) 齐腰拴着根线儿，只怕合过界儿去了。(《金瓶梅词话》，61/820)

(39) 张都监方才伸得脚动，被武松当时一刀，齐耳根连脖子砍着，扑地倒在楼板上。(《水浒传》，31/401)

这个方言词，今天的中原官话，既可以表示时间，也可以表示空间，如菏泽话：

(40) 你身体不好，齐明天歇着吧。

(41) 齐家里五分钟就到喽。(从家里五分钟就能到)

江淮官话南京话也有此用法，如：[②]

(42) 这个工程是齐上个月上马的。

(43) 齐前头的大树拐弯儿走几十步就到了。

介词"起"从时间到空间的隐喻，反映了世界语言语义演变的共性。

---

① 董志翘：《〈入唐求法巡礼行记〉词汇研究》，中国社会科学出版社 2000 年版，第 137—138 页。

② 例句取自李荣主编《现代汉语方言大词典》，江苏教育出版社 2002 年版，第 5240 页。

第四节 方言介词"望"

一 动词"望"与介词"望"

《醒》中介词"望"和动词"望"的界限比较难划清。请看下面的例句：

    (1) 晁大舍倒也望着他挤眼扭嘴。(8/97)
    (2) 媳妇子望着吴推官摆了摆手，竟往厨房去了。(91/1176)

    例（1）"挤眼扭嘴"、例（2）"摆手"都是施事者在交际现场完成的动作行为，客体对象"他"、"吴推官"都是交际现场的人，可以是"望"（看视义）支配的对象。

    (3) 晁无晏涎瞪着一双贼眼，望着晁近仁两个说道：……(32/413)
    (4) 素姐拿着两个纳鞋底的大针，望着狄希陈审问一会，使针扎刺一会。(52/671)

    例（3）"说"、例（4）"审问"都是在交际现场完成的言语行为，客体对象"晁近仁"、"狄希陈"也是交际现场的人，可以作动词"望"的支配对象。这两类情况全书共四十九例。

    交际对象除了有生命的人之外，还可以是定指的无生命或低度生命的动物：

    (5) 左手拿了张稀软的折弓，右手拿了几枝没翎花的破箭，望着那支死虎邓邓的射。(15/191)

    在交际现场中，有定的"死虎"可以作动词"望"的支配对象。
    但是下面的例子显示即便"望着"的宾语 NP 在交际现场，是有定的，按照条件可以成为动词的支配对象，"望"也并不是动词：

    (6) 他没看见我，扯下裤子望着我就溺尿。(40/520)

（7）调羹趣到跟前，望着薛三省娘子看道："原来是你！请到明间里坐。"（73/946）

例（6）有"没看见"，说明"望"不能作"看视"解；例（7）中还有另一个看视动词"看"，说明"望"也不能作动词解。这两例都是明显的介词。

当"望"的宾语为处所类专有名词或方位名词，"望"的介词性就非常明显：

（8）主仆四人，望通州进发。（93/1198）

（9）一行人众出了东门，望东行走。（37/484）

综合以上例子，我们认为将进入"（NP₁）望 + NP₂ + VP"格式，且存在如下的结构关系"[NP₁ + [[望 + NP₂] + VP]]"的"望"均看作介词。下面我们从语法史的角度说明为何采取此类标准。

介词"望"来源于动词"望"，《广雅·释诂一》：望，视也。更具体点说为"远眺"义。《诗·卫风·河广》："谁谓宋远，跂予望之。"郑玄笺："跂足则可以望见之。"还引申为"相对"义，《老子》："邻国相望，鸡犬之声相闻，民至老死不相往来。"

二 介词"望"的历史发展

我们赞同马贝加"望"在"望 + NP + VP"结构中语法化为介词的观点，[①] 但我们认为其语法化的过程应该更为复杂：介词"望"最初来源于"相对"义的动词，后来与来源于"看视"义的动词合流。"望"为"看视"义的"望 + NP + VP"结构中，是 NP 的扩大，而不是 VP 的扩大造成了"望"的介词化。

（一）来源于"相对"义的介词"望"

"相对"义的"望"是二价动词，可以带宾语，如：

（10）南帆望越峤，北榜指齐河。（《先秦汉魏晋南北朝诗》宋诗

---

① 马贝加：《近代汉语介词》，中华书局 2002 年版，第 79 页。

鲍照诗，1292）

在南北朝的诗歌中发现三例"望 + NP + VP"结构，这三例中的"望"都应解释为介词：

(11) 鱼云望旗聚，龙沙随阵开。(《先秦汉魏晋南北朝诗》梁诗萧纲诗，1904）

(12) 夕云向山合，水鸟望田飞。(《先秦汉魏晋南北朝诗》梁诗萧子云诗，1886）

(13) 毡帷望风举，穹庐向日开。(《先秦汉魏晋南北朝诗》隋诗杨广诗，2667）

例（11）的主语"云"、例（13）"毡帷"都是无生命物质，例（12）"鸟"是生命度较低（相对于人而言）的动物，"望"均不能释作"看视"义，只能为"相对"义。"望 + NP + VP"结构，其中 VP 是句子施事主语关联的动作，而施事主语为无生命物质或低生命度动物，那么"望 + NP + VP"看作连动结构就不合适，因此这里"望"是介词。

唐代继承了南北朝时期的"望 + NP + VP"，也是介词，此类例子《全唐诗》共十例，略举几例：

(14) 江钟寒夕微，江鸟望巢飞。(卷 713 喻坦之诗，8201）

(15) 白发老农如鹤立，麦场高处望云开。(卷 471 雍裕之诗，5351）

(16) 城临丹阙近，山望白云重。(卷 87 张说诗，957）

（二）来源于"看视"义的"望"

唐代另一股来源于动词"看视"义的"望"也处在动词到介词的演变过程中。《全唐诗》（NP$_1$) + 望 + NP$_2$ + VP，可以是兼语结构：

(17) 平楚看蓬转，连山望鸟飞。(卷 248 郎士元诗，2789）

这个句子"望"的主语是"人"（省略），"飞"的主语是"鸟"，

"鸟飞"这个主谓结构一起作"望"的宾语,表示人看到的是一种复杂情况。这类动词不会发展为介词。因此我们的讨论仅限于连动结构的(NP₁)+望+NP₂+VP。这类"望"主语都是人,当"望"的宾语出现在交际现场,并且有定,那么"望"的动词性就非常凸显,这类例子《全唐诗》中共十四例,略举几例:

> (18)牧童望村去,猎犬随人还。(卷126 王维诗,1278)
> (19)更无人望青山立,空有帆冲夜色来。 (卷836 贯休诗,9419)
> (20)望云愁玉塞,眠月想蕙质。(卷465 杨衡诗,5279)
> (21)仰头听鸟立,信脚望花行。(卷441 白居易诗,4924)
> (22)挥鞭望尘去,少妇莫含啼。(卷270 戎昱诗,3010)

这些句子中"望"的宾语"村子"、"青山"、"白云"、"花朵"、"尘土",都是现实世界中具体可见的事物,"望"为动词。

如果宾语有定,但不在交际现场,那么"望"应作介词解:

> (23)征人望乡思,战马闻鼙惊。(卷18 鲍君徽诗,195)
> (24)远人无坟水头祭,还引妇姑望乡拜。 (卷298 王建诗,3374)

例(23)、(24)宾语"家乡"是有定的,却不在交际现场,"望"为"朝着"、"朝向"义,是介词。

如果宾语不定指,或者是想象中虚指的东西,则"望"也应该作介词解:

> (25)君思曲水嗟身老,我望通州感道穷。 (卷415 元稹诗,4587)
> (26)人来皆望珠玑去,谁咏贪泉四句诗。(卷570 李群玉诗,6616)
> (27)乘秋好携去,直望九霄飞。(卷841 齐己诗,9493)

例（25）通州，并不是实际存在的地名，而是指"清平世界"此类较为抽象的意义；例（26）珠玑，指代钱财等身外之物；例（27）九霄，遥远的天际，也不是实指的空间。这几例"望"都应该看作介词，"朝向"义。

唐宋以后"望"的宾语为处所名词、方位名词，"望"作为介词真正成熟：①

（28）缘目下无船往南，将十七端布雇新罗人郑客车，载衣物，傍海望密州界去。（《入唐求法巡礼行记》卷四，199）

（29）七人上船，望正西乘空上仙去也。（《大唐三藏取经诗话》，《近代汉语语法资料汇编》宋代卷，256）

也就是说"看视"义动词"望"宾语从有定、在交际现场，到不在交际现场、不定指，再到方向、处所，随着宾语类型的不断扩展，动词"望"逐步失掉对后面名词的支配地位，成为一个介词。这类介词其宾语的语义类型是一个连续统，因此与动词的划界比较难。由于这个原因，介词"望"也往往携带体标记，词形为"望着"。

（三）元代以后的发展

唐代介词"往"也开始成熟并成为表达空间位置的重要介词，"望"的使用一直很有限，按照我们的标准，《元刊杂剧三十种》共有四例介词"望"：

（30）这酒兴颠狂，醉魂儿望家往。（《遇上皇》第一折，123）

（31）敢望天顶礼望门拜。（《老生儿》第一折，244）

（32）出班部上瑶阶赴丹墀直望着君王拜。（《介子推》第一折，497）

（33）不剌剌战马望前骤。（《单刀会》第二折，68）

例（30）、（31）、（32）主语都是"人"，只有例（33）主语"战马"为物。可见至元代来源于"相对"义的"望"字介词已经很少。明

---

① 例（28）、（29）取自马贝加《近代汉语介词》，中华书局 2002 年版，第 79 页。

代的《西游记》介词"望"一百一十八例，全部都是主语为人的句子，也就是说全部都来源于"看视"义。我们依据"望"的宾语语义类型，将其分作三类：

第一类："望"的宾语是交际现场的人，共四十二例，表示人动作朝向的有生方向，如：

(34) 他闪过，拿起那板大的钢刀，望悟空劈头就砍。(2/25)
(35) 这行者举起棒望唐僧就打。(39/478)
(36) 即变做一个金苍蝇，飞去望老魔劈脸撞了一头。(75/907)

第二类："望"的宾语是交际现场的物，表示人动作朝向的方向，共七例，如：

(37) 三人望江痛哭。(8/103)
(38) 望山头连扇四十九扇。(61/746)

第三类："望"的宾语是表示空间位置的名词，表示人动作朝向的空间方向，共六十九例，如：

(39) 那水伯将盂儿望黄河舀了半盂。(51/626)
(40) 设了香案，望空谢恩。(83/1003)
(41) 行者又使个解锁法，开了二门、大门，找路望东而去。(99/1187)
(42) 八戒方才敢近，拿钉钯望妖精胯子上乱筑。(76/926)

例（39）是专有名词表示处所；例（40）"空"即指"空中"；例（41）方位词表示处所；例（42）有专门的处所标记"上"。

第一类介词"望"的宾语是交际现场的人，用例比较多，使用频率较高，语义上与第三类有比较大的区别，有些学者就将第一类称作"引进动作的对象"。其实三类情况之间语义上是一个连续统，只是随着"望"宾语类型的变化，凸显语义有所区分。在《醒》中，由第一类用法还引申出"引进情感态度所对待的对象"：

（43）他到望着我亲，偏偏的是个白丁。（74/951）

（44）反渐渐的抱着寄姐粗腿起来，望着寄姐异常亲热。（95/1228）

（45）如今没了大奶奶，珍姨又在监里，他才望着俺们和和气气的哩。（19/244）

清代后期的《儿女英雄传》还有这个介词"望"：

（46）望着安老爷便拜了下去。（32/624）

（47）教儿妇两个在院子望空先拜过宗祠。（28/532）

（48）说着，望外舱里就走。（22/381）

例（46）引进动作的有生方向；例（47）引进动作的空间方向；例（48）引进动作位移的空间方向。

但是非常值得重视的问题是，明代的《老乞大谚解》、《朴通事谚解》里没有一例介词"望"，只有"往"：

（49）咱们往顺城门官店里下去来。（《老乞大谚解》，60）

（50）那贼往西走马去了。（《老乞大谚解》，65）

（51）我如今又往江南地面里布施去。（《朴通事谚解》，284）

介词"往"来源于动词"前往"义，因此只能引进动作空间位移方向，不能引进动作朝向的有生方向（即动作的对象）。

三　介词"望"的今方言分布

我们观察一下介词"望"的分布情况（以下例句不区分有生方向与空间方向）：官话区域主要集中在西北，向南经过江淮官话，广见于吴语、湘方言、赣方言。①

_____

① 例取自李荣主编《现代汉语方言大词典》，江苏教育出版社 2002 年版，第 3995 页。全书方言分区依据中国社会科学院、澳大利亚人文科学院合编《中国语言地图集》，香港朗文出版社 1987 年版。后文不再赘述。

(52) 你望外儿盯啥呢?(西安:中原官话关中片)

(53) 望东走。(乌鲁木齐:兰银官话北疆片)

(54) 望我摆手。(银川:兰银官话银吴片)

(55) 汽车儿在望这块来。(南京:江淮官话洪巢片)

(56) 他望到你笑。(扬州:江淮官话洪巢片)

(57) 拿只红包望小人手里塞。(苏州:吴语太湖片苏沪嘉小片)

(58) 望后头看看。(上海:吴语太湖片苏沪嘉小片)

(59) 望你打招呼,你有听见啊。(温州:吴语瓯江片)

(60) 王二的钱多,从不望外拿的。(长沙:湘语长益片)

(61) 鸟唧望青山里飞。(娄底:湘语娄邵片)

(62) 望东去了。(南昌:赣语昌靖片)

我们可以这样揣测:唐代方言介词"望"广见于今天中原官话西北区域,明代江淮官话区域介词"望"流行,并逐步推向北方,因此《儿女英雄传》中还有不少空间介词用"望"。但官话区域仍有不少地方,主要是北京周围的地区不使用"望",只用"往"。随着北京话优势地位的确立,"望"重新退回到江淮官话以南的区域,这个过程应该在清末完成,光绪年间的《小额》就没有见到这个介词"望"。

第八章

方言语气词研究

第一节　反诘语气词"不的"

一　语气词定义

凡语言对于各种情绪的表达方式，叫作语气。[①] 吕叔湘建立了汉语第一个语气系统，包括语意、语气、语势三层意思，狭义的语气是由语气词标示的"概念内容相同的语句，因使用的目的不同所生的分别"。[②] 因此他认为可以表达语气的语法形式包括：语调、语气副词、否定副词、助动词、语气词、叹词。

郭锐认为语气词是附着在其他语言成分之后带有停顿性质的虚词。停顿是它的核心功能。这类词多数居于句尾和句中。[③] 所谓居于句尾，也包括位于分句末，如：

（1）我没什的办法个，只能擒他评理。（如皋：江淮官话泰如片）

如皋话的"个"位于分句之尾，有舒缓语气的作用。

语气词居于句中，总是出现在句子表达重要信息的核心成分之前，因此是信息结构主位的标记，[④] 如：

---

① 王力：《中国现代语法》，商务印书馆 1985 年版，第 174 页。
② 吕叔湘：《中国文法要略》，收入《吕叔湘文集》第一卷，辽宁教育出版社 2002 年版，第 258 页。
③ 郭锐：《现代汉语词类研究》，商务印书馆 2002 年版，第 235 页。
④ 方梅：《北京话句中语气词的功能研究》，《中国语文》1994 年第 2 期。

（2）我一天到晚忙得吧，根本就没时间打扮自己。

我们依据语法位置以及虚词所表达的语法功能，确定《醒》六个方言语气词：不的、可₁（科）、可₂、来、是、着。本节仅论述反诘语气词"不的"。

二　语气词"不的"

（一）能性述补结构否定式"VP 不得"

语气词"不的"来源于能性述补结构的否定式，原写作"不得"。汉语"V 得"述补结构来源于上古"获得"义的动词，[①] 上古"得"是二价动词，中古附着在其他动词后面表示动作实现，"V 得"之"得"语义指向动作，对宾语的共现不再有强制性，如：

（3）今佛道成得，无不知。（《六度集经》，《大正藏》，3/42a）

佛道成了之后，没有什么不知道。"得"就有动作实现或完成的意味，在未然的语境里，"得"即有可能义：

（4）若有诵得，若有忘者，当为开示。（《生经》，《大正藏》，3/84b）

"V 得"的否定式即为"V 不得"，南北朝时未见，唐代增多，表示不可能义，如：

（5）秀上座去数日，作偈不得。（《六祖坛经》，12）

《醒》中"V 不得"为能性述补结构否定式，共十三例，表示不可能义，包含以下五种语义次类：

---

① 例（3）、例（4）取自吴福祥《汉语能性述补结构"V 得不 C"的语法化》，《中国语文》2002 年第 1 期。

（6）疏通一疏通，自然好了。怎便是都治不得？（8/99）

（7）他若已呈了堂，便就搭救不得了。（14/181）

（8）读不得的，或是务农，或是习甚么手艺。（23/300）

（9）我既有这道袍，那见的穿他不得？（67/866）

（10）又说狄希陈道："这大哥可也怪人不得。你岂不知道大嫂的性子？你就使一百银子，典二十亩地，也与他寻一件应心的与他。"（65/840）

（11）丁利国……问道："你这位相公，年纪还壮盛的时候，因有甚事这等痛哭，要去寻死？"麻从吾说：你管我不得，莫要相问。（27/347）

例（6）表示病不可能治不好，是对某命题或然性的否定，记作"不可能［或然性］"。例（7）表示官司到公堂之后，就不能有回旋的余地了，即不再具有客观条件，记作"不可能［条件］"。例（8）表示没有能力读书的，就学别的手艺，即主观上不具备某能力，记作"不可能［能力］"。例（9）常功认为自己有道袍，虽说身份是个干粗活的，没人不允许他穿高档衣服，记作"不可能［准许］"。例（10）狄周媳妇认为狄希陈没有给素姐买衣服，情理上说，就不能责怪素姐打他，记作"不可能［情理］"。例（11）丁利国问麻从吾年纪轻轻的，为什么要上吊。麻从吾回答，从情理上说，他不需要管这事。也记作"不可能［情理］"。

"不得"处在句尾，读音弱化，书中也写作"不的"，如：

（12）他关着门，火起就扑了门，人又进去救不的。（43/562）

（13）你死去又与我做不的主！（36/463）

（14）只怕知府使银子上不的，知州从来使银子上的。（18/230）

以上例句依次表示"不可能［条件］"、"不可能［能力］"、"不可能［情理］"。

（二）语气词"不的"的语法化

读音弱化是词语发生语法化的重要标志，但不是所有弱读的词都语法化了。还有其他限制条件，具体到我们谈的"不的"，从能性否定结构发展为语气词，重要的条件是：句式是反问句，句法条件是连动结构。下面

"不的"既可以理解为能性述补结构否定式，作句子傀儡补语（Dummy Potential Complements）；也可以理解为语气词：

(15) 姐姐待去烧香，料道姐夫你是不敢拦阻的。但你合他自家去不的么？(68/882)

(16) 你与其好听人，你家去干不的么？(59/759)

(17) 你把小船拴在舡梢上，你上来自己听不的么？(87/1120)

(18) 难道我的胳膊就整辈子抬不起了！你拉了他来不的么？(60/772)

(19) 你只别要在家，往那头寻我去不的么？(58/746)

例（15）—（17）均表示"不可能［条件］"；例（18）表示"不可能［能力］"；例（19）表示"不可能［或然性］"。五例均有疑问语气词"么"，"不的"也可以作语气词理解。

同样是反问句，下面的例（20）以及上面的例（9）却只能理解为能性述补结构否定式：

(20) 一家一两，总上来七八两银子，甚么殡出不的？甚么经念不的？(53/688)

例（20）表示"不可能［条件］"与上文的例（9）"不可能［准许］"，都是反问句，却不能理解为语气词。观察一下这两例与上面五例的差异，主要的区别是"VP不的"前面的成分是名词性的还是谓词性的（含介词结构，如例15）；如果是谓词性的，与后面的"VP不的"是否能形成连动关系。例（20）前面的"甚么殡"、"甚么经"都是名词，与后面的"VP不的"只能形成述宾关系（宾语已经话题化）。例（9）动词性词组"见得"与后面"VP不的"也是形成述宾关系。例（15）—(19)"VP不的"前面的成分都是谓词性成分，而且能与之形成连动关系。下面的例句"不的"，都是纯正的语气词：

(21) 娘来看看不的么？我怎么跑呀？(52/671)

(22) 叫仵卒行刷洗了，你检检尸不的么？(60/768)

（23）你有这们本事，家去管自家老婆不的。(58/750)

例（21）如果更动为下面的说法，"不的"仍可以作能性述补结构否定式理解：

（21′）娘来看不的么，我怎么跑呀？

例（21）"不的"只能看作语气词的原因是：两种动词语法标记功能有冲突，"不的"标记动词，表动作有实现的可能，在唐代发展为结果、状态补语，因此"VP不的"含有结果意义。而动词重叠式表示动作的短时态，动作有持续性，没有内在终止点，语义不可能含结果义。因此两种功能冲突，不能共存。[①] 可以这样说"VP不的"扩展到动词重叠式，说明"不的"已经完全成为一个语气词，例（22）即如此。例（23）"不的"不能理解为能性述补结构否定式，"VP不的"中间插入的宾语成分太长，破坏了"重成分后置"的语言编码原则。

"不得"在反问句中演变为语气词，是语用推理导致的转喻，这个推导过程是"抄近路得出的隐含义"（short-circuited conversational implicature）。反问句表达反诘语气，"反诘句里有否定词，这句话的用意就在肯定"。[②] 例如：

（24）不己，罢，我买了二分银子茜草，买个白猫茜不的？(7/81)

当S说"我买个白猫茜不的么？"这句话蕴含了一个同义表达，"我可以买个白猫茜"。

为了便于分析这句话的隐含义，我们将《醒》中的例句改写如下（尽量使用原文中人物对话，个别方言词释义置于括号内）：

1.

蒋太太：你希侘（喜欢）这红猫哩？

---

① 此处与张定博士讨论获益甚多，深致谢忱！

② 吕叔湘：《中国文法要略》（1942年），收入《吕叔湘文集》第一卷，辽宁教育出版社2002年版，第291页。

小珍哥：希诧。

蒋太太：这是外国进口的。

周姨：太太哄（骗）你哩！是茜的颜色。你不信，往后头亭子看去，一大群哩！

小珍哥：周姨，你己（给）我个红的顽。

周姨：你等爷出来时，我替你要一个。

2.

周姨：珍哥待问（向）爷讨个红猫顽哩。

蒋皇亲：这是甚么贱物儿？己他个！一二千两银子东西己人！

小珍哥：不己，罢，我买了二分银子茜草，买个白猫茜不的？

蒋皇亲：周姨，是你合他说来？

语境 2 中，小珍哥说：买个白猫茜不的？等于说：可以买个白猫茜。会话含义（conversational implicature）为：以此反驳蒋皇亲所说，红猫珍贵。蒋皇亲能推导出此会话含义，经过了如下步骤：

第一，珍哥想要得到红猫，蒋皇亲说 P："一二千两银子东西己人"，会话含义为 Q："红猫很珍贵，不能随便给"。

第二，由于语境 1，珍哥知道 P 的规约内容为假，违反了会话"质"的原则。于是珍哥说 P'："买个白猫茜不的？"等于说：白猫经过茜草处理能成为红猫。会话含义为 Q'：反驳蒋皇亲所谓的红猫珍贵。

第三，蒋皇亲知道 P'"买个白猫茜不的？"，存在同义表达"买个白猫可以茜"。红猫是茜草染的，这个背景知识是蒋皇亲知道的。因此蒋皇亲推断珍哥也从别处获得了这个背景知识。所以蒋皇亲知道珍哥在反驳他。

这个会话含义的推导使用次数多了，其结果就是导致推导步骤的简化，听话者就可以直接从语言形式"X 不的"得知对方要表达反驳意见，这就是"抄近路得出的隐含义"。这种"隐含义"是"一般会话含义"（generalized conversational implicature），不是依靠特殊语境实现，也就是说"不得"离开我们上文所举的例子，仍然总是能表示反驳意义。"隐含义"一旦"抄近路"得出，对原来的语言形式也产生影响。反诘句中"不的"轻读，成为一个纯粹的语气词，表达反诘语气。组合能力与原来的"VP 不得"也存在差别："不的"与前面的"VP"脱离直接成分关系，即"不的"发生了重新分析。原来的"隐含义"也就成为新形式句子的固有意义。

第二节　语气词"可(科)"

语气词"可"还可以写作"呵"、"科",在语流里弱读。徐复岭认为:可,是语气词,有舒缓语气、表示停顿的作用。它可以出现在三种语法位置上:用于句尾;用于分句之后(一般是假设或时间的分句);用于单句或短语内部的某个词语之后。① 钱曾怡对这个词的处理有不一致处:在《醒》中用在假设或时间分句的"可"为助词;用在句尾的为语气词。② 总论对山东方言概述又算作同一个助词,用在充当状语的时间名词、动词或谓词性短语后面;用在条件关系的偏正复句中;用在祈使句末尾。③ 李崇兴等认为:句末和句中的"呵"各有来源。④ 我们赞成李崇兴等学者的意见,将句中的"可"与句尾"可"相区别,分别记作"可₁"、"可₂"。

一　句中的"可₁"

(一)"可₁"在《醒》中的用法

1. 时间助词,一般表示未来某个时段

A. 用在句中,动词性短语之后,表示"将正在进行的动作完成或将要进行的动作实现以后",一般跟"等、待"这样的词相呼应。共十二例,如:

(1)(童奶奶说):"狄爷,你寻一个,且别要动手,等到家里可,狄奶奶许了,你就收他;要是狄奶奶不许,使他七八年,寻个汉子给他,也折不多钱。"(55/708)

(2)薛三槐媳妇说道:"姐姐待往家去哩,爽利等娶过这里姐姐可来罢。"(59/756)

---

① 徐复岭:《醒世姻缘传作者和语言考论》,齐鲁书社1993年版,第285、286页。
② 钱曾怡:《山东方言研究》,齐鲁书社2001年版,第411、412页。
③ 同上书,第263、264页。
④ 李崇兴、祖生利、丁勇:《元代汉语语法研究》,上海教育出版社2009年版,第19页。

（3）姑子说："咱赶早骑着头口上了岳庙回来，咱可到学道门口上了船，坐到北极庙上，再到水面亭上看看湖里，游遭子可回来。"（40/523）

例（1）"可"表示"到家"的动作实现以后；例（2）表示"娶"的动作实现以后；例（3）表示"游"的动作结束以后。

B. 表示过去某个时段，义即"……时候"，仅一例：

（4）嫌材不好，这是死才活着可自己买的！嫌出的殡不齐整，穷人家手里没钱！（53/688）

"可"表示"活着"的状态已经结束。

2. 假设语气词

C. 用在假设分句或者条件分句里，表示虚拟的动作或状态发生之后的可能性状态，有虚设意味。一般有假设连词"要"、"要是"，或者条件连词"只（要）"相呼应，共十九例，如：

（5）薛三省娘子道："龙姨，你自己去罢，俺两个势力不济，打不起那相大娘。要是相大娘中打可，俺素姐姐一定也就自己回过椎了，还等着你哩？"（60/771）（按：标点有改）

（6）媒婆道："周大叔，你难道不晓得这人么？要好与你老人家科，俺从八秋儿来合你说了。"（72/929）

（7）狄员外说："童奶奶，你不费心罢。我叫人买几个子儿火烧，买几块豆腐，就试试这孩子的本事。要是煴的豆腐好可，这就有八分的手段了。咱这小人家儿勾当，待逐日吃肉哩？"（55/713）

（8）晁夫人道："……您各人自家燕儿垒窝的一般，慢慢的收拾罢。这只天老爷叫收可，您都用不尽的哩。"（22/287）（按：标点有改。晁夫人的意思是"只要风调雨顺，苍天让众人有收成，都可以享用不尽"）

假设语气词从时间助词用法演变而来，下面的两例都有两解：

（9）你见他这们两个妈妈子哩，在家里可，那大乡宦奶奶小姐娘子够多少人拜他做师傅的哩，可是争着接他的也挨的上去么……你见他穿着粗辣衣裳，人也没跟一个哩！他不穿好的，是为积福；不跟着人，是待自己苦修。（96/1243）

素姐对着寄姐夸耀两个姑子师傅虽然在四川穿的不好，也不威风，但是在家乡却是威风八面。"在家里可"可以理解为"如果在家里"，也可以理解为"过去在家里的时候"。

（10）狄周媳妇说："娘就没看见么……那下边请纸马的情管是他汉子……着了忙的人，没看见脚底下一块石头，绊了个翻张跟斗……那老婆瞪着眼，骂说：'你没带着眼么？不看着走！这鞋可怎么穿哩？恨杀我！恨杀我！这在家里可？'这们一个大身量的汉子，叫他唬的只筛糠抖战。"（41/527）

狄周媳妇向狄大娘诉说路上她看到的一男一女夫妻两个，男子不小心摔破了鞋子，由于出门在外不能更换鞋子，而遭女子责备。"这在家里可"可以理解为"如果在家里"，也可以理解为"在家里的时候"。

D. 假设分句中，表示让步关系，全书仅一例：

（11）你就是他的老婆可，已是长过天疱顽癣，缉瞎了眼，蚀吊了鼻子。（95/1222）（按：标点有改。仆人罗氏教给寄姐要打压素姐的气焰，可以这么说：就算你是他老婆，已经残疾，按照法律，可以休弃）

3. 话题标记

E. 在句中，作谓词性话题标记或名词性话题标记，"可"属前，有舒缓语气作用，共四例：

（12）大胆的淫妇……我可也不要你出马，也不用你做夫人，我只拿了你去，贬你到十八层地狱，层层受罪，追还抵盗的银钱！（42/544）

（13）要姐姐不听说，明日咱娘也不来了，三日可也不来接你。（44/578）

（14）那消一大会子，当时气喘咳嗽，即时黑了疮口，到点灯的时候，长的嫩肉都化了清水，唬的可一替两替的使人寻我。（66/853）

例（12）"可"用于主语之后；例（13）三日，时间名词，指新媳妇三天之后回娘家；都是名词性话题标记。例（14）用于谓词与补语之间，是谓词性话题标记。

如此看来，《醒》句中的"可₁"主要是假设语气词，也可以作话题标记，因为它有停顿语气的作用。

（二）与元代语气词"呵"关系

1．"呵"与"后"

"可₁"与元代"呵"有一致关系，两者仅是声母上一个送气，一个不送气的区别。"呵"来源于汉语时间词"后"："后"，《广韵》胡口切，匣纽字。"呵"，《广韵》虎歌切，晓纽字。元代全浊声母匣纽字的洪音与晓纽字洪音都读作 [x]。"后"的双元音语流中弱化为单元音，就与"呵"同音了。"后"本义"行而走在人后"，是个位移情状（motional situation）动词，很早就演变为表示空间位置在后的方位词，隐喻到时间范畴，用在某一时段（time interval）的时间词之后，表示某一情状实现或完成的时间在该时段之后。时段的表达手段不限于时间名词，也可以是指称某个事件或活动的谓词性成分。因此两汉时期，"后"前面的动词性成分扩展为一个完全的小句（full clause），"后"成为一个连接时间小句的连词（从属小句连词），中古以后，这种用法常见，如：

（15）何骠骑亡后，征褚公入。（《言语》第二，《世说新语》，63）

唐代也用于未然事件，如：

（16）持世若教成道后，魔家眷属定须摧。（《维摩诘经讲经文》，《敦煌变文集》，885）

这样"后"从空间、时间的认知域投射到了言语上的假设，由"知域"到"言域"，是一种隐喻，从另一个角度说这个演变也是语用推理产生的转喻，下面的句子可以有两解：

（17）师云："为汝不荐祖。"僧曰："荐后如何？"师云："方知不是祖。"（《祖堂集》卷九，429）

和尚的问话可能是：敬奉之后应怎么样？也可能是：敬奉的话会怎么样？未然语境下的时间关系，很自然地携带一种假设意义。这也是世界语言的共性，是人类共同的认知规律决定的。①

宋金以后，"后"正式成为一个假设条件小句连词：

（18）是人后疾忙快分说，是鬼后应速灭。（《董解元西厢记》卷一，131）②

"后"的语法化导致其读音弱化，元代以"呵"为之，加上蒙古语直译体的助推而大为兴盛。"中古蒙古语里假定式副动词附加成分……在《蒙古秘史》旁译中，一般用语气助词'呵'来对译。"③ 我们考察了《蒙古秘史》第一卷"呵"的用法：

A. 表示假设关系。

（19）原文：德·薛禅 鸣诘列ᶠ论 斡栾讨兀 ᵘ忽余温ᵏ周
斡ᵏ别速 迭额只列ᵏ迭古。
旁译：　　　　说　　　多遍　　　索着
与 呵 崇上。
现代译文：德·薛禅说：如果比他要求的给得多，显得媚上。

---

① 江蓝生：《时间词"时"和"後"的语法化》，《中国语文》2002年第4期。

② 例（15）—（18）及以上"后"义演变过程均参见吴福祥《汉语方所词语"后"的语义演变》，《中国语文》2007年第6期。

③ 李崇兴、祖生利、丁勇：《元代汉语语法研究》，上海教育出版社2009年版，第199页。

（20）原文：^中合木^中 浑^中合_惕 孛鲁阿速 ^中合^舌剌除恩 田迭
兀^中合_惕者 客额罢。

旁译：普的 帝王 做呵 下民 那里
省 说了。

现代译文：如果他做了天下的帝王，你们才知道。

（21）原文：兀窟额速 亦讷 兀窟速孩。阿阿速 亦讷
阿速^中孩 客额周。

旁译：死呵 他的 死也者。 活呵 他的
活也者 说着。

现代译文：他死的话就死，活的话就活。

B. 表示前一动作是后一动作或状态出现的条件。

（22）原文：挑兀别儿 兀^中合阿速。忝迭_克 亦讷 腾吉^舌里因
可兀_惕 备由者。

旁译：为那般 省呵。 明白 他的 天的
子 有也者。

现代译文：这么看来，显然他是天的儿子。

（23）原文：巴撒 门兀格 鸣诂列额速。 阿^中合 亦讷
牙兀纳 别儿 兀禄 孛_勒^中罕。

旁译：再 只那言语 说呵 兄 他的
甚么行 也 不 做。

现代译文：由于他哥哥不作声，孛端察儿把那些话又说了
两遍。

C. 谓词性话题标记。

（24）原文：者帖因 孛额速 格儿 秃^舌里颜 古儿抽。

旁译：是那般 有呵 家里 自的行 到着。

总译：既是这般呵，到家里去。

（25）原文：汪格亦周 兀者额速 汪格只速 不失台
斡乞 ^中合秃 兀者周。

旁译：　探着　　　看呵　　　颜色　　别有的
女子　妇人　见着。

总译：望见那妇人生得有颜色。

D. 动词过去式标记，表示说话之时已经发生或完成的动作行为。

（26）原文：古儿恢鲁额　赤列都　阿余周。

旁译：　到了呵　　　名　　　怕着。

总译：他兄弟每来到时，也客赤列都见了恐惧。

（27）原文：^中忽不^舌里南巴里恩　不^舌鲁^{惕中}灰　鲁阿。^中豁亦纳察
亦讷　忽儿巴兀剌　兀荅阿^舌剌^勒都罢。

旁译：　岗　　　越过　　　躲了　　　呵。　后头自
他的　　三个　　　　随即　赶了。

现代译文：（他）转过一个山岗，躲了之后，他三个也随
即从后面赶上。

A、B、C 三种用法都是假设后缀衍生出来的，汉语以"呵"对译。
D"鲁额"、"鲁阿"是中古蒙古语动词过去式的附加成分，汉语也以
"呵"对译；特别是例（26）的总译（产生于明初）以"时"对译，更
表明"呵"与时间意义紧密相连。江蓝生（2002）①、太田辰夫（1958）
都不认为"呵"来源于"后"，因为没有"呵"作时间词的例子。汉语
用"呵"对译蒙古语两种不同的语法范畴（假设义范畴和过去义范畴）
证明：汉语里假设语气词与时间词是二而为一的。我们仅仅是对《蒙古
秘史》的第一卷进行了考察，相信如果详细研究这部书，一定能找到更
多的例证。

其他文献不像《蒙古秘史》有音译，可以清晰地看到过去式的痕迹，
下面是古本《老乞大》中的用例，"呵"也应该看作时间助词：

（28）那贼将那人的缠带解下来看呵，却是纸，就那里撇下走
了。（15）

---

① 江蓝生：《时间词"时"和"後"的语法化》，《中国语文》2002 年第 4 期。

（29）每日学长将那顽学生师傅行呈着，那般打了呵，则是不怕。（8）

汉语自身的文献《元刊杂剧三十种》也证明假设语气词与时间词有渊源关系。

证据一，《元刊杂剧三十种》有一例："呵"与"后"对举，都表示假设关系，如：

（30）咱若是跎汉呵由他，提着那觅钱后在我。（《紫云亭》第三折，344）

证据二，全书有四处"后"作假设语气用法，其中一例与假设连词"若"共现，如：

（31）若违犯后不轻恕！（《博望烧屯》第二折，739）
（32）他待吃后吃，侧后侧，那里交他受后受？（《单刀会》第二折，68）①

证据三，全书有三例"呵"表示"在某一情状实现或动作完成之后"，用于未然语境，如：

（33）分付他本人三两句言事呵，咱便行波。（《拜月亭》第二折，38）
（34）你去了呵，交人道做爷娘的鳏寡。（《合汗衫》第二折，368）

特别证据三，再结合《蒙古秘史》的"呵"对译过去式，证明汉语"呵"与"后"之间有衍生关系。

---

① 徐沁君本及元刻本作"候"，宁希元本为"后"，"候"当"后"之借字。另外两例见李崇兴、祖生利、丁勇《元代汉语语法研究》，上海教育出版社 2009 年版，第 20 页。

2. 语气词"呵"的功能扩展

我们在《元刊杂剧三十种》里看到元代"呵"主要用于假设关系语气词，可以有假设连词"若"呼应，也可以没有，如：

(35) 若写呵免灾殃……不写后更待何妨！(《遇上皇》第一折，126)

(36) 不是我呵，你怎能够一封天子召贤书！(《薛仁贵》第一折，388)

(37) 把这厮不打死呵朝中又弄权。(《三夺槊》第四折，284)

除此之外，"呵"发展出了更多的语法功能：

A. 假设分句［如例（38）］中，表示让步关系；或转折分句［如例（39）］，表示让步关系。共四例，如：

(38) 因此上着命身亡，便死呵并无悔懊。(《张千替杀妻》第三折，772)

(39) 贤仁的虽草泽呵加与重爵。(《周公摄政》第二折，657)

B. 表示前后事件之间有因果等条件关系，如：

(40) 我哭呵我子为未分男女小儿胎。(《老生儿》第一折，243)

(41) 养小呵把老来防备。(《薛仁贵》第三折，399)

C. "呵"进一步语法化，消失前一事件与后一事件的条件关系，成为一个谓词性的话题标记，如：

(42) 咱无那女婿呵快活，有女婿呵受苦。(《拜月亭》第三折，45)

(43) 巢由隐呵一身自洁。(《范张鸡黍》第二折，596)

(44) 为钱呵当房恶了叔伯，为钱呵族中失了宗派。(《看钱奴》第二折，173)

上文我们说过"呵"在《蒙古秘史》中，A、B、C 三项同属于假设语法范畴，C 项例（24）、（25）显示蒙古语的假设标记已经演变为谓词性话题标记。这与汉语"呵（后）"的演变规律相同。从语法位置说，表假设义的蒙古语词缀和汉语的假设语气词都处于两个谓词性事件之间，如果不凸显两个事件的条件关系，则会发展为谓词性话题标记。也就是说由于人类认知规律的制约，共同语法位置上的、不同语言的两个词向着同一方向发展了。

D. 话题进一步扩展为名词，"呵"就成为一个名词性的话题标记，如：

（45）贫道呵小人穷斯滥矣。（《陈抟高卧》第三折，202）

（46）则这五年里呵，然这好事无间阻。（《紫云亭》第二折，336）

E. "呵"语法化的终点是：不再有意标记任何语言成分，而是一个纯粹的语气词，表示停顿，如：

（47）嫂嫂，你看俺哥哥不抬头呵又兼那身困。（《张千替杀妻》第二折，762）

（48）他夺了呵夺汉朝，篡了呵篡了汉邦。（《严子陵》第一折，620）

语气词"呵"在元代一度非常繁荣，蒙古语的影响是不可忽视的，明代以后汉语的假设语气词以"时"为之，"呵"留在了北方方言中。《醒》中的"可"与元代"呵"的语法功能有很大的一致性，应看作"呵"的方言语音变体。

（三）今方言语气词"可"

今天的济南方言"可₁"仍然存在，主要有以下几种用法：①

---

① 例（49）—（60）不特殊注明，一律取自李立成《〈醒世姻缘传〉句末语气词"可"》，《中国语文》1998 年第 4 期。

1. 时间助词

A. 用在句中动词性短语之后，"可"表示"将正在进行的动作完成或将要进行的动作实现以后"，一般跟"等、再"这样的词相呼应。

（49）你走可，我去车站送你。

（50）过年可咱这伙聚聚。

（51）等他来了可再说。

以上表示将来的时间，也可以不出现"等、再"这样的词，"现在忒忙，以后可罢！"

B. 跟时间名词，表示过去的时间，如：

（52）夜来晚上可，我找了你半天！

（53）从前可，俺跟他在一个院里住。

2. 假设语气词

C. 用在假设分句或者让步分句里，表示虚拟的动作或状态发生之后的可能性状态，有虚设意味。一般有假设连词"要"、"要是"，或者让步连词"就算、就是"相呼应。

（54）要是你忘了可，再来找我！

（55）这鱼多钱一斤？——五块六，你要可，五块五卖给你。

（56）他再怎么有本事可，又能怎样呢？

（57）就是老天爷来了可，我也不怕！

3. 话题标记

D. 用在句中，谓词性话题标记或名词性话题标记，起舒缓语气作用。

（58）你看人家可，年年都评上先进！

（59）把个孩子打得可嗷嗷直叫。①

---

① 例（58）、（59）引自黄伯荣《汉语方言语法类编》，青岛出版社 1996 年版，第 583 页。

（60）前年可，我去过她家。

可以看到今天济南话的"可"与《醒》中的"可"基本一致，与元代"呵"大体也是一脉相承的，主要表示假设语气。

二 句尾的"可₂"
（一）《醒》的"可₂"

语气词"可₂"出现在句尾，《醒》中，肯定句的"可"表示确认语气；否定句的"可"表示不希望出现某种情况，有警示语气，共十一例，如：

（61）奶奶临出京，你没又到了那里？他锁着门可。是相太爷恐怕奶奶再去，败露了事，叫他预先把门锁了。（86/1106）

（62）晁夫人说："梦见的就是你妹妹可。这里再说甚么跷蹊哩……"（30/393）

（63）狄员外说："你打他怎么？只怕他真个是害那里疼可哩。"（33/431）

（64）狄员外道："这事跷蹊！他那里买的？别要有甚么来历不明带累着咱可，再不只怕把赵杏川皮袄偷了来，也是有的。"（67/867）

（65）狄婆子到了自家房内，对着丈夫说道："这媳妇儿有些不调贴，别要叫那姑子说着了可。这是怎么说，把门闩得紧紧的？我这们外头站着叫他，里头什么是理！"（45/580）

（66）是好银子呀？你别又是那首饰呵。（70/902）

例（62）语气词"可"表示说话者确定梦到的是计巴拉的妹妹。例（63）表示说话者对狄希陈身体不适的情况持主观确定态度。例（64）语气词"可"有警示语气，表示说话者不希望出现"来历不明的事情连累人"。例（65）表示说话者不希望"姑子关于素姐不贤惠的预测性评价"成为现实。例（66）表示说话者"承恩"不希望"童七"给自己的是假银子，就像那乌银首饰一样掺了铜。句中"呵"应为"可"的假借。

（二）"可₂"的来源

李崇兴等认为这个"可"来源于宋代的语气词"好"，元代写作"呵"。① 笔者持赞同意见。孙锡信认为唐五代的"好"主要是感叹、祈使语气两种用法：②

（67）师云："即今是什摩心？"学云："争奈学人不识何？"师云："不识？识取好。"（《祖堂集》卷十三，583）

（68）师云："大凡行脚人，到处且子细好。"（《祖堂集》卷十三，593）

（69）莫见与摩道，便道非悟非不悟。莫错好，者风汉与摩道，莫屈着人摩？（《祖堂集》卷十一，500）

例（67）学生因不知道学习的本心问题而询问老师，老师认为学生实际应该知道，"好"表示"感叹"语气。"好"表示祈使语气可以用于肯定句，如例（68），也可以用于否定句，如例（69）。

宋词中也有，如：

（70）江南春不到。但怅望、雪花夜白，人间憔悴好。（刘辰翁《花犯》，《全宋词》，3220）

（71）且为人如月好，醉莫分南北。（程垓《好事近》，《全宋词》，2002）

例（70）表示感叹语气；例（71）表示祈使语气。

"好"由形容词到语气词的语法化经过了下面的语用推理：第一，假如说话者说某种做法"好"，他一定持赞同态度；第二，虽然听话者尚未实施说话者赞同的事，但理解"好"的规约义；第三，听话者认为说话者不可能不采取合作原则；第四，听话者推导出说话者的感叹或祈使语气。我们以前面举到的例（67）为例说明这个问题：师傅说"知道自己学习的本心为好"；听话者理解"好"的规约义；听话者已经明确表示，

① 李崇兴、祖生利、丁勇：《元代汉语语法研究》，上海教育出版社2009年版，第19页。
② 例（67）—（70）取自孙锡信《近代汉语语气词》，语文出版社1999年版，第115页。

对自己学习的本心尚懵懂无知；说话者最起码在遵守合作原则；听话者推导出说话者隐含义"知道学习本心多么好"这样的感叹语气。这个推理过程是存在的，但是使用久了，根据语用原则，人们就会直接根据"VP好"的语言形式得出说话者的"感叹（祈使）"意图。"赞叹"到"祈使"的演变是基于一定的特殊语境，即主语是第二人称的句子，如：仔细好，"好"表示感叹；你们且仔细好，"好"表示祈使。这种抄近路得到的隐含义，促使"好"语法化为一个纯正的语气词。

其语法化的结果是语音形式弱化，元代写作"呵"。《元刊杂剧三十种》句尾"呵"仅用于感叹语气，可以出现在感叹句尾［如例（72）］，或者呼告语之后［如例（73）］，如：

（72）想神圣也多灵感呵！（《冤家债主》第四折，182）
（73）儿呵，你舍命投江救主，妻呵，你抵多少出嫁从夫！（《楚昭王》第三折，154）

（三）"可₂"功能的扩展与方言

"（三）"可$_2$"功能的扩展与方言"

明初的《逆臣录》里，有两例表示确定语气：

（74）如今只愿我得一场病死了呵，到免累了一家老小。（卷一，18）
（75）咱预备着出军去呵，一发反将出去。（卷五，291）

例（74）表示说话人极想生病的主观愿望；例（75）表示说话人想要出兵反叛的决心。"呵"的使用范围由感叹句扩展到了陈述句，致使这个词发生了由"感叹"语气到"确定"语气的转变。

稍后的《西游记》"呵"基本上用法同《元刊杂剧三十种》，在感叹句尾［如例（76）］，以及呼告语之后［如例（77）］，表示感叹语气，如：

（76）这番冲撞了他，不知几时才出来呵！（2/17）
（77）哥呵，你去南海何干？（22/269）

《金瓶梅词话》"呵"表示确定语气的也只有一例：

（78）二娘今日与俺姊妹相伴一夜儿呵，不往家去罢了。（14/164）

孟玉楼诚心邀请李瓶儿留在家里与她们过夜，"呵"表示确定语气。

这些例证说明，"呵"自宋元以后的主要语法功能是表示感叹，发展为表示确定语气，是一种方言用法。由确定语气到警示语气，仅是句式肯定与否定的区别。

在《醒》中"呵"除了用于确定语气，也可用于感叹语气，如：

（79）哟，我儿的哥呵！（26/336）
（80）我的皇天呵！我怎么就这们不气长！（68/882）

例（79）、（80）是感叹语气，是通语用法。与前文我们所论《醒》"可"有别。

今天的山东方言主要保留了"呵（可）"的警示语气用法，如济南方言：

（81）可别叫他知道了可！
（82）别跑，看摔着可！
（83）凉了再吃，别烫着可！

第三节　语气词"来"与事态助词"来"

清初山东方言有一个语气词"来"，起确认作用。同时"来"也是清初山东方言的事态助词，为了行文方便，我们将两者一并论述。其中事态助词"来"记作"来$_1$"，语气词"来"记作"来$_2$"。

一　事态助词"来$_1$"与语气词"来$_2$"

"来"为事态助词，"VP 来"总是与过去事件相联系，VP 来 ≈ VP 过 ≈ 曾经 VP；作语气词，则具有传信作用，VP 来 ≈ VP 的。依据这样的语法形式大致可以将事态助词"来"与语气词"来"分开。如：

（1）使得那口角子上焦黄的屎沫子，他顾赡咱一点儿来！（27/351）

（2）果是刀砍的来。（67/865）

我们变换比较一下：

（1'）使得那口角子上焦黄的屎沫子，他曾经顾赡咱一点儿！（他顾赡过咱一点儿！）

（2'）果是刀砍的。

例（1'）、（2'）都成立，前者"来"是事态助词，后者"来"是语气词。

事态助词"来"与语气词"来"有发展上的渊源关系，有些句子可能两者兼而有之，后文再论述。

（一）《醒》"来₁"的用法

"事态助词'来'，用于指明某一事件、过程是曾经发生过的，是过去完成了的。在句子里使用它，是给句子所陈述的事件、过程加上了一个'曾经'的标志。"① 它用于全句末尾（也包括分句末尾），这个词可以出现的句法环境包括陈述句、特指问句、是非问句、反诘问句。

A. 用于陈述句中，共四十一例。一般有明显的表示过去的时间词，如副词"曾经"、"原先"、"刚才"等；名词"昨天"等，如：

（3）大舅说大嫂曾见他来。（85/1098）

（4）晁奶奶刚才在这里合我说来，没有甚么好话与你说！（46/597）

（5）昨日会着金亮公，他也说来。先生已是死了，合他计较甚么？（41/533）

主要谓语动词是"当（认为）"的陈述句，也可以表过去，如：

———————

① 曹广顺：《近代汉语助词》，语文出版社 1999 年版，第 98 页。

（6）这是个有主意有意思的女人，我当是个混帐老婆来。(71/913)

有些依据上下文，也可以判断对过去事件的描述，如：

（7）童奶奶道："这三个，你两个都见过了没？"马嫂儿道："我都没见。周嫂儿都见来。"（55/711）

（8）太守道："你那日出来做甚，被光棍打得着？"素姐说："我回娘家去来。"（74/956）

例（7）童奶奶托马嫂、周嫂为狄希陈父子找厨子，共得三个候选人，童奶奶问是否见过这三人，相对于说话时间，"见面"是一个过去事件。例（8）太守询问素姐为何被流氓殴打，素姐以"回娘家"有意回避了烧香上庙的事实，这个捏造的事实是在说话时间之前。

B. 用于特指问句，共五十六例。发话人要求受话者对其所知道的事实迅速回复，受话者所知事件在说话之前就发生了，如：

（9）他还说什么来？（2/25）

（10）骂的时节，你爷在那里来？（12/162）

（11）我那辈子是多大年纪？是怎么死来？（40/518）

例（9）珍哥派奴仆晁住到杨古月那里为晁大舍抓药，问了药方的食用方法之后，又问杨古月是否还有其他捎带的话儿。例（10）计氏被小珍哥冤枉说与姑子海会有染，计氏自尽之后，刑厅老爷询问奴仆小柳青当时晁大舍在什么地方。例（11）孙兰姬向姑子询问自己前生的事情。这些事态助词"来"都有引导受话者回忆过去事件的作用。

有时说话者的疑问是为了验证自己模糊的记忆，如：

（12）我是史先儿，名字是史尚行！我且问你，你叫魇镇谁来，你说我的法儿不效？（76/985）

素姐叫史先儿魇镇狄希陈，结果方法不灵。素姐找碴儿，史先儿这番话证明他知道被素姐要求过魇镇人，但是一时想不起来是哪个人。

C. 用于是非问句和正反问句，共五十二例。发话者要求受话者对所知内容进行确认，所知内容相对于说话时间已经是过去事件，如：

（13）你曾见俺家里那个白狮猫来？（6/78）

（14）昨高四婆子说我昨日嚷的时节，爷和哥还在对门合禹明吾说话来？（9/111）

（15）这又古怪，你也做梦来么？（30/393）

（16）前日巡道老爷曾打你的脚来不曾？（12/165）

（17）你见你姑夫的赍子来没？（45/589）

例（13）—（15）都是是非问句，后两例是正反问句。

D. 用于反诘问句，共六十四例。反诘问句是一种语用性问句，当句子中有疑问代词，句子不重在表达疑问语气，而表示说话者的否定态度；当句子为肯定形式，句子亦重在表示说话者的否定态度；当句子为否定形式，句子重在表示说话者的肯定态度。如：

（18）咱都在府里，我那里见来？（38/496）

（19）你既是这们害怕，谁强着叫你这们胡做来？（40/517）

（20）说我恶眉恶眼的！我恶杀了你娘老子来？（57/735）

（21）外甥，你好不通呀！我抠了你媳妇儿的眼，啃了你媳妇儿的鼻子来？你对着我哭！（85/1098）

（22）原起不是个红猫来，比这还红的鲜明哩！（6/78）

例（18）、（19）"那里"、"谁"都不表示疑问，而重在否定；例（18）狄周否定自己见过步戏和妓者；例（19）狄婆子否定有人强迫狄希陈在济南嫖妓。

例（20）、（21）是肯定形式，亦重在否定；例（20）晁思才并没有以恶眉恶眼吓死小琏哥的母亲；例（21）骆校尉并没有抠了素姐的眼睛，啃了素姐的鼻子。意在否定的句子，否定辖域各有差异，例（18）否定谓语动词；例（19）否定施事主语；例（20）、（21）否定事件。例（22）是否定形式，珍哥肯定原来的猫是红色的。例（18）—（22）

"来"除了事态助词用法，还兼有语气词作用。

（二）语气词"来₂"

语气词"来₂"，除了上文说过的出现在反诘问句中，还出现在感叹句、祈使句和陈述句中，表示确定坚决的语气。

A. 用于感叹句，共十六例，如：

（23）这是故意假说要我生气。我倒没有这许多闲气生来！（2/17）

（24）我吃了酒？我吃了你妈那屄酒来！（32/414）

（25）这庄子上，谁还有这双小脚来！（20/255）

B. 用于祈使句，共三例，如：

（26）"素姐，你快收拾。咱娘儿三个都看看来。"（52/678）

（27）那周姨说："你到我后头看来。"（7/81）

C. 用于陈述句，共七例，如：

（28）我心中实是想着件事来。（44/566）

（29）你且慢说嘴，问问你的心来。（2/25）

（30）童奶奶道："替太太磕破了这头，也报不了太太的恩来哩。"（71/913）

从《醒》的统计数字来看，"来"作语气词远远不如它作事态助词更常用。

二 事态助词"来₁"的来源

（一）已有的研究和存在的问题

1. 已有的研究

事态助词"来"的来源问题，大家普遍认为事态助词产生于"VP来"结构，但是对于其语法化的具体步骤却有很大争议。太田辰夫首次认为事态助词来源于趋向动词，"原来是做了某事之后来到现在的场所的意思，后来'来'成了附加的，就把重点放在过去曾做某事上了"。① 曹广顺广泛考察了唐至明清文献，认为："'来'从表示趋向的动词，发展出表示完成、以来、以后等多种用法，使用中又从作动词逐渐演变成跟在动词之后作补语、作助词，再跟在分句后作助词，最终变为在句尾作助词。"② 这个概括比较笼统，但是已经认识到"来"用法的复杂性。吴福祥在此基础上作了进一步解释，"VP 来"不能共承同一个施事者时，"VP 来"表示："由于动作的实施，受事成分发生由彼及此的位移。'来'的动作性减弱，词义开始抽象。'来'在表示动作位移方向的基础上虚化成表示动作已实现并有结果。"③

　　最近几年的研究，"来"的语法化问题受到广泛关注。梁银峰认为：早期的 VP 都有［＋携带］语义特征，"VP"所表示的动作，能够使 NP 发生位移，"VPNP 来"格式表示由施事主体携带受事对象，由别的地方至说话人所在地发生位移运动。东汉以后具有［－携带］语义特征的词语进入该格式，"VP"与"来"是同一施事。此时"来"的虚化最需要论述如何与施事者管控脱节，文章却从"从……而来"这样更有动词意义的"来"论证此问题，认为介词"从"的省略造成了"来"性质的转变。他认为另一条语法化路径是：具有［－携带］义语义特征的词语进入该格式之后，"VP 来"表现出目的关系，"来"处于句末虚化。实际上，这个"来"应当表示"……而来"之义。也就是说这两种情况"来"都要看作趋向动词。总之，该文没有谈清楚"来"因何虚化。④ 另外一篇文章又认为："VP 来"是"VP 以来"的省略，"VP 来"表示动作完成。⑤ 梁文此条语法化路径的解释，笔者较为赞同，但认为此类"来"只是动相补语"来"的源头，而并不能与事态助词直接相关。陈前瑞、王继红认为："VP 来"在感官动词"见、看、闻"等后面消失趋向意义，成为事态助词。笔者认为所举支谦译文例——"梵志我闻有报谛者，见耗减法亡弃老病死法来，不以为忧"——"来"可以释作"而来"义，

---

　　① ［日］太田辰夫：《中国语历史文法》（修订本），蒋绍愚、徐昌华译，北京大学出版社 2003 年版，第 356 页。

　　② 曹广顺：《近代汉语助词》，语文出版社 1995 年版，第 107 页。

　　③ 吴福祥：《敦煌变文语法研究》，岳麓书社 1996 年版，第 310 页。

　　④ 梁银峰：《汉语事态助词"来"的产生时代及其来源》，《中国语文》2004 年第 4 期。

　　⑤ 梁银峰：《时间方位词"来"对事态助词"来"形成的影响及相关问题》，《语言研究》2004 年第 2 期。

仍可以作趋向动词解。^① 但是他们认为 "VP来" 动词的扩展是造成 "来" 语法化的动因，值得重视。总之，这个问题远没有说清楚，还有探讨的空间。

2. 事态助词 "来" 产生的时代

梁银峰认为事态助词 "来" 产生于隋代，笔者就《佛本行集经》做了全面考察，发现有四例 "来" 为事态助词，但都有一个共同特点，均出现在韵文中，如：

(31) 我昔曾闻是事来，现在我身亲自见。(《大正藏》，3/854b)

(32) 微妙七宝舍弃来，云何行此沙门行。(《大正藏》，3/899b)

(33) 是等诸幻我见来，以是意中不贪乐。(《大正藏》，3/782c)

(34) 此佛大威德，离欲得寂静。释迦牟尼佛，皆悉供养来。(《大正藏》，3/664a)

一般我们不把韵文出现的句法现象看作纯粹的自然语言现象，除非有其他散文的例子佐证。我们在更靠前的时期，找到了典型的成熟的事态助词 "来"，且不仅仅限制于韵文。

北魏瞿昙般若流支译《正法念处经》，不计韵文，散文处出现二十三例事态助词 "来"，其中二十例皆有鲜明的、表过去时间的词语标识，如 "曾"、"先"、"已"、"先已"、"先曾" 等：

(35) 如是天者，不曾学来，不曾闻来，少智慧故于欲不知。(《大正藏》，17/247c)

(36) 自朋如是说故，先被教来，于先嘱来，先有恩来，先有怨来，迭相破坏。(《大正藏》，17/319b)

(37) 天今当知，我今已见，我已如是数数见来。(《大正藏》，17/232b)

(38) 先已闻来，心乐谓乐。彼恶沙门既得闻已，心生大乐。(《大正藏》，17/285a)

(39) 向他天说，彼时旧天于前次第先曾闻来。(《大正藏》，

---

① 陈前瑞、王继红：《句尾 "来" 体貌用法的演变》，《语言教学与研究》2009 年第 4 期。

17/217a)

因此，我们认为汉语的事态助词"来"在南北朝时期已经正式形成。

（二）事态助词"来"与连动关系"VP 来"

这个助词来源于前代的"VP 来"结构。先秦时期，汉语中虽然有"VP 来"结构，但是数量极其有限，据龙国富调查：《左传》两例，《国语》三例，《孟子》、《荀子》、《庄子》都没有。"VP 来"结构增多时期是汉魏时期，《史记》二十一例。① 但是我们调查了《史记》全部的"VP 来"，绝大部分是如下的并列结构：

> （40）嬉游往来，宫宿馆客，庖厨不徙，后宫不移，百官备具。
> （《史记·司马相如列传》，3033）

大家在这些地方嬉戏游玩，来来往往，"往来"指"往"与"来"。这种用法"来"是句子的中心动词，不能发展为事态助词。全书只有一例"VP 来"属于连动式：

> （41）数曰："为我告魏王：急持魏齐头来！不然者，我且屠大梁。"（《史记·范雎列传》，2414）

由于施事者"拿持"的动作致使魏齐的头向说话者现场位移。只有这种结构大量存在于语言中，"来"才有可能演变为事态助词。

中土文献南朝宋刘义庆《世说新语》"来"的用法就比《史记》复杂多了，并列关系的"VP 来"只有三例，如：

> （42）王家诸郎，亦皆可嘉，闻来觅婿，咸自矜持。（《雅量》第六，202）
> （43）天锡心甚悔来，以退外可以自固。（《赏誉》第八，270）

例（42）王家诸郎听说郗太傅前来寻找挑选女婿，"闻"的主语是王

---

① 龙国富：《姚秦译经助词研究》，湖南师范大学出版社 2004 年版，第 271 页。

家诸郎，"来"的主语是郗鉴。例（43）张天锡在边陲地区是个人才，到了京师却遭到司马著作的粗鲁言语，他后悔自己前来皇京。"悔"和"来"的主语是同一个，但为发生在不同时间的动作，是并列关系。

兼语结构的"VP来"有两例，如：

（44）王家见二谢，倾筐倒庋；见汝辈来，平平尔。汝可无烦复往。（《贤媛》第十九，377）

例（44）郗夫人对娘家人发牢骚说，王家的人见到谢安家的人，都热情得不得了；见到郗家的人就很平淡。"NP来"与前面的动词构成兼语关系。以上两种结构较之《史记》时代都有所减少，而促使"来"向事态助词演变的连动式开始增多。《世说新语》连动结构的"VP来"有六例，用在动词后面，表示动作趋向。

第一种情况，用在位移动词后面，如果位移动词指向施事者，则与"来"共承同一主语；如果指向受事物体，则"来"表示在动作作用下受事物体发生位移，补充说明位移方向是说话者现场，如：

（45）客试使驱来，氄氄而不肯舞。（《排调》第二十五，435）
（46）浩感其至性，遂令舁来，为诊脉处方。（《术解》第二十，383）

例（45）羊叔子有一只鹤善于跳舞，常常对着人夸耀他这只鹤。有客人试着让人把鹤赶过来，鹤却傻傻地待着根本不肯跳舞。例（46）殷浩善于诊脉，但是中年以后不再给人看病，一个人愿意以死求殷浩为年迈母亲看病，殷浩非常感动，就把他的母亲抬来，给予诊治。这两例都是位移动词与"来"的主语不一致，"来"补充说明位移方向为说话者现场。

第二种情况，V不是位移动词，但是该动作发生之后，施事者要回到说话者现场，如：

（47）却据胡床，叱左右速探牛心来。（《汰侈》第三十，471）
（48）不能冷饮，频语左右令："温酒来。"（《任诞》第二十三，409）

例（47）王君夫有一头很珍贵的牛，王武子射箭技术不如他，就跟他赌注，射中牛者，得金千万，王武子一举中的，跟人说把牛心取过来。"来"表示施事者"取得"物之后回到说话现场。例（48）桓玄已封为太子洗马，王忱前去看他，不能吃冷酒，因此唤人温酒。"来"表示施事者"温酒"之后回到说话现场。

这两种情况下，"来"都不是句子的主要动词，都存在虚化的可能。但《世说新语》这类"来"意义还非常实在，都是纯正的趋向动词。"VP 来"连动结构使用频率的增高，为它的虚化提供了机会。我们在隋代阇那崛多译的《佛本行集经》中发现与《世说新语》同类的"VP 来"结构有十五例，如：

（49）譬如有人已离火宅，还欲入来。（《大正藏》，3/750a）

（50）汝善车匿，汝亲送来，知圣子处，汝将我等，往诣彼所。我等身当随於圣子。（《大正藏》，3/743a）

（51）求觅于妇，而不能得称可其意。忽然雇得一个淫女将来，与其共相娱乐。（《大正藏》，3/837a）

这类"VP 来"都是"位移动词＋来"，"来"的趋向动词义还很显豁。当 V 不是位移动词，该动作的实现就在说话现场，"来"仍黏着于"VP"之后，这个"来"的意义就非常空灵，如：

（52）我射一雁，堕汝园中，宜速付来，不得留彼。（《大正藏》，3/705c）

（53）太子今可与我杂宝无忧器来。太子报言：汝来既迟，皆悉施尽。（《大正藏》，3/707c）

例（52）"付来"的动作一定是在说话现场；例（53）"与来"的动作也发生在说话现场。"来"的主语悬空，就容易虚化为助词。

《佛本行集经》"VPNP 来"结构也在增多，共十一例。值得注意的是：指向同一施事的"VP 来"结构，中间由于 NP 的存在，凸显了 VP 与 NP 的支配关系，与"来"语义同指关系疏远化，如：

（54）行人同伴，亦五百人，入此城来，已被他食。(《大正藏》，3/880c)

（55）是诸圣子莫有恐也，诸圣子等莫有愁也，过汝手来，过汝臂来，过汝腕来。(《大正藏》，3/879b)

例（54）"入来"的主语是"行人同伴"，被处所宾语"此城"隔开。例（55）"过来"的主语是"汝"，被宾语"汝手"、"汝臂"、"汝腕"隔开。"来"不是句子的主要动词，距离主语位置又很遥远，这就为"来"的虚化提供了契机。

当人们的注意力放在句子中心动词 VP 上时，以上两种情况都容易引发"来"逐渐成为一个助词。即当"VP 来"的前一个动词不是位移动词，或者"VP 来"中间有宾语嵌入，"来"虚化。由于"VP"总是在"来"之前完成，就为"来"表示"完成"、"曾经"意义提供了基础。

（三）事态助词"来"与动相补语"来"

1. 动相补语"来"

我们并不认为"来"由趋向动词直接语法化为事态助词，它中间应该还经历了"动相补语"阶段。phase complement 是赵元任（1968）提出来的，吕叔湘（1979）译为"动相补语"，丁邦新（1980）译为"状态补语"。其功能是给所表述的事件增加一种终结（telic）的意义。跟表示完成或实现的体标记相比，后面不能带受事宾语，且本身可足句或其后存在较大语音停顿。典型的动相补语"来"，西晋已有：

（56）佛告诸母人诸佛之法不以肉食。吾已食来，不须复办。(西晋·法炬共法立译《法句譬喻经》，《大正藏》，4/581b)

2. 动相补语"来"的来源之一

动相补语"来"来源于趋向动词"来"，下面的例子既可以看作趋向动词也可以看作动相补语，如：

（57）诸佛常法：诸比丘食来，以是语言问讯，饮食多美，众僧满足不？(后秦·弗若多罗共罗什译《十诵律》，《大正藏》，23/215b)

"食来"为"吃饭之后回来","来"作趋向动词,回到说话者现场义。若看作动相补语,可释作"吃完之后"。

之后动相补语发展为事态助词,为了比较相同的动词,我们还选用含有"食"的句子,如:

(58)心意动乱不能正行,于先饮食,或卧具等,或先食来,或先饮来,或先卧来,近妇人来,或于先时所受用色声香味触,如是种种,忆念思惟。(北魏·瞿昙般若流支译《正法念处经》,《大正藏》,17/297c)

例(58)说有些人修行不能排除干扰,对自己以前吃过的、喝过的、坐过的、亲近过的女人等都不能忘怀。这里都应该视作经历体,因此"来"是事态助词。

3. 动相补语"来"的来源之二

"来"的动相补语不是单一的语法化线索,还可以来源于时间词"以来"的省略式。"以来"表示从过去某时到说话时(或某个特定的时间)一段时间范围,魏晋南北朝时期,经常省略作"来"。① 我们通过共时平面的句子认识这一省略对动相补语"来"造成的影响,下面是《佛本行集经》的例子:

(59)得道已来,经今足满四十九日。(《大正藏》,3/801b)
(60)头发髭须,自然除落,犹如剃来经于七日,威仪即成。(《大正藏》,3/810a)
(61)髭须犹若七日剃来,身体自然披服三衣。(《大正藏》,3/820a)

例(59)"已(以)来"时间词,用于动词"得道"之后,表示这个动作状态所持续的时间。例(60)"来"是时间词"以来"的缩略,用于动词"剃"之后,表示这个动作结束之后,状态所持续的时间。佛

① 江蓝生:《概数词"来"的历史考察》,《中国语文》1984年第2期。

家剃度是为了去除骄慢，有严格的程式，七天之后，自然形成威仪。例 （61）佛家剔除残留在头顶的毛发之后，要穿袈裟。此例"来"，应解释 为"完结"，因此是动相补语。

唐代之后动相补语"来"继续发展，"VP 来"黏着数量结构或者其 他动词性结构，"来"就成为一个动态助词，表示动作或状态实现、完成 或已获得结果，如：①

（62）如此而论，读来一百遍，不如亲□颜色，随问而对之易 了。（韩愈《与大颠师书》，672）

（63）留得却缘真达者，见来宁作独醒人。（《全唐诗》卷 646 李 咸用诗，7415）

（64）花密无重数，看来眼转迷。（《二月十四日晓起看海棠》， 《杨万里集》，2201）

那么我们现在梳理"来"演变为事态助词的过程：

来（食来，吃饭回来）→动相补语（已食来，已经吃完）→事态助 词（或先食来，原先吃过）

来（剃来，剃度以来）→动相补语（剃来，剃度完结）→动态助词

三　语气词"来₂"

（一）语气词"来₂"的历史

1. 上古至中古的语气词"来"

先秦"来₂"的语气词用法不是从事态助词而来。最初多用于祈使 句，如：

（65）伯夷……兴曰："盍归乎来！吾闻西伯善养老者。"（《孟 子·离娄上》）

（66）虽然，若必有以也，尝以语我来！（《庄子·人间世》）

（67）为人臣者不足以任之，子其有以语我来！（《庄子·人间 世》）

---

① 例（62）、（63）取自向熹《简明汉语史》（下），商务印书馆 2010 年版，第 503 页。

从上古到中古，语气词"来"的使用条件几乎没有变化，仍然多见于祈使句，如：

(68) 汝等去来，可共诣彼马王之所。（隋·阇那崛多译《佛本行集经》，《大正藏》，3/881a)

2. 唐宋之后的语气词"来"

唐代起，语气词"来"的使用范围开始扩大，可以用于疑问句，如：

(69) 久之，柳忽语曰："郭子信来?"声若出画中也。（段成式《酉阳杂俎续集·支诺皋上》，203)

宋代反诘疑问句中也出现语气词"来"，《近代汉语语法资料汇编》(宋代卷) 只有三例，且仅见于《朱子语类》，如：

(70) 看孙吉甫书，见得是要做文字底气习。且如两汉、晋宋、隋唐风俗，何尝有个人要如此变来?（301)
(71) 或问"居处恭，执事敬，与人忠"云："须是从里面做出来，方得他外面如此。"曰："公读书便是多有此病。这里面又那得个里面做出来底说话来?"（309)
(72) 观他所作《离骚》数篇，尽是归依、爱慕、不忍舍怀王之意，所以拳拳反复不能自己，何尝有一句是骂怀王来!（334)

反诘疑问句并不重在疑问，而是隐含地表达反驳之义，因此与感叹句一样带有强烈的感情色彩。语气词"来"向感叹句的扩展则顺理成章。

（二）语气词"来₂"的来源

1. 与趋向动词"来"的关系

上古时期的语气词"来"，丝毫看不出与趋向动词"来"的关系，更与事态助词"来"无关，因此"来"并非天生是一个传信语气词。

中古以后，语气词"来"常常与趋向动词"去"一起连用，如众所周知的陶渊明"归去来兮辞"，这是修辞上的"连类而及"造成的。

魏晋南北朝所见"V去来"皆为并列结构，即"去"与"来"。仅"归去来"，"来"为语气词。另有仿词"隐去来"与此类似，如《晋书·祈嘉传》："祈孔宾，祈孔宾！隐去来，隐去来！修饰人世，甚苦不可谐。"

唐代"VP去来"增多，《敦煌变文集》共五例，除了一例"归去来"，其他如：

（73）毕期有意亲闻法，情愿相随也去来。（《维摩诘讲经文（一）》，768）

句子意思是：倘若存心要亲自听到佛法，愿意随君王而去。"来"为语气词。

宋代检得一例，但已不限于催促语气，而表示提醒受话者注意：

（74）我今日见它整日出去，吃得脸儿酒归来。我且问你，那里去来？（《张协状元》，《近代汉语语法资料汇编》宋代卷，556）

明代江淮官话"（VP）去来"有相当高的使用频率，《西游记》中共八十五例，略举几例：

（75）列位且请宽坐坐，待老孙再去去来。（51/625）
（76）他那宝贝如何可得？只除是偷去来。（51/629）

例（75）句子的主要动词是"去"，且为重叠式；例（76）趋向动词"去"与前面的动词"偷"结合紧密。这些例子中"来"都应该看作语气词。

也就是说中古以后语气词"来"与趋向动词有相承关系了，有一部分语气词"来"来源于趋向动词，下面的例子显示"趋向动词 > 语气词"演变过程：

（77）等我还去寻行李来。（77/935）

说话者的意图"寻"了行李之后还要回到说话现场，因此"来"还是趋向动词。

(78) 断乎是个假的，等老孙去看来。(27/329)

说话者的意图是"看"，看完之后是否回到说话现场，则不是所传达的信息。这个"来"就处于虚实之间，可以看作趋向动词作补语，也可以看作语气词。

(79) 金击子如何落在地下？我们去园里看看来！(24/296)

动词重叠式有短时义，动词"看"显示的是非持续性，"来"只能理解为语气词。这类语气词"来"无一例外地用于祈使句。

2. 与事态助词"来"的关系

《西游记》中有事态助词"来"。① 南北朝事态助词"来₁"形成对语气词"来₂"的产生也有作用，下面的例子显示"事态助词 > 语气词"演变过程：

(80) "常教诲我等，说那孙行者的模样，莫教错认了。"行者道："他和你怎么说来？"(44/540)
(81) "这猴子往那里化斋去了？"八戒在旁笑道："知他往那里耍子去来！"(50/611)

例 (80) "说"这个动作在说话者说话的时间已经发生了，"来"看作事态助词没有问题，意思是"他和你曾经怎么说的"；这个"来"也兼有语气作用，发话者需要受话者对提出的问题给予关注，因此接下去的句子是受话者回话。例 (81) "玩耍"这个动作在说话人的想象中发生在说话时间之前，实际这个动作未必存在，因此"来"就应该看作纯粹的语气词，对自己不知道对方何处去的事实进行确认。

稍早于它的明代审讯档案《逆臣录》中的两例语气词，都是确认语

---

① 胡明扬：《〈西游记〉的助词》，《语言研究》1989 年第 1 期。

气，如：

（82）当有三保问："你那里去来？"是南回说："殿下差我奏缺官头目来。"（卷五，265）

出现在问句中的"来"，是提醒受话者注意；出现在答语中的"来"，则是受话者对自己现在行为状态（"奏缺官头目"）的确定。

总之，语气词"来"有三个不同来源，第一，上古表示祈使的，来源不清楚的"来"；第二，中古表催促语气来自趋向动词的"来"；第三，唐宋以后表确认的来源于事态助词的"来"。到清代合流归之于确认语气。至此我们对语气词"来"的探索似乎清楚了，事实还不是如此简单。

（三）今方言语气词"来₂"

郭辉认为中原官话郑曹片的语气词"来"主要表示确认作用①，笔者对此持赞同态度，但他没有区分语气词和事态助词。从今天方言看，南至广州、西至西安、北至太原，都有事态助词"来"。语气词"来"的范围则比较小，多见于中原官话，下面以菏泽话（中原官话郑曹片）和徐州话（中原官话洛徐片）为例：②

A. 用于陈述句，提醒受话者注意：

（83）俺走来。（菏泽话）
（84）光着膀子是要受冻的来。（徐州话）

例（83）说话者提醒受话者对即将离开这一事件给予关注，并适当回应，一般受话者常说的话是："这就走啊，再住几天呗。"例（84）说话者提醒受话者对光着膀子这一事件注意，受话者一般的回应是："哦，就穿上。"

B. 用于疑问句，提醒受话者回答：

---

① 郭辉：《皖北濉溪方言的语气词"来"》，《方言》2008年第2期。
② 徐州话例句取自李荣主编《现代汉语方言大词典》，江苏教育出版社2002年版，第2178页；菏泽话为笔者内省；其他为笔者调查。

（85）咋还不听戏去，你干啥来？（菏泽话）

（86）他骂谁来？（徐州话）

例（85）并不是询问受话者以前做了什么，而是提醒受话者确认自己目前的状况。如回答"我择菜来"，这个"来"就兼有事态助词和语气词两种用法，即受话者在说话时间之前曾经择菜，并对现在择菜未结束确认。例（86）说话者希望得到受话者明确的答复。

C. 用于感叹句，表示确定语气：

（87）闺女过门不用操心，人家这家子血好来！（非常好）（菏泽话）

（88）云龙湖的水可清来！（徐州话）

例（87）说话者对谈论对象目前状态"好"进行确认，语气坚决。例（88）说话者对谈论对象目前状态"清"进行确认。

中原官话语气词"来"不用于祈使句，与今南方表催促语气的"来"相区分：

（89）你走来。（淮安话：江淮官话洪巢片。快点儿走）

（90）吃来。（丹阳话：吴语太湖片毗陵小片。快点儿吃啊）

祈使句中的动作一定还没有发生，那么例（89）、（90）"来"一定不来源于事态助词，应当如前文所说，来源于趋向动词。这样，我们将上古和中古的"来"看作同一个，表催促语气，仍见于今中国南方；将唐代之后用于非祈使句的"来"看作另一个语气词，表确认，见于今北方。《醒》语气词"来"可以用于祈使句，说明清初的山东方言有南系官话色彩。

第四节　语气词"是"

一　语气词"是"与"的"

（一）语气词"是"

《醒》里有一个句尾语气词"是"，表示肯定语气，全书只有一例：

（1）侯、张道："论这理，没情歹意，可也不该看他去。合他一般见识待怎么？俺既进在里头，咱看看是。"（96/1238）

句尾肯定语气词"是"的形式标志是：

（Ⅰ）附着于完整小句之后，即 S 可以足句。

（Ⅱ）"是"有句子煞尾功能，不可以再添加其他语言成分。

（二）语气词"的"

1. 清初的语气词"的"

今天的山东方言未见报道有"的"句尾语气词。清初《聊斋俚曲集》用"的"，可以用于陈述句和祈使句，如：①

（2）庄家老得罪着老龙王，只怕怪下来，不上俺那地里下雨的。（《姑》，1/868）

（3）鱼童，你去庭前折一枝花来的。（《禳》，11/1187）

《醒》句尾表示肯定语气也用"的"，共四十三例，② 可以用于陈述句、反诘问句、感叹句，如：

（4）你待怎么？拿着猫飞跑的。（7/81）

（5）我怕亏着人垛下了业，没的他们就不怕垛业的？（22/294）

（6）你就是抬八人轿儿来接，俺也是不回的了！（96/1236）

有些句尾"的"后面能补充名词，应该看作结构助词，如：

（7）这是俺的姑舅亲，从来走动的。（12/162）

---

① 例句取自冯春田《〈聊斋俚曲〉语法研究》，河南大学出版社 2003 年版，第 245 页。冯认为"的"事态助词，本书不取此观点。但"的"确有事态助词用法。

② "是 X 的"结构未计算在内，因为这种结构中，"的"是语气词也必须依附于"是"，"是 X"不能足句，如"他自有任里爹娘来与淫妇讨命，我也是不管他的"；还可以是结构助词，如"这是二两珠子，俱是昨日俺婆婆捎与我的"。的，后面可以补充名词"东西"。考虑到情况比较复杂，不计入总数。

（8）不惟你这命没人偿你的，还几乎弄一顿板子，放在你爷爷哥哥的臀上。（30/385）

例（7）可以增添名词"亲戚"；例（8）可以增添名词"命"。

2. 语气词"的"的来源

语气词"的"应该从事态助词而来，下面的例子显示"事态助词 > 语气词"演变过程：

（9）这是我清早看着人通阳沟，他在他门口站着，我对他告诉的。（62/801）

（10）"老祖爷昨日陪客，没觉劳着么？"王振道："也就觉乏困的。"（5/64）

（11）奶奶拿着刀子要合俺爷合俺姨对命，在大门上怪骂的。（12/160）

例（9）"清晨"是说话时间之前的时间，"的"表示曾经的经历，是明确的事态助词。例（10）发话人是询问昨天的情况，受话人的回答应该是说话时间之前的状况，因此是事态助词。例（11）从语境上说，证人在回忆案发的情节，"的"可以看作事态助词；证人对自己所说的情况表示肯定，则"的"表示确定语气。

事态助词"的"从汉语完整体标记"得"而来，写作"的"是由语音弱化造成的，《醒》中也有写作"的"的完整体标记，如：

（12）出了南门，拾的烧饼，下处拿的腊肉蒜薹，先到了下院，歇了一会，才到山上。（37/480）

出南门，买烧饼，拿腊肉蒜薹，到下院，歇会儿，这一系列的动作完成之后，最后到山上。其中"的"是完整体标记，其前身是作动相补语的"得"，表示动作完成，如：

（13）单完道："方才写了，只没得读一遍，不知说的不曾？"（81/1051）

动相补语和完成体标记"得"在唐代已经正式产生，如：①

（14）营已入得，号又偷得。（《汉将王陵变文》，《敦煌变文集》，67）

（15）医得眼前疮，剜却心头肉。（《全唐诗》卷 636 聂夷中诗，7296）

例（14）是动相补语，"得"表示动作完成；例（15）是完整体标记，"得"表示动作完成、实现，携带宾语，表示一个完整事件，因此获得完整体标志资格。

上一节我们说"来"演变的时候，也提到过"动相补语"可以向动态助词以及事态助词两个方向发展，"得"发展为事态助词是宋代，如：

（16）我亦曾听得数年前童贯将兵到边，却恁空回。（《近代汉语语法资料汇编》宋代卷，80）

（17）他前日央我一件事，我又不曾与他干得。（《近代汉语语法资料汇编》宋代卷，406）

"得"出现在过去曾然的语境中，为事件增加了"曾经"的时态标记，是事态助词。因其语法化过程依赖于具体语境，不如事态助词"来"的语法化程度高。

"的"在未然语境中消失了时间意义，表达确认语气，即由事态助词演变为确定性语气词，这个语法化过程完成的时间是在元代，如：

（18）这般呵，口里言语遍天下也不错了，行的勾当遍天下呵，也无怨咱每的。（《孝经直解》，《近代汉语语法资料汇编》元明卷，51）

（19）人非土木的，不敢忘恩义。（《小孙屠》，《近代汉语语法

① 例（14）、（15）取自吴福祥《汉语能性述补结构"V 得不 C"的语法化》，《中国语文》2002 年第 1 期。

资料汇编》元明卷，150）

我们再次梳理语气词"的"的演变历史：

V 得→动相补语→完整体标记（唐代）→事态助词（宋代）→语气词（元代）

可以说从元代直到清代以及现代汉语中，所出现的肯定性语气词"的"，是汉语一脉相承发展的结果。

二 语气词"是"的来源

清初这个肯定性语气词"是"从何方而来，曹广顺认为是元代蒙古语影响的结果。① 我们在《元典章·刑部》、《蒙古秘史》以及《近代汉语语法资料汇编》中均未找到一例出现在句尾作肯定性语气词的"是"。

《蒙古秘史》肯定性词尾用"者"（蒙古语强调性助词的音译），附着在动词之后，可以出现在句中，也可以在句末。汉语的"也"自上古就是一个句尾表示确定的语气词，对译为"也者"，是一个蒙汉合璧的词语，如：

（20）原文：撒因　古兀讷　可温　阿主兀者。（卷四）

旁译：好　　人的　　儿子　　有也者。

现代译文：他是好人家的儿子。

（21）原文：阿泽　ᵘ合讷　ᵘ豁你赤　阿不阿ᵘ傍　豁ᵗ儿ᵘ忽周　亦ᵗ列罢者。（卷五）

旁译：人名　皇帝的　　牧羊　　将着　　　逃着来了也者。

现代译文：阿泽牵着皇帝的羊逃跑了。

（22）原文：孛斡ᵗ儿出　木ᵘ合里　失吉·ᵘ忽突ᵘ忽　ᵘ忽ᵗ儿巴讷客连突ᵗ儿　阿木ᵗ儿儿里罢　者。（卷十）

旁译：人名　　人名　　　人名　　　　　三个的话里　　息了　　也者。

① 曹广顺：《〈金瓶梅词话〉中的"是的"》，《语文研究》1994 年第 4 期。

现代译文：字斡儿出、木合里、失吉忽突忽三个人说了，（成吉思汗的怒气）才消了。

鉴于以上语言事实，句尾肯定性语气词"是"，应该不是来源于蒙古语。

我们认为"是"是一个明代江淮官话的方言词，《西游记》中能找到的例子不算少，共十四例，略举几例：

（23）这娘子告诵你话，你怎么伴伴不睬？好道也做个理会是。（23/278）

（24）如今既到这里，却怎么好？必定要见他一见是。（30/366）

（25）像老猪吃东西泼泼撒撒的，也不知害多少年代病是！（81/977）

（26）好道着一个回来，说个信息是，却更不闻音。（30/364）

文献证明：表肯定语气的"是"在明代江淮官话应该极其常见。

南方的这个语气词只出现在人物对话中，没有一例见于叙述性文体，那么这个词的来源当与对话体有关，下面我们将其中一例转为对话体：

孙悟空：你可脱了衣服睡。

猪八戒：是/不。

发话者发出一个指令，受话者可以按照指令回答"是"，也可以按照个人意愿回答"不"。但是对于发话者来讲，他希望得到肯定性答复"是"，这样发话者就将这个答语"引述"到自己的会话体系中，"是"就成为一个肯定语气词。发话者本人凭借自己的主观意愿促使语言形式发生如下演变，完成主观化过程：

（27）你可脱了衣服睡是。（18/223）

因此我们认为南方官话的语气词"是"来源于肯定性应答动词"是"。

三　明代语气词"是"与"的"的合流

南方官话向北推进过程中产生了南北接触现象，其中也包括江淮官话成分与汉语自身系统的融合。

《金瓶梅词话》中的语言现象就反映了这一事实,全书来源于汉语通语系统的"的"二十七例,占绝对优势,略举几例:

（28）每日牵着不走,打着倒退的。（1/11）

（29）小玉道:"大姐刚才后边去的,两位师父也在屋里坐着。"（63/874）

（30）费烦的哥多了,不好开口的。（67/934）

（31）指头儿似的少了一个,如何不想不疼不题念的!（73/1053）

来源于南方江淮官话的"是"两例:

（32）只是感不尽大官人恁好情,后日搬了房子,也索请他坐坐是。（56/739）

（33）月娘道:"你还是前日空心掉了冷气了,那里管下寒的是。"（76/1121）

江淮官话与汉语自身系统融合型"是的"十五例,略举几例:

（34）月娘道:"姥姥,你慌去怎的,再消住一日儿是的。"（78/1187）

（35）我的菩萨,你老人家忒多虑了。天可怜见,到明日假若好了是的。（62/842）

（36）若是饶了这个淫妇,自除非饶了蝎子娘是的。（12/131）

（37）花子虚道:"这咱晚我就和他们院里去,也是来家不成,你休再麻犯我是的。"（13/149）

结合清代的《醒》我们可以推测:来自南方官话的肯定语气词"是"明代呈向北扩散趋势,直到清代初期仍然见于北方地区。但是随着北方官话地位的确定,南系官话成分呈衰弱趋势。

第五节 语气词"着"及相关问题

一 语气词"着"与其进一步的语法化

(一) 语气词"着"的标志

判断"着"是否是语气词,我们使用以下的形式标志:

其一,一般处于句尾或小句之尾。

其二,不表示持续意义,即不能增加时间副词"一直"。

比如:

(1) 雨下着。

(2) 你注意着。

两个句子里"着"都处于句尾,但是例(1)是动态助词,因为句子可以添加与持续义一致的"一直","雨一直下着"成立;例(2)"着"表示说话人的意志语气,句子不能添加时间副词"一直"。

(二) 语气词"着"出现的句法环境与功能确定

一般学者都把"着"看作祈使语气词,因为这个语气词多出现在祈使句中。就我们调查的《醒》,共十一例"着"语气词,其中十例是在祈使句中,略举几例:

(3) 我家里不好打他,替我带到厂里去伺候着!(70/906)

(4) 大妗子且消停着,他没分付哩。(60/777)

(5) 你就把那嚷的事说详细着。(10/127)

(6) 二位奶奶消停,放缓着!(87/1126)

(7) 你先去着,我等明早自家到那里合狄大嫂说话罢。(64/818)

例(3)"着"在持续性动词"伺候"之后,处于未然语境,动作在说话时刻尚未发生,不能加时间副词"一直"。例(4)"着"在形容词"消停(安静)"之后,但是并不表示状态的持续,不能加"一直"。例(5)、(6)"着"在动补结构之后,动态助词不出现在这个句法位置,因为一个动作一旦有了结果（终结），就不可能持续。例（7）"着"处于一个并列复句前分句的末尾，位于瞬间动词"去"之后，不可能是动态助词，只能看作语气词。

一般语法学家都把"着"看作祈使语气词，那么下面的一句，就只能归作另外一类：

（8）大官人，你说的极是！我仔细着就是。（34/440）

吴福祥概括此类语气词的语法功能是：表示肯定、确认语气。① 吕叔湘考察了唐至宋元时代的"着"发现："着"不仅用于祈使句，还见于陈述句。他将"着"的语法意义概括为："宣达发言者之意志，而尤以加诸彼方，以影响其行为。"②

首先我们能确定例（3）—（7）与例（8）是同一个词，因为不论肯定语气还是祈使语气，都是表达说话者的意愿。其次我们要追问：这两种用法是否在分担不同的语法功能。一个词不同的义位会有不同的发展道路，功能词亦是如此。因此考察语气词"着"的进一步语法化形式，应该对认定"着"语气功能有帮助。

（9）我算记妥着，我也待去哩！（86/1107）

这一例"着"可以理解为时间助词"以后"，也可以理解为语气词。此例不是表示祈使语气，只能看作表确定语气。再来比较同类的《聊斋俚曲集》的例子：

（10）暂且往他家里住下，夜间深了着，再走不迟。（《富》，9/1332）

这一例可以看作时间助词"以后"，也可以看作语气词。将时间小句的"夜间深了着"看作省略主语和谓词"你等"，即完整的小句是"你等

_____

① 吴福祥：《敦煌变文语法研究》，岳麓书社1996年版，第337页。
② 吕叔湘：《汉语语法论文集》（增订本），商务印书馆1984年版，第66页。

夜间深了着"，那么"着"即表示祈使语气。多功能词"着"，语气词用法见于唐代，时间助词用法见于明清。因此时间助词当来源于语气词。同一个时间助词，我们与其说它来源于一个词的不同义位，毋宁说它来源于同一个义位。也就是说应该将前期语气词"着"的两种用法合并为一个。我们将"着"认定为"表示确定语气的语气词"，其所谓的表示祈使语气，不过恰巧这个词也多见于祈使句，给人造成的假象罢了。

（三）时间助词"着"

语气词"着"发展为时间助词，不仅可以表示时段，如上文的两例，也可以表示时点。如：

（11）才待说走着，那妮子撒娇弄势的拉着。（《翻》，2/938）

那么我们可以这样确定时间助词"着"的功能：用于动词性（包括形容词）结构之后，表示未来某时点或某时点之后的时段。我们总结的这一句话，是否符合"着"的实际情况，可以拿今天的方言验证：①

（12）等我先看一会儿着。（北京：北京官话京师片）

（13）玩玩着，再走。（临朐：冀鲁官话石济片）

（14）你先等等，我和他说句话着。（寿光：冀鲁官话沧惠片）

（15）别慌，吃饱了着。（洪洞：中原官话汾河片）

（16）啥时到老王家去？——等我有空着。（徐州：中原官话洛徐片）②

（17）宁夏娃子啥时候结婚呢？——房子盖好了着。（中宁：兰银官话银吴片）

（18）大家开会了。——等人到齐了着。（银川：兰银官话银吴片）③

（19）让他们先上去着。（英山：江淮官话黄孝片）

---

①　例句不特殊注明，一律转引自杨永龙《汉语方言先时助词"着"的来源》，《语言研究》2002 年第 2 期。各地"着"的读音不一致，从语音演变规律上，可以确定为同一个词，杨永龙文论述充分。

②　例句取自李荣主编《现代汉语方言大词典》，江苏教育出版社 2002 年版，第 4005 页。

③　同上书，第 4006 页。

（20）看完新闻联播着，衣服等下洗着。（九江：江淮官话黄孝片）

（21）不要收桌子，等大家吃完倒。（贵阳：西南官话昆贵片）

（22）你说的事情等明天着。（大方：西南官话昆贵片）

（23）不要忙，等考完试着。（神木：晋语五台片）

（24）人啊渴得死，吃口水着。（南昌：赣语昌靖片）

（25）长大了着。（丰城：赣语宜浏片）

（26）你屋里买电视机不啦？——等我有钱着。（长沙：湘语长益片）

（27）你侬先走，我收咖衣咋。（益阳：湘语长益片）

（28）菜还冒上来，动盘棋着。（祁阳：湘语娄邵片）

（29）吃饱着再去嬉。（金华：吴语婺州片）

这些句子中的均是时间助词，表示未来某个时点之后的时段。方言中也有表示时点的，但一般为泛时，如下面的例（30）；也有个别指过去某个时点，如下面的例（31）。这两种用法都不是方言时间助词"着"的主流用法，仅散见于个别方言点：①

（30）小着偷油，大了偷牛。（银川：兰银官话银吴片）

（31）我走着戏还没完哩。（万荣：中原官话汾河片）

通过比对方言资料，可以证明清代文献中的时间助词"着"与今方言用法一致。

（四）假设语气词"着"

我们不称其为"先时助词"，是因为在此基础上，它还进一步引申为假设语气词，清初的《聊斋俚曲集》有这个词，共十一例，多数跟假设连词（个别方言词释义置于括号内）：

（32）若是娶你着，待不扎挂（打扮）哩么？（《翻》，7/972）

---

① 例（30）、（31）取自李荣主编《现代汉语方言大词典》，江苏教育出版社 2002 年版，第 4006、4007 页。

（33）设或放了他着，该怎么处？（《快》，1/1124）

（34）打起（如果）你死了着，那左邻右舍说：有小六哥，不是他儿么？（《增》，8/1588）

（35）我儿，你待家去着，我也不肯留你。（《姑》，2/869）

例（32）的"若"、例（33）的"设"、例（34）"打起"（《醒》也写作"打哩"）都是假设连词，"着"是帮助表达假设的语气词；例（35）没有假设连词，"待"为助动词，"想要"之义，小句"你待家去着"是假设条件的前件。由时间助词到假设语气词，是"行域"到"言域"隐喻的结果。这跟我们前文说过的方位词"后"隐喻到时间范畴，继而虚化为假设语气词的条件，是完全一致的。

也就是说时间助词"着"的功能与时间词"后"有一致之处，这是我们不采用"先时助词"说法的理由。

二　语气词"着"的演变与公文语体"者"

（一）语气词"着"的演变

对语气词"着"的来源，吕叔湘未说明，太田辰夫则说："'着'的来源只能说不清楚。"[①] 李倩认为语气词"着"与动词"着"或者持续貌标记"着"无关。[②] 邢向东认为语气词"着"来源于持续义动态助词，但没有详细论证。[③] 李小军、曹跃香认为语气词"着"来源于动态助词持续义"着"，在未然语境中，与听话人有关的行为动作在说话时还没有发生，这时"着"持续义弱化，并最终演变为语气词。[④]

我们对李小军意见持赞同态度，这里利用明代初年的《逆臣录》补充说明此问题：

（36）你明日快回去说与你一般佃户每，也要安排伺候着。（卷一，

---

① ［日］太田辰夫：《中国语历史文法》（修订本），蒋绍愚、徐昌华译，北京大学出版社2003年版，第333页。

② 李倩：《宁夏中宁方言的虚词"着"》，《语文研究》1997年第4期。

③ 邢向东：《论现代汉语方言祈使语气词"着"的形成》，《方言》2004年第4期。

④ 李小军、曹跃香：《语气词"着"的形成及相关问题》，《江西师范大学学报》2011年第6期。

15)

（37）大人吩咐夏百户："如今我每商量的事都停当了，你便把你管的一百马整理着，我用时将来。"（卷一，4）

（38）如今我要谋件大事，已与众头目每都商量定了，你回去到家打听着，若下手时，你便来讨分晓，久后也抬举你一步。（卷一，1）

（39）当有陶指挥说："众人仔细着，不要走漏消息。"（卷三，160）

（40）有景川侯回说："我家也有些军器，无的关与他用，你每摆布得好着。"（卷一，12）

这些"着"全部出现于未然语境。例（36）"伺候"是持续动词，"着"可以看作持续义的体助词，增加持续义时间副词"一直"句子仍可以接受，但由于动作并不发生在当下，因此动作在时间上的持续性也不强。例（37）"整理"也是持续动词，但这个动作具有很强的现场性，由其生成的句子具有叙实性，如"这时候他整理着书包"、"昨天这个时候他整理着书包"都成立，而"明天此时他将整理着书包"不成立。因此这种句子里"着"侧重于表达说话者的意志。例（38）"打听"是瞬间动词，动作性较弱较抽象，那么"着"是语气词。例（39）是形容词，句子不表示状态的持续，"着"是语气词。例（40）位于更大的语法单位动补结构之后，"着"也只能理解为语气词。

助词"着"表示持续体意义，则事情一定发生在当下或已经发生，说话者将这一意义带入未然语境中，期望自己的意愿尽快实现，体现了说话者的主观性。由体助词到语气词的演变，是通过动词扩展实现的，最初如体标记一样，仅用于持续动词之后，之后向瞬间动词、形容词、动补结构扩散，成为纯正的语气词。我们将"着"语法功能的发展作如下的整理描述：

助动词（持续体标记）→语气词（确定语气）→时间助词（某个时点或其之后的时段）→语气词（假设语气）

（二）语气词"着"、"者"的语境限制

我们观察到确定语气词"着"出现的语境有限制，《醒》的十一例，仅见于会话之中；《聊斋俚曲集》的十六例，一例用于间接引语，其他均为会话，也就是说语气词"着"不见于叙事语言。

"着"可以出现在话轮的把持阶段，表示说话者要求受话者给予行动上的配合：①

（41）（县大尹审问计氏死亡一案，对人证之一高氏提问，《醒》，10/127）

大尹：那计氏是怎的吊死？你可说来。

高氏：那计氏怎么吊死，我却不晓的，只是他头一日嚷，我曾劝他来。

大尹：你就把那嚷的事说详细着。

高氏：我合晁家挫对着门住，因他是乡宦人家，谁合他低三下四的，也从来没到他家……

"着"也可以出现在话轮的结束阶段，表示说话者的意志和决心：

（42）（李驿丞与仆人讨论是否可以将犯人吕祥用为自家的厨师，《醒》，88/1140）

李驿丞：他前日自己说是个数一数二的有名的厨子，我也想着要用他；我但见他贼模贼样，是个凶恶不好的人，我所以不曾言语。

家人：他是咱同府的人，隔咱不足一百多路。他敢半点欺心，我赶到他家皂火底下，拿了那驴合的来！咱如今年下见没人指使，怕他怎么？放他出来，叫他洗括洗括，当铺里查件旧棉袄旧棉裤叫他穿上，再买顶帽子、买双鞋给他。

李驿丞：没见他怎么等的，这先使两数多银子哩。

家人：他要好，叫他穿着替咱做活；他要可恶不老实，呼顿板子给他，剥了衣裳，还叫他去做那徒夫。他说会煤果子，这年下正愁没甚么给人送秋风礼哩，这乌菱、荸荠、柑橘之类，都是他这里有的，咱煤些咱家里的东西送人，人看着希罕。

---

① 例（41）、（42）为了显示话轮关系，对原文叙事文体有所更改，省略号表示对原文的省改。话轮是指在会话过程中，说话者在任意时间内连续说的话语，其结尾以说话者和听话者的角色互换或各方的沉默等放弃信号为标志。包括话轮开始、接续、把持、施与、结束几个阶段。参见李悦娥、范宏雅《话语分析》，上海外语教育出版社 2002 年版，第二章第二节。

李驿丞：也罢。你合他说妥着，讲开一年给他两数银子制衣裳，这眼下给他扎括的衣帽算上钱。

这就是说语气词"着"有语体上的限制，只能出现在对话体中。

再看位于句尾的语气词"者"，《醒》三例都只见于小说中所引用的公文语体：

(43) 本道忠告相规，须至牌者。(7/90)

(44) 事完，开的数报查。须至票者。(46/602)

(45) 遵照守道通行，一体究罪施行，决无姑息。自悔噬脐。须至示者。(74/957)

(三) 语气词"者"的来源

这提醒我们重新审视同样位于句尾，唐代也多见于公文语体的语气词"者"：①

(46) 前件外国僧并仰安存，不得发遣者。(圆仁《入唐求法巡礼行记》卷三，154)

(47) 丙午，全忠奏："得宰相柳璨记事，欲拆北邙山下玄元观移入都内，于清化坊取旧昭明寺基，建置太微宫，准备十月九日南郊行事。缘延资库盐铁并无物力，令臣商量者。"(《旧唐书·哀帝本纪》，797)

(48) 右奉敕将变盐法，事贵精详，宜令臣等各陈利害可否闻奏者。(韩愈《论变盐法事宜状》，646)②

(49) 二十二日，中书覆奏："奏宣旨，不欲令及第进士呼有司为座主，趋附其门。兼题名、局席等条，疏进来者。"(王定保《唐摭言》卷三，54)

---

① 例(46)—(49)不特殊注明者，皆选自李小军、曹跃香《语气词"着"的形成及相关问题》，《江西师范大学学报》2011年第6期。

② 例(48)取自刘淇《助字辩略》，中华书局2004年版，第164页。

　　我们知道公文语体多为陈述句，对祈使句比较排斥，那么将唐代多见于祈使句的"着"与公文语体的"者"看作同一个词，就不合适。

　　再从来源上说，吕叔湘认为"者"是唐宋时代的程式化语言；[①] 刘淇认为这类"者"来源于上古汉语的句尾语气词"者"：[②]

　　　　(50) 孔子曰："以吾从大夫之后，不敢不告也。君曰'告夫三子'者。"（《论语·宪问》）

　　　　(51) 传五年，春。公将如棠观鱼者。臧僖伯谏曰："凡物不足以讲大事……"（《左传·隐公五年》）

　　　　(52) 秦惠王车裂商君以徇，曰："莫如商鞅反者！"（《史记·商君列传》，2237）

　　上古汉语"者"一般位于句中，标识一个话题，如"陈涉者，阳城人也"。也可以位于句尾，兼表传信和传疑，上面所举三例皆为传信语气词。传疑的如：

　　　　(53) 孟尝君忧之，问左右："何人可使收债于薛者？"（《史记·孟尝君列传》，2360）

　　后代公文语体中"者"的主要作用是晓谕对方，来源于上古位于句尾的传信语气词"者"。而唐代以后产生的确定语气"着"，却跟上古的"者"没有任何关系。者，假摄开口三等上声章纽马韵；着，宕摄开口三等入声知纽药韵。由于章、知声母相近，马韵、药韵的主元音都是 [a]，只有舒声和促声的区别，因而书写时互为假借。

　　鉴于两者出现于不同的语体，又有不同的来源，我们说确定语气词"着"与晓谕语气词"者"是两个词。

三　元代语言接触下的"者"

　　明确了唐宋时代"着"和"者"的区别，我们再来看看元代的情况。

---

① 吕叔湘：《汉语语法论文集》（增订本），商务印书馆1984年版，第66页。

② 例(50)、(51) 取自刘淇《助字辩略》，中华书局2004年版，第164页。

（一）直译体的"着"

元代蒙古语中多个动词的连接形式是副动词，表示多个动作之间的时间或逻辑关系。直译体以"着"对译，因为汉语的"着"是体助词，可以并联两个以上的动作。① 起码宋金时期，汉语的"着"已经有这种用法，如《近代汉语语法资料汇编·宋代卷·刘知远诸宫调》："哭着告，告着哭，也不敢放声高哭。"直译体以"着"对译，基本合适：

> （54）原文：统格黎克 中豁舌罗中罕 忽舌鲁兀 你刊 孛捋克
> 亦儿坚 耪兀周 斡舌罗周 阿亦速中忽 宜 中合舌剌周
> 兀者周。（卷一）
> 旁译： 水名 小河 顺 一 丛
> 百姓 起着 入着 来的 行 望着
> 见着。
> 总译：（都蛙锁豁儿）望见统格黎名字的河边，有一丛百姓顺水行将来。

原文中加点的副动词形尾，旁译的直译体都译作"着"，总译是明代较通顺的汉语句子，副动词就无法显示出来了。

由于这个原因，元代汉语"着"一般不表示语气词，《元刊杂剧三十种》中只有两例：

> （55）大嫂，你怎又烦恼？母亲知道，又加了病症。你放得欢喜着，母亲也欢喜。（《小张屠》第一折，781）
> （56）哥哥休焦，把这个躯命好觑着，是必休交俺残疾娘知道。（《张千替杀妻》第三折，771）

（二）直译体的"者"、"咱"

元代表示确定的语气词，直译体以及汉语文献多为"者"、"咱"，这跟蒙古语影响有关。

---

① 参见祖生利《元代白话碑文中助词的特殊用法》，《中国语文》2002 年第 5 期。

蒙古语动词式的范畴包括祈使式和陈述式，其中祈使式有第一人称意愿式、第二人称命令式、第三人称希望式，分别以不同的助词表示，如：

   （57）原文：兀窟额速　亦讷　兀窟速该　阿阿速　亦讷
        阿速^中孩　客额周。（卷一）
      旁译：　死呵　　他的　死也者　　活呵　　他的
      活也者　　说着。
      总译：由他死呵死，活呵活。
   （58）原文：阿米　亦讷　塔速_勒周　格_扬坤。（卷四）
      旁译：　命　他的　　断着　　撒。
      现代译文：要了他的命！
   （59）原文：字可^舌来因　字_克薛突^舌儿　阿秃^中孩　额薛兀
        客额列额必。（卷三）
      旁译：　腰子的　尖儿　里　　教有着　不曾
      说来么　我。
      现代译文：我不是说过吗，希望他有腰子尖儿（能有好吃的）。

   例（57）是第一人称意愿式；例（58）是第二人称命令式；例（59）是第三人称希望式。祈使语气译文能显示出来的是"者"。
   蒙古语动词的祈使式，还区分人称上的单复数，这就造成了直译体中另外一个祈使语气"咱"的产生：

   （60）原文：额朵额　巴撒　安荅　统^中忽_勒都周　阿马^舌剌牙
        客额_勒都周。（卷三）
      旁译：　如今　再　契合　重新着　　亲爱咱
      共说着。
      总译：如今再重新契合相亲爱着。

   例（60）直译体"咱"，不是汉语人称代词"自家"的合音词，但又不能说跟它毫无关系。－ya是蒙古语第一人称包括式的复数劝告助词，① 以"咱"对译，取其人称，而它的身份仍然是语气助词，明初的总译以"着"对译，则是明证。

（三）元代"者"

元代"者"于汉语文献中功能比较单纯，全部都是表示祈使、命令的语气词，《元刊杂剧三十种》里共三十二例，略举几例：

（61）俺父母多宗派，您昆仲无枝叶，从今后休从俺爷娘家根脚排，只做俺儿夫家亲眷者。（《拜月亭》第三折，47）

（62）拿着那汉者！这人大胆！（《气英布》第一折，292）

（63）来，来，来，好生的送我到船上者！咱慢慢的相别！（《单刀会》第四折，82）

元代直译体中表示祈使、命令的语气词，一般也用"者"：

（64）大使钱的勾当休做着，小心依着法度行者。（《孝经直解》，《近代汉语语法资料汇编》元明卷，51）

（65）安排棺椁和就里的衣服，覆盖著好者。（《孝经直解》，《近代汉语语法资料汇编》元明卷，59）

公文语体中晓谕语气也用"者"，如：

（66）直译碑文：被委任了的和尚每的头目每城子的官员每一处同理问归断者。

白话碑文：委付来底和尚每底头儿、城子里底官人每一处同共理问归断者。（1268年登封少林寺圣旨碑）②

如此看来，元代语气词"者"与唐宋时代差异较大，带有更多的蒙

---

① 〔美〕斯垂特：《〈蒙古秘史〉的语言》，道布译，载中国社会科学院民族研究所语言研究室编《阿尔泰语文学论文选译》（续集），1982年，第196页。感谢祖生利老师提供资料。

② 例句取自李崇兴、祖生利、丁勇《元代汉语语法研究》，上海教育出版社2009年版，第155页。

古语性质。

（四）元代"咱"

《元刊杂剧三十种》里，"咱"除去三个校勘增例，共四十六例，其中二十二例表示祈使、请求等语气：

（67）兀那酒务儿里，着孩儿去灶窝儿里向把火咱！（《冤家债主》第二折，169）

（68）郎中，仔细的评这脉咱！（《拜月亭》第二折，36）

（69）主公，看这一阵厮杀咱！众将军每，小心在意咱！（《博望烧屯》第二折，739）

十七例表示说话者的主观意志，为确定语气：

（70）怕你不信，交你看咱。（《东窗事犯》第四折，553）

（71）他既赖了我的恩养钱，你看我折底骂一场出怨气咱！（《冤家债主》第二折，171）

（72）是个庙宇，且入去避雨咱。（《魔合罗》第一折，414）

我们前面谈到语气词"着"说过，这两种功能实际可以合并为一个：表示确定语气。那么现在可以认定元代的"咱"继承了前代"着"的功能；但毕竟受到蒙古语的影响，功能有所扩展，可以表示话语间的停顿。《元刊杂剧三十种》里有七例，如：

（73）我问师父咱：与的是？不与的是？（《任风子》第三折，227）

（74）我试看咱：一叶丁宁送客归，翠毛修竹苦相依。（《竹叶舟》第三折，720）

（75）你要我饶你咱，再对星月赌一个誓。（《调风月》第三折，109）

蒙古语为 OV 型语言，居于句子最后的是主要动词，－ya 作为一个助词只能附着在前面，这样的句法位置在说汉语的人看来，就是句间停顿的地方。

四 明代语气词"着"的回归

明代汉语向着唐宋正统回归。《西游记》中"咱"一例也没有,语气词"着"十九例,如:

> (76) 你都站开,等我再叫他变一变着。(3/33)
> (77) 悟能,你仔细着。(74/896)
> (78) 你管他怎的,且顾了自家的病着。(81/976)

例(76)、(77)都是祈使语气,例(78)表示确定。

> (79) 既是明日要去,且让我今晚捉了妖精者。(81/980)
> (80) 猢狲,你且住了,等我去一个朋友家赴会来者!(60/729)

这两例"者",是时间助词,分别表示捉了妖精之后,去朋友家赴会回来之后的时段。是语气词"着"进一步语法化的结果。因此这里"者"是"着"的假借字。这个材料证明:明代口语中的确定语气词再次回到唐宋时代的"着"。

《西游记》中还有公文语体"者",书中有两例榜示:

> (81) 稍得病愈,愿将社稷平分,决不虚示。为此出给张挂,须至榜者。(68/822)
> (82) 为此出给榜文,仰望十方贤哲,祷雨救民,恩当重报。愿以千金奉谢,决不虚言。须至榜者。(87/1047)

因此明代"者"用法与唐宋时期一致,仅出现于公文语体中,与元代"者"则大为迥异。

现在总结一下本小节的主要内容:《醒》的确定语气词"着",产生于唐宋时期,来源于持续体标记"着",继而语法化为时间助词、假设语气词。唐宋时期还有一个公文语体语气词"者"。元代语气词"者"、"咱"盛行,功能与前代纯正汉语都存在不小差异,染上了蒙古语色彩。明代重新向着正统汉语回归,继续保持前代口语体"着"、公文语体"者"的区分。

第九章

方言助词研究

第一节　助词"家"

一　助词定义与分类

汉语中与别的成分组合，但是不作句法成分，也不能归入介词、连词、语气词的功能词，都称作助词。① 这种排除法得到的助词，对汉语助词的特点不容易认识清楚。张谊生认为：助词是附着在词、短语或句子上的，黏着、定位的，表示一定附加意义的虚词。② 这个定义首先非常清晰地指出，助词的特点是定位性的黏着虚词。我们将助词分作四类：结构助词（黏着在结构上），动态助词（黏着在动词上），事态助词（黏着在句子上），概数助词（黏着在数字上）。《醒》的方言助词"来"是事态助词，前文已经论述；"家"、"起"是结构助词。本节仅论述"家"。

二　助词"家"的用法

（一）"X＋家（价）"结构

《醒》"X＋家（价）"结构较多。助词"家"，可以用在名词、数量词、动词、副词性词语之后。

A. 用在时间名词之后：

（1）狄希陈道："他的龙性不同得你，一会家待要寻趁起人来，你就替他舔屁股，他说你舌头上有刺，扎了他的屁股眼子了。"（96/1245）

（2）每日家大盘撕了狗肉，提了烧酒，拾了胡饼，吃得酒醉饭饱。（28/365）

---

① 郭锐：《现代汉语词类研究》，商务印书馆 2002 年版，第 235 页。
② 张谊生：《助词及相关格式》，安徽教育出版社 2002 年版，第 5 页。

（3）可是这一年家，大事小节，不知仗赖多少，正没的补报哩。
（34/445）

（4）寻好几日家还找不着我的影哩。（74/951）

B. 用在数量词（既可以是物量也可以是动量）之后：

（5）或是甚么老马老驴老牛老骡的，成几十两几两家算。（22/292）

（6）凡值科岁两考，成百金家收那谢礼。（35/450）

（7）虱子臭虫，成犇家咬他老人家，他老人家知道捺杀个儿么？
（84/1083）

（8）几番家吃醉了，言三语四，要撺真君出去。（28/365）

（9）几遭家发了恨待要打他，到了跟前，只是怕见动手。（80/1026）

C. 用在能愿动词，特别是表达否定意义的能愿动词之后，如不待
（不想）、不肯等：

（10）晁夫人不待家寻他，将言语支开他去了。（49/636）

（11）我是个老实人，不会家参详。（30/386）

（12）俺还待再过江来合你说知，社里众人又不肯家等了。（99/1285）

D. 用在副词之后，这些副词多为表示情状方式的，如：

（13）咱打虎罢。我说你打，你说我打，咱一递一个家说。（58/748）

（二）"X＋家（价）" 语法功能
一般地，"X＋家（价）" 结构作状语，少数作谓语或名词性中心词
的修饰语。
A. 作状语

（14）一两银换一千四五百的低钱，成垛家换了来，放着一吊算
一两银子给人。（22/293）

（15）他成十一二年家养活着咱，还供备咱使银子娶老婆

的！（27/351）

B. 作谓语

（16）他已是死了，我没有价兄弟了！（74/953）

C. 作名词中心词的修饰语

（17）使十来两家银子捎了衣裳来，不给媳妇儿，给了别人，这还怪媳妇儿打么？（63/809）

三 助词"家"的来源
（一）中古的"家"

助词"家（价）"来源于中古泛化义的"家"。东汉时，"家"由"家庭"义转指某人：

（18）上于大会中，指王常谓群臣曰："此家率下江诸将辅翼汉室，心如金石，真忠臣也。"（《王常载记》，《东观汉记》，861）

（19）帝幸濯龙中，并召诸才人，下邳王已下皆在侧，请呼皇后。帝笑曰："是家志不好乐，虽来无欢。"（《后汉书·明德马皇后纪》，409）

例（18）的"此家"、例（19）的"是家"就是"这个人"之义。还引申为掌握某一专门技术或知识的人：

（20）王子敬病笃，道家上章，应首过，问子敬："由来有何异同得失？"（《德行》第一，《世说新语》，23）

（21）有兵家子有俊才，欲以妹妻之。（《贤媛》第十九，《世说新语》，369）

进而虚化为"类"义的准词缀：

（22）晏子对王曰："若至造人家之门，即从人门而入；君是狗家，即从狗门而入。有何耻乎？"（《晏子赋》，《敦煌变文集》，370）

"人家"即"人一类"，"狗家"即"狗一类"。这种用法在东汉时代就有，多见于人体部位、病症之后：①

（23）至七八日，虽暴烦下利，日十余行，必自止，以脾家实，腐秽当去故也。（《辨太阴病脉证并治第十》，《伤寒论》，176）

（24）腹满，舌痿黄，燥不得睡，属黄家。（《黄疸病脉证并治第十五》，《金匮要略》，162）

"脾家"即"脾一类器官"，"黄家"即"黄疸一类病症"。

（二）唐代"人称 + 家"

广见于宋代时间词之后的"家（价）"却不是这一条线索发展出来的。笔者认为其是人称之后"家"结构的扩展。

中古"家"用于人称之后，但还是"家庭"之义：

（25）自我为汝家妇，少见贫贱，一旦富贵，不祥！（《贤媛》第十九，《世说新语》，362）

（26）城北仲家翁，渠家多酒肉。（《全唐诗》卷806寒山诗，9080）

例（25）是领格用法，例（26）作主语，吕叔湘认为：非领格的用法是领格用法扩展的结果。并认为非领格用法，"家"字有点儿像赘疣，可能由于韵文的字数限制而形成。② 笔者认为韵文的观察有理，不过非领格用法的"人称 + 家"也是由于"家庭"义虚化而致的：

（27）罗君章曾在人家，主人令与坐上客共语。（《方正》第五，

---

① 例（23）、（24）取自王云路《中古汉语词汇史》（上），商务印书馆2010年版，第287页。

② 吕叔湘著，江蓝生补：《近代汉语指代词》，学林出版社1985年版，第89页。

《世说新语》，188）

(28) 坐有宾朋尊有酒，可怜清味属侬家。(《全唐诗》卷 8 李璟诗，71)

例 (27)"人家"义即"别人家里"，例 (28)"侬家"即"你家"。这两例都处在宾格位置。

唐代不少"人称 + 家"完全失去实义：

(29) 欲识我家夫主时，他家还着福田衣。(《难陀出家缘起》，《敦煌变文集》，592)

(30) 莫将诸女献陈，我家当知不受。 (《维摩诘经讲经文 (五)》，《敦煌变文集》，888)

(31) 人家若要收财利，须向堂前安下匮。(《妙法莲华经讲经文 (四)》，《敦煌变文集》，745)

(32) 父王作罪父王当，太子他家不受殃。 (《太子成道经》，《敦煌变文集》，439)

例 (29)"我家"处于领格位置，"家"的"家庭"义还不能看作没有，"他家"即为"他"，不能理解为"他家里"；例 (30)、(31) 作主语，"我家"即"我"，"人家"即"别人"；例 (32) 作主语同位语。

更重要的是，唐代双音节"X 家"结构还扩展到"时间词 + 家"：

(33) 旧家富春渚，尝忆卧江楼。(《全唐诗》卷 198 岑参诗，2032)

"旧家"就是"旧时候"。也就是说，唐代"家"只有语音形式，没有词汇意义，正式虚化为一个词缀。到此为止，"家"已经是一个黏着成分，是语法化的最高级阶段了。但汉语确有其特殊性，这个词缀竟然又活动起来，成为一个语缀，这就是常见的"价"。

"家"原来是一个平声字，怎么到了宋代读作去声写作"价"呢？《敦煌变文集》提供了重要线索：

（34）今有隋驾兵仕到来，甚人敌得？（《韩擒虎话本》，《敦煌变文集》，301）

"驾"，即"家"的借字；唐代可能在某方言中，"家"可以读作"价"。

（三）宋代"X价"结构与方言性质

我们在《全宋词》中搜得十二例"X价"结构，其中时间词之后的八例，都不限于过去时间，如镇日价、终日价、经年价、一年价、一向价、一霎时等，多着眼于描摹现在事件或过去事件的样态：

（35）旧日天涯，如今咫尺。一月五番价、共欢集。（赵彦端《转调踏莎行》，《全宋词》，1458）

（36）追悔当初孤深愿。经年价、两成幽怨。（柳永《凤衔杯》，《全宋词》，18）

（37）叹良朋雅会轻离诀。一年价、把酒风花月。（朱敦儒《踏歌》，《全宋词》，840）

例（35）现在所经历的事件是"共欢集"，发生的频率是"一月五番"；例（36）现在所经历的事件是"两幽怨"，持续的时间是"经年"；例（37）过去所经历的事件是"把酒"，持续的时间是"一年"。

《全宋词》十二例"X价"结构，十例都用在状语位置，只有两个例外：

（38）千峰云起，骤雨一霎时价。更远树斜阳，风景怎生图画。（辛弃疾《丑奴儿》，《全宋词》，1879）

（39）贪呆觑着帘儿。不好价、伊家怎知。（张镃《柳梢青》，《全宋词》，2141）

例（38）出现在谓语位置，作用仍是描摹骤雨的样态。例（39）出现在宾语位置上，不过是前置为话题，其作用是描摹当事人的心情。

状语位置是补充说明动作的，因此"X价"很快从时间词扩展到描摹性副词，《全宋词》中共三例，除了上面提到的例（38），还有：

（40）引将蜂蝶燕和莺，成阵价、忙忙走。（柳永《红窗迥》，《全宋词》，55）

（41）日高花气扑人来，独自价、伤春无绪。（严仁《一落索》，《全宋词》，2550）

南宋出品的《张协状元》中，共十一例"X 价"结构，其中六例的功能是样态描摹：

（42）昨蒙钧旨，非不整肃，采楼如法价结束。（第二十五出，《近代汉语语法资料汇编》宋代卷，569）

（43）气长长价吁，泪冷冷价落。（第三十二出，《近代汉语语法资料汇编》宋代卷，582）

（44）水远山高甚般价险，谁知见我抛闪。（第三十九出，《近代汉语语法资料汇编》宋代卷，594）

（45）孩儿甚般价，多殊丽。（第五十二出，《近代汉语语法资料汇编》宋代卷，621）

（46）幞头儿，幞头儿，甚般价好。（第五十三出，《近代汉语语法资料汇编》宋代卷，623）

例（44）、（45）、（46）说明："价"与描摹性副词"甚般"的结合较为高频；宋代"X 价"结构，由时间到样态的扩展发展较快。

《全宋词》里使用"X 价"结构的词人共十人，除了赵彦端居住地不明，其余九人，都是南方人或长期在南方为官：葛长庚，福建闽清人；柳永，福建武夷山人；严仁，福建邵武人；沈蔚，浙江吴兴人；张镃，浙江临安人；杨无咎，江西樟树人；赵长卿，江西南丰人；朱敦儒，河南洛阳人，长期在两浙为官；辛弃疾，山东济南人，长期在湖北、湖南、江西、福建、浙江等地任职。另外《近代汉语语法资料汇编》宋代卷，共发现十五例"X 价"结构，均见于南方文献，或话本类，如《警世通言》、《古今小说》，或戏剧类，仅《张协状元》（多认为是温州话所作）中就十一例，非常高频。我们推测，宋代"X 价"结构是南方方言特色。

（四）金元之后的"X价"

金元时代"X价"结构传播到北方，但这种传播似乎有倾向性，北方主要表示时间，在《董解元西厢记》中共九例，没有一例表示样态，"X价"结构出现了从时间词到数量词的扩展：

> （47）酒来后满盏家没命饮，面磨罗地甚情绪！（卷三，70）
> （48）几文起坐，被你个措大倒得囊空。三十、五十家撺来……（卷六，124）

这个扩展之所以能实现，是借助于频度副词这个中间环节，下面是《元刊杂剧三十种》中的例子：

> （49）一番家搓揉人的样势，休胡猜人短命黑心贼！（《调风月》第二折，100）
> （50）我若还更九番家厮并，他比的十恶罪尚犹轻。（《紫云亭》第一折，333）

每个语言使用者心中的聚合关系，不是语法学家眼中严格意义上的聚合，时间词 > 频度副词 > 数量词，是一个认知上的渐变过渡过程。

四　"X价"的词汇化与构式化

清初的《醒》中"X价"结构使用比较高频，全书词组类"X价"共三十四例，其中用在时间词之后的十四例，数量词之后的十六例。这就为其进一步语法化提供了条件。我们前面说过"家（价）"可以用在否定式能愿动词之后，如例（10）—（12），"X价"词汇化的条件是：否定式能愿动词到否定动词扩展。否定式能愿动词出现在句子谓语的前面，恰好是状语位置。在语言使用者的心中，否定式能愿动词，如"不肯"与否定动词"不是"有等价性。这为"家（价）"附着在否定式动词之后提供了契机，下面的例子要看作词汇化的"X价"：

> （51）太太道："他只怕不光为磕头，他只怕是缠我告免银子？"任德前道："不是价。他还拿着银子来交哩……"（71/913）

（52）他已是死了，我没有价兄弟了！（74/953）

例（51）"价"的后面没有谓语，不能看作助词，"不是价"已经词汇化。例（52）动词"没有"的宾语居"价"之后，汉语动宾之间只有体助词位置，因此"没有价"也已经词汇化。还有其他"X价"词汇化的例子：

（53）从就这一日走开，除的家白日里去顽会子就来了，那里黑夜住下来？（40/521）

（54）大尹叫本宅的家人媳妇尽都出来，一个家歪歪拉拉来到。（20/266）

例（53）"除的家"的词汇化，是上面否定词词汇化类推的结果。例（54）"一个家"的词汇化恐怕与语音和谐有关，原来的形式应该是"一个个家"，"个"的声母是舌根音，"家"是见母字，也是舌根音；连续三个舌根音会阻碍发声，因此省并为"一个家"。"家"不再看作助词，因为前面的"一个"没有逐一的语法意义，只有跟"家"一起使用时，才具备这个意义。

《醒》中不光有"X价"词汇化的例子，还有八例"没的家说"，"X价"构式化的例子，如：

（55）没的家说！一个男子汉，养女吊妇也是常事。（75/967）

（56）你老七没的家说！你吃你那饭罢，你嚼说我待怎么？（32/417）

"没的家说"这个习语的意思是说话者认为道理已经很明确，因此阻止受话人申辩，即"不用讲了"。"没得VP"有两个意思：第一，能性助动词的否定式，如第八十六回"没得赶上"，就是"没有能赶上"之义；第二，过去动作的否定式，如第三回"没得与他相会"，就是"不曾与他相会"义。① 因此"没的家说"其意义不能从每个词中推导出来，是整个结构被习语化的结果。这个"没的家X"构式，X可以被其他成分替换，

———————————
① 另有"没得NP"，"没得"为动词"没有"义，不在论述之列。

意义仍然保持不变。

第一种情况，X 是"说"的近义词，如"扯淡"：

"扯淡"本"胡说"义，在一定语境中可以获得"隐含义"（conversational implicature），表示说话者对所知事情持批判态度：

（57）精扯淡！那怕你五千两买轿，累着我腿疼！却叫我去看看！（6/70）

晁大舍让下人通知计氏花了五十两银子买了轿子，请计氏去看。计氏并不是指责下人毫无根据地"胡说"，她只是对买来的轿子不感兴趣，哪怕是五千两买的轿子，也不能吸引她去看。"扯淡"具有语用上阻止受话人申辩的效果。

（58）素姐说："你老人家可是没的家扯淡！你的外甥亲，如俺两口子亲么？"（60/776）

这一句中"没的家"仍表示禁止意义，这是从构式中获得的意义。就算再进一步省缩为"没的"，也是如此，如第二回："你没得扯淡！你认得我是谁？"此"没得"与我们上文说的自由词"没得"意义迥然不同。

第二种情况：X 是其他相近语用意义的词，如：

（59）没的家放屁！叫你那老婆也往差人屋里睡去！（13/175）
（60）没的家小妇臭声！看拉不上！（79/1021）

例（59）、（60）皆是说话者阻止受话人申辩，"不用讲"之义。

我们现在再回顾一下汉语"X 家"曲折的发展历程：唐代在非领格位置的"代词 + 家"，"家"成为一个词缀，且扩展到"时间词 + 家"；宋代更扩展为表时间的结构之后，"家"成为一个助词；继而扩展到"数量词 + 家"、"否定式能愿动词 + 家"、"否定动词 + 家"。结构助词"家"衰变为词内成分继续词汇化。"没的家 X"构式化而成为习语。

第二节　助词"起"

一　助词"起"

(一)"起"字差比句

助词"起"在《醒》中主要用于差比句。差比句是比较句中的一种。比较句,用于比较事物性质、状态、数量的差异或者比较行为动作差异的程度。一般含有比较项(X)、比较基准(Y)、比较值(比较的结果 W)和比较标记。X、Y 项可以体词性成分(名词或代词等);也可以是谓词性成分(动词、形容词或谓词性短语)。比值有时是一种笼统值,有时是一种量化值。差比句,就是指 X 项与 Y 项比较,有高下之分。

"起"在差比句中,主要引进体词性比较基准,如:

(1) 我合狄大哥是同窗,我大起他。(66/850)

还可以与比较值同现:

(2) 姓薛,大起我好几岁,我赶着他叫姐姐哩。(100/1288)

也可以引进谓词性比较基准,如:

(3) 人见来还好哩,还强起你连见也没见!(83/1072)

山东胶辽官话、冀鲁官话区多处使用差比标记"起",如:[①]

(4) 姑娘会说话起小子。(牟平:胶辽官话登连片)
(5) 这个好起那个。(平度:胶辽官话青州片)
(6) 他走路快起我。(潍坊:冀鲁官话沧惠片)
(7) 他写的字好起我。(淄博:冀鲁官话石济片)

_____

① 例(4)—(7)取自黄伯荣《汉语方言语法类编》,青岛出版社 1996 年版,第 678—680 页。

(二)"起"差比句的来源

汉语差比句有"语序型"、"词汇型"、"句法型"。① 差比不是汉语显赫的语法范畴,往往依靠动补结构和话题结构表达差比意义。② "起"就是因为用于动补结构才出现在差比句中,充当了差比标记。助词"起"很少出现在《醒》之外的文献,因此我们只能根据助词语法化的规律,以共时平面拟测它的语法化路径。

"起"最初是一个动相补语,给动词增加一个完成义:

(8)玉兰缝直缝,素姐杀袍袖、打裙褶,一时将两套孝衣做起。(74/958)

(9)休说还有一套整的,就是荆人做起的,狄大嫂要,也就奉承。(65/842)

然后发展为一个完整体标记:

(10)萧北川……只是见了那一沙坛酒,即如晁大舍见珍哥好起病的一般。(5/55)

(11)封起了一百二十两银,逼住了宗昭,定要他与提学去讲。(35/456)

例(10)用于将来时的假设,"好起病"指从病中好转已经出现好的状态;例(11)用于过去事件,"封起银"指已经封好了银子。

在完整体标记的基础上,在现在以及过去事件中表示结果:

(12)住起几间书房,贴出一个开学的招子,就要教道学生。(26/334)

---

① 刘丹青:《差比句的调查框架与研究思路》,《现代语言学理论与中国少数民族语言研究》,民族出版社 2003 年版,第 13 页。

② 刘丹青:《语言库藏类型学》,2012 年复旦大学《第十届全国语言学暑期高级讲习班》讲义。

（13）况是个廪膳，又说不得穷起，他却指了读书为名，走到一个张仙庙去，昼夜住将起来。（26/337）

（14）教官说："因他一向也还考起，所以也还怜他的才。"宗师说："他昨日考在那里?"（39/504）

例（12）、（13）都是现在发生的事件，"住起书房"即"住上书房"，"穷起"则强调穷的程度。例（14）是过去发生的事件，"考起"即"已经考中"。

在未来事件中表示可能：

（15）幸得也还在少年之际，得四帖十全大补汤，包他走起。（2/22）

因此我们这样拟测助词"起"的发展历程：动相补语>完整体标记>结果补语>差比句标记。这与唐代的"得"的发展历程一致：动相补语>完整体标记>结果补语。

二　与"起"类似的差比标记
（一）差比标记"得"

"得"也是由一个可以引进结果补语的助词，发展为差比标记。今天南方吴语，如瑞安话；北方冀鲁官话，如淄博话，都可以用"得"作差比标记：①

（16）打针强的吃药。（淄博桓台：冀鲁官话石济片）
（17）家土强的野粪。（淄博桓台：冀鲁官话石济片）

（二）差比标记"咖"

湖南益阳方言的"咖"与之有相类似之处，可以用于差比句：②

---

① 例（16）、（17）取自罗福腾《聊斋俚曲与淄博方言的比较句》，《蒲松龄研究》1993年第1期，第241—245页。

② 例（18）、（19）取自徐慧《益阳方言语法研究》，湖南教育出版社2001年版，第295页。

（18）他高咖你一点点。

（19）他高咖你蛮多。

今天由于语料有限，我们对湖南方言"咖"的动相补语用法所知不多，但"咖"作为完整体标记证据确凿，以下是湖南湘乡话：①

（20）他吃咖饭，就行咖哩。

（21）同学昨天划行咖哩。

（22）明年，我读咖大学哩。

例（20）表示动作现在完成；例（21）表示动作过去完成；例（22）表示动作未来完成。湖南湘语的助词"咖"作结果补语的语法化程度不高，必须依赖于后面的结果方可成句：衣服洗一水，短咖一寸。＊衣服洗一水，短咖。"因为'咖'虚化为一个表示完结义的助词之后，进一步虚化为表示结果的助词，那么就应该显示 VP 产生的结果。"② 因此我们看到湖南方言"咖"作差比标记，也必须携带比较值，如例（18）必须有"一点点"、例（19）必须有"蛮多"方可成句。

（三）差比标记"过"

1."过"字差比句的方言分布

另一个与山东方言"起"类似的差比标记是"过"，是粤方言语法特色：③

（23）佢大过我。（他比我大。）

（24）我肥过你。（我比你胖。）

（25）佢细佬高过你好多。（他弟弟比你高很多。）

也见于西南官话荔浦话：④

---

① 例(20)—(22)取自黄伯荣《汉语方言语法类编》，青岛出版社 1996 年版，第 182 页。

② 徐慧：《益阳方言语法研究》，湖南教育出版社 2001 年版，第 201 页。

③ 例（23）—（25）取自李新魁《广东的方言》，广东人民出版社 1994 年版，第 259 页。

④ 例（26）—（30）取自伍和忠《荔浦方言的语法特点》，《广西师范学院学报》1998 年第 1 期。

（26）他大过你。

（27）她好过我。

（28）这个价钱贵过那个。

（29）我这座屋高过你那座。

（30）这场电影好看过那场。

少数闽语、客家话中也有，兹不再举例。

2."过"字差比句与唐代的差异

吴福祥认为，这些方言的"过"类差比句是受到粤语影响，接触产生。今天粤语的"过"字差比句与汉语史唐代"X＋A＋过＋Y"不同类。[①] 笔者对此持赞同态度。但同时认为汉语史上的"A＋过"与今天方言的"VP（含 A）＋过"语法结构关系不同。

《全唐诗》4206 个"过"，多为动词"经过、越过"义，表示差比，结构为"（X）＋A＋过＋Y"的仅十三例。张赪认为其中"过"不是差比标记，[②] 笔者赞同此观点，并意在对《全唐诗》差比性质的"过"字句语法关系进一步解释。其中"X＋A＋过＋Y"四例：

（31）溪浪碧通何处去，桃花红过郡前流。（卷 846 齐己诗，9569）

（32）白帝高为三峡镇，夔州险过百牢关。（卷 229 杜甫诗，2507）

（33）何必武陵源上去，洞边好过落花中。（卷 689 陆希声诗，7912）

（34）天年高过二疏傅，人数多于四皓图。（卷 460 白居易诗，5240）

---

① 详细论证可参见吴福祥《粤语差比式"X＋A＋过＋Y"的类型学地位》，《中国语文》2010 年第 3 期。

② 相关论述可参见张赪《汉语语序的历史发展》，北京语言大学出版社 2010 年版，第 77—78 页。

这些例子中，"过"都应该看作句子的主要动词，因为添加领格性的代词"其"，句子都能成立：

(31′) 桃花其红过郡前流。

(32′) 夔州其险过百牢关。

(33′) *涧边其好过落花中。

(34′) 天年其高过二疏傅。

只有第三句的接受性较差，但《全唐诗》中也确实存在这样的例子：

(35) 季桓心岂忠，其富过周公。阳货道岂正，其权执国命。（卷 425 白居易诗，4687）

这样例 (31)—(34) 应该看作"话题句"，如例 (31)"桃花红"看作话题，"过郡前流"看作述题，"过"就是句子的谓语动词。这样的视角符合"过"的语法事实，我们还是以"过"字差比意义句子为例：

(36) 赋家达者无过此，翰苑今朝是独游。（卷 705 黄滔诗，8109）

(37) 夜雨山草湿，爽籁杂枯木、闲吟竺仙偈，清绝过于玉。（卷 837 贯休诗，9437）

例 (36) 是"不及"意义的差比句，否定副词加在"过"的前面，且全句只有一个动词"过"；例 (37) 介词"于"引进的补语结构紧接"过"的后面，这些都说明"过"是句子的谓语动词。

那么剩下的九例"A + 过 + Y"，A 应该看作主语，如：

(38) 难于寻鸟路，险过上龙门。（卷 440 白居易诗，4902）

(39) 不缘精妙过流辈，争得江南别有名。（卷 653 方干诗，7505）

(40) 贫于杨子两三倍，老过荣公六七年。（卷 454 白居易诗，5148）

例（40）曾被看作典型差比句，因为出现了比较值上的数量化。但是如果我们结合唐代语言事实，还是应该将"老"看作"年龄"义的转指，作主语，"过"谓语，"六七年"看作动宾结构"过荣公"的补语。

《全唐诗》还有两例"VP＋过＋Y"差比句：

（41）好勇方过我，多才便起予。（卷160 孟浩然诗，1639）

（42）忘情及宗炳，抱疾过刘桢。（卷623 陆龟蒙诗，7168）

笔者认为这些动词短语处理作话题结构比较好，如例（42）"建安七子"刘桢是染疾疫而亡，这里说华阳山人此时病情已重，抱病之重超过刘桢。

所有的唐代文献中，只能在《全唐诗》中发现"过"类差比句，宋代以后几乎不见。① 这么短暂的繁荣，且只在韵文中出现，说明韵文文体促发了这类差比句，有两例比较结果置于句尾，形成两个谓语中心的奇怪格局，更能证明这个问题：

（43）无瑕胜玉美，至洁过冰清。（卷263 严维诗，2916）

（44）白发过于冠色白，银钉少校领中银。 （卷415 元稹诗，4589）

例（43）比较结果"清"置后，本首诗歌韵脚字：精、贞、成、清、声、明，都是"清"韵字，没有韵脚字限制的话，"清"置于"过"之前完全可以成立：至洁清过冰。例（44）如果不是要满足与下文"银钉少校领中银"的对仗要求，"白发白过冠色"也是完全成立的。

韵文对字数的要求非常严格，"过"本身又具备"胜过、超过"义，被选择表达差比意义，则在情理之中。因此我们把唐代的这类差比句看作"词汇型"而不是"句法型"，应该更符合语言事实。

---

① 据张赪研究，宋代只有《全宋词》中两例，《朱子语类》中一例。张赪：《汉语语序的历史发展》，北京语言大学出版社2010年版，第77页。

4. 方言差比标记"过"的来源

现在再来看粤方言中的"过",它出现在形容词或动词的后面,是个补语的位置。其最初也是一个动相补语,清末的粤方言小说《俗话倾谈》可以看到这个词演变的轨迹。

V 过,动相补语,是为动词增添一个完成的信息,如例(45)、(46):

(45)口讲指画要某件货物,某样东西,逐一搬来看过合式。(《横纹柴》,58)

(46)巡丁放下,二成向各巡丁跪过,叩头认罪。(《横纹柴》,67)

(47)省城唔利市,再去龙湾大埠。办过衣装。(《横纹柴》,63)

(48)及后另请过一个医家,几番调治,仅可开言。(《横纹柴》,8)

例(47)、(48)"V 过"带宾语,从汉语史上看,"过"动相补语的发展过程如下:"开始虚化为动相补语时,最初只限于'动+过'格式,入宋以后,'动+过'逐渐带上宾语而形成'动+过+宾'格式。"① 粤方言的"过"并不表示经历体,而是"完成"义的时态助词。

V 过,用在动词之后,"过"为虚拟或现实中已经实现的动作增加"周遍"义:

(49)我唔理得你咁多,总之要换过。(《横纹柴》,62)

(50)我昨晚通夜想过,将自己性情与伯娘比较,实系万不及他一分。(《横纹柴》,81)

例(49)"换过"即"换一遍",每一个银钱都要交换之义;(50)"想过"即"想一遍",事情的前前后后都回想一遍。

---

① 吴福祥:《重谈"动+了+宾"格式的来源和完成体助词"了"的产生》,载《著名中年语言学家自选集》(吴福祥卷),上海教育出版社 2011 年版,第 16 页。

V 过（O），结果补语，表示动作有结果：

（51）亚哥，你唔在笑我，你终须要被人打过。（《横纹柴》，69）

（52）你去归煮饭……另切过二两瘦猪肉，切烂蒸鸡蛋，与老母食。（《横纹柴》，52）

（53）欲转侧不能，欲起身不得，实在一世唔病过咁凄凉。（《鬼怕孝心人》，182）

（54）我九个仔死干净，将来生过几个好仔，要孙中会元状、元人。（《九魔托世》，167）

例（51）、（52）表示未发生的动作在说话人的心目中可有结果，"打过"即"打到"之义；"切过二两猪肉"即"切来二两猪肉"。例（53）表示已发生的动作有了结果，"病过咁凄凉"即"病得那么严重"。例（54）表示虚拟的动作有了结果，"生过几个好仔"即"生上几个好孩子"。

粤语"过"继续从表示结果发展为表示差比意义：

（55）我当初做新妇时，重好色水过你十倍。（比你漂亮十倍）（《横纹柴》，2）

（56）二成未曾见人吊过，以为吊好过打。　（吊着比挨打好）（《横纹柴》，66）

今天粤方言的"过"是一个助词，表示差比从结果补语中来；而唐代的"过"是动词，表示差比是从词汇意义中来。

（四）差比意义的"了"

汉语通语"了"，也是一个可以表示差比意义的功能词，大致经历了以下的发展过程：①

---

① 例（57）—（62）取自吴福祥《重谈"动+了+宾"格式的来源和完成体助词"了"的产生》，载《著名中年语言学家自选集》（吴福祥卷），上海教育出版社 2011 年版，第 1—22 页。例（63）—（65）取自刘丹青《语言库藏类型学》，2012 年复旦大学《第十届全国语言学暑期高级讲习班》讲义。

A. 动词，完，唐五代之前已存在，如：

(57) 作此语了，遂即南行。(《伍子胥变文》,《敦煌变文集》, 5)

B. 结果补语，完，唐五代产生，如：

(58) 军官食了，便即渡江。(《伍子胥变文》,《敦煌变文集》, 12)

(59) 各请万寿暂起去，见了师兄便入来。(《难陀出家缘起》,《敦煌变文集》, 590)

C. 动相补语，表示动作完成或状态实现，唐五代产生，如：

(60) 一人死了，何时再生？(《庐山远公话》,《敦煌变文集》, 260)

(61) 神仙不肯分明说，迷了千千万万人。(《全唐诗》卷 858 吕岩诗, 9696)

D. 助词，完成体标记，宋代产生，如：

(62) 恰则心头托托地。放下了日多萦系。(毛滂《惜分飞》,《全宋词》, 677)

E. 助词，完成之后状态持续：

(63) 书包里藏了一个游戏机。

F. 助词，表示结果，消失性结果：

(64) 我杀了这只鸡。

G. 助词，表示比较，偏失性结果：

（65）这双鞋大了一号。

"了"表示差比，语法化程度较低，不能在其后增加比较基准，如：这双鞋大了那双鞋一号，不合法；这双鞋大了一号，合法。

从通语到方言，都存在由动补结构表示差比意义的语法格式，如通语的"了"；冀鲁官话的"起"、"得"；湘方言的"咖"；粤方言的"过"。其中语法化程度最高的是"过"，其差比句中比较项、比较基准、比较结果以及量化比较值都可以出现。清初山东方言的"起"的语法化程度也比较高，因为比较项不限于体词，还扩展到谓词结构。湘方言的"咖"，通语的"了"，都属于语法化程度较低的差比标记。

结　语

《醒世姻缘传》的方言特色

汉语官话的基础方言问题，是一个很老的话题，也是一个存在重大争议的问题。自王力提出汉语共同语的标准音是北京话，[①] 五十多年来，学者们还提出了其他不同意见：有的坚持是中州音；[②] 有的认为是南京音。[③] 首次认为官话不是单一体系发展而成的是吕叔湘："现代的官话区方言，大体可以分成北方（黄河流域及东北）和南方（长江流域及西南）两系。"并谈到了官话的发展历史："北宋的时候，中原的方言还是属于南方系；现在的北方系官话的初身只是燕京一带的一个小区域的方言。到了金、元两代入据中原，人民大量迁徙，北方系官话才通行到大河南北，而南方系官话更向南引退。"[④] 笔者赞同此观点，并认为明清时代是南北官话合流、竞争的时代。明代朱元璋建都南京，南京话取得优势地位。朱棣迁都北京，但同时带去了南京的大批匠户，北上的南京话与北京话在明代中期以后，深入接触。清兵入关之后，北京话并未马上取得优势。八旗官兵与北京城的百姓严格区分为内城和外城。清代初年的办公语言还是满语。直到后来融合之势不可阻挡，内城和外城界限不再清晰，北京话才正式走向全民共同语。

明清南北官话合流，完成的第一项任务是：削除汉语中的蒙古语成分。元代蒙古语对汉语造成了很大影响，这一点我们在追溯语法史的时候，给予了充分关注。蒙古语是屈折语，大量使用词形变化表示语法意义。比如：蒙古语的"与—位格"，对汉语的影响很大，元代汉语的"方位词缀"发达，除了表示处所意义，还可以兼表原因，动作涉及的对象

---

①　王力：《汉语史稿》，中华书局 2004 年版，第 46 页。
②　李新魁：《李新魁语言学论集》，中华书局 1994 年版，第 146 页。
③　鲁国尧：《鲁国尧语言学论文集》，江苏教育出版社 2003 年版，第 508 页。
④　吕叔湘著，江蓝生补：《近代汉语指代词》，学林出版社 1985 年版，第 58 页。

等。句法上的方位成分强迫使用，致使汉语中本来不需要方位词的地方，使用了方位词。方位词的使用还渗透到词汇层，汉语产生了新的三音节处所词。明代官话首先大批量削除句子上的"方位词"，词汇层面的三音节处所词则到清代以后才基本清除。

明代南方官话显示出强势，这一时段南北官话合流表现出来的主要是"南胜型"语法现象。如元代时间词（又为假设语气词）"呵"十分发达，明代以后来自南方官话的相同功能的"时"取代了"呵"。再如南系官话句尾的肯定性语气词"是"，在明代呈现强势，在清初的《醒》中仍有存留。

另外明代语言还向着汉语正统通语回归，我们称作"回归型"语法现象。如语气词"着"唐代产生，与公文语体"者"相区别。元代在蒙古语影响下，"者"、"咱"盛行，明代之后重新回归汉语通语的"着"，并继续保持"着"、"者"区分。

随着南北官话接触的加深，明末清初呈现出来的主要是"南北和谐双赢型"① 语法现象。比如汉语"给予"义动词，南方用"给"，读音为"己"，入声舒声化。明代发展为三价动词，可以作受益格介词。北方用"馈"，是三价动词，明代至清出现了短时的介词用法，作受益格标记，说明北方的"馈"复制了南方的"给"语法结构。北方"馈"俗读见母上声，因此汉语多功能语法词"给"的发展模式为：南方贡献了一个"给"的字形和语法语义结构，北方贡献了一个读音。这就造成了"给"的不合音变。

清代中叶以后，官话表现出来的主要是"北胜型"语法现象。仍以介词"给"为例，北方话从南方话继承了"给"的被动句，受益格标记等介词用法，又发展出新的用法，引进受损者，并进一步发展为"非自主"情态义，还发展为处置等语法功能。今天在江淮官话区域，"给"的用法还是仅限于动词"给予"，使役动词"让"，被动标记三种，说明"给"的其他用法是北方话发展的结果。

《醒》作为一部清初北方话的作品，其方言词的主体是北方话，可以确定是山东方言成分。山东境内的方言分属于汉语官话方言的胶辽官话、冀鲁官话和中原官话三个次方言。从寿光、青州、临朐、沂源、蒙阴、沂

---

① 关于"给"的问题，限于本书写作体例，笔者另文论述。

南，直至海州湾的沿岸莒南，这些地区及其以东地区，属于胶辽官话片；菏泽、曹县、济宁、曲阜、枣庄一带属于中原官话片；其余济南、德州、淄博、泰安等中间地带属于冀鲁官话片。[①] 就我们考察的历史文献，以下方言词仅见于《醒》（包括《聊斋俚曲集》）：

挨哼；八秋儿；拔地；把拦；白；白醭；白拉；摆制；伴（比较）；邦邦；饱撑撑；抱；暴$_1$；背地后里；逼$_1$（贴近）；扁呼呼；别变；别脚；脖抢骨；跛罗盖子；不着；操兑；叉把；搀空子；长鬖鬖；沉邓邓；成头；嗤嗤哈哈；绰揽；雌$_1$；雌$_2$；雌答；雌没答样；跐蹭；除的家；惷（硬塞给别人）；搭拉（随随便便地饲养）；打都磨子；打罕；打伙子；打哩；打磨磨；大大法法；大拉拉；歹（勒住）；待中；担括；挡戗；倒口；倒沫；蹬捱；低搭；丁（聚集）；丁仔；丢丢秀秀；都都摸摸；敦（连续颠簸）；墩嘴；敦蹄刷脚；顿硞；掇气；剁搭；堕业；阿郎杂碎；恶发（感染、伤口化脓）；恶囊；恶影影；二不棱登；发韶；翻调；愤；叹咀；盖抹；敢仔；刚子；割硌；割蹬；割拉；鼓令；挂拉；拐$_1$（放置）；汗鳖；杭杭子；杭货；喝掇；黑计；糊括；花哨；滑快；划；还省；回背；浑深；豁邓；豁撒；活泛泛（鲜嫩）；火绷绷；鸡力谷硌；积泊；赍子；极头么花；己（给予）；架话；架落；尖尖；尖缩缩；将帮；搅裹；接合；接纽；紧仔；拘；砍（扣上）；可$_1$；可$_2$；肯心；枯刻；剿；宽快；括；括毒；喇喇叭叭；辣躁；琅珰；老獾叼；老实实；棱；棱棱挣挣；漓漓拉拉；连珠子；伶俐（干净）；搂吼；炉；陆（即撸）；旅旅道道；眊眊稍稍；没捆；闷闷渴渴；猛哥丁；觅汉；魔驼；拿（淹制、泡制）；攘颊；攘业；猱头；恼巴巴；馁；腻耐；粘粥；农（凑合）；浓济；刨黄；劈头子；披砍；皮缠；平扑塌；扑撒；铺搭；铺拉；铺潦；铺腾；欺（因潮湿而损伤）；缉$_2$；齐割扎；起为头；砌$_1$；腔巴骨子；腔款；乔（形容词，怪异）；乔声怪气；砌$_2$；青光当；情（继承；轻易赚取，坐享）；穷拉拉；穷酸乞脸；屈处；蛐蟮；让（液体向外冒）；热化；汝（塞）；软骨农；撒极；撒津；嗓根头子；杀（捆紧）；煞实；善便；善茬；善善的；韶道；韶韶摆摆；哨（用语声指使狗；哄骗）；生头；生帐子货；实秘秘；实拍拍；拾（买）；是百的；刷括；说作；撕挠；死拍拍；死纠纠；梭罗；塌；踏猛子；胎孩；探业；汤汤儿；踢蹬；蹄膀；跳

① 钱曾怡：《山东方言研究》，齐鲁书社 2001 年版，第 20 页。

趷；停（用于表示分数）；通路；偷伴；投；投性；团脐；拖罗（量词）；脱服；脱气；洼跨；歪憋；捵拉；偎侬（软弱）；翁婆；兀秃；五积六受；伍浓；舞旋；稀棱挣；洗换；瞎头子；瞎帐；下老实（副词）；下意；掀腾（闹腾，揭露）；涎不痴；涎瞪；献浅；香亮；降发；小豆腐儿；小家局；小厮（男孩儿）；蝎虎；心影；虚火（形容虚张声势）；血沥沥；牙巴骨；烟扛扛；盐鳖户；淹荠燎菜；淹淹缠缠；央央跄跄；仰尘；仰拍叉；遥地里；一溜雷；一盼心；一汤的；一总里；疑疑思思；已而不当；义和；硬帮；游游衍衍；圆泛；越子；匀滚；燥不搭；扎括；乍大；乍生子；窄逐；沾（副词，稍微）；占护；照；照物儿；折堕；挣（撑开）；支调（打发）；支蒙；支煞；直蹶子；直势；主腰子；挝挠；妆乔布跳；苗实；着相；仔本；左道（议论）；作（容下）；作蹬；作索；作下；坐$_1$；坐$_2$。

这些方言词有一些仍见于今天的冀鲁官话，如：把揽（即为"把拦"，"独揽、阻挡"义）；白拉；暴$_1$（"尘土飞扬"义）；滗（即为"逼$_2$"，"挡住渣滓或泡着的东西把液体倒出"义）；呲打（即为"雌答"，"斥责"义）；当朗（即为"琅珰"，"脸拉长"义）；蹬撑；跶（即为"敦"，"连续颠簸"义）；恶发；恶影（义同"恶影影"）；胳登（即为"割蹬"，"单脚跳行"义）；缴裹儿（即为"搅裹"，"花销、开支"义）；擓（即为"蒯"，"用指甲搔"义）；宽快；撸（即为"陆"，"快速地解下来、脱下来，用于手套、头饰等"义）；馕丧（即为"攘颡"，"猛吃，含贬义"义）；怄（即为"熰"，"不完全燃烧"义）；劈（"雷击"义）；谝；扑拉（即为"铺拉"，"理平、安抚"义）；扑撒（扑打拂拭，引申为"安抚"）；铺衬（即为"补衬"，"碎布片"义）；气不忿儿（"忿"，"服气"义）；乔拉（义同"乔"，"易怒的"）；赌（即为"情"，"继承；坐享"义）；韶叨；丝孬（即为"撕挠"，"食物发霉"义）；襄拉（即为"梭罗"）；虚和（即为"虚火"，此"和"读为［xuə］）；灶突；占乎（即为"占护"，"独占"义）；支棱（即为"支蒙"）；直实（即为"直势"）；作登（即为"作蹬"，"闹腾、折腾"义）；作索。①

另外还有一项事实也很清楚：《醒》还残留一部分南方官话成分。词汇方面，如"人客"、"掇"；语法方面，如"搭"（量词）；"望"（介

---

① 资料来源李荣主编、钱曾怡编纂《济南方言词典》，江苏教育出版社1997年版。

词，引进动作方向）；"来"（语气词，祈使句中表示催促）；"是"（句尾肯定性语气词）；"家"（助词，状语位置描写性成分）。

假如我们能认识到明清时代官话的南北接触问题，也就能对《金瓶梅词话》的方言特点进一步思考：这部书以北方话为主，但夹杂了少量吴语成分。长久以来争论的焦点是如何看待其中的吴语成分。

关于这个问题，也许《西游记》的语言特色可以给我们一些启发。我们根据文献排查，圈定《西游记》中 640 个有方言特色的词语，考察了江苏今天 56 个方言点，江苏淮安楚州区（明代吴承恩的家乡）对这些方言词的保留量最高，达到 315 个，可以证明这部书是由明代的江淮官话写成。根据调查到的江淮官话特征词显示：江淮官话具有"南染吴越"色彩。①

那么明代《金瓶梅词话》中的吴语，也就可以解释为南系官话的方言成分。如果再进一步追问，为什么明代这一部小说的语言特色与其他文献有异，就要进一步关注到这部书所涉及的地域。故事发生的地点线索均是大运河沿线，也许这一条河流是重要的原因，大运河在明清时期起到沟通南北文化的作用，是南方文化向北传播的重要渠道。

关于明清时代官话的南北接触问题，还可以继续深入研究，这将有利于我们认识官话形成历史，有利于认识汉民族共同语的发展史。

---

① 晁瑞、杨柳：《〈西游记〉所见方言词语流行区域调查研究》，《淮阴师范学院学报》2012 年第 2 期。

附　录

《醒世姻缘传》方言词释义

　　我们这里所谈的词，都是以义位为单位的。一个词，可能有多个义位，它们产生的历史时代可能会不同，不属于同一个层面。在共时的层面，各个义位的使用频率也不同，有些可能是通语意义，有的则可能有方言成分。我们以义位为单位可以更加清晰地描写这些词。汉字是用来记录词的，但是同一个汉字不一定记录同一个词，有可能两个词意义上没有什么联系，只是读音相同，写作了同一个字而已。这样的情况，我们都尽量记作【X₁】【X₂】，以示二者的区别。

　　收词标准：见于清初《醒》的方言词，包括单音节、双音节、三音节及四音节词语。

　　不收"惯用语"，比如：插杠子（"横加干涉"义），例如：第九十五回："再说家，仍是我当，不许你乱插杠子。"类似的惯用语还有"鹰左脚"，形容非常迅速；"柳下道"，说不合适的话；"虚撮脚"，虚假。不收歇后语，比如：隔墙撩胳膊——丢开手，比喻不再纠缠，例如：第八回："珍哥这样一个泼货，只晁大舍吐出了几句象人的话来，也未免得的'隔墙撩胳膊——丢开手'，只是慢慢截短拳，使低嘴，行狡计罢了。"适当收入成语，有些成语在群众中使用较为广泛，但不见于通语。比如：倚儿不当（也写作"已而不当"），"漫不经心"义，例如：第九十七回："我好生躲避着他，要是他禁住我，你是百的快着搭救，再别似那一日倚儿不当的，叫他打个不数。"

　　对于明清时代，类似于文字游戏的词，比如：七大八，藏着一个"小"字，这个词的意思是"小妾"；秋胡戏，藏着一个"妻"字，这个词的意思是"妻子"。这些称谓词，都活跃在群众口头，有一定广泛性。但是，它们在语言中存留的时间并不是很长，也不收入。

　　以下词语按拼音顺序排列，括号内为其他异形词。a、b、c表示一个词的不同义位，一个词的一个义位原则上仅举一个例子。部分释义参考了许宝华、宫田一郎《汉语方言大词典》（中华书局 1999 年版）；罗竹风《汉语大词典》（缩印本）（汉语大词典出版社 1997 年版）；徐复岭《醒世姻缘传作者和语言考论》（齐鲁书社 1993 年版）；李国庆《〈醒世姻缘传〉校注》（中华书局 2005 年版）；董遵章《元明清白话著作中山东方言词例释》（山东教育出版社 1985 年版）。

A

挨哼（哇哼、捱哼）：呻吟。例：那桥栏干底下坐着挨哼的不是么？（73/944）

挨磨（挨抹）：磨蹭、拖延。例：他倒挨磨了今日四日，他爽利不来了。（67/858）

碍手：难下手，不好处理。例：从今日休了，也是迟了的！只是看去世的两位亲家分上，叫人碍手。（74/949）

安生：安宁、安静。例：你就强留下他，他也作蹬的叫你不肯安生。（68/880）

俺：第一人称代词，我、我的。例：小青梅领着一个姑子，从俺奶奶后头出来。（12/161）

暗房：产妇坐月子的房间。例：调羹气的在暗房里怪哭，哭的孩子又没了奶，狄员外在床上气的象牛一般怪喘。（76/977）

袄子：棉袄。例：我亲见他穿着我做与他的油绿袄子进这屋里来，还与我磕了两个头。（21/273）

B

八秋儿：很早以前。例：你八秋儿撺掇他干了这事，你还肯再三再四的劝他么？（98/1270）

拔地（跋地）：狠狠地。例：珍哥把晁大舍拔地瞅了一眼。（3/34）

把：约数助词，用在量词后，言其少。例：众妇人都辞住不肯进去，站定叙了句把街坊家套话。（2/18）

把拦：阻拦、阻止。例：人家的汉子，你要不给他个利害，致的他怕了咱，只针鼻子点事儿，他就里头把拦住不叫咱做。（69/888）

把势：老手、行家。例：四爷，你要肯拿，这眼皮子底下就有一个卖私盐的都把势哩。（48/620）

巴拽：辛辛苦苦凑得。例：严列宿巴拽做了一领明青布道袍，盔了顶罗
　　帽，买了双暑袜、镶鞋，穿着了去迎娶媳妇。(28/356)

白（百）：副词，竟然。例：晁夫人道："我倒也想他的，白没个信儿。"
　　(49/638) 又：狄宾梁睁开眼，看见窗户通红，来开房门，门是锁
　　的，百推晁不开，只得开了后墙吊窗。(48/625)

白当（百当）：副词，竟然。例：你只说他老实，白当叫他做出来才罢。
　　(40/514)

白醭：白霉。例：把我的铺盖卷到桅舱里，合周相公同榻，再不与这个两
　　个臭婆娘睡！闲出他白醭来！(87/1122)

白话：说话、闲聊。例：如今他正合一个甚么周公在那里白话。(4/50)

白豁豁：形容很白。例：寄姐见白豁豁的五两四锭，问是那里用的。
　　(80/1031)

白拉：用白眼珠看人，比喻瞧不起人。例：你呀，我同着你大舅不好白拉
　　你的。(85/1092)

百声叶气：声音怪异，形容非常生气。例：朴茂媳妇道："奶奶，你骂我
　　也罢。'相骂没好口，相打没好手'，只许你百声叶气的骂俺爷么？"
　　(87/1120)

摆划ₐ：摆布、安排。例：一点帐也没有，凭我摆划就是了！(7/92)

摆划ᵦ：玩弄。例：村孩子！放着两件活宝贝不看，拿着那两个珠子摆划！
　　(6/77)

摆制：摆布、摆弄。例：俺众人分了他这点子，就要养活他；他得了晁无
　　晏的全分家事，一个六七岁的孩子，他还要摆制杀他哩！(57/740)

班辈：行辈。例：（媒婆）俱来与晁大舍提亲，也不管男女的八字合得来
　　合不来……也不论班辈差与不差。(18/229)

搬挑：搬弄、挑拨。例：兼之下人搬挑，仇恨日深，嫌疑日甚，私下动起
　　干戈，兴起杀伐，也就管不得有甚么王法。(99/1273)

伴：比较、攀比。例：又有的说道："那前边伺候珍姨的人们，他都是前
　　生修的，咱拿甚么伴他？"(3/35)

伴怕：壮胆。例：你叫人把咱那黄骒骡备上我骑骑，我连夜赶他去；你再
　　把咱的那链给我，我伴怕好走。(53/691)

邦邦（梆梆）：说话（贬义）。例：他不说还好，他要邦邦两句闲话，我
　　爽利两三宿不回家来！(74/950)

帮扶：帮助扶持。例：你若与他回去，他有了党羽，你没了帮扶，堤防不
　　了这许些。（99/1283）

帮贴：补贴。例：你小叔儿做着个穷部属，搅缠不来，我所以合个伙计，
　　赚些利钱，帮贴你小叔儿做官。（77/994）

饱撑撑：形容很饱满的样子。例：饱撑撑两只奶膀，还竟是少年女子。
　　（72/931）

抱：禽鸟孵卵。例：每年圈里也养三四个猪，冬里做了腌腊。自己腌的鸭
　　蛋，抱的鸡雏。（52/675）

暴₁：（尘土等）飘落在物体上。例：随分付近侍道："好生收着。拿罩儿
　　罩住，休要暴上土。"（5/64）

暴₂：突出、凸起。例：那人惨白胡须，打着辫子，寡骨瘦脸，凸暴着两
　　个眼。（57/736）

背地后里：背后、暗地里。例：背地后里只是恨说辱没了他，这不合死了
　　的一般？（74/950）

背净（背静）：偏僻。例：他那院里同住着一大些人，其余又烧得四通八
　　达的，没个背净去处，这可成了"赖象磕瓜子，眼饱肚中饥"的勾
　　当！（19/246）

悖晦：糊涂。例：哎呀！你小人儿家只这们悖晦哩！你爹八十的人了，你
　　待叫他活到多咱？（60/771）

逼₁：贴近。例：浓袋逼在门外偷听，唬的只伸舌头。（98/1272）

逼₂：挡住渣滓或泡着的东西把液体倒出。例：水饭要吃那精硬的生米，
　　两个碗扣住，逼得一点汤也没有才吃。（26/342）

闭气：闷气，使不得发泄。例：狄希陈跨进门去，秦敬宇接出门来，与了
　　狄希陈一个闭气。（50/650）

扁（贬）：藏、掖。例：素姐就只随身衣服，腰里扁着几两银子，拿着个
　　被囊。（86/1108）

扁呼呼：扁（有贬义）。例：其妻黢黑的头发、白胖的俊脸，只是一双扁
　　呼呼的大脚，娘家姓罗。（84/1080）

扁食：水饺。例：做酒是俺的黄米，年下蒸馍馍、包扁食是俺的麦子，插
　　补房子是俺的稻草。（9/117）

便索：副词，就。例：这也便索罢了，他还嫌那尻嘴闲得慌，将那日晁夫
　　人分付的话、挒带的银珠尺头，一五一十向着珍哥晁大舍学个不了。

（8/97）

俵散：散发、分发。例：奶奶没要紧，把东西都俵散了。（9/112）

鳔：肢体相盘绕。例：你搂着脖子，鳔的腿紧紧的…… （58/746）

鳖：勒索。例：他那使毒药恶发了疮，腾的声往家跑的去了，叫人再三央及着，勒揢不来，二三十的鳖银子。（67/869）

别ₐ：拗断、撬开。例：把一个药箱，拿起那压药铡的石狮子来一顿砸的稀烂，将一把药铡在门槛底下别成两截。（67/862）

别ᵦ：威逼、逼迫。例：那师嫂甚么肯罢，放刁撒泼，别着晁梁足足的赔了他一千老黄边，才走散了。（92/1193）

别白：抢白、违拗。例：一来不敢别白那珍哥，二来只道那计氏是降怕了的，乘了这个瑕玷，拿这件事来压住他。（9/110）

别变：违拗、阻拦。例：我待来随着社里烧烧香，他合他老子拧成一股，别变着不叫我来。（69/886）

别脚：破绽、矛盾之处。例：只这他自己的状上好些别脚，"一字入公门，九牛拔不出"哩。（46/599）

拨拉：拨向一边。例：罗氏站住，动也不动。素姐伸手，罗氏使手拨拉。（95/1225）

拨唆：挑拨。例：原来是你这奴才拨唆主使！（89/1148）

脖抢骨：颈椎。例：狄希陈象折了脖抢骨似的，搭拉着头不言语。（83/1074）

鹁鸽：鸽子。例：这等放野鹁鸽的东西，他原是图你的好，跟了你来。（82/1057）

跛罗盖子：膝盖。例：这话长着哩，隔着层夏布裤子，垫的跛罗盖子慌！（10/127）

补衬（铺衬）：用作打补丁、做鞋底的碎布。例：合陈师娘换下的一条破裤，都拆破做补衬使了。（92/1193）又：家人媳妇道："拿着给我奶奶做铺衬去，叫俺奶奶赔陈奶奶个新祅。"（92/1187）

补复：报答。例：我感他这情，寻思着补复他补复。（30/394）

不的：语气词，表示反诘语气。例：你告到官，叫仵作行刷洗了，你检验尸不的么？（60/768）

不盻的：不屑于。例：狄爷不盻的合小的们一般见识。（83/1070）

不着：假设连词，如果不是……例：他在咱身上的好处不小：这缺要不着

他的力量，咱拿四五千两银子还没处寻主儿哩。（15/195）

C

擦：紧挨着。例：老计道："海姑子合郭姑子从你这里出去，擦着禹明吾送出客来。"（9/111）

采：拉、拖。例：外边男人把晁大舍一把揪番，采的采、拧的拧，打桌椅、毁门窗、酒醋米面，作贱了一个肯心。（9/116）

采打：打。例：晁大官被计家的人们采打了一顿，也有好几分吃重，起不来，也没打门幡。（9/119）

操兑：操劳凑处。例：我不吃这酒饭，我流水家去，看他老子别处操兑，弄点子袄来，且叫这孩子穿着再挨！（79/1020）

叉把：一种柄端有多个向内弯曲的长齿农具，用来叉挑柴草。例：虽然没有甚么坚甲利兵，只一顿叉把扫帚攉得那贼老官兔子就是他儿。（32/409）

叉股子：矛盾之处。例：只这两三个叉股子，问不杀他哩！（46/600）

插：煮、熬。例：俺插着麦仁，你成三四碗家攘颡你，你送的是甚么布合钱？（49/640）

插补：修葺（房屋）。例：年下蒸馍馍、包扁食是俺的麦子，插补房子是俺的稻草。（9/117）

拆辣：讽刺、挖苦。例：龙氏道："多亏了大爷二爷的分上，救出我的儿合女来，我这里磕头谢罢！念讼的够了，望大爷二爷将就！"把薛如卞、薛如兼拆辣的一溜烟飞跑。（89/1150）

搀空子：抽空。例：若是两个老人家的喜神合神主没人供养，你搀空子请了这来也好。（77/991）

缠帐：纠缠。例：狄周见那差人合他缠帐，拿着皮袄偺长来了。（67/870）

长大：身材高大。例：那计氏虽身体不甚长大，却也不甚矮小。（1/8）

长鬖鬖：形容很修长的样子。例：寡骨脸上落腮胡，长鬖鬖冒东坡丰致。（72/931）

常时：平时、往日。例：我说叫他出去罢，咱如今同不得常时，又没了钱，又没了势，官儿又严紧，专常的下监来查。（43/559）

常远：长远、长久。例：他又不肯来咱家吃饭，只买饭吃，岂是常远的

么？（55/710）

绰₁：顺着（口气）。例：小珍哥绰了张瑞风的口气，跟了回话，再不倒口。（51/662）

绰揽：收揽。例：人家有子弟的，丁利国都上门去绰揽来从学。（27/348）

扯淡：胡说八道。例：你老人家可是没的家扯淡！你的外甥亲，如俺两口子亲么？（60/776）

扯直：两下拉平、抵消。例：年终算帐，赚得不多，渐至于扯直、折本，一年不如一年。（70/900）

嗔道：副词，难怪、怪不得，表示领悟语气。例：我通没听见说，就是相爷也没见提起。嗔道这们几日通没见往宅里去。（82/1053）

碜：难为情、使人羞赧的。例：他本人怕见往你那里去，我拿猪毛绳子套了交给你去不成！这是甚么营生，也敢张着口合人说呀？碜不杀人么？（87/1121）

沉邓邓：形容发狠嚷闹的样子。例：只是望着晁大舍沉邓邓的嚷、血沥沥的咒。（8/98）

衬：比较。例：实说，我喜你这孩子丑，衬不下我去，我才要他哩。（84/1082）

成头（承头）：出面、带头。例：你还指望有甚么出气的老子，有甚么成头的兄弟哩！（3/36）又：你承头的不公道，开口就讲甚么偏，我虽是女人家，知不道甚么，一象这个"偏"字是个不好的字儿。（22/292）

逞脸：出风头。例：（晁思才）骂自己的老婆道："老窠子！你休逞脸多嘴多舌的！"（22/285）

嗤嗤哈哈（赤赤哈哈）：形容不堪忍受的样子。例：不要说那朋友，就是父族母族妻族的至亲，看他饿得丝丝凉气，冻得嗤嗤哈哈的，休想与他半升米一绺丝的周济。（90/1162）

抽头ₐ：抽身、脱身。例：若不及早抽头，更待何日？（16/208）

抽头ᵦ：提成、回扣。例：当初那一百两的本又没有净银子与你，带准折、带保钱、带成色、带家人抽头，极好有七十两上手。（26/334）

擤：用手托着向上。例：说着，打发婆子上了骡子，给他擤上衣裳。（40/515）

瞅睬：理睬。例：大奶奶也不言语，也不瞅睬。（91/1175）

出挑（出条、出跳）：出色地长成。例：虎哥已长成十五岁，出条了个好小厮。（71/921）

处心：副词，故意。例：我处心不与他棉裤棉袄的穿，叫他冻冻，我心里喜欢！（79/1019）

诎：贬低（人）。例：见咱进去，且不出来接咱，慌不迭的且锁门，这不诎人么？（38/493）

噇：毫无节制地狂吃狂喝。例：一个人五更里待进朝起早，我可敦着屁股噇血条子不动，这羞恼不杀人么！（83/1074）

绰$_{2a}$：快速地扫一眼。例：要论我这一时，心里极明白，知道是公婆丈夫的，只绰见他的影儿，即时就迷糊了。（59/760）

绰$_{2b}$：快速拂拭。例：那桌上有吊下的甚么东西，碗里有残的甚么汤饭，从不晓得拾在口里吃了，恐怕污了他的尊嘴，拿布往地下一绰！（26/341）

绰$_{2c}$：将生食在开水里稍微煮一煮，快速捞出。例：做水饭分明是把米煮得略烂些儿好吃，又怕替主人省了，把那米刚在滚水里面绰一绰就撩将出来。（26/341）

雌$_1$：裂着、张开。例：你无般不识的雌着牙好与人顽，人也合你顽顽，你就做弄我捱这一顿打！（62/802）

雌$_2$：液体或粉末状物体喷涌。例：（狄宗羽）虽是读书无成，肚里也有半瓶之醋，晃晃荡荡的，常要雌将出来。（25/321）

雌答（雌搭）：申斥、斥责。例：薛亲家闷闷渴渴的，是他闺女雌答的；咱怎么的来，他恼咱？（48/624）

雌没答样：丧气，面无光彩的样子。例：龙氏才合薛三省娘子雌没答样的往家去了。（73/946）

趿蹭：踩踏、踢腾。例：有的忘了梳匣，叫人回家去取。趿蹭的尘土扛天，臊气满地。（68/883）

刺挠（刺恼、刺闹）：难受、发痒。例：俺婆婆央他，教他续上我罢，他刺挠的不知怎样，甚么是肯。（49/639）

凑处：凑集。例：这到极好！我看凑处出银子来，再来合晁大娘说。（30/393）

凑手：手头方便，多指钱、物等。例：晁爷新选了官，只怕一时银不凑

手。(1/5)

促急：匆忙。例：我回去的促急，又没捎点甚么送巧妹妹，剩了七八十两银子，我就只留下够盘缠的，别的都留给他了。(100/1287)

促寿：用为詈辞，犹言短命。例：龙氏骂道："贼砍头！强人割的！不得好死！促寿！"(94/1216)

促恰（促狭）：刁钻刻薄、故意作弄人。例：把人的脸抹的神头鬼脸是聪明？还好笑哩！我只说是小孩儿促恰，你看等他来我说他不！(58/753)

惴：硬塞（迫使人接受）。例：他待说那个和尚好，你就别要强惴给他道士；他待爱那个道士，你就别要强惴给他和尚。(58/747)

攒：配制（药物）。例：寻下药吊子，赵杏川开了药箱，攒了一帖煎药，用黄酒煎服。(67/865)

村气：土气、粗野。例：不然，若是寻常乡里人家，便要有村气。(84/1089)

撮：向上托举。例：两个家人娘子倒替着往上撮，一个把绳剪断。(77/998)

撮弄：戏弄、哄骗。例：算记停当，至日，撮弄着打发上船去了。(6/69)

撮药：按照药方抓药。例：看出病来，又仍要吃酒，恋了个酒杯，又不肯起身回家撮药。(4/49)

D

搭：量词，一块（地）。例：他门前路西墙根底下，扫除了一搭子净地。(51/656)

搭拉：（对动物）随随便便地饲养。例：每日给他两碗饭吃，搭拉着他的命儿。(63/813)

搭换：交换。例：合人家搭换了个白猫来了。(7/81)

搭识：结识（常指不正当的男女）。例：后来又搭识上了个来历不明的歪妇，做了七大八小。(82/1056)

达：指父亲。例：狄希陈说："你达替俺那奴才餂腚！你妈替俺那奴才老婆餂屄！"(48/624)

答应：伺候、照顾。例：（晁夫人）分咐说："你要答应的好，孩子满月，

我赏你们；要答应得不好，一个人嘴里抹一派狗屎。"（21/278）

打₁：介词，可以表示动作起点或者"经由"的地方。例：你说我养道士，养和尚，赤天大晌午，既是和尚道士打你门口走过，你不该把那和尚道士一手扯住？（12/162）

打₂：触及，表示物体达到的长度。例：那道袍的身倒打只到膝盖上，那两只大袖倒拖在脚面。（26/336）

打背弓：回扣，靠瞒账目获得利益。例：还有奶奶们托着买人事、请先生，常是十来两银子打背弓。（8/101）

打倒：退回货物，找回货款。例：运退的人，那里再得往时的生意！十日九不发市。才方发市，就来打倒。（70/900）

打滴溜：手攀高处，身体悬起晃动。例：不好！一个人扳着门上桯打滴溜哩！（77/997）

打都磨子：徘徊、不肯前行。例：狄希陈跪着，打都磨子的死拉。（95/1224）

打罕：生气、嫉妒。例：俺两人名虽异姓，实胜同胞，说起关张生气，提起管鲍打罕。（81/1045）

打伙子：一起、一块儿。例：咱路上打伙子说说笑笑的顽，不好呀？（68/878）

打圈：母猪发情。例：再有那一样揎拉邪货，心里边即与那打圈的猪、走草的狗、起骠的驴马一样，口里说着那王道的假言，不管甚么丈夫的门风，与他挣一顶"绿头巾"的封赠。（36/462）

打哩（打仔）：假设连词，如果、要是。例：看你糊涂么！你拿着生死簿子哩？打哩你那老婆先没了可，这不闪下你了？（53/689）又：打仔你媳妇儿教你养活他可哩，你没的也不听？（57/741）

打磨磨：转圈子。例：去昨年毕姻的日子整整一年，生了个白胖旺跳的娃娃。喜的晁夫人绕屋里打磨磨。（49/634）

打勤献浅：献殷勤。例：又是吴国伯嚣托生的，惯会打勤献浅。（8/97）

打脱：（生意）不成交。例：卜向礼说："狄奶奶说不去，我说这们回了周相公的话，省的又雇轿子。"寄姐听说，恐怕当真的打脱了，再就没敢做声。（87/1128）

打仗（打帐）：打架。例：你就待打仗，改日别处打去；您在这门口打仗，打下祸来，这是来补报奶奶的好处哩？（32/414）

打中火：行路的人在途中吃午饭。例：可说这房子，我都不给你们，留着去上坟，除的家阴天下雨好歇脚打中火。（22/287）

大：副词，可以修饰积极形容词，表示程度之高，如大高、大长、大厚、大沉等。例：骆校尉接过帽囊，取出一顶貂皮帽套，又大又冠冕，大厚的毛，连鸭蛋也藏住了。（84/1086）

大八丈：比喻见过世面的人。例：他要做出这本来，这是个大八丈，只怕不肯五六十两银子跟了你这们远去！（85/1094）

大大法法：形容身材高大魁梧。例：那赵杏川大大法法的个身材，紫膛色，有几个麻子，三花黑须，方面皮，寡言和色。（67/865）

大拉拉（大落落）：举止傲慢，满不在乎的样子。例：大晌午，什么和尚道士敢打这里大拉拉的出去？（8/104）

歹：用力向后拉。例：赶上前，一个歹住马，一个扯住腿往下拉。（28/357）

待中：副词，即将、就要。例：相栋宇道："门子说，不是沈太宇的缺；沈太宇的缺已是薛大哥补了，文书也待中下来。"（58/743）

担架：担当。例：你得了这个，就是造化到了，那里就担架不起？（34/439）

担括：用掸子或别的东西扫掉尘土。例：孙兰姬把他扯到跟前，替他身上担括了土，又替他梳了梳头。（38/493）

耽待：原谅。例：妹妹，你怎么耽待我来，合我一般见识？（96/1244）

淡话：无足轻重的话。例：女儿泪眼愁眉，养娘婢女，拌唇噘嘴，大眼看小眼，说了几句淡话，空茶也拿不出一钟。（3/35）

淡括括：形容不认真对待，轻描淡写。例：那司官胆大，还不把放在心里，迟了两三日，方才淡括括的覆将上去。（90/1162）

当家子：本家，同宗族的人。例：刚才不是怪奶奶不说，只是说当家子就知不道有这事，叫人笑话。（20/260）

当街：街上，泛指门外。例：别的事只怕保不住，要是叫人在当街剥脱了精光采打，这可以保的没有这事。（74/951）

挡戗：顶事、管用。例：破着四五帖十全大补汤，再加上人参天麻两样挡戗的药，包他到年下还起来合咱顽耍。（2/24）

倒口：改口。例：小珍哥绰了张瑞凤的口气，跟了回话，再不倒口。（51/662）

倒沫（倒抹）_a：反刍，比喻待到事后再对别人进行清算处理。例：他就
　　只是翻脸的快，脑后帐又倒沫起来。（58/746）

倒沫（倒抹）_b：磨蹭。例：倒抹到日头待没的火势，方才同着狄周回到
　　下处。（38/495）

倒替：轮流替换。例：两个家人娘子倒替着往上撮，一个把绳剪断。
　　（77/998）

捣包（倒包）：捣蛋、不听话。例：扯淡的私窠子！倒包老婆！吃了你的
　　不成？（26/341）

蹬�：挣扎。例：张了张口，不禁几蹬挰就"尚飨"去了。（13/177）

低搭：卑贱、低下。例：想起来，做小老婆的低搭，还是干那旧营生俐
　　亮！（11/139）

滴：本字"撖"，摘取。例：刘芳名道："小的诈他一个钱，滴了眼珠子，
　　死绝一家人口！"（82/1060）

滴溜：提。例：第二日清早，我滴溜着这猫往市上来，打那里经过，正一
　　大些人围着讲话哩。（6/75）

的实：确切。例：你两个刚才就该根问他个的实。（84/1083）

抵盗：偷取。例：莫叫他把家事都抵盗与女儿去了，我们才"屁出了掩
　　臀"。（20/263）

抵斗：争斗。例：陈先生年渐高大，那有精神气力合他抵斗，只得要寻思
　　退步，避他的凶锋。（92/1185）

地子：即"底子"，花纹或文字的衬托面。例：你只不要合顾家的生活比
　　看，这也就好；你要是拿着比看，那就差远着哩。就是地子的身分颜
　　色，也与寻常的不同。（65/838）

点闸：查点、清点人数。例：遇着查盘官点闸，驿丞雇了人替他代点。这
　　是那第一等的囚徒。（88/1136）

刁蹬：刁难、为难。例：觅汉把自己那怎样央他，与他那要银子立文书怎
　　样刁蹬的情节，一一说了。（67/857）

调谎：说假话。例：这明白是支吾调谎！我被你贻累，直到几时？（82/
　　1063）

调嘴：耍嘴皮子、油嘴滑舌。例：你别调嘴！这府里可也没你那前世的娘
　　子！我可也再不叫你往府里来了。（41/526）

迭暴：臃肿重叠的样子。例：迭暴着两个眼，黑杀神似的，好不凶恶哩！

（41/527）

丁：聚、聚合。例：还是合这伙人丁成一堆，此事稳当。（99/1284）

丁香：耳钉。例：又与了四两重一副手镯、四个金戒指、一副金丁香，也
　　还有许多零碎之物。（15/193）

丁仔：副词，万一。例：丁仔缘法凑巧，也是不可知的事。（75/970）

顶触：顶撞。例：等收拾完了，请娘来这里住，离了你的眼，省的受你的
　　气，被你顶触。（44/570）

顶搭：孩童理发时，留在头顶上的一撮头发。例：晁思才狠狠的在脊梁上
　　几个巴掌，提留着顶搭飞跑。（57/734）

顶脖揪：留在头顶的一撮头发，梳成发揪状。例：多大点孩子，看提留吊
　　了他的顶脖揪！（57/734）

腚：臀。例：不长进的孽种！不流水起来往学里去，你看我掀了被子，趁
　　着光腚上打顿鞋底给你！（33/431）

丢丢秀秀：形容身材苗条。例：李旺空大着个鼻子，雄起起的个歪人，见
　　了素姐这们个丢丢秀秀的美妇，李旺，李旺，把那平日的旺气不知往
　　那里去了。（66/850）

都抹：重叠式也作"都都摸摸（突突抹抹）"。磨蹭。例：狄希陈都抹了
　　会子，蹭到房里。（48/624）

独自个：独自一个人。例：虽是毒似龙、猛如虎的个婆客，怎禁得众人齐
　　心作践！于是独自个也觉得难于支撑。（94/1214）

断：追赶、攮。例：偏生的又撞见员外，又没叫俺进去，给了俺四五十个
　　钱，立断出来了。（68/876）

对命：豁出性命。例：我不合淫妇对命，我嫌他低搭！（8/108）

墩（敦）：猛力下放，连续颠簸。例：晁大舍、珍哥怕墩得疮疼，都坐不
　　得骡车。（13/176）

敦敦实实：形容健壮的样子。例：狄学生虽不十分生得标致，却也明眉大
　　眼，敦敦实实的。（25/326）

敦蹄刷脚：本指牲畜徘徊不前，也引申为人犹豫不决。例：狄希陈才敦蹄
　　刷脚的取了才读的一本下《孟子》来。（33/427）

墩嘴：夸口、说大话。例：哥儿，你漫墩嘴呀。凤冠霞帔、通袖袍带，你
　　还没试试哩。（83/1072）

顿：用力猛地一拉。例：智姐极了，把张茂实的一条白绸单裤尽力往下一

顿，从腰扯将下来。（66/851）

顿碌：慢慢腾腾。例：你这们涎不痴的，别说狄大嫂是个快性人，受不的这们顿碌，就是我也受不的。（64/825）

掇气：费力地喘气。例：进到厨房里面，只见狄周也烧得焌黑卧在地上，还在那里掇气，身上也有四个朱字："助恶庇凶"。（54/704）

跥（跺、掇）：猛力击打、刺伤。例：又说素姐拿着纳底的针浑身跥他姑夫。（52/674）又：寻了尺把白杭细绢，拿了一只雄鸡，把大针在那鸡冠上狠掇。（72/924）

剁搭：用刀砍，比喻狠命责骂、惩罚。例：我可有甚么拘魂召将的方法，拿了这伙子人来，叫我剁搭一顿，出出我这口气！（86/1107）

堕业（垛业）：造孽。例：咱来烧香是问奶奶求福，没的倒来堕业哩？（69/886）

E

阿郎杂碎：垃圾，形容肮脏的样子。例：任德前道："老公前日没见他么？不阿郎杂碎的，倒好个爽利妇人，有根基的人家。"（71/913）

额颅盖：额头。例：你怎么有这们些臭声！人家的那个都长在额颅盖上来！（19/243）

恶发ₐ：感染、伤口化脓。例：叫谁看来？又叫人用了手脚，所以把疮弄的恶发了。（67/865）

恶发ᵦ：发怒、发脾气。例：还说他为人也不甚十分歪憋，只是人赶的他极了，致的他恶发了，看来也不是个难说话的。（100/1291）

恶囊：恶心、使人不愉快。例：不知他待怎么？只自乍听了恶囊的人荒。（46/595）

恶磣磣：形容非常凶恶。例：黑押押的六房、恶磣磣的快手、俊生生的门子、臭哄哄的皂隶，挨肩擦背的挤满了丹墀。（94/1218）

恶影影：恶心、不舒服。例：我心里还恶影影的里，但怕见吃饭。（96/1235）

二不棱登：缺心眼的、莽撞的。例：惟独一个二不棱登的妇人制伏得你狗鬼听提，先意承志，百顺百从。（62/792）

二不破：不够光彩、不够体面的。例：但那真正有钱的大户，不是结识的人好、就是人怕他的财势，不敢报他。只是那样二不破妈妈头主子，

开了名字。(42/548)

二尾子：两性人。例：既要吃佛家的饭食，便该守佛家的戒律，何可干这二尾子营生？(93/1200)

F

发变_a：发育变化。例：孔举人娘子道："可道面善。这是晁亲家宠夫人。"萧夫人道："呵，发变的我就不认得了！"(11/138)

发变_b：膨胀变化。例：大暑天气，看看那尸首发变起来。(57/739)

发放：斥责。例：后日早辰，太太合恭顺吴太太待往皇姑寺挂幡去哩，没有轿坐，发放了小弟一顿好的。(78/1003)

发脚：起步、出发。例：从鹊华桥发脚，由黑虎庙到了贡院里边，毕进指点着前后看了一遍。(37/478)

发面：发酵以后的面。例：谁知那手就合木头一般，打的那狄希陈半边脸就似那猴腚一般通红，发面馍馍一般暄肿。(48/624)

发韶：犯糊涂。例：你看发韶么？我来说媒，可说这话，可是没寻思，失了言。(72/931)

发水：洪水泛滥。例：人只说是天爷偏心，那年发水留下的，都是几家方便主子。(34/440)

发脱：卖出（货物）、遣走（奴仆）。例：因没盘费，在淮安金龙大王庙里卖掉了一头骡骡，今止剩得两个，要寻主顾发脱。(88/1133)

发躁：发脾气。例：素姐在轿子里发躁，说道："我主意已定，你就是我的娘老子，你也拗不过我！"(78/1001)

翻调：反正。例：你想你又没带了多少人来；我听说还有跟的个小厮，翻调也只你两个。(95/1225)

方略：处理。例：你且消停。我方略了这两个，再与你说话。(88/1135)

房头：房间。例：那位参将老爷下在那个房头？(22/295)

仿佛：相似。例：第六我见过了令正，要寻这样一个仿佛的女人来做替身，你那里去寻？(61/785)

放着：表示说话者对存在事实的评注。例：说不上二千地，半个月就到了，九月天往南首里走，那里放着就炒着要棉衣裳？(85/1099)

飞风：形容疾速。例：留下晁凤在县领头，叫他领了，飞风出去好人殓。(20/256)

粉汤：在大块羊肉做的腺子里放入熟粉块而成的一种带汤的食品。例：叫
　　人摆上菜，端上嗄饭，大盘子往上端馍馍粉汤。（22/287）

愤：服气。例：这权、戴二位奶奶见主人公不在跟前，你不愤我、我不愤
　　你，从新又打起来。（87/1122）

风风势势：疯疯癫癫。例：县官在远处请了一个道士，风风势势，大言不
　　惭，说雷公是他外甥。（93/1206）

风信：消息。例：临起身，我还再三叮咛嘱付他：叫他别对你狄奶奶说一
　　个字的闲话。叫他知道一点风信都是你，合你算帐。（78/1011）

哎咀：放在口中含化。例：按了佐使君臣，修合哎咀丸散，拿去治那病
　　症，还是一些不效。（28/366）

副余：足够而有剩余。例：但不知他还有多余不曾？若没有副余，止他老
　　婆的一件……断是不肯回与我的。（65/837）

G

盖老：丈夫。例：他又有一个妙计：把自己的老婆厚厚的涂了一脸蚌粉
　　……自己也就扮了个盖老的模样，领了老婆在闹市街头撞来撞去胡唱
　　讨钱。（57/730）

盖抹：掩盖、遮盖。例：先生查考他，自家又会支吾，狄周又与他盖抹，
　　从未败露。（38/488）

泔水：淘米、洗菜、洗刷锅碗等用过的水。例：剩下的饭食……大盆的饭
　　却在泔水瓮里，还又恐怕喂了猪，便宜了主人，都倒在阳沟里流了出
　　去！（26/341）

赶脚：赶着牲口驮载人、货的雇工。例：贱贱的饭食草料，只刚卖本钱，
　　哄那赶脚的住下。（25/324）

敢说：可能会说。例：只说你自家一个人，顾了这头顾不的那头，好叫他
　　替手垫脚的与你做个走卒，敢说是监你不成？（39/509）又：婆子
　　说："您都混帐！叫人看看敢说这是谁家没家教的种子，带着姐儿游
　　船罢了，连老鸨子合烧火的丫头都带出来了！"（40/524）

敢仔（敢子）：语气副词，用在动词或主语前，表示揣测性判定。例：晁
　　梁道："俺的心里敢仔指望叫娘做彭祖才好。"（90/1165）

刚子（刚只）：时间副词，表示临界的时间，刚刚。例：我家有来，刚子
　　赶狄爷到半月前边，叫我打发了。（55/707）

高低：语气副词。终究、一定。例：没有上门怪人的理。我高低让狄大嫂
　　到家吃钟茶儿。（89/1154）

告讼：告诉。例：狄大叔虽是今日才告讼咱，这事我从那一遍就知道了。
　　（75/966）

圪拉（圪拉）：角落。例：我除了这两间草房，还有甚么四房八圪拉哩？
　　（34/442）

圪拉子（圪拉子）：角落。例：拉到个屋圪拉子里，悄悄从袖中取出够一
　　两多的一块银子递与他。（70/902）

胳肢：在别人腋窝抓挠，使发痒。例：狄希陈胳肢他的脖子，拉他的胳
　　膊。（75/968）

割磣：磕磣，让人难受。例：俺小姑娘，你待怎么，只是要他？叫他说的
　　割磣杀我了！（84/1081）

割蹬：单脚跳行。例：奶子跷着一只脚，割蹬着赶。（36/470）

割拉：闲聊。例：拿茶来，吃了睡觉，休要"割拉老鼠嫁女儿！"（4/45）

搁：因下垫硬物而感不适。例：杨太医说道："这册叶硬，搁的手慌。你
　　另寻本软壳的书来。"（2/24）

合气：生气、怄气。例：对门晁大嫂家里合气罢了，跑出大街上来，甚不
　　成体面。（8/108）

咕嗽：咀嚼、撕咬。例：将尸从牢洞里拖将出去，拉到万人坑边，猪拖狗
　　嚼、蝇蚋咕嗽。（88/1143）

孤拐（骨拐）ₐ：脸上突出的部分，指颧骨。例：拃他的毛，捣他的孤拐，
　　揣他的眼，恳他的鼻子，淫妇窠子长，烂桃歪拉骨短，他偏受的。
　　（8/97）

孤拐（骨拐）ᵦ：踝子骨。例：谁知不惟不能遂意，反差一点点没叫一伙
　　管家娘子捞着挺顿骨拐。（94/1214）

孤老：旧指女子所私之人，如嫖客、奸夫等。例：你又不曾捉住他的孤
　　老，你活活的打杀了媳妇，这是要偿命的！（62/800）

姑娘：姑母。例：相于廷娘子道："我也去看看巧姑，回来合刘姐替姑娘
　　扎括。"（59/758）

谷都：嘴噘起，形容生气的样子。例：奶奶合调羹没颜落色的坐着，寄姐
　　在旁里也谷都着嘴奶小京哥。（82/1054）

谷都都：形容喷涌而出的样子。例：把一只小膊、一条小腿都跌成了两

截,头上谷都都从头发里冒出鲜红血来。(93/1206)

骨骨农农(谷谷农农):低声说话不满的样子。例:他却喃喃呐呐,谷谷农农,暴怨个不了。(13/174)

骨拾(骨殖):尸骨。例:若没有伤,我把那私窠子的骨拾烧成灰撒了!(11/140)又:脱不了他这四川乡俗好烧人,再买些柴火,烧的连骨殖也没影儿。(95/1226)

估倒(估捣、鼓捣):摆弄、搞。例:脱不了你是待倒俺婆婆的几件妆奁,已是叫那贼老婆估倒的净了,剩下点子,大妗子你要,可尽着拿了去!(60/767)

鼓令:鼓弄支使。例:我那日若不是听了嫂子的好话,几呼叫他鼓令的没了主意,却不也就伤了天理?(57/731)

瓜搭:拟声词,物体突然关闭的声音。这里形容面色迅速下沉的样子。例:素姐正喜喜欢欢的,只看见狄婆子就把脸瓜搭往下一放。(59/761)

挂搭:牵连,勾搭。例:实合你说,如今我还多着李成名媳妇,李成名媳妇还多着我,再要挂搭上他,可说"有了存孝,不显彦章"。(19/246)

挂拉:牵连,勾搭。例:可一象那班里几个老婆,他没有一个不挂拉上的。(43/561)

乖滑:乖巧、伶俐。例:素姐乖滑,将那大块多的银子扁在自己腰间,不过将那日逐使的那零星银子交他使用。(88/1137)

拐₁:放置、做。例:高四嫂道:"我从头里要出去看看,为使着手拐那两个茧,没得去。"(8/108)

拐₂:碰倒、撞倒。例:刘恭的老婆上前救护,被程谟在胯子上一脚,拐的跌了够一丈多远。(51/658)

怪:副词,表示动作一直持续。例:正说着,春莺疼的怪哭。(21/273)

聒拉(寡拉)主儿:寡拉,拟声词,指连续不断说话的声音。寡拉主儿,指刻薄,不肯吃亏的人。例:那艾回子好寡拉主儿,叫他鳖这们件皮袄来?(67/867)

H

海:副词,毫无节制、大肆。例:张朴茂的老婆抱着京哥怪哭,寄姐坐在

船板上海骂。(87/1123)

害：患（病）。例：刘振白道："害的是甚么病？医人是谁？曾有人调治他不曾？"（80/1028）

汗鳖：骂人糊涂。例：惯的个汉子那嘴就象扇车似的，象汗鳖似的胡铺搭。（59/760）

汗邪：骂人头脑不清楚。例：你就快别要汗邪，离门离户的快走！（87/1125）

杭杭子（夯杭子）：东西，可以指物，也可以指人（含贬义）。例：从正月里叫你买几个椅垫子使，这待中五月了，还坐着这杭杭子做甚么？（82/1054）

杭货：东西、家伙。例：张师傅，喜你好个杭货么？（43/555）

好意：乐意、有意。例：俺倒是好意取和的道理，为甚的不听呢？（22/291）

号天搭地：形容哭得非常凶。例：看了那寄去东西，号天搭地的哭了一场，方把那银子金珠尺头收进房内去了。（8/98）

呵：嘘气、哈气。例：还要带上个棉眼罩，呵的口气，结成大片的琉璃。（88/1131）

喝掇：吆喝、训斥。例：我只待喝掇夺下他的，我恼那伍浓昏君没点刚性儿，赌气的教他拿了去。（96/1243）

合₁：结伴。方言音读为［ge］。例：所以他如今也不曾坏你的门风、败你的家事，照旧报完了这几年冤孽，也就好合好散了。（3/30）

合₂：量词，用于计成套的事物。例：上面又漏，下边流进满地的水来，娘只得支了一合糜案，上边放了一把雨伞，蹲踞了半夜，谁再合眼来？（62/800）

合子：两张饼合一起，中间有馅。例：童奶奶后来知道，从新称羊肉，买韭菜，烙了一大些肉合子，叫了他去，管了他一个饱。（78/1012）

黑计：胎记、黑斑。例：说那神道有二尺长须，左额角有一块黑计。（11/146）

红馥馥：形容红得鲜艳的样子。例：三日以后，沿边渐渐的生出新肉，红馥馥的就如石榴子儿一般。（67/865）

猴：像猴一样蹲踞、依靠，有贬义色彩。例：居中大大五间厅，公案上猴着一个寡骨面、薄皮腮、哭丧脸弹阎罗天子。（13/173）

后晌ₐ：晚上、夜晚。例：我道他一定有话说，后晌必定偷来讲话。我说我等着他。到起鼓以后，果不然两个差人来了，叫我撞个满怀。（82/1056）

后晌ᵦ：下午。例：后晌还是晴天，半夜里骤然下这等大雨，下得满屋里上边又漏，下边又有水流进来。（62/799）

呼：用片状器物猛击。例：家人道："他要好，叫他穿着替咱做活，他要可恶不老实，呼顿板子给他，剥了衣裳，还叫他去做那徒夫。"（88/1140）

葫芦提：糊涂。例：调羹倒也要与他遮盖，葫芦提答应过去。（72/923）

糊括：用泥或其他糊状物糊。例：小小的三间，两明一暗，收拾糊括的甚是干净。（75/964）

虎辣八（虎拔八）：突然、忽然。例：他虎辣八的，从前日只待吃烧酒合白鸡蛋哩。（45/586）

护短：为缺点或过失遮掩。例：县官方才不敢护短，分付地方赶逐法师起身。（93/1207）

花白：闲扯、胡说。例：屈枉晁大官人娘子养着他，赤白大晌午的，也通不避人，花白不了。（10/129）

花哨：（鸟）婉转动听地鸣叫。例：承官儿，你不希罕银子罢了，你没的也不罕会花哨的腊嘴么？（70/903）

滑快：感情亲密。例：一个又是俺家的女婿，他也不合你滑快。（95/1227）

划：相处。例：薛如卞道："姐姐，你另叫人合他说罢，我合白姑子极划不来。"（63/814）

还省（还醒、还性、还惺）：晕厥之后清醒。例：狄周也着雷劈杀了，是还省过来的。尤厨子劈在天井里，狄周劈在厨屋里。（56/720）

还席：被人请客之后回请对方，比喻报答。例：他养活着咱一家子这么些年，咱还席也该养活他。（27/351）

黄烘烘：形容黄得让人不舒服。例：拿着黄烘烘的人屎，洒了寄姐一头一脸。（80/1032）

黄烁烁：形容黄而闪闪发光。例：腰里系了举贡生员一样的儒绦，巾上簪了黄烁烁的银花，肩上披了血红的花段。（26/337）

回：购买、交换。例：果然用了二十八两银子问乡宦家回了一顶全副大轿

来，珍哥方才欢喜。(6/70)

回背：阴阳先生用镇物压邪，使凶化吉、险化夷。例：只怕是那娶的日子不好，触犯了什么凶星！人家多有如此的，看了吉日，从新另娶；再不叫个阴阳生回背回背。(59/760)

回席：回请，引申为报答。例：吃了人的，可也回回席。我为的人么？(87/1127)

浑深（浑身）：副词，表肯定、加强语气。例：我们这两家姑娘可是不怕人相，也难说比那月里红鹅，浑深满临清唱的没有这们个容颜，只是不好叫大官人自己看的。(18/231)

馄饨：副词，囫囵、胡乱地。例：若说半个"不"字，将你上下内外衣裳剥脱罄尽，将手脚馄饨捆住，丢在江心！(96/1242)

豁邓：败坏。例：我抛你家的米、撒你家的面！我要不豁邓的你七零八落的，我也不是龙家的丫头！(48/628)

豁撒：抛撒、浪费。例：要是我不得这命，就是俺婆婆留下的这几两银子，我不豁撒他个精光，我待开交哩？(64/823)

活变：灵活。例：你一个做官的人，不时少不了人上京，有甚么使用，捎甚么东西，有个铺儿，撰着活变钱，也甚方便。(84/1079)

活动：灵活、伶俐。例：那看门的见童奶奶为人活动，又有几分姿色，不忍的拒绝。(70/907)

活泛：灵活。例：送这差不多五十两银子己你，指望你到官儿跟前说句美言，反倒证得死拍拍的，有点活泛气儿哩！(13/174)

活泛泛：鲜嫩、明显。例：我也还信不及，叫我留心看他，那十个指头，可不都是活泛泛的黑疤！(98/1262)

活口：活的见证人或知情人。例：你要不死，只得送你程老，没的留着你那活口，叫你往家去铺搭呀？(95/1223)

活络（活落）：能活动的，特指说话模棱两可。例：狄大娘定个日子，好叫姐姐家去，这活络话怎么住的安稳？(48/626)

火绷绷（火崩崩）：形容十分紧急。例：后来为那写书说分上的事，按院火绷绷的待要拿问，家父又正害身上不好，顾不的，只得舍了家父往河南逃避。(41/535)

火烧：一种烤制的表面无芝麻的面饼。例：走到那西边第六门卖火烧的铺子，正待要问。(75/963)

火势（虎势）：样子、情势。例：晁天晏瞪着一双贼眼，恨不得吃了晁近
仁的火势。（22/290）

火火烛烛：失火焚烧的样子。例：况又风大，火火烛烛的不便。 （72/
927）

伙：共事，合伙。例：珍哥拜完，老晁夫妇伙着与了二两拜钱，同珍哥送
回东院里去了。（7/86）

J

鸡巴：阴茎。例：人不为淹渴你，怕你咬了人的鸡巴！（13/174）

鸡力谷录："叽里咕噜"，形容听不懂的语音语调。例：一伙把大门的皂
隶拥将上来，盘诘拦阻，鸡力谷录打起四川的乡谈。（94/1219）

积泊（积剥）：积累善、恶之行而得的报应。例：他爹做了场老教官，两
个兄弟揍着面，戴着顶头巾，积泊的个姐姐这们等！（68/882）

赍子：男性生殖器。例：好读书的小相公！人家这么大闺女在此，你却抽
出赍子来对着溺尿！（37/479）

极头么花（极头麻化）：形容干着急没有办法。例：童七做熟了这行生
意，没的改行，坐食砸本，眼看得要把死水舀干，又兼之前后赔过了
陈公的银七百余两，也就极头么花上来。（71/915）

急巴巴：形容十分着急。例：二人急巴巴收拾不迭，行李止妆了个褡套，
别样用不着的衣裳也都丢下了。（15/196）

几可里：平常。例：这是人世间几可里没有的事。（64/820）

己$_1$：动词，给与。例：你己我那丫头稀米汤喝。（11/141）

己$_2$：介词，引进动作的受益者。例：快己他做道袍子、做唐巾，送他往
南门上白衣庵里与大师傅做徒弟去！（8/102）

济楚：齐整。例：生得也甚是齐整，穿的也甚济楚。（37/479）

家（价）：词缀，组成的词有限，诸如没有价、除的家。例：二来留着
他，往后张师傅进来宿监，除的家替张师傅缀带子、补补丁。（43/
554）

家怀：热情、好客。例：李奶奶约有二十六七年纪，好不家怀，就出来合
狄周答话，一团和气。（75/965）

家生：家什，器具的总称。例：吃完了酒，收拾了家生，日以为常。
（24/316）

架话：虚假传话，有意制造矛盾。例：童奶奶道："你说那里有影儿？这
们两头架话哩！你往后但是他的话，别要听他。"（75/973）

架落：怂恿。例：我自己单身降不起你么？单只架落着七叔降人？（32/
413）

尖尖：足足。例：刘宦差回，尖尖打了十五个老板。（35/460）

尖缩缩：形容很尖锐的样子。例：鹰嘴鼻尖腾蛇口，尖缩缩赛卢杞心田。
（72/931）

礓礤子：石头台阶。例：他在礓礤子上朝东站着，那下边请纸马的情管是
他汉子。（41/527）

将₁：带领。例：晁大舍携着重资，将着得意心的爱妾，乘着半间屋大的
官轿。（8/96）

将₂：刚刚。例：一日，棉花地里带的青豆将熟，叫狄周去看了人拣那熟
的先剪了来家。（29/376）又：尤聪他还说道："这样混帐的天！谁
家一个九月将好立冬的时节打这们大雷，下这们冰雹！"（54/704）

将帮：照料、扶持。例：我倒也不专为小二官儿，千万只是为咱晁家人
少，将帮起一个来是一个的。（57/732）

将待：副词，将要。例：养娘说道："如今也将待起身。"（2/17）

耩：用耧末耕种。例：水消了下去，地里上了淤泥，耩得麦子，这年成却
不还是好的？（31/396）

浆：浆洗，一种洗涤方法。衣物洗净后，浸以米汁，干后使之平挺。例：
呃！你两个吃的也够了，也该略退一步了，让别人也呵点汤，看撑出
薄屎劳来，没人替您浆裤子！（32/413）

强ₐ：硬辩、顶嘴。例：计氏听了这话，虽然口里强着，也有些知道自己
出来街上撒泼的不是。（8/109）

强ᵦ：倔强、执拗。例：晁大舍道："我的强娘娘！知不到什么，少要梆
梆！"（6/78）

焦：忧虑、焦虑。例：童奶奶道："虽这们说，你焦的中甚用？焦出病
来，才是苦恼哩。"（83/1077）

脚色：真相、本色。例：不然，先来的是妾，童氏，京师人。晚生曾考察
过来，他自己供的脚色如此。（97/1258）

搅缠：花费、开销。例：我千金的产业都净净的搅缠在他身
上。（27/352）

搅裹：花费、开支。例：叫我找入十两银子，一切搅裹都使不尽，还有五两银子分哩。（68/879）

搅计：花费。例：你那几日也约着搅计了多少银子？（78/1010）

搅用：花费、开销。例：再要不够你搅用，我再贴补你的。（27/347）

醮：空空的，精光。例：狄希陈道："我心里也想来，不是着他大舅主张着纳甚么中书，丢这些银子，弄的手里醮醮的，我有不替你买得么？"（87/1124）

接合：接续。例：说了许久，狄周媳妇走来问调羹量米，三人又接合着说了些话。（59/763）

接纽：尽力扭挤，这里指歪斜着挤眼。例：素姐从屋里接纽着个眼出来，说道："我从头里听见你象生气似的。"（96/1243）

揭挑：揭别人的短处。例：你揭挑说我爹是银匠，可说我那银匠爹是老公公家的伙计。（87/1124）

姐夫：岳父母称女婿，犹今称"他姐夫"。例：既亲家得了重病，姐夫就该昼夜兼行，万一尚得相见，免得终天之恨。（76/976）

紧着：副词，赶快、迅速。例：童奶奶道："清早我们爷出门的时节，就分付伺候爷吃饭；叫我紧着出去，爷合大叔已是吃过饭了。"（55/713）

紧溜子里：紧要关头。例：这同不的那一遭。这是紧溜子里，都着实读书，不许再出去闲走。（38/488）

紧仔（紧则）：本来。例：紧仔年下没钱，又叫你们费礼。（21/278）又：紧则你爷甚么？又搭上你大叔长长团团的。（22/283）

妗母：舅母。例：至亲是个相家，人家买茄子还要饶老，他却连一个七老八十的妗母，也不肯饶。（94/1214）

精：副词，表程度极强，修饰消极形容词。例：水饭要吃那精硬的生米，两个碗扣住，逼得一点汤也没有才吃。（26/342）

精打光：精光。例：一个老婆婆，有衣有物的时节，还要打骂凌辱；如今弄得精打光的，岂还有好气相待不成？（92/1186）

就使：连词，即使、纵然。例：他又没有儿女，又没有着己的亲人，就使有地有房，也是不能守的，叫他寻一个老头子跟了人去。（57/740）

就着：动词，顺势、乘……之便。例：你趁着这里就着拣出来叫人抬了去，省事。（30/394）

拘：使破损器皿固定，不致损坏无用。例：狄周媳妇笑说："你该叫着个拘盆钉碗的来才好。"（45/590）

拘管：拘束、约束。例：咱是男子人，倒叫老婆拘管着，还成个汉子么？（80/1034）

卷：骂。例：一面口里村卷，一面将那做的衣裳扯的粉碎，把那玉簪玉花都敲成烂酱往河里乱撩。（87/1118）

撅撒（决撒）：败露。例：要是为交的货物不停当，这已是过了这半年，没的又脑后帐撅撒了？（70/901）

掘：咒骂。例：我就只说了这两句，没说完，他就秃淫秃揸的掘了我一顿好的。（64/818）

嚼舌根：胡说、乱讲。例：那用你对着瞎眼的贼官证说我这们些嚼舌根的话，叫我吃这们顿亏！（89/1150）

K

开手：顺水人情。例：相主事也要将错就错的做个开手，说道："姑饶发问。"（83/1070）

坎（砍）：扣上、戴。例：光棍们听见这话，大眼看小眼，挽起头发，坎上帽子，披上布衫，就待往外跑。（83/1069）

砍：打、撵。例：浓袋道："姑娘，你不走，你禁的使乱板子往下砍么？"（98/1268）又：大尹道："可恶！砍出去！砍出去！"（10/132）

抗：用身体抵触、顶住。例：他也装起肚疼，不肯拔了闩关，且把那肩头抗得那门樊哈也撞不进去。（33/433）

磕打：虐待、折腾。例：标致妇人不禁磕打，一时磕打坏了，上司要人不便。（14/183）

可（科）$_{1a}$：时间助词，用在句中，动词性短语之后，表示动作行为发生的时间。例：消停，等完事可，咱大家行个礼儿不迟。（22/287）

可$_{1b}$：假设语气词，用在假设分句，或者条件分句里，表示虚拟的动作或状态发生之后的可能性状态，有虚设意味。例：薛三省娘子道："龙姨，你自己去罢，俺两个势力不济，打不起那相大娘。要是相大娘中打可，[①] 俺素姐姐一定也就自己回过椎了，还等着你哩？"（60/771）

---

① 本句李国庆本，标点有误，据齐鲁书社本正。

可_{1c}：作谓词性话题标记或名词性话题标记，"可"属前，表示舒缓语气。例：那消一大会子，当时气咳嗽，即时黑了疮口，到点灯的时候，长的嫩肉都化了清水，唬的可一替两替的使人寻我。（66/853）

可₂：用在句尾，表示确认语气。例：奶奶临出京，你没又到了那里？他锁着门可。是相太爷恐怕奶奶再去，败露了事，叫他预先把门锁了。（86/1106）

可₃：介词、依据，比照着。例：可着屋周围又垒了一圈墙，独自成了院落。那服事丫头常常的替换，走进走出，通成走自己的场园一般，也绝没个防闲。（14/185）

可可的：恰巧。例：本府差下人来，要一万两军饷，不拘何项银两，要即刻借发，可可的把库里银子昨日才解了个罄尽。（15/196）

可体：衣服合身。例：趁着裁缝在外头，试的不可体，好叫他收拾。（83/1071）

克落：克扣。例：乡约克落之余，剩了十两之数，交到县中，县官交与道士。（93/1207）

肯心：心满意足。例：饭钱草料，些微有些撰手就罢，不似别处的店家，拿住了"死蛇"，定要取个肯心。（25/321）

揩：扣留、卡住。例：武义道："是人，肯揩住人的文书么？"（22/296）

口词：口供。例：韩芦递状的时节，禀的话利害，察院爷要自家审了口词，才发问哩。（81/1042）

口分：自己分内应得的食品。例：小家子丫头！你见与他些果子吃，嫌他夺了你的口分。（25/331）

口面：是非、争吵。例：咱这里小人口面多，俺摇旗打鼓的吃了你的酒，再有人撒骚放屁的，俺不便出头管你。（34/446）

枯刻（枯克）：克扣。例：这粥里头莫要枯刻他们的，我另酬谢你罢。（32/411）

侉：土气。例：呃！你做什么哩？不知那里来的一个侉老婆，你来看看呀！（77/991）

侉话：北方话（有贬义色彩）。例：素姐、小浓袋回出那山东绣江的侉话来，那四川的皂隶一句也不能听闻。（94/1219）

蒯：用指甲轻搔。例：夏驿丞说："咱不打就别打，咱既是打了，就蒯他两蒯，他也只说咱打来。"（32/415）

快当：迅速。例：吕祥主作，调羹助忙，所以做的甚是快当。（81/1041）

快性：性情利索。例：你这们涎不痴的，别说狄大嫂是个快性人，受不的这们顿碌，就是我也受不的。（64/825）

宽超：宽敞。例：素姐从家乡乍到了官衙，也还是那正堂的衙舍，却也宽超。（97/1250）

宽快：（空间）宽敞、（金钱）够用。例：不然，让到小的家里去，有小的寡妇娘母子可以相陪。房儿也还宽快。（78/1010）

眶鄙塌拉：形容眼眶子凹瘪的样子。例：只是吊了个眼珠子，弄的个眶鄙塌拉的。（85/1098）

括ₐ：刮。例：立逼住狄希陈叫他在外面借了几根杉木条，寻得粗绳，括得画板，扎起大高的一架秋千。（97/1250）

括ᵦ：打、责打。例：你拦着街撒泼，我怕括着你，叫你顺顺。（32/414）

括毒：狠毒、厉害。例：西门外汪家当铺也还有，可是按着葫芦抠子儿，括毒多着哩。（50/647）

L

邋遢：不整洁。例：若只论他皮相，必然是个邋遢歪人，麻布裙衫不整。（27/348）

喇喇叭叭：形容走路时两腿劈开的姿态。例：他才喃喃喏喏的口里咽哝，喇喇叭叭的腿里走着。（60/769）

辣燥：泼辣能干。例：那狄员外的婆子相氏，好不辣燥的性子，这明水的人，谁是敢在他头上动土的？（68/873）

来₁：事态助词。用在句末，表示事情刚刚发生过。例：珍哥说道："他还说什么来？他没说你爷的病是怎么样着？"（2/25）

来₂：语气词。用在句中或句末，表示确定坚决的语气。例：珍哥说道："你且慢说嘴，问问你的心来。夫妻到底是夫妻，我到底是二门上门神。"（2/25）

拦护：阻拦护佑。例：你别要拦护，叫他跟着走一遭去罢。孩子家，也叫他从小儿见见广，长些见识。（94/1217）

揽：将柿子用温水浸泡，使去涩味。例：你可是喜的往上跳，碰的头肿得象没揽的柿子一般。（21/280）

烂舌根：詈辞，多嘴多舌的人。例：员外，你听那烂舌根的骚狗头瞎话。

(67/868)

琅珰：下垂、耷拉。例：再搭上一个回回婆琅珰着个东瓜青白脸，翻撅着
个赤剥紫红唇。（67/862）

食康：粗重、笨拙，多指物。例：魏氏手里的东西，其那细软的物件，都
陆续与那戴氏带了回家；其那食康的物件，日逐都与魏运运了家去。
（41/533）

老公：丈夫。例：且是生活重大，只怕连自己的老公也还不得搂了睡个整
觉哩！（8/101）

老鸹（老瓜）：乌鸦的俗称。例：觅汉去不一会，从外边拿着一个煅黑傻
大的铁嘴老瓜……用火点上药线，把手往上一撒，老瓜飞在半空，就
如霹雳一声，震的那老瓜从空坠地。（58/745）

老獾叨：老贼，詈辞。例：在我家里倒也便易；只是俺公公那老獾叨的咕
咕哝哝，我受不的他琐碎。（64/822）

老实实：副词，确实、实在。例：你说的是那里？甚么话？我老实实不懂
的。（98/1269）

勒揢：勒索，有意为难别人。例：倒说是我勒揢要钱，不与他汉子下药，
耽误了他汉子的命了！（66/853）

累：烦劳。例：相于廷娘子说："我拉你做甚么？累你气杀俺姑娘的好情
哩？"（60/773）

冷雌雌：形容十分寒冷。例：为甚么把袄子叫郝尼仁自家受用，咱可冷雌
雌的扯淡！（73/939）

棱：（用木棍）打。例：你气头子上棱两棒槌，万一棱杀了，你与他偿
命，我与他偿命？（89/1151）

棱棱挣挣：形容发呆的样子。例：小选子从睡梦里棱棱挣挣的起来，揉着
眼替长班开了门。（83/1073）

漓漓拉拉：形容液体不断下滴的样子。例：他（狄希陈）就焦黄了个脸，
通没了人色，从裤裆里漓漓拉拉的流尿。（64/825）

历日：日历。例：讨出一本历日，拣了十一月十五日宜畋猎的日子。（1/
10）

立逼：逼迫某人立即做某事。例：极该就去，立逼着他卖了这两个淫妇，
方是斩草除根。（77/989）

利巴：外行人。例：这样南京的杂货原是没有行款的东西，一倍两倍，若

是撞见一个利巴，就是三倍也是不可知的。（63/806）

利亮（俐亮）：轻松，毫无挂碍、拖累。例：你好公道心肠！你弟兄们利亮，这一去，俺哥可一定的受罪哩！（74/952）

臁亮骨：小腿胫骨。例：历城县裴大爷臁亮骨使手搧了个疮。（67/859）

连住子："连珠子"。连续地。例：都是汗病后又心上长出疔疮，连住子都死了！（74/958）

撩₁：缝。例：这晃无晏只见他东瓜似的搽了一脸土粉，抹了一嘴红土胭脂，漓漓拉拉的使了一头棉种油，散披倒挂的梳了个雁尾，使青棉花线撩着。（53/685）

撩₂：捞取、取得。例：晃住说："谁没说？只是不好对着奶奶学那话。使匙儿撩的起来么？"（43/559）又：晃夫人道："怪孩子，我叫你去来么？谁叫你专一往街上跑，叫他撩着了！"（57/737）

撩斗：挑逗、勾搭。例：每年这会，男子人撩斗妇女，也有被妇女的男人采打吃亏了的。（73/940）

膫子：男人或雄性动物的生殖器。例：你是人家的鸡巴大伯！膫子大伯！（89/1152）

了当：了结。例：我合你到京中棋盘街上，礼部门前，我出上这个老秀才，你出上你的小举人，我们大家了当！（35/457）

了吊：门上可挂锁的搭扣。例：将门带上，使了吊扣了，回来取了一把铁锁锁住，自己监了厨房，革了饭食。（80/1027）

临了：最终。例：高四嫂，你千万受些委曲，我自有补报，只是临了教你老人家足了心，喜欢个够。（12/157）

伶俐：形容词，干净。例：两个媒婆妈妈子还没吃了饭哩，打发他出去，回来把饭吃伶俐了去。（84/1083）

流和心性：温和，易妥协的。例：当初你大婶原该自己拿出主意，立定不肯，大叔也只得罢了，原不该流和心性，轻易依他。（8/96）

流水：副词。立即、马上。例：俺大哥也就随后到了，请大嫂流水回去开了门，好叫人打扫。（85/1097）

桄：量词，一套（衣裳）。例：只得再三与先生赔礼，将那借穿的一桄衣裳赔了先生。（33/432）

拢帐：担当责任。例：众人见狄希陈不出拢帐，越发作起恶来，骂的管骂，打家伙管打家伙。（83/1068）

搂吼：偷看（贬义）。例：那一日，我又到了他那里，周大婶子往娘家去了，他又搂吼着我顽。（72/930）

炉：一种放在锅里烘烤的烹饪方法。例：相栋宇说："咱每日吃那炉的螃蟹，乍吃这炒的，怪中吃。"（58/744）

陆：本字撸，捋下来。例：（晁无晏）一边就摘了帽子，陆了网子，脱了布衫子。（32/413）

络：捆扎绑住。例：那个觅汉寻了绳杠，络住那坛，合杨春抬到家去。（34/440）

旅旅道道（缕缕道道）：形容顺从的样子。例：待叫你跟着，你就随着旅旅道道的走；待不用你跟着，你就墩着屁股，家里坐着等。（58/747）

绿威威：形容很绿。例：开春化了冻，发得那水绿威威的浓浊，头口也在里面饮水，人也在里边汲用。（28/362）

乱哄ₐ：忙乱。例：我叫魏运合你做去，只怕你一个人乱哄不过来。（39/509）

乱哄ᵦ：作乱、闹乱。例：我的妹子已是入了房了，咱可乱哄一个儿！（9/116）

罗：取得（有戏谑意味）。例：你知道你又得了兄弟了？一年罗一个，十年不愁就是十个！（76/978）

罗拐：阴囊。例：替我收拾下皮鞭短棍，我把这狗攮的罗拐打流了他的！（70/901）

砢碜：恶心，使人难受。例：叫的好妹妹，亲妹妹，燕语莺声，听着也甚嫌砢碜。（95/1228）

落脚货：卖剩下来的品质很差的货色。例：这梭布行又没有一些落脚货，半尺几寸都是卖得出钱来的。（25/330）

M

麻犯：指责、烦扰。例：薛如卞道："我说的好话，倒麻犯我起来！这不姐夫这里听着，我说的有不是么？"（68/882）

麻蚍：水蛭。例：麻蚍丁腿一般，逼住了教宗昭写书。（35/457）

马子：马桶。例：只怕狄大哥在这里头坐马子哩！我掀开帘子看看。（60/777）

蛮：副词，很、挺。例：只见走到门首，三间高高的门楼，当中蛮阔的两
　　扇黑漆大门，右边门扇偏贴着一条花红纸印的"锦衣卫南堂"封条。
　　（5/60）

瞒哄：隐瞒欺骗。例：所以狄希陈在京开当铺，娶两头大……众人相约只
　　要瞒哄素姐一人。（77/987）

忙劫劫：忙忙碌碌或着急的样子。例：你就要还我，迟十朝半月何妨？为
　　甚么这们忙劫劫还不及的？（66/845）

毛耳朵："猫耳朵"。一种油炸如猫耳的甜食。例：号佛已完，主人家端
　　水洗脸，摆上菜子油煠的徽枝、毛耳朵，煮的熟红枣、软枣，四碟茶
　　果吃茶。（69/887）

毛衫：婴儿穿的内衣。例：养活下孩子，我当自家外甥似的疼他，与你送
　　粥米，替你孩子做毛衫。（66/847）

毛尾：动物身上的毛发。例：若说到念经发送，这只当去了他牛身上一根
　　毛尾。（1/8）

卯窍：窍门。例：这尤聪倒也不是不肯诈骗的人。只是初入其内，拿不住
　　卯窍，却往那里去赚钱？（54/699）

眊眊稍稍：形容不敢正视、心虚的样子。例：狄希陈从袖中取出那两套衣
　　服，两只眼睛看了看素姐眊眊稍稍的说道："我寻了许多去处，方才
　　寻得这两套洒线衣裳。"（65/839）

没的：加强反诘语气，难道。例：晁大舍道："这也只十来日的帐，咱没
　　的鳖他半年十个月哩！"（10/135）又：我没本事处置你哥罢了，我
　　没的连你也没本事处治？（73/945）

没捆：对不上号，没有边际。例：这骡情管不是你的；不然，你怎么说的
　　都是没捆的价钱？（88/1133）

没投仰仗：形容无所寄托、百无聊赖的样子。例：那大舍没投仰仗的，不
　　大做声，珍哥也就没趣了许多。（2/16）

没颜落色：没精打采的样子。例：童奶奶合调羹没颜落色的坐着，寄姐在
　　旁里也谷都着嘴奶小京哥。（82/1054）

没帐：没有关系。例：晁大舍说道："没帐！叫他咒去！"（3/37）

门限：门槛。例：总然忘八顶了他跪在街上，白白送来，也怕污了门限！
　　（8/97）

闷闷渴渴（闷闷可可）：形容烦闷的样子。例：孩子不知好歹，理他做甚

么？叫薛亲家闷闷渴渴的，留他不住，去了。（48/623）

猛哥丁（猛割丁、猛圪丁、猛可丁）：突然、猛然间。例：只怕乍听的姐姐到了，唬一跳，猛哥丁唬杀了，也是有的哩。（94/1217）

猛骨：钱（隐语）。例：那猛骨，你拿在那边去了？（65/835）

猛可：突然。例：只见素姐一大瓢泔水，猛可的走来，照着相于廷劈头劈脸一泼。（58/750）

猛可里：义同"猛可"。突然、忽然间。例：用火点上信子，猛可里将狗放了开去，跑不上几步，砑的一声，把个狗震的四脚拉叉，倒在地下。（58/745）

觅汉：长工。例：除了这两行人，只是嫁与人做仆妇，或嫁与觅汉做庄家。（8/101）

乜斜（乜谢、乜趄）：形容眼睛斜视，不正经的样子。例：人嫌他汗气，我闻的是香；人说他乜趄，我说是温柔。（80/1026）

灭贴：势头渐弱。例：镇压了几句，珍哥倒渐渐灭贴去了。（8/99）

抿$_a$：猛力击打。例：（素姐）看了一看，旁里绰过一根门拴，举起来就抿。（60/776）

抿$_b$：吃。例：席上都有妓者陪酒，生葱生蒜齐抿，猪肉牛肉尽吞。（93/1199）

明快：天色尚早。例：我趁明快往家去，明日来回姑奶奶的话。（55/710）

明杖：盲人用以探路的手杖。例：等了几日，可可的那个瞎子自东至西，戳了明杖，大踏步走来。（76/984）

摸量（模量、拇量）：估计、估量。例：摸量着读得书的，便教他习举业；读不得的，或是务农，或是习甚么手艺。（23/300）

魔驼：磨蹭。例：你们休只管魔驼，中收拾做后响的饭，怕短工子散的早。（19/245）

磨牙：费口舌、争辩。例：一分银子添不上去。我的性儿你是知道的，我是合你磨牙费嘴的人么？（55/715）

馍馍：馒头。例：后边计氏一伙主仆连个馍馍皮、扁食边，梦也不曾梦见。（3/35）

N

拿：腌制、泡制。例：将次近午，调羹的鱼也做完，螃蟹都剁成了块，使油酱豆粉拿了，等吃时现炒。(58/743)

拿班：摆架子。例：再说权、戴两人拿腔作势，心上恨不得一时飞上山去，口里故意拿班，指望郭总兵也要似狄希陈这般央及。(87/1128)

拿掇：展示、拿出。例：好客的人常好留人吃饭，就是差不多的两三席酒，都将就拿掇的出来了，省了叫厨子。(55/707)

拿讹头：抓住把柄进行讹诈。例：休被人拿讹头，不是顽的！(7/82)

拿发：降服、制服。例：你饶得了便宜，你还拿发着人！(87/1125)

拿手：把柄。例：你若没个拿手，你就问他要一文钱也是不肯的。(13/177)

纳：缝制。例：这个说："我纳的好鞋底。"(21/278)

奶：以乳汁喂养孩子。例：刚才俺说辞他谢谢扰，他推奶孩子没出来。(96/1241)

奶膀（奶胖）：乳房。例：我要赶上，我照着他奶膀结结实实的挺顿拳头给他。(59/761)

男子人：男人。例：俺男子人又不好去劝他，高四嫂，还得你去劝他进去。(8/108)

攮：推搡。例：计氏赶将来采打，或将计氏乘机推一交，攮两步；渐渐至于两相对骂，两相对打。(1/8)

攮包：只知道吃饭，比喻软弱无能的人。例：没了我合老七，别的那几个残溜汉子老婆都是几个偎浓咂血的攮包，不消怕他的。(53/686)

攮颡（攮丧、攮嗓）：猛力吃，含贬义色彩。也单用动词攮。例：小选子也会走到后面，成大瓶的酒、成碗的下饭偷将出来，任意攮颡。(83/1073) 又：这伙凡人岂不个个都是猪八戒只有攮饭的伎俩？(35/450)

攮业：造孽、淘气。例：这孩子可不有些攮业？怎么一个头一日就闩了门不叫女婿进去？(45/580)

猱（挠）头：头发蓬松零乱的样子。例：晁大舍约摸大家都睡着了，猱了头，披了一件汗褂，趿着鞋，悄悄的溜到唐氏房门口，轻轻的嗽了一声。(19/247)

恼巴巴：恼怒。例：你回来路上欢欢喜喜的，你如何便恼巴巴起来？（2/16）

馁：害怕、胆怯。例：咱惹那母大虫做甚！你看不见大爷也有几分馁他？（10/134）

能：逞能（含贬义）。例：你连饭也不留他吃顿，每人丢给四五钱银子，捻着就走。我说着，能呀能的。（95/1232）

腻耐：因食用油性过大的食品而不舒服。例：合一个鬼头蛤蟆眼、油脂腻耐的个汉子，下到我家。（86/1115）

年时：去年。例：好鲜果子！今年比年时到的早。（71/914）

年下：春节前后的几天。例：这一年十二月十五，早早的放了年下的学，回到家中。（33/426）

粘粥：稀饭。例：要不去，咱大家各自回家，弄碗稀粘粥在肚子里，干正经营生去。（22/285）

娘老子：父母。例：论起来，一个没离了娘老子的孩子，叫他这们远出，可也疼人。（94/1217）

娘母子：母亲。例：这们娘母子也生的出好东西来哩？（52/672）

您（恁）ₐ：人称代词，你。例：一路走着，对晁住说道："您大爷这病，成了八九分病了！你见他这们个胖壮身子哩，里头是空的！"（2/24）

您（恁）ᵦ：人称代词，你们。例：您这里反乱，那两个姑子正还在禹明吾家吃饭哩。（9/111）

扭扎鬼：别扭、不听话的人。例：教素姐与他婆婆磕头，他扭扎鬼的，甚么是肯磕？（48/628）

扭别（拗别）：违拗、不顺从。例：你以后顺脑顺头的，不要扭别。（58/747）又：都亏了对门禹明吾凡事过来照管，幸得晁源还不十分合他拗别。（18/237）

农（浓）：凑合、将就。例：里边小衣括裳，我陪上几件儿，农着过了门，慢慢的你们可拣着心爱的做。（75/974）又：大家外边浓几年，令亲升转，舍亲也或是遇赦，或是起用的时候了。（84/1089）

脓包：软弱无能。例：只是那舅子有些脓包。（26/334）

浓济（农济）：凑合、将就。例：你可是不会闪人的？咱浓济着住几日，早进城去是本等。（19/246）

努筋拔力：形容费力的样子。例：努筋拔力的替他做了衣裳，不自家讨

愧，还说长道短的哩！（79/1020）

搿：本字搿。量词，一搿，犹言一把，一握。例：虱子臭虫，成搿家咬他
　　老人家，他老人家知道捻杀个儿么？（84/1083）

O

熰：缓慢，不充分地燃烧。例：走到前边，只见窗前门前都竖着秫秸，点
　　着火待着不着的熰，知是素姐因狄婆子打了他，又恨打的狄希陈不曾
　　快畅，所以放火烧害。（48/625）

P

怕不的：语气副词，恐怕。例：那喜溜溜、水汪汪的一双眼合你通没二
　　样；怕不的他那鞋你也穿的。（19/245）

拍：掰开、使张开。例：断然要把两只腿紧紧夹拢，不可拍开，把那绢子
　　垫在臀下，画定计策施行。（72/925）

排年什季：一年四季。例：这武城县各里的里老收头，排年什季感激晁夫
　　人母子的恩德。① （90/1161）

盘缠：开销、支用。例：住半年也不止，三月也不止，没盘缠了你爷的，
　　叫他休大扯淡！（78/1008）

跋子："襻子"，系在衣服或鞋子上的横布，用处相当于钮扣。例：那郭
　　姑子穿着油绿机上纱道袍子，蓝跋子，是也不是？（8/105）

刨黄：寻根究底。例：他既是从莲花庵回家就发作起头，这事白姑子一定
　　晓的就里的始末，你还到他那里刨黄。（65/832）

炮仗：鞭炮。例：昨日打涿州过来，叫我背着爹买了一大些炮仗，放了一
　　年下没放了，还剩下有好几个哩，咱拿来放了罢。（58/744）

跑躁：（由于疾病等原因）身体灼热。例：晁夫人越发跑躁得异样……看
　　看二更将尽，晁夫人躁得见神见鬼；交了三更，躁出一身冷汗，晁夫
　　人渐渐安稳，昏昏的睡熟了去。（36/472）

陪送ₐ：动词，娘家给新娘陪嫁。例：他见我使的小玉儿，我全铺全盖的
　　陪送他出去，这是谁家肯的？（84/1083）

陪送ᵦ：名词，嫁妆。例：他是我的个后娘，恨不得叫我死了，省了他的

———————————

① 标点有改动，中华本误释"排年什季"。

陪送，他如何肯不撺掇？（62/795）

澎：拟声词，炸裂声，比喻说大话吓人。例：一个女人家有甚么胆气，小的到他门上澎几句闲话，他怕族人知道，他自然给小的百十两银子，买告小的。（47/614）

劈头子：迎面。例：丢盔撩甲的跑到京里，进的门去，劈头子撞见大舅，问了声，说大嫂又回来了。（85/1098）

披砍：从一缕中分出一部分，比喻孤立某人。例：脱不了都是门生，偏只披砍俺。我不依，我只是待去。（40/513）

皮缠：纠缠。例：既是有赵杏川这好相处的人，咱放着不合他相处，可合这歪人皮缠为甚么？（67/860）

皮贼：皮脸不听话的人。例：这们皮贼是的，怎么怪的媳妇子打！（52/669）

偏拉："谝拉"，炫耀。例：情管在酒席上偏拉，叫老公知道，要的去了。（70/903）

偏手：不正当的收入。例：那二百是伍小川、邵次湖两人的偏手，不在禀帖上。（12/164）

偏向：袒护。例：谁知你老人家也合世人般，偏向着那强盗！（3/36）

撇清：假装清白。例：惟有这惧内的道理，到处无异，怎么太尊与他三个如此撇清？（91/1181）

平扑塌：平（贬义）。例：这白姑子串百家门见得多、知得广，单单的拿起一锭黑的来看，平扑塌焌黑的面子，死纠纠没个蜂眼的底儿。（64/824）

坡：地里、野外。例：你要靠他收拾，他就拉到坡里喂了狗，不当家的。（20/257）

泼皮：流氓、无赖。例：内中有两个泼皮无赖的恶人：一个是晁老的族弟，一个晁老的族孙。（20/259）

破着：豁出去、充其量。例：我破着不回你山东去，打死没帐！（95/1224）

破调：免除。例：央禹明吾转说，若肯把珍哥破调了不出见官，情愿再出一百两银子相谢。（12/158）

扑撒：用手拂平，比喻安抚。例：素姐叫那白姑子顺着毛一顿扑撒，渐渐回嗔作喜。（64/826）

铺搭（铺塔、扑答）：胡说。例：惯的个汉子那嘴就象扇车似的，象汗鳖似的胡铺搭，叫他甚么言语没纂着我。（59/760）

铺拉（扑辣）：本义鸟扇动翅膀，比喻关照人。例：亏不尽我使了三百钱。那管门的其实是铺拉自家，可替咱说话？（71/910）

铺潦：皮肤上磨出或烫伤的血泡。例：象狄大哥叫你使铁钳子拧的遍身的血铺潦，他怎么受来？（60/773）

铺排（铺派）：安排。例：你一个男子人，如今又戴上纱帽做官哩，一点事儿铺排不开，我可怎么放心，叫你两口儿这们远去？（84/1078）

铺腾（铺滕）ₐ：浪费、挥霍。例：这情管是小珍的手段，你平日虽是大铺腾，也还到不的这们阔绰。（4/46）

铺腾ᵦ：发出浓烈的味道。例：肚子胀饱，又使被子蒙了头，被底下又气息，那砍头的又怪铺腾酒气，差一点儿就鳖杀我了！（4/52）

Q

欺（缉）：（因潮湿或其他原因而）损伤。例：要厨房就送稻草，夹箔幢就是秫秸，怕冷炕欺了师傅的骚屄，成驴白炭，整车的木柴，往惜薪司上纳钱粮的一般，轮流两家供备。（85/1101）又：你就是他的老婆，可已是长过天疱顽癣，缉瞎了眼，蚀吊了鼻子。（95/1222）

七大八小：大小不齐。例：怎禁的贼人胆虚，一双眼先不肯与他做主，眬眬稍稍，七大八小起来。（88/1134）

恓惶：悲伤。例：晁源孙儿，你不听老人言，定有恓惶处。（3/39）

缉₁：缝制（鞋口等）。例：既是这等看不上那晁大舍，就该合他水米无交，除了打水掏火，吃了饭便在房里坐着，做鞋缉底，缝衣补裳，那一院子有许多人家，难道晁大舍又敢进房来扯你不成？（19/242）

缉₂：向下俯冲。例：那船还要打山洞里点着火把走，七八百里地，那船缉着头往下下，这叫是三峡。（85/1100）

齐₁：集合。例：请狄奶奶出来，齐在个去处，屈尊狄奶奶这一宿儿，明日好打到，挂牌听审。（80/1037）

齐₂：介词，从、自，表示动作行为时间或空间起点。例：我只是不合你过，你齐这里住下船，写休书给我，差人送的我家去就罢了。（87/1119）

齐割扎：形容整整齐齐的样子。例：我认的是报应疮，治不好的，我没下

药来。果不其然，不消十日，齐割扎的把个头来烂吊一边。（66/852）

齐口₁：牲畜长牙满口。例：牛群中有个才齐口的犍牛，突然跑到杨司徒轿前，跪着不起。（79/1015）

齐口₂：副词，同声。例：惠希仁、单完齐口称道："真是有智的妇人，胜似蠢劣的男子十倍！"（81/1041）

碁子："棋子"，一种小菱形薄面片。例：连春元叫人送了吃用之物：腊肉、响皮肉、羊羔酒、米、面、炒的碁子、焦饼。（38/488）

起₁：用于动结式的第二成分。表示动作已完，有了结果。例：玉兰缝直缝，素姐杀袍袖，打裙褶，一时将两套孝衣做起。（74/958）

起₂：助词，用于比较句标记。例：我长起狄大哥好几岁。（89/1152）

起盖：建造，盖（房屋）。也可以单用"起"。例：哄动了远近的人，起盖了绝大的庙宇。（28/360）又：汪生员买到手里，才起上了屋。（35/453）

起动：敬辞，烦劳、劳驾。例：狄希陈道："起动二位千山万水的将帮了他来。"（96/1238）

起发：诈取、骗取。例：白姑子夜间一宿不曾合眼，碌碌动算计起发骗钱。（64/822）

起骡：指驴马发情。例：再有那一样捵拉邪货，心里边即与那打圈的猪、走草的狗、起骡的驴马一样，口里说着那王道的假言，不管甚么丈夫的门风，与他挣一顶"绿头巾"的封赠。（36/462）

起为头：起头、开始。例：我起为头也恨的我不知怎么样的，教我慢慢儿的想，咱也有不是。（22/283）

砌₁：装订。例：砌了一本仿，叫大学生起个影格，丢把与你，凭他倒下画，竖下画。（33/426）

掐：截留、使中断。例：晁近仁无子，他明白有堂侄应该继嗣。两个利他的家产，不许他过继侄儿，将他的庄田房舍都叫晁无晏掐了个精光。（57/731）

掐把（掐巴）：用力紧紧握住，比喻对别人施威。例：我生平是这们个性子：该受人掐把的去处，咱就受人的掐把；人该受咱掐把的去处，咱就要变下脸来掐把人个够。（15/195）

洽浃：和气。例：虽然也还勉强接待，相见时，大模大样，冷冷落落，全

不是向日洽浃的模样。（1/7）

前向：前一段时间。例：十来个学生，都只有十一二岁，半月里不见了三个……那人搜了一搜，他的儿子的衣裳鞋袜，并前向不见的那三四个的衣裳，都尽数搜出。（31/398）

抢ₐ：逆、顶。例：李成名媳妇道："他只休抢着他的性子，一会家乔起来，也下老实难服事的。"（19/244）

抢ᵦ：碰伤、擦伤。例：狄大哥，你拿了袖子罢，看着路好牵驴子走，带着袖子，看抢了脸。（68/883）

腔巴骨子：说话的神情。例：素姐见他这等腔巴骨子，动了疑心，越发逼拷。（52/668）

腔款：模样、腔调（含贬义）。例：（狄周）见了狄员外，把那艾回子可恶的腔款学说了一遍。（67/870）

乔ₐ：形容词，怪异。例：他老人家性儿乔乔的。俺们又不敢合他多说话，只得来了。（55/715）

乔ᵦ：副词，一个劲地。例：唬得小京哥乔叫唤往怀里钻。（87/1120）

乔声怪气：怪声怪气，形容奇怪异样。例：薛亲家外头坐着，家里把丫头打的乔声怪气的叫唤，甚么道理？（48/622）

乔腔作怪：同"乔声怪气"。例：他却在女人面前撇清捏厥，倒比那真正良人更是乔腔作怪。（73/940）

砌₂：讽刺、嘲笑。例：骆校尉把脸弄的通红，说道："我倒说你是好，你姑夫倒砌起我来了。"（83/1072）

亲家婆：亲家母。例：他那里铺床图个吉庆，叫他在那里不省事起来，亲家婆病病的，恼的越发不好。（59/755）

侵早：天刚亮。例：及至十五日侵早，计氏方才起来。（2/17）

勤力：勤快、勤劳。例：好俺姐姐，你家里的那勤力往那里去了？（45/581）

青光当：轻轻的、稀薄的（含贬义）。例：一则甚么模样：青光当的搽着一脸粉，头上擦着那绵种油，触鼻子的熏人，斩眉多睃眼的，我看不上他。（49/638）

轻省：轻松、不费力。例：这在诸商之中，还算最为轻省，造化好的，还能撺钱。（71/919）

情₁：轻易赚取、坐享。例：八个木匠自己磕了三十两的拐，又与计大官

圆成了三十两谢礼，板店净情一百六十两。(9/116)

情₂：副词，尽管，表示没有任何例外。例：人想不到的事，他情想的到。
（89/1152）

情管：副词，肯定。例：晁梁娘子道："俺那头有极好的狗皮膏药，要一
　　帖来与他贴上，情管好了。"（57/737）

擎架：支撑、承担。例：要说叫我摆个东道请他二位吃三杯，我这倒还也
　　擎架的起。(34/442)

罄净：精光。例：（寄姐）叫张朴茂、伊留雷、小选子七手八脚，看着登
　　时把个秋千拆卸罄净。（97/1253）

穷拉拉：很穷。例：我不快着做了衣裳带回家去，你爷儿两个穷拉拉的，
　　当了我的使了，我只好告丁官儿罢了！（9/112）

穷忙：瞎忙，谦辞。例：这向有件小事，穷忙没得去。（82/1054）

穷酸乞脸：形容潦倒的样子。例：若黑越越的穷酸乞脸，倒不要他了！
　　（8/105）

求面下情：低三下四。例：一个送礼的帖子还叫个老子求面下情的央及人
　　写。（33/427）

屈持（曲持）：委屈。例：离家在外的人，万一屈持在心，这当顽的哩！
　　况又待不的一个月就好满了监起身哩。（55/706）

屈处：委屈。例：万一屈处出你病来，好意翻成恶意，也叫外甥后来抱
　　怨。（78/1000）

蛐蟮：蚯蚓。例：他只见了寸把长的蜈蚣，就如那蛐蟮见了鸡群的一样。
　　（62/791）

取齐：会合、聚集。例：脱不了吴太太是到俺府里取齐哩。（78/1004）

瘸狼渴疾：一瘸一拐，形容非常狼狈的样子。例：晁大舍送了珍哥到监，
　　自己讨了保，灰头土脸，瘸狼渴疾，走到家中。（14/179）

R

让：（液体）向外冒出。例：流水跑到那里看了一看，疮口象螃蟹似的往
　　外让沫哩。（66/853）

饶：连词。就算、尽管，表示让步关系。例：邓蒲风道："天生天合的一
　　对，五百年撞着的冤家，饶你走到焰摩天，他也脚下腾云须赶上。"
　　（61/784）又：昨日要是第二个人看见您家这们大门户，饶使你家一

大些银子，还耽阁了"忠则尽"哩！(2/26)

惹发：使某人发脾气。例：这理刑衙门是甚么去处，这内官子的性儿，你惹发了他，你还待收的住哩！(70/907)

人客：客人。例：原起有备下的酒席，只因来得人客太多，不能周备，只得把肴菜合成一处。(90/1164)

人事：送的礼品。例：这帽套，你姑夫至少也算我一斤银子的人事哩。(84/1087)

人物：指人的外貌。例：这个小珍哥，人物也不十分出众，只是唱得几折好戏文。(1/9)

日头：太阳。例：头年里还看见日头是红的，今年连日头也看不见了，行动都着人领着。(49/638)

日西：指傍晚。例：我们且自回去，等日西再来罢。(50/649)

日逐：每天。例：狄希陈因女儿生有姿色，日逐求奸，小的女儿贞烈不从。(82/1059)

狨：詈辞。例：口里说着蛮不蛮、侉不侉的官话，做作那道学的狨腔。(35/455)

汝：塞。例：素姐伶俐，爽俐把两只手望着狄希陈眼上一汝。(98/1262)

汝唆：塞。例：临那断气，等不将他来，只见他极的眼象牛一般，情管待合他说甚么。如今有点子东西，不知汝唆在那里迷糊门了。(41/533)

软骨农：很软（含贬义）。例：古怪！这软骨农的是甚么东西？(52/670)

软农农：形容很柔软。例：连裙绰约，软农农莹白秋罗。(72/932)

S

撒活：放开（牲口）使之活动。例：到了龙山，大家住下吃饭，撒活头口。(38/485)

撒极：着急、不耐烦。例：不是我撒极，如今待中监死我呀！(85/1097)

撒津：耍赖、没规矩。例：这先生同不的汪先生，利害多着哩。你还像在汪先生手里撒津。别说先生打你，只怕你娘那没牙虎儿难受。(33/430)

撒拉溜侈：过满溢出的样子。例：年前两次跟了师生们到省城，听他做得那茶饭，撒拉溜侈，淘了他多少的气。(54/703)

撒漫：任意挥霍。例：这两个盗婆算计素姐也还不十分着极，只是闻得白姑子起发那许多银钱，料定素姐是个肯撒漫的女人。(68/875)

三不知：意料之外。例：谁知他三不知没有影了。狄周遥地里寻，那里有他的影响？(38/494)

散诞：安逸、逍遥。例：我因如今程先生恁般琐碎，想起从了汪先生五年不曾叫我背一句书、认一个字、打我一板，神仙一般散诞。(41/536)

馓子：又写作"馓枝"，一种细条状油炸面食。例：靠着条桌，吃着麻花、馓枝、卷煎、馍馍，喝着那川芎茶，掏着那没影子的话。(56/723)

嗓根头子：喉咙。例：你要往家一步儿，我拔下钗子来，照着嗓根头子扎杀在轿里，说是你两个欺心。(78/1001)

搡（頦）：用力推。例：气的狄婆子挣挣的，掐着脖子，往外只一搡。(52/672)

杀：捆紧、扣紧。例：到下处，叫人挑着纱灯，把皮袄叠了一叠，杀在骡上。(67/870)

杀毛树恐：连毛孔都倒竖，比喻非常痛苦、惊惧。例：贴上一帖膏药，疼的个孩子杀毛树恐的叫唤。(67/858)

煞老实：副词，拼命地。例：童奶奶说到援纳京官，省得把寄姐远到外任，煞老实的撺掇。(83/1067)

煞实ₐ：副词，实实在在，下力气地。例：宗举人的父亲宗杰只道他为徒弟中举喜欢，煞实地陪了他酒饭。(35/456)

煞实ᵦ：副词，形容程度高。例：珍哥亦从梦中魇叫醒来，觉得在太阳边煞实疼痛。(3/31)

善：轻微、不厉害。例：素姐又问："你听谁说？"选子道："谁没说呀？京里说的善么，奶奶，你待不走哩么？"(85/1100)

善便（善变）：轻易。例：要不按他个嘴唁地，叫他善便去了！(15/194)

善茬（善查）：容易对付的人。例：晁老道："有如此等事！咱那媳妇不是善茬儿，容他做这个？我信不过！"(7/83)

善静：温和、慈祥。例：我看奶奶善静，不论钱，只管替孩子寻好主儿。(84/1082)

善善的：副词，好好地。例：他若善善的过来理辨，倒也只怕被他支吾过

去了。（14/182）

上覆：奉告。例：多上覆舅爷，千万别要忘了。（55/709）

上盖：外衣、罩衫。例：天气暄热，那两个女人都脱了上盖衣裳，穿上了
小衫单裤，任意取凉。（73/936）

上紧：赶快、加紧。例：童奶奶叫人把那饭从新热了热，让他两个吃完，
嘱付两个上紧寻人。（84/1084）

上落：责备、数落。例：狄婆子道："可不是真个怎么？我正待要上落你
哩！"（58/753）

韶道：糊涂。例：这大舅真是韶道，雇个主文代笔的人，就许他这们些银
子。（85/1092）

韶韶摆摆：犯傻、糊涂。例：俺娘说：今日是这里姐姐的喜事，恐怕他韶
韶摆摆的不省事，叫接他且往家去。（59/755）

哨ₐ：用语声指使狗。例：这事瞒不过嫂子，这实吃了晁无晏那贼天杀的
亏，今日鼓弄，明日挑唆，把俺那老砍头的挑唆转了，叫他象哨狗的
一般望着狂咬！（21/279）

哨ᵦ：哄骗。例：众人无言而退。都背地骨骨农农的道："我这不洗了眼看
哩！吃了他几杯酒，叫他一顿没下额的话，哨的把个拿手放了，可惜
了这般肥虫蚁！"（14/183）

哨ᵪ：戏弄、讥笑。例：狄希陈说："我不合你'打虎'。你哨起我来了！
我合你'顶真绩麻'，顶不上来的一钟。"（58/749）

哨哄：哄骗。例：有那等愚人信他哨哄，一些听他不出。（42/545）

身命：衣服、装扮。例：既到儿子任内，岂可不穿件衣裳？又都收拾了身
命。（27/349）

渗："瘆"，形容害怕、不自在。例：我不知怎么，只见了他，身上渗渗
的。（45/579）

生活：用品、器物。例：银匠打些生活，明白落你两钱还好，他却搀些铜
在里面，叫你都成了没用东西。（26/342）

生头：不熟悉的人。例：李爷何不将我开了锁镣，把我当一个内里人使
唤，本乡本土的人，不胜似使这边的生头？（88/1139）

生帐子货：陌生人（贬义）。例：但这个毕竟是咱守着看见的孩子们才
好。这生帐子货，咱可不知他的手段快性不快性。（55/711）

湿汰汰：形容很湿。例：觉得下面湿汰汰的，摸了一把，弄了一手烣紫的

血。(4/52)

实秘秘（实偪偪）：严实。例：走到他门上，只见实秘秘的关着门。（4/
　　49）又：富家宦室拥了钱谷，把两扇牢门实偪偪的关紧，不要说眼
　　看那百姓们饿死，就是平日莫逆的朋友，也没有肯周济分文。（90/
　　1162）

实落：实实在在的、不虚假的。例：狄贤弟，你倒把那痛哭的心肠似宗兄
　　一般实落说了，解了众人的疑心便罢。（41/536）

实拍拍：实在、僵硬（含贬义）。例：都说是几年的新活洛，通不似往年
　　的肉松，甜淡好吃，新到的就苦咸，肉就实拍拍的，通不象似新鱼。
　　（58/744）

拾：买（饼、馍等）。例：（狄希陈）到在北极庙台上顽了半日，从新又
　　下了船，在学道前五荤铺内拾的烧饼，大米水饭，粉皮合菜。（37/
　　481）

拾头：愤怒之下在某物上撞头。例：巧姐拉了素姐拾头。（59/764）

使：累、劳累。例：有活我情愿自己做，使的慌不使的慌，你别要管我。
　　（54/694）

使性傍气：生气、发脾气。例：常功使性傍气。（67/869）

是：语气词，用在句尾，表示肯定。例：侯、张道："论这理，没情歹
　　意，可也不该看他去。合他一般见识待怎么？俺既进在里头，咱看看
　　是。"（96/1238）

是百的：无论如何。例：我依着你就是了。你也依我件儿。爹这们病重，
　　你且是百的别要做声，有你说话的时候哩！（76/978）

收煞：收尾、结束。例：你只被他欺负下来了，他待有个收煞哩。（82/
　　1053）

首尾（手尾）$_a$：指男女不正当关系。例：所以那全班女子弟，连珍哥倒
　　有一大半是与晁住有手尾的。（43/552）

首尾（手尾）$_b$：名词，经办的事情。例：有件事在我们察院里，正是我
　　合单老哥的手尾。（82/1053）

瘦怯：瘦弱。例：那管老的、少的、长的、矮的、肥胖的、瘦怯的，尽出
　　来胁肩谄笑。（1/12）

熟滑（熟化、熟话）：熟识、熟悉。例：奶奶长，奶奶短，倒象是整日守
　　着的也没有这样熟滑，就是自己的儿媳妇也没有这样亲热。（40/

520）

刷括（刷刮）ₐ：收拾、筹集。例：（晁大舍）分付家人刷括马匹，吃了几杯酒，收拾上床睡定。（3/29）又：小献宝说："就是出殡，没的这两三千钱就够了么？头信我使了，我再另去刷刮。"（41/531）

刷括ᵦ：搜刮。例：刷括得家中干干净净，串通了个媒婆，两下说合，嫁了一个卖葛布的江西客人，挟了银子，卷了衣裳，也有三百金之数，一道风走了。（53/689）

顺：挪、移动。例：（夏少坡）从河上接了官回来，打那里经过，头里拿板子的说："顺着！顺着！"（32/414）

说道：念叨。例：狄员外明知是薛如卞要使那神道设教，劝化那姐姐回心，与白姑子先说道了主意，做成圈套。（64/826）

说嘴：耍嘴皮子。例：你且慢说嘴，问问你的心来。夫妻到底是夫妻，我到底是二门上门神。（2/25）

说作：背地里议论别人。例：俺婆婆在世时，嘴头子可是不达时务，好枉口拨舌的说作人。（69/894）

搿：竖立。例：你可请问奶奶，把这两个发放在那里存站。只管这里搿着也不是事。（91/1175）

四脚拉叉：仰面平躺的样子。例：跣剥得精光，四脚拉叉睡在上面。（29/370）

厮称：相称、显得合适。例：你穿着又不厮称，还叫番子手当贼拿哩！（67/869）

厮认：辨认。例：调羹倒还在厮认，素姐却甚是认得调羹。（77/991）

撕挠：发霉腐坏。例：响皮肉五荒六月里还放好几日撕挠不了，这八九月天气拿不的了？（87/1124）

死拍拍：死死地、不灵活。例：（吴奶子）又疼爱孩子，又勤力，绝不象人家似的死拍拍的看着个孩子。（49/642）

死乞白赖（死气白赖）：形容不顾羞耻，一味纠缠别人。例：推你不出去，死乞白赖的塞在人床上！（87/1125）

死声淘气：形容非常生气的样子。例：除惹的他弟兄们死声淘气的，带着个老婆，还坠脚哩。（86/1108）

死手：窍门。例：兄临上京的时节，我还到贵庄与兄送行，还有许多死手都传授给兄。（50/654）

死纣纣：死板（含贬义）。例：这白姑子串百家门，见得多，知得广，单单的拿起一锭黑的来看：平扑扑扭黑的面子，死纣纣没个蜂眼的底儿。（64/824）

搜：蚀落，逐渐腐坏。例：晃住说道："他说俺大爷看着壮实，里头是空空的，通象那墙搜了根的一般。"（2/25）

素子：一种用锡或瓷制的酒壶。例：你叫人拿盘点心，四碗菜，再给他素子酒，叫他吃着，分付人们别要难为他。（70/903）

尿泡：膀胱。例：自从官人没了，就如那出了气的尿泡一般，还有谁理？（43/556）

梭罗：旋转地拖垂。例：（那丫头）穿着领借的青布衫，梭罗着地，一条借的红绢裙子，系在胳肢窝里。（84/1081）

梭天摸地：形容因为紧张而上下窜跳。例：打得个猴精梭天摸地的着极。（76/983）

琐碎：数落、烦扰。例：狄周喃喃呐呐的道："这不是真晦气！为了几根豆子，被人琐碎了一顿。"（29/377）

T

塌（榻）$_a$：汗水浸透（衣服等）。例：（陈师娘）穿着汗塌透的衫裤，青夏布上雪白的铺着一层虮虱。（92/1189）

塌（榻）$_b$：加盖印章。例：我照票内的数目收了，登了收簿，将你票上的名字榻了销讫的印。（11/145）

塌趿（塌趿）：眼睛微闭。例：那猫不怎么样，塌趿着眼睡觉。（7/80）

踏脚：踏板。安置于床前、车沿前便于上下的横板。例：（素姐）坐着抖成一块半截没踏脚的柳木椅子的山轿，抬不到红门，头晕的眼花缭乱，恶心呕吐。（69/891）

踏猛子：潜水。例：东看西看，无门可出，只有亭后一个开窗，得了个空子，猛可的一跳，金命水命，就跳在湖中，踏猛子赴水逃走。（66/850）

胎孩：舒坦、自在。例：在那酒炉上点起灯来，拿到跟前看了一看，只见唐氏……睡得那样胎孩。（19/252）

弹挣：动弹、挣扎。例：他就似阎王！你就是小鬼！你可也要弹挣弹挣！（60/777）

探业：安分、听话。例：你要不十分探业，我当臭屎似的丢着你，你穿
　　衣，我也不管。（95/1222）

汤汤：也作"汤汤儿"，形容很轻易的样子。例：老爷，这虽是个伤手
　　疮，长的去处不好，汤汤儿就成了臁疮，叫那皮靴熏坏了，要不把那
　　丁住的坏皮蚀的净了，这光骨头上怎么生肌？（67/859）

掏换：搜寻。例：小的掏换的真了，想道："一个女人家有甚么胆气，小
　　的到他门上澎几句闲话，他怕族人知道，他自然给小的百十两银子，
　　买告小的。"（47/614）

掏摸：摸取。例：晓的陈师娘还有几两银子带在身边，儿子合媳妇同谋，
　　等夜间陈师娘睡熟，从裤腰里掏摸。（92/1186）

淘碌：销蚀，多指色欲伤身。例：抛撒了家业，或是淘碌坏了大官人，他
　　撅撅屁股去了，穷日子是你过，寡是你守。（2/19）

腾挪：挪动（位置）、挪用（金钱）。例：也罢，我再给你二两银，完成
　　了这件事罢，省得你又别处腾挪。（36/468）

剔拨：点拨、开导。例：这两个学生将来是两个大器，正该请一个极好的
　　明师剔拨他方好。（23/306）

梯己ₐ：私人财物，亦泛指私人积蓄。例：家人又要小包，儿子又要梯己，
　　鳖的些新秀才叫苦连天，典田卖地。（25/327）

梯己ᵦ：亲密。例：留完了饭，素姐让侯、张两个在衙内前后观看一回，
　　又让他两个进自己房去，扯着手，三人坐着床沿说梯己亲密的话儿。
　　（96/1237）

梯己ᵪ：副词，私下。例：他还嫌肚子不饱，又与孙兰姬房中梯己吃了一
　　个小面。（38/490）

踢蹬：闹腾、使人受折磨。例：至于丧间，素姐怎生踢蹬，相家怎生说
　　话，事体怎样消缴，再听后回接说。（59/765）

提留（提溜）：提。例：说道："多大点孩子，看提留吊了他的顶脖揪！"
　　（57/734）

蹄膀：蹄子，指人的脚，用于詈辞。例：我见那姓龙的撒拉着半片鞋，捱
　　拉着两只蹄膀，倒是没后跟的哩！（48/624）

填还ₐ：偿还。例：你快听我说，好好的替你狄爷寻个好灶上的，补报他
　　那几碗粥，要不然，这教是"无功受禄"，你就那世里也要填还哩！
　　（55/710）

填还_b：贴补、酬谢。例：晁思才，你变个狗填还我！（32/417）

调贴：听话、温顺。例：这媳妇儿有些不调贴，别要叫那姑子说着了可。
　　（45/580）

挑三豁四（挑三活四）：挑拨离间。例：你知不道他浅深，就拿着他两个
　　当那挑三豁四的浑帐人待他，这不屈了人？（96/1243）

跳跶（跳挞、跳搭、跳达）：蹦跳（含贬义）。例：待不多时，象奴果然
　　来到，只说童七躲在家中，跳跶着嚷骂。（71/920）

听说：听话、顺从。例：这们个玉天仙似的人，怎么只不听说！（45/
　　583）

停：分数表示法，将总数分成若干份，每份为一停。例：最放不下的七
　　爷，七八十了，待得几时老头子伸了腿，他那家事，十停得的八停子
　　给我，我要没了，这股财帛是瞎了的。（53/685）

挺：打、揍。例：你敢把他当着那老婆着实挺给他一顿，把那老婆也给他
　　的个无体面，叫他再没脸儿去才好。（40/514）

通路：明白、懂得。例：（尤聪）煎豆腐也有滋味，擀薄饼也能圆泛，做
　　水饭、插粘粥、烙火烧都也通路。（54/700）

捅：刺、戳。例：若是淫妇忘八定计诬陷我，合你们一递一刀，捅了对
　　命！（13/168）

偷伴：偷偷地。例：（狄希陈与小珍珠）且是惧怕寄姐疑心迁怒，不过是
　　背地里偷伴温存。（79/1016）

头口：牲口。例：我身边还有带得盘缠，算起来也还够到得家里，只仰仗
　　差人雇头口便好。（88/1131）

头上抹下：第一次、初始。例：后晌女婿进屋里来，顺条顺理的，头上抹
　　下，要取吉利。（44/577）

头水：穿过的衣服第一次浆洗，称"头水"，比喻次序在第一的。例：我
　　清早赶头水去与员外拜节，不瞅不采的，又叫人说甚么的？（67/
　　868）

投性（头信）：干脆、索性。例：放着这戍时极好，可不生下来，投性等
　　十六日子时罢。（21/273）

投：酒喝多了，为了舒适醒酒而再喝些称"投"。例：萧北川道："这样，
　　也等不到天明梳头，你快些热两壶酒来，我投他一投，起去与他进城
　　看病。"（4/51）

突突摸摸：磨磨蹭蹭。例：狄希陈也到屋里，突突摸摸的在他娘跟前转转。（40/520）

屠子：屠夫。例：那一日赶着他往铺子里去，做了八两银子，嫁与个屠子去了。（55/707）

团脐：母螃蟹，用于对妇女的蔑称。例：这个昏大官人，偏偏叫他在京守着一伙团脐过日。（6/72）

拖拉：拖着。例：拖拉着一条旧月白罗裙，拉拉着两只旧鞋。（9/114）

拖罗：量词，用于计量又长又不整齐的一堆东西。例：（计老头）只见计氏就穿着这弄衣裳，脖子缠着一拖罗红带子，走到跟前。（9/114）

脱剥：脱掉。例：事完回到房中，脱剥了那首饰衣服，怒狠狠坐在房中。（68/880）

脱服：除服，表示孝期已满。例：各门的亲戚，晁思才这班内外族人，沈裁的一家子，都送了脱服礼来。（36/469）

脱气：没有本事，不争气。例：他娘笑道："好脱气的小厮，你倒忒也不做假哩！"（44/567）

W

洼跨：洼陷。例：皂角色头发，洼跨脸，骨拽腮，塌鼻子，半篮脚，是一个山里人家。（49/637）

歪憋：不讲道理。例：只是李姑子说这媳妇要改变心肠，夫妇不睦，忤逆公婆。这话我确然信他不过。那里有这等的美人会这等的歪憋？（44/566）

捱拉（歪辣、捱辣）₁：詈辞，用于骂不正经的女人。例：打了一个银铃，领了他那个老歪拉来到。（21/279）又：戴氏拉着寄姐抬头拽脸，淫妇捱拉的臭骂，拿着黄烘烘的人屎，洒了寄姐一头一脸。（80/1032）

捱拉₂：走路不端正。例：床横边立着三个丫头，捱拉着六只脚。（2/23）

捱ₐ：踝骨部位扭伤。例：（素姐）口里也还骂着道："我只说你爷们捱折槐子骨、害汗病，都死在京里了！"（85/1097）

捱ᵦ：摸索着挖。例：难道叫人这们砢碜拉拉的争，我又好留你的？我就浪的荒了，使手捱也不要你！（87/1125）

筻子：柳条或竹子编的圆形盛物器具。例：（尤聪）一百六十文钱买了两个筻子，四十文钱买了副铁勾担仗。（54/698）

枉口拔舌：造谣祸害某人。例：龙氏道："罢，小孩儿家枉口拔舌，吃斋念佛的道友们，说是娼妇哩！"（74/952）

旺跳：强健、健康。例：他要不是我的姐姐，他把我一个旺跳的爹两场气气杀了，我没的就不该打他么？（60/771）

旺相：强健、精神好。例：公公屡屡梦中责备，五更头寻思起来，未免有些良心发现，所以近来也甚雁头鸥劳嘴的，不大旺相。（4/41）

望：介词，朝向。例：他将长枷梢望着张云鼻梁上尽力一砍，砍深二寸。（51/659）

偎浓咂血：形容窝囊、没有能力的样子。例：别的那几个残溜汉子老婆都是几个偎浓咂血的攮包，不消怕他的。（53/686）

偎侬：形容懦弱、没有能力。例：幸得他不象别的偎侬孩子，冻得缩头抹脖的。（79/1017）

偎贴：依偎。例：偎贴了刘嫂子做了一处，又兼狄希陈是感激他的人，于是这几个的行李安放一处。（69/887）

温克：温柔、顺从。例：你家中的那温克都往那里去了？（44/576）

问：介词，引进动作关涉的对象。例：也有人常常的问他借银子使，他也要二三分利钱。（27/347）

翁婆：公婆。例：久闻的狄大嫂甚是贤德，孝顺翁婆，爱敬丈夫，和睦乡里，怎么得遭这们显报？（64/821）

窝别：憋闷。例：晁源要了纸笔，放在枕头旁边，要与他父亲做本稿，窝别了一日，不曾写出一个字来。（17/224）

兀秃：（液体或浆状物）不冷不热。例：彼此看了几眼，不着卯窍的乱话说了几句，不冷不热的兀秃茶呷了两钟，大家走散。（99/1275）

无千大万：形容非常多。例：无千大万的丑老婆队里，突有一个妖娆佳丽的女娘在内，引惹的那人就似蚁羊一般。（56/723）

五积六受：形容夸张、招摇。例：这五积六受的甚么模样！可是叫亲家笑话。（59/758）

伍浓（五脓、污脓）：优柔寡断、窝囊。例：我只待喝掇夺下他的，我恼那伍浓昏君没点刚性儿，赌气的教他拿了去。（96/1243）又：又说："天底下怎么就生这们个恶妇！又生这们个五脓！"（60/777）

伍弄（侮弄）：凑合、敷衍。例：宋主事情愿与他买棺装裹，建醮念经，伍弄着出了殡。（71/921）

舞弄：耍弄。例：（看戏的人）拿了根杠子，沿场舞弄不歇，口用白碗呷那烧酒。（86/1110）

舞旋（伍旋）：耍弄、折腾。例：他眼又不看着字，两只手在袖子里不知舞旋的是甚么，教了一二十遍，如教木头的一般。（33/429）

物业：产业、家产。例：这们的大物业，你受用的日子长着哩。（36/470）

X

希诧：稀奇。例：那前年到了蒋皇亲家，就是看见了俺那个白狮猫跑了来，映着日头，就是血点般红，希诧的极了！（7/80）

稀：副词，表示程度深，用在单音节形容词前。例：（尤聪）背了人传桶里偷买酒吃，吃得稀醉。（54/702）

稀棱挣：非常稀疏。例：（那丫头）焦黄稀棱挣几根头发，扎着够枣儿大的个薄揪。（84/1081）

洗换：月经的讳称。例：珍哥从去打围一月之前，便就不来洗换了，却有了五个月身孕。（4/47）

洗刮：梳洗。例：你看着去替他洗刮洗刮。（57/737）

喜洽（喜恰）：和悦可爱。例：（素姐）前向同张大嫂来庵里与菩萨烧香，好个活动的人，见了人又喜洽、又谦和，可是一位好善的女人。（64/817）

瞎：浪费。例：众光棍道："你老人家少要替人生气，看气着你老人家身子，值钱多着哩！瞎了银子，可没人赔你老人家的，不可惜了？"（83/1069）

瞎头子ₐ：副词，白白地。例：留着这几钱银子，年下买瓜子嗑也是好的。瞎头子丢了钱！（6/77）

瞎头子ᵦ：形容词，没有事实根据的、虚妄的。例：他有甚么铺陈衣服叫道士偷去？这样瞎头子的营生，那里去与他缉捕？（26/338）

瞎帐：比喻毫无功效的东西。例：我们这里打路庄板的先生真是瞎帐，这是江右来的，必定是有些意思的高人。（61/781）

嘎饭：下饭的菜肴。例：晁大舍叫了人买了嘎饭，沽了好酒，与珍哥顽耍解闷。（8/97）

下：投宿，留宿。例：（郭尼姑）其人伶俐乖巧，能言会道，下在海会白

衣庵里。（8/103）

下变：下狠心。例：我们不能庇护他罢了，反把他往死路里推将出去，这阿弥陀佛，我却下变不得。（15/193）

下场头：结局、结果。例：这援例纳监，最是做秀才的下场头；谁知这浑帐秀才援例，却是出身的阶级。（50/651）

下地：胎儿出生。例：梁和尚十二月十六日子时那里坐化，这里是十二月十六日子时下地。（47/611）

下老实ₐ：拼命地。例：倒是各人自己的心神下老实不依起来，更觉得难为人子。（23/304）

下老实_b：副词，非常，表示程度高。例：亏了大的丫头子，今年十二了，下老实知道好歹，家里合他奶奶做伴儿。（49/638）

下意：下狠心、忍心。例：他合你有那辈子冤仇，下意的这们咒他！（75/963）

唬答：害怕。例：这吊杀丫头也是人间常事，唬答得这们等的！（80/1027）

掀腾：闹腾、揭露。例：倒也亏不尽你把这事早掀腾了，要待闺女过了门，可怎么处？（46/597）

挦：拔取、摘取。例：晁凤从里边出来说道："叫你流水快走，要再上门胡说，叫人把毛挦了，打你个臭死哩！"（46/599）

涎不痴：目光呆滞的样子。例：你这们涎不痴的，别说狄大嫂是个快性人，受不的这们顿碌，就是我也受不的。（64/825）

涎瞪：嬉皮笑脸地瞪大眼睛。例：晁无晏涎瞪着一双贼眼，望着晁近仁两个说道："怎么你两个就是孔圣人，有德行的，看着煮粥，又看着祟谷？"（32/413）

涎眉邓眼：嬉皮笑脸不严肃的样子。例：涎眉邓眼，没志气的东西！没有下唇，就不该揽着箫吹！（3/37）

献浅：献殷勤。例：这一定有多嘴献浅的人，对那强人说我在大门前看他起身，与街坊妇人说话。（2/21）

乡瓜子：乡下人（贬称）。例：管了这几年当，越发成了个乡瓜子了。（85/1096）

相外：见外。例：既是童奶奶分付，俺们不敢相外，扰三钟。（81/1041）

相应：合适、相宜。例：我明日与经纪说，遇着有甚么相应的房产，叫他

来说。(25/331)

香亮：稀罕，受人宠爱。例：这刘振白素性是个狼心狗肺的人，与人也没有久长好的，占护的那个婆娘不过香亮了几日，渐渐的也就作践起来。(82/1057)

详情：审察实情。例：爷详情，这就是贼吗？(88/1139)

降发：制服。例：要是亲娘，可也舍不的这们降发那儿，那儿可也不依那亲娘这们降发。(41/527)

响饱：饱得心满意足。例：路上饭食，白日的饭是照数打发，不过一分银吃的响饱，晚间至贵不过二分。(56/719)

响许：许诺得心满意足。例：你就响许他万两黄金，他也只是性命要紧。(66/847)

象生：仿真的（人或物）。例：饶我那咎拿着汉子像吸石铁一般，要似这们个象生，我也打他几下子。(64/826)

消缴（销缴）：解决、了结。例：你请进去，这事都在我身上，待我与你消缴。(98/1271)

小豆腐（小豆腐儿、小豆腐子）：把大豆用水泡透，磨成糊状，再同剁细的菜叶一起煮熟的食品。例：（艾前川的老婆）走到后面，把一个做饭的小锅、一个插小豆腐的大锅，打的粉碎。(67/862)

小家局：小家子气。例：必定先要打听城里乡宦是谁，富家是谁，某公子好客、某公子小家局。(4/44)

小厮：小男孩。例：打哩天爷可怜见，那肚子里的是个小厮也不可知，怎么料得我就是绝户！(20/261)

蝎虎：壁虎。例：亏不尽一个蝎虎在墙上钉着。(19/248)

鞋脚：鞋袜之类。例：小姑的衣裳鞋脚，婆婆有了年纪，你都该照管他的。(44/569)

邪皮：行为不端的。例：那邪皮的奶奶满口赞扬他，就是那有道理有正经的奶奶越发说他是个有道有行的真僧。(8/103)

心忙：心里慌乱。例：伊留雷起初来的心忙，也便听而不闻。(87/1121)

心影：疑惧不安。例：你摸在旁里只管站着，不怕我心影么？(71/913)

星飞：形容迅速。例：（晁大舍）随即差了晁住，备了自己的走骡，星飞到京。(7/92)

行动：动不动。例：狄希陈道："你行动就是哨我，我也不合你做这个。"

(58/749)

省（醒）：懂得、理解。例：薛大娘怎么空活这们大年纪，不省的一分
　　事！（60/767）

醒邓邓：清醒，不敢入睡的样子。例：搅得他醒邓邓的，这家财还得一半
　　子分给咱。（47/613）

许些：一些、许多。例：别说我合你是邻舍家，你使了我这许些银钱，你
　　就是世人，见了打的这们个嘴脸，也不忍的慌！（13/174）

暄：膨胀、松软。例：打的那狄希陈半边脸就似那猴腚一般通红，发面馍
　　馍一般暄肿。（48/624）

旋：副词，立刻。例：该用着念佛的去处，咱旋烧那香，迟了甚来？
　　（15/195）

趸：裹、包。例：次日刚只黎明，寄姐早起，使首帕趸了趸头，出到外
　　面，叫张朴茂、伊留雷、小选子七手八脚，看着登时把个秋千拆卸罄
　　净。（97/1253）

血糊淋拉：形容鲜血淋漓的惨状。例：靳时韶、任直打得血糊淋拉的躺在
　　地下。（22/296）

血沥沥：狠毒残酷的样子。例：李驿丞指天画地，血沥沥的发咒。（88/
　　1142）

寻趁：寻隙吵闹。例：珍哥虽也是与晁住寻趁了几句，不肯与他着实变
　　脸。（8/98）

Y

压量：压制。例：我问你：你那里的门路儿寻了老太太的分上压量我？
　　（70/905）

牙巴骨：牙床骨。例：狄希陈唬的那脸蜡滓似的焦黄，战战的打牙巴骨，
　　回不上话来。（52/668）

牙茬骨（牙叉骨、牙查骨）：牙床，借指嘴。例：老公得了总分儿，小的
　　这们条大汉，只图替老公做干奴才，张着一家子的牙茬骨喝风罢？
　　（70/906）

烟扛扛：形容浓烟升腾的样子。例：烧了烟扛扛的，叫人大惊小怪。况又
　　风大，火火烛烛的不便。（72/927）

淹：失水的、不鲜的。例：我怕几两银子极极的花费了，两个果子淹淹

了，我说："等不的你好，我自家送去罢。"（71/912）

淹荠燎菜：本义菜失水干枯，形容肮脏的样子。例：咱因甚往他班里去借？淹荠燎菜的，脏死人罢了！咱自己做齐整的。（1/11）

淹头搭脑：形容没精打采的样子。例：珍哥自从计氏附在身上采拔了那一顿，终日淹头搭脑，甚不旺相。（12/156）

淹淹缠缠：萎靡不振的样子。例：一到家就没得精神，每日淹淹缠缠的。（22/288）

盐鳖户：蝙蝠。例：就如那盐鳖户一般，见了麒麟，说我是飞鸟；见了凤凰，说我是走兽。（8/101）

眼离：指视觉一时错乱而生幻象。例：小的们一个错认罢了，没的小的们四五个人都眼离了不成？（51/661）

焰摩天：比喻遥远的去处。例：天生天合的一对，五百年撞着的冤家，饶你走到焰摩天，他也脚下腾云须赶上。（61/784）

酽$_a$：（味道）浓厚。例：他额定每日要三十个白煮鸡子，一斤极酽的烧酒供献，转眼都不知何处去了。[①]（42/545）

酽$_b$：剧烈的、凶猛的。例：照着龙氏脸上两个酽巴掌，打的象劈竹似的响。（48/627）

央央跄跄（秧秧跄跄）：形容有气无力、病态的样子。例：你肚子大大的是有病么？你这央央跄跄的是怎么？（57/737）

央央插插：形容声音嘈杂。例：我在家里叉着裤子，手拐着几个茧，只听得街上央央插插的嚷。（10/127）

仰尘：顶棚、天花板。例：晁夫人叫了木匠收拾第三层正房，油洗窗门、方砖铺地，糊墙壁、札仰尘，收拾的极是齐整，要与晁梁作娶亲的洞房。（49/631）

仰拍叉（仰百叉）：仰面倒下的姿势。例：寄姐不曾提防，被素姐照着胸前一头拾来，碰了个仰拍叉。（95/1224）又：望着晁思才心坎上一头拾将去，把个晁思才拾了个仰百叉地下蹬歪。（20/262）

遥地里（摇地里）：副词，到处。例：一个做官的人叫老婆出去遥地里胡撞，谁家有这们事来？（97/1254）

咬群：多比喻某个人爱同周围的人闹纠纷。例：但这等倔强的人，那个肯

---

① 中华本"酽"误作"酸"。

教他做科道？一堂和尚，叫你这个俗人在里边咬群！（12/153）

药吊子：熬中药的器具。例：寻下药吊子，赵杏川开了药箱，攒了一帖煎
　　药，用黄酒煎服，狄希陈服下，当时止住了疼。（67/865）

爷爷：或者单用"爷"，父亲。例：不惟你这命没人偿你的，还几乎弄一
　　顿板子，放在你爷爷哥哥的臀上。（30/385）

夜：天黑。例：说着，也就夜了。晁大舍叫人收拾了床铺，预备那些差人
　　宿歇。（12/158）又：严列宿因天已夜了，寻了下处。（28/358）

夜来：昨天。例：夜来有劳，我通不大省人事了！吃了药，如今病去三四
　　分了，我的心里也渐明白了。（2/26）

一宠性儿：火暴脾气。例：你是百般别拿出那一宠性儿来。就是这二位师
　　父，我也不肯叫他做赔面勐的厨子。（12/157）

一答：一块儿、一起。例：这是前生的冤业，今生里撞成一答了。（75/
　　968）

一搭里：一块儿、一起。例：要说从小儿在一搭里相处，倒也你知我见
　　的，省的两下里打听。（75/971）

一大些：数量词，非常多。例：那班里一大些老婆，我不记的是那一个。
　　（7/84）

一堆：一起、一块儿。例：人道他在洪井胡同娶了童银的闺女小寄姐，合
　　调羹一堆住着。（77/993）

一了百当：办事利落、妥帖。例：他虽也不能如主母一了百当，却也不甚
　　决裂。（56/727）

一溜雷：一起、一伙。例：若与他一溜雷发狂胡做，倒也是个相知。
　　（16/208）

一家货：副词，一下子，仓促之间。例：如今这一家货又急忙卖不出去，
　　人家又来讨钱，差不多赚三四个银就发脱了。（6/75）

一盼心：一心一意。例：把这经资先与他们一半，好叫他们籴米买柴的安
　　了家，才好一盼心的念经。（64/824）

一汤的：一下子，猝然之间。例：（吕祥）又算回家，狄希陈怕他唆拨，
　　必定仍还与他银子，所以都一汤的大铺大腾地用了。（88/1137）

一总里：一起、全部。例：我变转了一百两银子，放着等一总里交，怕零
　　碎放在手边使了，先送了来与老公垫手儿使。（71/911）

疑疑思思：犹豫。例：周相公再三的劝着姑夫，不肯做呈子，姑夫也疑疑

思思的。(98/1268)

已而不当（倚儿不当，也作已而不登）：不经心。例：他一时喜快，你慢了些，他说你已而不当慢条思理的。(91/1171) 又：我好生躲避着他，要是他禁住我，你是百的快着搭救，再别似那一日倚儿不当的，叫他打个不数。(97/1254)

义和：团结、和睦。例：你放了手，咱们往那里去来。咱还义和着要照别人哩。(22/285)

意思：象征性的表示。例：因郭总兵带有广西总兵府自己的勘合，填写夫马，船家希图揽带私货，支领廪给，船价不过意思而已，每只做了五两船钱。(85/1095)

应心：称心。例：你就使一百银子，典二十亩地，也与他寻一件应心的与他。(65/840)

硬帮（硬邦）：坚硬，比喻态度强硬。例：既是惹了这等下贱，爽俐硬邦到底，别要跌了下巴，这也不枉了做个悍泼婆娘。(95/1228)

硬挣子：带头的好汉。例：没要紧听人挑挑，出来做硬挣子待怎么？(53/683)

油气：微弱的气息。例：薛教授见那丫头打的浑身是血，只有一口油气。(48/623)

游游衍衍：形容曲折的样子，这里指磨蹭。例：或把田禾散在坡上，或捆了挑在半路，游游衍衍。(31/405)

迂板：死板。例：这个迂板老头巾家里，是叫这两个盗婆进得去的？(68/873)

淤：满溢出来。例：侯、张两位师傅自从收了素姐这位高徒，因他上边没有公婆拘管，下边不怕丈夫约束，所以淤济的这两个婆娘米麦盈仓，衣裳满柜。(85/1101)

原起：起初、原本。例：你曾见俺家里那个白狮猫来？原起不是个红猫来？比这还红的鲜明哩！(6/78)

圆成：成全。例：不瞒二位爷说，刘振白圆成着，他得了好几两银子去了。(81/1046)

圆泛：形容非常圆。例：试了试手段，煎豆腐也有滋味，擀薄饼也能圆泛。(54/700)

哕：呕吐。例：晁大舍望着晁凤哕了一口。(15/195)

越子：本字，籆子。络丝或纱的工具。例：爹待中往坡里看着耕回地来，娘待中也络出两个越子来了。（45/581）

匀滚：平均。例：论平价，这木头匀滚着也值五六两一根。（9/118）

Z

咱：本包括式人称代词，语用上也可以仅指说话者一方，我。例：晁大舍道："他适才也送了咱那四样人事，咱拇量着也得甚么礼酬他？"禹明吾道："他适才送了你几根药线？"（4/44）

灶突：烟囱。例：那些婆娘晓得要去拿他，扯着家人媳妇叫嫂子的，拉着丫头叫好姐姐的，钻灶突的，躲在桌子底下的。（20/266）

燥不搭：烦躁。例：那伙婆娘……连那睡鞋合那"陈妈妈"都翻将出来，只没有甚么牌夹。自己也甚没颜面，燥不搭的，大家都去了。（11/145）

躁：烦躁。例：狄希陈道："天爷，天爷！这话就躁杀人！"（96/1244）又：狄员外只是极得碰头磕脑的空躁，外边嚷叫，他只当是不闻。（63/809）

贼：机灵、敏锐。例：象奶奶这个，刘六、刘七合齐彦明也不要你，恐怕你贼过界去了！（71/918）

扎缚：捆扎、缠裹。例：（唐氏）梳得那头比常日更是光鲜，扎缚得双脚比往日更加窄小，虽是粗布衣服，浆洗得甚是洁净。（19/249）

扎括（扎刮）ₐ：打扮。例：俺家里那个常时过好日子时节，有衣裳尽着教他扎括，我一嗔也不嗔。（2/20）

扎括（扎刮）ᵦ：收拾、料理。例：正与晁大舍收拾行装、扎括轿马。（7/90）又：孙氏道："有撒下的孩子么？只怕没本事扎刮呀。"（72/930）

扎煞：（肢体、须发等）张开、伸开。例：不料按院审到珍哥跟前，二目暴睁，双眉直竖，把几根黄须扎煞起来，用惊堂木在案上拍了两下。（51/665）

扎实：牢固、稳固。例：陆秀才还嫌他做的不甚扎实，与他改得铁案一般，竟把个媳妇休将回去。（98/1264）

扎手：棘手、不好对付。例：老七虽是有些扎手，这七十六七岁的老头子，也"老和尚丢了拐——能说不能行"了。（53/686）

乍大：放纵、张狂。例：素姐说："小砍头的！我乍大了，你可叫我怎么一时间做小服低的？"（98/1269）

乍生子：陌生人。例：又说："凡有话说，请过狄大爷来，自己当面酌议，从小守大的，同不的乍生子新女婿。"（75/972）

诈：张开、分开。例：不由的鼻子诈呀诈的，嘴裂呀裂的，心里喜欢，口里止不住只是待笑。（82/1055）

窄鳖鳖（窄别别、窄逼逼）：很狭小。例：窄鳖鳖的去处，看咱哥合嫂子听见，悄悄的睡罢！（28/358）又：衙内窄逼逼的个去处，添上这们些人，怎么住的开？（7/85）

窄狭：地方狭小。例：原因戴家的床上宽些，睡的不甚窄狭。（87/1121）

窄逐：狭小、不宽裕。例：你狄爷的凭限窄逐，还要打家里祭过祖去，这起身也急。（84/1084）

沾（占）：副词，稍微有点儿。例：这酒烧的，不沾早些？（34/445）

斩眉多梭眼：形容不断眨眼的情态。例：待要说你不是个人，你又斩眉多梭眼的说话吃饭，穿着件人皮妆人。（65/831）

展爪：施威、逞强。例：素姐虽是个恶人，却不敢在寄姐身上展爪，也便没再敢做声。（97/1253）

占护：霸占。例：爷儿两个伙着买了个老婆，乱穿靴这们几个月，从新又自己占护着做小老婆！（56/725）

张智ₐ：模样、体统。例：谁知那心慌胆怯了的人，另是一个张智。（52/669）

张智ᵦ：装腔作势、装模作样。例：我不做声罢了，你倒越发张智起来。那两个强盗蹄子是你的孤老么？（96/1243）

招对：对证。例：忘八、淫妇，出来！我们大家同了四邻八舍招对个明白。（13/168）

招头：不实用的摆设。例：俺只合童奶奶商议，狄爷当个招头儿罢了。（81/1041）

招子：启示，以广示众人。例：住的倒是自己的几间房子，也还值五六十两不止，贴了招子出卖。（82/1061）

照：对付、招架。例：那院里陈嫂子比你矮，陈哥比你弱么？要是中合他照，陈嫂子肯抄着手、陈哥肯关着门？（89/1151）

照物儿：凭据。例：你给我件照物儿，我往你家自己取去。（70/903）

折辩（折辨）：辩白。例：可怪那个媳妇拙口钝腮，只会短了个嘴怪哭，不会据了理合人折辩，越发说他是贼人胆虚了。（98/1264）又：吕祥听见这话，恨不得再生出几个口来合人折辨。（88/1134）

折挫：折磨。例：你吹弹得破的薄脸，不足三寸的金莲，你禁得这般折挫？（88/1131）

折堕：折磨。例：有这们混帐孩子！死心蹋地的受他折堕哩！（52/671）

折干：谓以钱代替实物。例：皇历上明日就是上吉良辰，先下一个定礼；至于过聘：或是制办，或是折干，你二位讨个明示。（75/972）

真：形容词，清楚。例：他下边高声说道："你们众人又不是他家的家人觅汉，你们怎么知得这等真？"（89/1147）

争竞：争执、计较。例：你们尽数取将出来，从公配成四分，或是议定，或是拈阄，岂不免了争竞？（92/1191）

挣：撑开、使张开。例：骆校尉接过帽囊，取出一顶貂皮帽套，又大又冠冕，大厚的毛，连鸭蛋也藏住了，一团宝色的紫貂，拿在手里抖了一抖，两只手挣着，自己先迎面看了一看。（84/1086）

挣揝：竭力挣扎。例：他母亲又在睡梦中着实挣揝。（92/1194）

挣头科脑：形容呆滞。例：你可算计该怎么款待、该怎么打发，挣头科脑，倒象待厨屎似的！（81/1041）

知不道（知不到）：不知道、不清楚。例：我的强娘娘！知不到什么，少要椰椰！（6/78）

支调ₐ：支吾搪塞。例：狄周虽是极力的支调，怎能瞒得住人？（80/1029）

支调_b：打发、有意遣走。例：狄希陈晓得个中机括，把狄周支调了出去。（50/649）

支蒙：竖起。例：扁扁的个大嘴，两个支蒙灯碗耳朵。（84/1081）

支煞：竖起、张开。例：我只见了他，口里装做好汉，强着说话，这身上不由的寒毛支煞，心里怯怯的。（52/671）

执板：执拗刻板。例：素姐住在娘家，那侯道、张道怕那薛教授的执板，倒也不敢上门去寻他。（56/721）

直蹶子：放开腿（跑）。例：熏的寄姐丢了鞭子，直蹶子就跑。（95/1224）

直拍拍：形容笔直（贬义）。例：惟素姐直拍拍的站着，薛夫人逼着，方与狄婆子合他大妗子三姨磕了几个头。（59/759）

直势：直率。例：寻思了一遭，想到对门禹明吾的奶母老夏为人直势，又有些见识。（18/232）

中$_a$：形容词，好。作动结式的第二成分。例：将药煎中，打发晁大舍吃将下去。（2/25）又：问说："做中了饭没？做中了拿来吃。"（40/519）

中$_b$：助动词，应该。例：叫小厮们："外边流水端果子咸案，中上座了。"（21/280）又：晁大舍又走到厨屋门口，说道："你们休只管魔驼，中收拾做后晌的饭，怕短工子散的早。"（19/245）

中$_c$：形容词，好，作谓词的修饰成分。例：相栋宇说："咱每日吃那炉的螃蟹，乍吃这炒的，怪中吃。"（58/744）又：虽是做的菜不中吃，酒又不好，可也是小弟的一点敬心。（66/848）

粥米：慰问产妇的礼品。例：姜、晁两门亲戚，来送粥米的，如流水一般。（49/634）

周扎：围上。例：没替珍太太做出棉袄棉裤，自家就先周扎上了，我的不是！（79/1018）

主：主宰、掌管。例：素姐说："不怕！我待去就去，他们主不得我的事。"（68/878）

主腰子：紧身小棉袄。例：我还有个旧主腰子，且叫他穿着；另买了布来，慢慢的与他另做不迟。（79/1018）

挏挠：忙活、安排。例：小人家的饭食，我到都做过来；只怕大人家的食性不同，又大人家的事多，一顿摆上许多菜，我只怕挏挠不上来。（55/712）

转磨磨：转圈、打转转。例：我没见有回头朝里钻进去，转磨磨的！（83/1072）

庄：使堆高，高大。例：可见人家丈夫若庄起身来，在那规矩法度内行动，任你什么恶妻悍妾也难说没些严惮。（8/99）

妆幌子：增光。例："可叫人说：'你看那陈公的伙计童银一家儿卖了房讨吃哩。'人问：'那个陈公？是见今坐东厂的陈公哩？'这可是替老公妆幌子哩么？"（71/917）

妆乔布跳：装模作样。例：我又并没曾将猪毛绳捆住了你，你为甚么这们妆乔布跳的？（3/39）

壮实：身体健壮。例：待你调养的壮实些，嫁个女婿去过日子，是一件本

等的事。(8/100)

锥：塞上。例：这头放着两位响丁当的秀才兄弟，那头放着狄相公这们一位贡生，锥上两张呈子，治不出他带把儿的心来哩！(74/950)

坠（缀）：拖住，使不得自由。例：惠希仁合单完道："你交下，快着来，我先坠着童氏，省的被得躲了。"(81/1044) 又：你京里另娶不另娶，可是累我腿哩，怕我泄了陶，使人缀住我，连我的衣裳都不给了！(86/1005)

坠脚：拖累，使不得自由。例：除惹的他弟兄们死声淘气的，带着个老婆，还坠脚哩。(86/1108)

茁实：结实、强壮。例：若不是手脚不能动弹，倒也还是个茁实婆娘。(59/758)

着₁：放置。例：说他咸了，以后不拘甚物，一些盐也不着，淡得你恶心。(54/701)

着₂ₐ：语气词，表示确定语气。例：你就把那嚷的事说详细着。(10/127)

着₂ᵦ：时间助词，用于动词性（包括形容词）结构之后，表示未来某时点或某时点之后的时段。例：我算记妥着，我也待去哩！(86/1107)

着己：贴心、亲近。例：待你运退时节，合伙了你着己的人，方取你去抵命。(3/30)

着手：得手。例：若是无故心惊，浑身肉跳，再没二话，多则一日，少则当时，就是拳头种火，再没有不着手的。(60/774)

着相：（玩笑开得）过火。例：狄员外道："你这畜生！合人顽也要差不多的就罢，岂可顽得这般着相？"(62/802)

仔本（资本）：老实、朴实。例：倒是他姊子仔本，咱把他绑上个炮仗震他下子试试，看怎么着。(58/746) 又：媒婆来往提说，这魏才因侯小槐为人资本，家事也好，主意定了许他。(41/534)

总里：全部、一并。例：总里钥匙都在一个包内，放在抽斗里边。(66/846)

走草：狗发情。例：再有那一样捱拉邪货，心里边即与那打圈的猪、走草的狗、起骡的驴马一样，口里说着那王道的假言，不管甚么丈夫的门风，与他挣一顶"绿头巾"的封赠。(36/462)

走滚：改变、变更。例：狄爷合童奶奶没致谢他致谢，所以才挑唆他告状，这事再没走滚。(81/1046)

走水：贩运、跑单帮。例：薛三槐两个轮着：一个掌柜，一个走水。（25/331）

走作：越规、放逸。例：你看多少人家名门大族的娘子，汉子方伸了腿就走作了。（43/560）

纂：编造。例：邪着一个眼，黑麻着一个脸弹子，尖嘴薄舌的说人长短，纂人是非，挑唆人合气。（80/1028）

纂子：妇女梳在头后边的发髻。例：分为两股，打了两个纂子，插了两面白纸小旗。（58/752）

攦（捛）：握。例：你好让呀！人的两只拶烂了的手，你使力气攦人的。（89/1153）

嘴舌：反驳、顶嘴。例：不消公公汉子说话，还不够两个兄弟嘴舌的哩。（74/951）

嘴头子：嘴（含贬义）。例：我来上庙，他自然该跟了我来，却在家贪图嘴头子食，恋着不肯跟我，叫我吃这等大亏！（73/943）

搏当：限制。例：要说打他，我就敢说誓，实是一下儿也没打；要是衣服饭食，可是搏当他来。（81/1046）

左道：唠叨，背地里议论别人。例：这只怪屎眼，从头里只管跳！是那个天杀的左道我哩！（40/515）

作：容得下、放得下。例：你孤儿寡妇的，谁还作你？（53/685）

作蹭：糟蹋、闹腾。例：你就强留下他，他也作蹭的叫你不肯安生。（68/880）

作急：尽快。例：依我所见，作急与他干了这事。（50/645）

作假（做假）：故作客气，虚让。例：晁思才道："饱了，饱了！这是那里，敢作假不成？"（22/289）又：又切了个瓜来。有吃一块的，有做假不吃的。（37/480）

作索：糟蹋。例：囚妇说："那起初进来，身上也还干净，模样也还看的；如今作索象鬼似的，他还理你哩！"（43/554）

作兴ₐ：赞助（东西）、抬举（人）。例：既中了举，你还可别处腾挪，这个当是你作兴我的罢了。（35/457）又：吕祥见李驿丞作兴他的手段，便就十分作起势来。（88/1141）

作兴ᵦ：赚取。例：丁利国教他把那所得作兴银子一分不动，买了十来亩地。（27/348）

作业：作孽。例：只说了一句道："小厮这等作业，你可晓得什么是嫖？成精作怪！"（40/514）

坐$_{1a}$：放、放置。例：郭氏戴着幅巾，穿着白毡套袜、乌青布大棉袄、蓝梭布裙，骡上坐着一个大搭连。（53/691）

坐$_{1b}$：结（果实）、怀孕。例：患了个白带下的痼病，寒了肚子，年来就不坐了胎气。（29/376）

坐$_2$：扣除。例：觅汉道："要不将银子去，员外坐我的工食哩。我要这穷嫌富不要的杭杭子做甚么？"（67/864）

坐窝子：不动地方，在原地。例：你也躲闪躲闪儿，就叫人坐窝子棱这们一顿？（97/1248）

引用书目

先秦

《诗经》，《十三经注疏》本，中华书局 1980 年版。

《春秋左氏传》，《十三经注疏》本，中华书局 1980 年版。

《仪礼》，《十三经注疏》本，中华书局 1980 年版。

《论语》，《十三经注疏》本，中华书局 1980 年版。

《庄子》，中华书局 1982 年版。

《孟子》，《十三经注疏》本，中华书局 1980 年版。

《荀子》，中华书局 1983 年版。

《战国策》，上海古籍出版社 1985 年版。

《吕氏春秋》，北京大学出版社 2000 年版。

《礼记》，《十三经注疏》本，中华书局 1980 年版。

汉代

《史记》，中华书局 1959 年版。

《盐铁论》，中华书局 1992 年版。

《说苑》，中华书局 1987 年版。

《汉书》，中华书局 1983 年版。

《后汉书》，中华书局 1984 年版。

《东观汉记》，中州古籍出版社 1987 年版。

《太平经》，中华书局 1960 年版。

《伤寒论》，人民卫生出版社 1991 年版。

《金匮要略》，人民卫生出版社 1990 年版。

《古诗十九首》，中华书局 1955 年版。

魏晋南北朝

《六度集经》，三国·康僧会译，《大正新修大藏经》本，大正一切经刊行会，1922—1933 年。

《法句譬喻经》，西晋·法炬共法立译，《大正新修大藏经》本。

《生经》，西晋·竺法护译，《大正新修大藏经》本。

《十诵律》，后秦·弗若多罗共罗什译，《大正新修大藏经》本。

《杂宝藏经》，北魏·吉迦夜共昙曜译，《大正新修大藏经》本。

《正法念处经》，北魏·瞿昙般若流支译，《大正新修大藏经》本。

《肘后备急方》，人民卫生出版社 1982 年版。

《三国志》，中华书局 1985 年版。

《搜神记》，中华书局 1979 年版。

《世说新语》，中华书局 1984 年版。

《北史》，中华书局 1972 年版。

《南史》，中华书局 1975 年版。

《陈书》，中华书局 1972 年版。

《梁书》，中华书局 1973 年版。

《颜氏家训》，上海古籍出版社 1980 年版。

《齐民要术》，中国农业出版社 1998 年版。

《先秦汉魏晋南北朝诗》，中华书局 1983 年版。

隋唐五代

《佛本行集经》，隋·阇那崛多译，《大正新修大藏经》本。

《全唐诗》，中华书局 1960 年版。

《敦煌变文集》，黄征、张涌泉校注本，中华书局 1997 年版。

《旧唐书》，中华书局 1975 年版。

《朝野佥载》，中华书局 1979 年版。

《酉阳杂俎》，中华书局 1981 年版。

《唐律疏议》，中华书局 1983 年版。

《韩昌黎文集》，上海古籍出版社 1986 年版。

《入唐求法巡礼行记》，上海古籍出版社 1986 年版。

《近代汉语语法资料汇编》（唐代卷），商务印书馆 1990 年版。

《六祖坛经》，宗教文化出版社 2001 年版。

《祖堂集》，中华书局 2007 年版。

《唐摭言》，中华书局 1960 年版。

宋金

《近代汉语语法资料汇编》（宋代卷），商务印书馆 1992 年版。

《朱子语类》，中华书局 1986 年版。

《全宋词》，中华书局 1965 年版。

《全宋诗》，北京大学出版社 1991 年版。

《宋史》，中华书局 1977 年版。

《杨万里集》，中华书局 2007 年版。

《景德传灯录》，宋·释道元，《大正新修大藏经》本。

《郑思肖集》，上海古籍出版社 1991 年版。

《刘知远诸宫调》，中华书局 1993 年版。

《董解元西厢记》，人民文学出版社 1962 年版。

元

《原本老乞大》，《朝鲜汉语教科书丛刊》，汪维辉校本，中华书局 2005 年版。

《元刊杂剧三十种》，徐沁君校本，中华书局 1980 年版，另参元代刻本。

《蒙古秘史》，额尔登泰、乌云达赉校本，内蒙古人民出版社 1980 年版。

《五代史平话》，《宋元平话集》本，上海古籍出版社 1990 年版。

元明

《近代汉语语法资料汇编》（元明卷），商务印书馆 1995 年版。

《全元戏曲》，王季思校本，人民文学出版社 1990 年版。

明

《训世评话》，《朝鲜汉语教科书丛刊》，汪维辉校本，中华书局 2005 年版。

《老乞大谚解》，《朝鲜汉语教科书丛刊》，汪维辉校本，中华书局2005年版。

《朴通事谚解》，《朝鲜汉语教科书丛刊》，汪维辉校本，中华书局2005年版。

《逆臣录》，北京大学出版社1991年版。

《南词叙录》，中国戏剧出版社1989年版。

《西游记》，人民文学出版社1980年版。

《金瓶梅词话》，人民文学出版社1992年版，删节据明代丁巳刻本。

《三言》，上海古籍出版社1993年版。

《山歌》、《挂枝儿》，《明清民歌时调集》本，上海古籍出版社1987年版。

《初刻拍案惊奇》，《古本小说集成》本，上海古籍出版社1995年版。

《二刻拍案惊奇》，人民文学出版社1996年版。

《水浒传》，人民文学出版社1997年版。

《三遂平妖传》，上海古籍出版社1993年版。

《型世言》，中华书局1993年版。

《六十种曲》，中华书局1958年版。

清

《缀白裘》，中华书局2005年版。

《十二楼》，《李笠翁小说十五种》本，浙江人民出版社1983年版。

《醒世姻缘传》，中华书局2005年版；齐鲁书社1980年版；上海古籍出版社1981年版。

《聊斋俚曲集》，上海古籍出版社1986年版；学林出版社1998年版。

《续金瓶梅》，《丁耀亢全集》（中），张清吉校本，中州古籍出版社1999年版。

《老乞大新释》，《朝鲜汉语教科书丛刊》，汪维辉校本，中华书局2005年版。

《重刊老乞大谚解》，《朝鲜汉语教科书丛刊》，汪维辉校本，中华书局2005年版。

《儒林外史》，中华书局1999年版。

《程甲本红楼梦》，书目文献出版社1992年版。

《歧路灯》，栾星校本，中州书画社 1980 年版。

《清风闸》，北京师范大学出版社 1992 年版。

《侠义风月传》，广西人民出版社 1980 年版。

《儿女英雄传》，人民文学出版社 1983 年版。

《海上花列传》，人民文学出版社 1982 年版。

《小额》，刘一之校注本，世界图书出版公司 2011 年版。

《俗话倾谈》，《古本小说集成》本，上海古籍出版社 1994 年版。

《官场现形记》，人民文学出版社 1957 年版。

现代

北京大学 CCL 语料库

参考文献

古代语言学著作

（西汉）扬雄：《方言》，周祖谟校笺本，中华书局 1993 年版。

（清）钱绎：《方言笺疏》，上海古籍出版社 1984 年版。

（清）胡文英：《吴下方言考》，徐复校议本，凤凰出版社 2012 年版。

（唐）颜师古：《匡谬正俗》，刘晓东评议本，山东大学出版社 2000 年版。

（明）顾起元：《客座赘语》，中华书局 1987 年版。

（明）沈榜：《宛署杂记》，北京古籍出版社 1980 年版。

（清）王念孙：《广雅疏证》，江苏古籍出版社 2000 年版。

（清）王念孙：《读书杂志》，江苏古籍出版社 2000 年版。

（清）翟灏：《通俗编》，《续修四库全书》本，上海古籍出版社 2002 年版。

《明清俗语集成》，上海古籍出版社 1989 年版。

（东汉）许慎：《说文解字》，中华书局 1963 年版。

（梁）顾野王：《玉篇》，中华书局 1987 年版。

（清）刘淇：《助字辨略》，章锡琛校注本，中华书局 2004 年版。

（清）梁章钜：《称谓录》，黑龙江人民出版社 1990 年版。

（清）赵翼：《陔余丛考》，河北人民出版社 1990 年版。

现代语言学著作

白维国：《金瓶梅词典》，中华书局 1991 年版。

北京大学中国语言文学系语言学教研室：《汉语方言词汇》（第二版），语文出版社 1995 年版。

北京大学中国语言文学系语言学教研室：《汉语方音字汇》（第二版

重排本），语文出版社 2003 年版。

曹广顺：《近代汉语助词》，语文出版社 1995 年版。

曹树基：《中国移民史》，福建人民出版社 1997 年版。

曹志耘：《汉语方言地图集》，商务印书馆 2008 年版。

储泽祥：《现代汉语方所系统研究》（第二版），华中师范大学出版社 2003 年版。

储泽祥：《汉语空间短语研究》，北京大学出版社 2010 年版。

丁声树：《现代汉语语法讲话》，商务印书馆 1961 年版。

董绍克：《汉语方言词汇差异比较研究》，民族出版社 2002 年版。

董绍克、张家芝：《山东方言词典》，语文出版社 1997 年版。

董秀芳：《词汇化：汉语双音词的衍生和发展》（修订本），商务印书馆 2011 年版。

董志翘：《〈入唐求法巡礼行记〉词汇研究》，中国社会科学出版社 2000 年版。

董志翘：《中古近代汉语探微》，中华书局 2007 年版。

董志翘、蔡镜浩：《中古虚词语法例释》，吉林教育出版社 1994 年版。

董遵章：《元明清白话著作中山东方言例释》，山东教育出版社 1985 年版。

方龄贵：《古典戏曲外来语考释词典》，汉语大词典出版社、云南大学出版社 2001 年版。

冯春田：《近代汉语语法研究》，山东教育出版社 2000 年版。

冯春田：《〈聊斋俚曲〉语法研究》，河南大学出版社 2003 年版。

符淮青：《词义的分析和描写》，语文出版社 1996 年版。

符淮青：《现代汉语词汇》（增订本），北京大学出版社 2004 年版。

顾之川：《明代汉语词汇研究》，河南大学出版社 2000 年版。

郭锐：《现代汉语词类研究》，商务印书馆 2002 年版。

洪波：《汉语历史语法研究》，商务印书馆 2010 年版。

胡裕树、范晓：《动词研究》，河南大学出版社 1995 年版。

胡增益：《新满汉大词典》，新疆人民出版社 1994 年版。

黄伯荣：《汉语方言语法类编》，青岛出版社 1996 年版。

江蓝生：《近代汉语探源》，商务印书馆 2000 年版。

江蓝生：《近代汉语研究新论》，商务印书馆 2008 年版。

蒋冀骋、吴福祥：《近代汉语纲要》，湖南教育出版社 1997 年版。

蒋绍愚：《汉语词汇语法史论文集》，商务印书馆 2000 年版。

蒋绍愚：《古汉语词汇纲要》，商务印书馆 2005 年版。

蒋绍愚：《近代汉语研究概要》，北京大学出版社 2005 年版。

蒋绍愚、曹广顺：《近代汉语语法史研究综述》，商务印书馆 2005 年版。

蒋绍愚、江蓝生：《近代汉语研究》，商务印书馆 1999 年版。

李崇兴、祖生利、丁勇：《元代汉语语法研究》，上海教育出版社 2009 年版。

李荣主编：《现代汉语方言大词典》，江苏教育出版社 1996 年版。

李荣主编，钱曾怡著：《济南方言词典》，江苏教育出版社 1997 年版。

李如龙：《汉语方言特征词研究》，厦门大学出版社 2002 年版。

李申：《〈金瓶梅〉方言俗语汇释》，北京师范学院出版社 1992 年版。

李泰洙：《〈老乞大〉四种版本语言研究》，语文出版社 2003 年版。

李维琦：《佛经词语汇释》，湖南师范大学出版社 2004 年版。

李新魁：《李新魁语言学论集》，中华书局 1994 年版。

李焱：《〈醒世姻缘传〉及明清句法结构历时演变的定量研究》，百花洲文艺出版社 2006 年版。

李珍华、周长楫：《汉字古今音表》（修订本），中华书局 1999 年版。

李宗江：《汉语常用词演变研究》，汉语大词典出版社 1999 年版。

力量：《汉语集稿》，东南大学出版社 1998 年版。

刘丹青：《语序类型学与介词理论》，商务印书馆 2004 年版。

刘丹青：《语言学前沿与汉语研究》，上海教育出版社 2005 年版。

刘坚、江蓝生：《近代汉语虚词研究》，语文出版社 1992 年版。

刘坚、江蓝生：《唐五代语言词典》，上海教育出版社 1997 年版。

刘叔新：《汉语描写词汇学》（重排本），商务印书馆 2005 年版。

刘月华等：《实用现代汉语语法》（增订本），商务印书馆 2001 年版。

柳士镇：《魏晋南北朝历史语法》，南京大学出版社 1992 年版。

龙国富：《姚秦译经助词研究》，湖南师范大学出版社 2004 年版。

陆志韦：《汉语的构词法》（修订本），科学出版社 1964 年版。

吕叔湘：《中国文法要略》，《吕叔湘文集》第一卷，辽宁教育出版社 2002 年版。

吕叔湘：《汉语语法论文集》（增订本），商务印书馆 1984 年版。

吕叔湘主编：《现代汉语八百词》（增订本），商务印书馆 1999 年版。

吕叔湘著，江蓝生补：《近代汉语指代词》，学林出版社 1985 年版。

罗竹风主编：《汉语大词典》（缩印本），汉语大词典出版社 1997 年版。

马贝加：《近代汉语介词》，中华书局 2002 年版。

梅祖麟：《梅祖麟语言学论文集》，商务印书馆 2000 年版。

钱曾怡：《山东方言研究》，齐鲁书社 2001 年版。

钱曾怡：《汉语官话方言研究》，齐鲁书社 2010 年版。

沈家煊：《不对称和标记论》，江西教育出版社 1999 年版。

石毓智：《汉语形容词重叠形式的历史发展》，商务印书馆 2010 年版。

宋开玉：《明清山东方言词缀研究》，齐鲁书社 2008 年版。

孙锡信：《近代汉语语气词》，语文出版社 1999 年版。

汪维辉：《东汉—隋常用词演变研究》，南京大学出版社 2000 年版。

汪维辉：《汉语词汇史新探》，上海人民出版社 2007 年版。

汪维辉：《〈齐民要术〉词汇语言研究》，上海教育出版社 2007 年版。

王力：《中国语法理论》，《王力文集》第一卷，山东教育出版社 1984 年版。

王力：《中国现代语法》，《王力文集》第二卷，山东教育出版社 1984 年版。

王力：《汉语语法史》，商务印书馆 1989 年版。

王力：《汉语词汇史》，商务印书馆 1993 年版。

王力：《汉语史稿》，中华书局 2004 年版。

王群：《明清山东方言背景白话文献副词研究》，中国海洋大学出版社 2010 年版。

王云路：《中古汉语词汇史》（上、下），商务印书馆 2010 年版。

王云路、方一新：《中古汉语语词例释》，吉林教育出版社 1992 年版。

吴福祥：《敦煌变文语法研究》，岳麓书社 1996 年版。

吴福祥：《〈朱子语类辑略〉语法研究》，河南大学出版社 2003 年版。

吴福祥主编：《汉语语法化研究》，商务印书馆 2005 年版。

吴福祥：《语法化与汉语历史语法研究》，安徽教育出版社 2006 年版。

吴福祥主编：《汉语主观性与主观化研究》，商务印书馆 2011 年版。

吴福祥：《著名中年语言学家自选集》（吴福祥卷），上海教育出版社 2011 年版。

席嘉：《近代汉语连词》，中国社会科学出版社 2010 年版。

向熹：《简明汉语史》（上、下）（修订本），商务印书馆 2010 年版。

邢福义：《汉语复句研究》，商务印书馆 2001 年版。

徐复岭：《醒世姻缘传作者和语言考论》，齐鲁书社 1993 年版。

徐慧：《益阳方言语法研究》，湖南教育出版社 2001 年版。

徐烈炯、刘丹青：《话题的结构与功能》，上海教育出版社 1998 年版。

徐时仪：《古白话词汇研究论稿》，上海教育出版社 2000 年版。

许宝华、[日] 宫田一郎：《汉语方言大词典》，中华书局 1999 年版。

许少峰主编：《近代汉语大词典》，中华书局 2008 年版。

杨伯峻、何乐士：《古汉语语法及其发展》（上、下）（修订本），语文出版社 2001 年版。

杨荣祥：《近代汉语副词研究》，商务印书馆 2005 年版。

杨永龙、江蓝生：《〈刘知远诸宫调〉语法研究》，河南大学出版社 2010 年版。

殷晓杰：《明清山东方言词汇研究：以〈金瓶梅词话〉、〈醒世姻缘传〉、〈聊斋俚曲集〉为中心》，中国社会科学出版社 2011 年版。

遇笑容：《〈儒林外史〉词汇研究》，北京大学出版社 2001 年版。

遇笑容、曹广顺、祖生利：《汉语史中的语言接触问题研究》，语文出版社 2010 年版。

袁宾、徐时仪：《二十世纪的近代汉语研究》，书海出版社 2001 年版。

袁家骅：《汉语方言概要》（第二版），语文出版社 2001 年版。

翟燕：《明清山东方言助词研究》，齐鲁书社 2008 年版。

张伯江、方梅：《汉语功能语法研究》，江西教育出版社 1996 年版。

张伯江：《从施受关系到句式语义》，商务印书馆 2009 年版。

张赪：《汉语介词词组词序的历史演变》，北京语言文化大学出版社 2002 年版。

张赪：《汉语语序的历史发展》，北京语言大学出版社 2010 年版。

张清吉：《醒世姻缘传新考》，中州古籍出版社 1991 年版。

张延俊：《汉语被动式历时研究》，中国社会科学出版社 2010 年版。

张谊生：《助词及相关格式》，安徽教育出版社 2002 年版。

张谊生：《现代汉语副词探索》，学林出版社 2004 年版。

张志毅、张庆云：《词汇语义学》（修订本），商务印书馆 2005 年版。

赵元任：《汉语口语语法》，吕叔湘译，商务印书馆 1979 年版。

中国社会科学院、澳大利亚人文科学院合编：《中国语言地图集》，香港朗文出版社 1987 年版。

周荐：《汉语词汇结构论》，上海辞书出版社 2004 年版。

朱德熙：《语法讲义》，商务印书馆 1982 年版。

朱德熙：《现代汉语语法研究》，商务印书馆 1980 年版。

［日］桥本万太郎：《语言地理类型学》，余志鸿译，世界图书出版公司 2008 年版。

［美］斯垂特：《〈蒙古秘史〉的语言》，《阿尔泰语文学论文选译》（续集），道布译，中国社会科学院民族研究所语言研究室 1982 年版。

［日］太田辰夫：《汉语史通考》，江蓝生、白维国译，重庆出版社 1991 年版。

［日］太田辰夫：《中国语历史文法》（修订译本），蒋绍愚、徐昌华译，北京大学出版社 2003 年版。

［日］香坂顺一：《白话词汇研究》，江蓝生、白维国译，中华书局 1997 年版。

［日］志村良治：《中国中世语法史研究》，江蓝生、白维国译，中华书局 1995 年版。

外文文献

Brinton, Laurel J. & Traugott, Elizabeth Closs. 2005. *Lexicalization and Language Change.* Cambridge University Press.

Heine, Bernd & Kuteva, Tania. 2002. *World lexicon of grammaticalization.* Cambridge University Press.

Hopper，Paul J. & Trangott，Elizabeth C. 2003. *Grammaticalization*（Second edition）. Cambridge University Press.

Thomason，Sarah G. 2001. *Language contact*：*An introduction.* Edinburgh University Press.

Traugott，Elizabeth C. & Dasher，Richard B. 2002. *Regularity in Semantic Change.* Cambridge University Press.

后　记

　　自我 2006 年 5 月通过博士论文答辩，到如今已经七年多过去了，我终于能将这篇论文修改完毕，原文保留不足六万字！由于研究内容的扩展，题目增加了"历史演变"四个字。多年来，为了追寻心中的目标，我走过了焦虑的年年岁岁。今天我的心情如金秋飞旋的落叶终于着陆于厚重大地，开始另一种形式的生长。在这个为前一阶段画上句号的日子，我要专意感谢我的两位老师：董志翘先生和吴福祥先生。

　　训诂学是中国的一门传统学问。从硕士到博士六年的训诂学学习道路上，董志翘先生以他渊博的学识，引导我从《说文》、《尔雅》走向近代明清小说词汇。博士论文题目的确定距今已经十年，而我材质愚钝，对历史方言词的研究迟迟没有很好的成果。在清苦的执着追求中，今天终于完成的这篇论文，倘或些微思想尚有出彩之处，那要归因于老师的鼓励。董志翘先生指导我的学业可谓耐心！从当年博士论文的批改，到今天邮件的往来、电话的诉说，他无不倾注关心。他对于语言研究的赤诚之心也深深感染着我。董先生的细腻与坚韧成就了他在训诂学研究上的卓越贡献。我在他那里学会了细致，这是一个研究者应该具备的基本素养。他说：理论是有限的，而语言事实是无限的。从语言事实出发是每个研究者的起点。当我向着语言学开拔前进，训诂学是我的根基！

　　自 2011 年 9 月语言所访学到现在，一年的时光转瞬即逝。吴福祥先生以他朴实温和的长者之风，给我支持和鼓励，引导我完成了从训诂词汇研究到语法研究的重大转变。我领悟了如何寻找语法形式与语法意义的对应关系，这是一个语法研究者最基本的素养。历史句法学为我开启了语言学的一扇窗，汉语以其悠久坚强的历史吸引着我的目光。他说：我们的目标是研究语言，不是某一个时段的汉语。以理论驾驭语言事实是每个研究者追求的终极目标。假如拙作有些灵动的地方，那要归功于老师的帮助。吴福祥先生拨冗审读了初稿，给予了极为中肯的修改意见。假如文意有所不逮，是我自己学力尚未达到，本人为此负责，并努力学习以提高自己的研究能力。

我还要感谢当年在南京大学为我授业的各位老师，他们精彩的课程奠定了我广泛的专业基础，这些老师是（以音序排列）：高小方先生、李开先生、刘晓南先生、柳士镇先生、鲁国尧先生、汪维辉先生。我还要特意感谢蒋绍愚先生，蒋先生三次赠予我专著，多次跟我讨论读书，引导我进入近代汉语研究领域。感谢多年来学术界的诸位老师给我鼓励，或讨论，或赠书，文章为了行文方便，未能以先生称呼，在此特请他们谅解。在拙文刊行之际，恳请各位专家批评指教！

感谢校长力量教授、施军教授多年的培养和支持！多年来，我的课程从古代汉语，发展为近代汉语研究、汉语语法研究、现代汉语词汇学。我也不断突破自己，尝试古代汉语与现代汉语研究的接轨问题。语法化是目前为止我找到的最为恰切的一条道路。除此而外，方言的研究也需要共时与历时纵横交错。

拙著得到淮阴师范学院优势学科出版基金资助，感谢学科带头人张强教授的支持！

感谢中国社会科学出版社的张林编辑，为了我这本小书，她付出了辛苦的劳动。

感谢我读书与工作过程中家人的帮助，特别是我的丈夫李卫东先生，他是我坚强的后盾。感谢我的儿子对我研究和教学工作的理解与支持，我读硕士的时候，他才1岁，博士毕业之后接到我身边时，他已经7岁了！就算我们能天天在一起，他发现妈妈与他心目中的形象也全然不能吻合。

今年春天以来，我一直保持着一种良好的写作心态。安宁的心境，在竞争残酷的环境中至为难得。它来源于我内心执着的追求，来源于两位导师的关心，来源于家人的支持，来源于历史语法前景的光明！

中国新学科意义上的历史语言学研究刚刚起步，新一代的博士正在这种全新体系下接受熏陶。我比他们痴长几岁，被他们称作"晁哥"。我喜欢这个称呼，我愿意和他们一道努力学习。最后献上我在语言所访学结束时创作的诗歌，与学弟学妹们——现在以及未来的同行共勉：

中国学术前进的方向①
收拾行囊，我没有一丝悲伤，
除了我牵挂的你，希望安宁无恙。
我只有战斗的向往，
雄狮的面前是草原茫茫，
它要奔跑，磨砺自己的脚掌，
才能享受草原的芬芳，
拥抱整个草原的阳光。
我的朋友，不要彷徨，
前方道路虽是悠长，
我们一起行进，就是快乐歌唱！
牵着你的手，不放就是不放。
相互扶持的力量让彼此的心灵欢畅！
你会老去，不老的是你的精神昂扬。
不老的是中国学术进军世界的雄壮！

2012 年秋于淮安
改定于 2013 年秋

---

①　关于这首诗产生的背景需要交代一下，在刘丹青老师的提议下，语言所同学组织了一个学术团体，取名为"狮子会"。因为刘丹青老师说，人跟狮子一样都是社会性的动物，需要交流。